那一刻，太阳的光辉透过厚重云层撒了过来，万千光芒落在了杨晓晓的身上，与她眼中的星致汇聚在一起。

秦小诗的目光深深地凝视着杨晓晓那颗仿佛被冻住的心，同她眼中火勺勺的月光般解冻。

复活了。

因为她，激烈而快速地跳动着。

禁止靠近

叶涩 著

长江出版社
CHANGJIANG PRESS

图书在版编目（CIP）数据

禁止靠近 / 叶涩著. -- 武汉：长江出版社，2024.
7. -- ISBN 978-7-5492-9585-2
Ⅰ. I247.5
中国国家版本馆 CIP 数据核字第 20248UE585 号

禁止靠近 / 叶涩 著
JINZHI KAOJIN

出　　版	长江出版社
	（武汉市解放大道 1863 号）
出版统筹	曾英姿
选题策划	飞言情工作室
市场发行	长江出版社发行部
网　　址	http://www.cjpress.cn
责任编辑	罗紫晨
印　　刷	湖南天闻新华印务有限公司
版　　次	2024 年 7 月第 1 版
印　　次	2024 年 8 月第 1 次印刷
开　　本	880mm×1230mm　1/32
印　　张	10
字　　数	327 千字
书　　号	ISBN 978-7-5492-9585-2
定　　价	46.80 元

版权所有，盗版必究。如有质量问题，请联系本社退换。
电话：027-82926557（总编室）027-82926806（市场营销部）

目录
CONTENTS

001 **第一章**
　　 神秘的兼职

028 **第二章**
　　 "傲娇"大小姐

055 **第三章**
　　 一物降一物

085 **第四章**
　　 痛苦的回忆

115 **第五章**
　　 "影后"穆晓晓

目录
CONTENTS

144   **第六章**
曲中的人物

174   **第七章**
秦怡的生日

203   **第八章**
别自作多情

232   **第九章**
醉酒的秦怡

261   **第十章**
她能说话了

290   **第十一章**
晓晓，谢谢你

第一章
神秘的兼职

"委托人说在确定之前需要签署保密协议,协议内容涵盖方方面面,特别细致。"

"当然,可以确定的是对方是女性,年龄为二十八岁。"

"这次的价格确实不错,老师看着快赶上平时的五倍了,而且还只是试用期。委托人说如果试用期能够坚持下去,之后的价格会在目前的基础上增加大约三倍。"

……

穆晓晓接到这份兼职消息时,正在学校的食堂里吃饭,她的注意力都在红烧牛肉上,听见老师的话,她时不时地"嗯嗯"地敷衍着点头。

她已经是大三的学生了。从高中开始,她就在外面兼职赚钱,说她是"打工达人"也不为过。

现在社会发展了,很多人对物质的要求越来越高,对精神的需求也越来越高,心理疾病自然也多了起来,种类繁多,她早就见怪不怪了。

对面的王老师看着她这大大咧咧的样子,头疼不已。他挠了挠头,说:"晓晓,你确定你听明白了吗?这份工作十分私密,委托人再三嘱咐要保密,你必须守口如瓶。"

穆晓晓一挑眉,看着老师那不放心的样子,她笑了:"老师,只要她给的钱够多,我可以把嘴缝上。"她一抬手,在自己嘴上做了一个"拉拉链"的动作。

看到穆晓晓这样子,王老师无奈地笑了:"你呀……真不懂你们年轻人,怎么就那么会花钱!我看你平时兼职没少做,还不耽误上课,你不累吗?"

穆晓晓可是学校里出了名的打工狂人，别说寒暑假和周末了，就是平日放学了，大家都见不到她的人。

刚来的时候，王老师还听隔壁班的老师说起过这个小姑娘的事情。她实在太拼了，现在这社会，上了大学还这么努力的人太少了。像她这么拼的，多数都是因为家里条件不太好。谣言越传越甚，那段时间，穆晓晓甚至在收到的情书里看到了这样的话——

"啊，每晚看着你瘦削、羸弱、忙碌的背影，我好心疼！女孩，请让我来守护你吧。只要当了我的女朋友，我一个月至少给你两千元零花钱，你可以随便花……"

当时穆晓晓正在吃零食，她差点儿喷了出来。

谣言终止是因为那天大家看到了穆晓晓的妈妈苏奎来接她。

她妈开着跑车，一身时髦的打扮，一点儿都不像阿姨，说是成熟大姐姐都不为过。她戴着大墨镜，按了按喇叭后，霸气地说："晓晓，上车。"

那一辆车，那几声喇叭，粉碎了多少准备"雪中送炭"的男生的心。

穆晓晓是学校里公认的美女。

在女生扎堆的心理学系里，她也能称得上"系花"。

用她的好朋友张巧的话来说——她生来就是一副妩媚样，眼眸乌黑而明亮，或许是职业原因，当她看着人的时候，总是隐隐地带着温柔的笑；生气时，眼神又不失犀利。如瀑的黑发衬得她肌肤如雪，白净细腻。

她不仅人漂亮，还性格开朗，没架子，跟班里的人都能聊上几句。她天生乐观，正适合心理学这个专业，她每年的奖学金都是最高的，加上她经常在校外跑，积累了不少人脉资源，才上大三，她就已经跟朋友商量好准备毕业后合伙成立工作室了。

按理说，这样的家庭，这样的资历，她应该是不缺钱的，可她就是这么拼。对于"累"这个字，她仿佛没有概念。

这让人匪夷所思。

室友张巧咬着酸奶袋，狐疑地看着穆晓晓："晓晓，你真的要接这种神秘的活儿吗？"

对方只说是一个二十八岁的女人，其他什么信息都没有，非说要等见面签合同时才能进一步了解。

最主要的是谁家考察期定七天啊？只有一个星期。从这么短的时间可以看出，对方一定是很可怕的存在。

张巧想想就害怕得不行："还有这待遇，一天都上千了，哪儿有那么好赚的？"

穆晓晓放下手里的书，双手合十："人家有需求，我便提供相应的服务。我不上刀山，谁上刀山？"

张巧无语。

多么朴实而让人无法反驳的发言！

这天晚上，穆晓晓睡得很早。第二天就要去见委托人和雇主了，她要保证自己有良好的体力和充沛的精力。

不像她这种一放假就投入工作的打工狂人，张巧和另一个女孩娟子就放松得多，她们已经开始安排完美的暑假了，无外乎是各种吃喝玩乐。大家坐在一起吃着零食，还一边看视频一边聊天。

"哎，最近艺人不行了啊，质量都不高，你看这舞跳得跟什么似的。"

"对啊对啊，还有那个导师，哎呀，一点儿也不专业，这话都是后期配的。"

"这一届《天灿之声》不行啊，学员业务能力不行，导师也不够犀利。唉，怀念我秦姐姐在的时候。"

"话说，秦姐姐到现在还没有出来吗？这有大半年了吧？"

"岂止是半年，都一年多了。唉，也不知道姐姐她到底怎么了，我还在等姐姐出来惊艳四方呢。"

"太夸张了……"

夸张？

张巧舔了舔唇，直接从兜里掏出手机，按亮了屏幕："喏，你看看，睁大眼睛看看我家秦姐姐有多美，是不是天仙下凡！"

娟子凑上去看了看，笑了："是好看，人美气质佳，但是这么久不出来也过气了。"

啊！

这话简直是把脚踩在头号粉丝张巧的脸上，张巧一下子站了起来，举起手机往穆晓晓眼前送："晓晓，你给评评理，她美不美？她是不是比当下那些小姑娘强？"

穆晓晓都快睡着了，被这么一喊她就醒了。她翻了个白眼后，敷衍地往屏幕上看了看。

照片上的人，对于从不追星的她来说已经不算陌生了。

这都要归功于张巧，她几乎每隔几天就要跟其他人念一念自己心仪的姐姐——秦怡。

不客气地说，这位姐姐十八岁一出道就以一首《心瘾》爆火，随后以一年一张专辑的速度在娱乐圈快速崛起，俘获了大批歌迷。她的声音清澈，辨识度高，人又漂亮，身材好，据说还是南阳总裁的千金。她"白富美"的形象迅速俘获了众多粉丝的心，她在圈内圈外都是公认的大红大紫的歌后。只是这几年不知道怎么了，她突然就销声匿迹了，没了消息，不出专辑，说好的巡回演唱会也取消了，最后，她连各种代言活动都停掉了。最初大家还猜测她是不是隐婚了，或者悄悄地去国外怀孕生子了。虽然经纪公司发微博辟谣了，但是大家一直都不买账，总想挖出点儿内幕消息来。

娱乐圈就是这么残忍的地方。对于艺人来说，时间就是生命。

她消失三个月后，不少粉丝还嚷嚷着要等他们的姐姐。

半年之后，那些新鲜的艺人犹如雨后春笋一般冒了出来，吸走了大批粉丝。

如今，一年多过去了，她的热度减了不少，虽然依旧有粉丝每天去微博"等姐姐回来"的话题下打卡，但是人数少了很多。

张巧的手机屏幕上，是秦怡参加一个时尚活动时拍的照片。

秦怡的五官立体，她身着黑色的拖地晚礼服，一只手拎着裙子的一边，一双眼睛看着镜头，漆黑的眸子里没有一丝温度，高傲地看着镜头，冷艳霸气。

张巧开启了大嗓门："看看，又美又酷！"

穆晓晓撑着眼皮问："这是什么时候的照片？"

"一年前的吧。怎么了？"张巧扭头看她。

穆晓晓一双眼睛盯着照片，说："从眼神看，她这个时候状态已经不是很好了，该趁早心理介入才对。"

"噗！"

旁边的娟子笑倒在床上："不愧是晓晓。"

张巧怏怏不乐地一把把被子给穆晓晓盖住，道："继续睡你的吧。"

穆晓晓睡觉的时候依旧是老习惯，不管天多热，被子都是从脚裹到头。

刚认识的时候，宿舍的人半夜看到穆晓晓这样差点儿吓死，后来穆晓晓解释说这样睡是一种非传统式安静疗法，大家半信半疑，总觉得她在胡扯。

不过她们也知道心理系的学生总是有这样那样的怪癖，这并不算是什么新鲜事儿。

大一的时候,导师就曾经跟大家说过:"作为一个合格的心理治疗师,要真正彻底地走进病人的心,从根上解决痼疾,就要把自己变成对方。"

所以心理学院一直盛产异类,这在学校里早就见怪不怪了。

第二天一早,天刚蒙蒙亮,穆晓晓就出门了。

早上的风清爽,徐徐吹来,拂去了夏天的燥热。

她坐上公交车的时候已经快七点了,昨天晚上她就查好了对方给的地址,是郊区一个私密性极强的别墅。

路途大概需要两个小时,穆晓晓随手翻看了一下手机,正好上个月的一笔钱到账了,她到购物平台买了一些生活用品。全部结账之后,她就把手机放到了一边。

她没有刷微博的习惯,随手拿起一本书就看了起来。

阳光透过车窗照了进来,洒在她的脸颊上,就好像铺了一层金粉。她睫毛轻轻地眨动,盯着书看了一会儿,眉头轻轻地一蹙,眼眸往上一抬,眼神犀利地扫过对面偷看了她很久的两个十八九岁的男孩。

那两个男生对上她的目光后,他们一下子就低下了头,脸都红了。

现在的孩子啊……

穆晓晓跟对方约好了十一点见面,她提前半个小时到了。

她有一个习惯——跟对方约好之后,她一般会提前半个小时或者一个小时到。

她按照对方说的,在一家茶馆里等待。

这家茶馆开在这样人烟稀少的地方,规格却不低,庭院里小桥流水,恬静雅致,整体呈现出古香古韵的中国风,大红灯笼挂起,朱漆大红柱上雕刻着霸气的腾龙。

穆晓晓坐下之后就有人迎了上来,微笑着问她点些什么。她看了看茶单上贵得离谱的价格,微笑道:"我在等人,要一壶白开水可以吗?"

服务员愣了一下,随即点了点头,收起笑容道:"好的。"

半个小时后,随着高跟鞋落地的声音响起,穆晓晓抬头看到了委托人。她微笑着起身打招呼:"您好。"

柳姐点了点头,礼貌性地伸出手:"同学,你好,我是柳艾文,你可以叫我柳姐，想必王老师都把我这边的情况跟你说了吧？"她的眼睛快速地扫过穆晓晓，穆晓晓要比她想象中的漂亮，之前王老师反复跟她介绍自己的学生有多么优秀，成绩有多么厉害，在学校里是数得上的学霸，她以为穆晓晓会是那种戴着黑框眼镜的乖乖女，可是现在一看，穆晓晓肤白貌美，清秀出众，漂亮得像是圈子里的艺人。

穆晓晓点了点头，道："说了一些，具体的我还不知道。"

柳艾文低头从包里掏出一个厚厚的牛皮袋，道："你看看，这是我这边病人的信息，如果可以，今天咱们就把合同签了。当然，如果你觉得不合适，我也希望你能谨遵协议要求，对此保密。"

"当然。"穆晓晓保持笑容，很利落地接过牛皮袋，"这是最基本的。"

这份飒爽与利落倒是让刚刚看见她还觉得她太年轻的柳艾文有点儿惊讶，柳艾文不由得又看了看穆晓晓。

穆晓晓打开资料，看到照片上精致的女人时，她怔住了。她抬头看着柳艾文，道："这……这是……"

柳艾文点了点头。她喝了一口水，红唇轻启："我想你该认识她，这是南阳的千金，也是曾经在娱乐圈红极一时的歌后——秦怡。"

照片多是秦怡的生活照，从角度上看，很多都是偷拍的。

毋庸置疑，她是个美人：鲜红的唇，漆黑的发，还有那深邃的眼神，娇嫩的肌肤，矜贵的气质，她的确有千金大小姐的风范。

每一张照片的拍摄角度都不同，她的表情也不同，打扮也不同，可她眼里的空洞是一模一样的。

第一张，她站在一片淡紫色的薰衣草之间，风吹过她的发，她略带茫然地看着远方灰蒙蒙的天。

第二张，她坐在沙发的角落里，手里捧着一只千纸鹤，像是对待自己的挚爱般怜爱地看着。

第三张，她在弹钢琴，钢琴泛着幽冷的光，衬得她纤细瘦弱，她气质依旧是矜贵高冷，可是她眼里的光已经不在……

最后一张照片，是秦怡坐在一张椅子上。她仰头望着天，黑色的发，黑色的长裙，黑色的眼，就连照片背景都是一片透着阴郁的黑色。她右手边依旧是那只紫色的千纸鹤，她双手抱着自己的腿，蜷缩成一团。

穆晓晓一直盯着照片里的人看。柳艾文摩挲着水杯，道："她这情况有一阵子了，两三年前的时候就隐隐有所表现。她刚开始是孤僻，不爱理人，总是把自己一个人关在屋子里。我们以为她是工作压力太大才会如此。可是减了工作量之后，她不仅没有好起来，还加速恶化，连话都不能说了。你知道，对于一个歌手来说，不能出声……"她咬了咬唇，说，"那简直是要了她的命。"

人人都说，秦怡拥有天赐的声音。可是这声音，就这么突然被老天收了回去。

"我们很着急，请了很多业内的专家，国内外的都有，无论什么价钱都行，只要能治好她。可每个都是信誓旦旦地来，又灰头土脸地走了，她的情况一点儿都没有好转。半年前，她需要人扶着才能起身，现在情况更加糟糕，她彻底站不起来了，需要坐轮椅。"

柳艾文说这话时表情很悲伤，她用手轻轻地摩挲着杯子。

穆晓晓看了她一眼，眼里含着了然的笑容。她道："所以她身边的人都准备放弃了？"

她明白为什么会请她这么一个名不见经传的在校学生过来了。

柳艾文身子一僵。她抿着唇看着穆晓晓，她没想到这个女孩这么直接。

她算是秦怡的父亲钦点的助理，在秦怡身边陪伴了四年，说她对秦怡没有感情，那是假的。

秦怡情况刚开始不好的时候，她就曾经四处奔波，找过许多医生和专家，试图缓解秦怡的症状。但是没多久，秦家便发生了翻天覆地的变化，这严重影响了秦怡的病情。所以这一年来，秦怡的情况越来越差，再加上治疗效果不佳，让人几乎看不到希望。

秦家现在眼看着就要易主，秦怡虽然是秦家的女儿，但是因为她的病情，她很有可能不能再做秦家的接班人。

柳艾文不得不为自己的将来考虑。

她盯着穆晓晓看，纠结、内疚、被拆穿后恼羞成怒，各种复杂的情绪交织着涌上心头，她甚至有想要跟眼前的女孩发脾气的冲动。

可是穆晓晓并没有再看她。穆晓晓低着头，按照自己的推测，把照片一张一张地排列了起来。

她虽然年龄小，但是认真的时候蹙着眉，整个人都自带一种强烈的气场。

柳艾文把到嘴边的话咽了下去，她的视线不自觉地被引到了穆晓晓排好的照片上。

穆晓晓抬眼看了看她,问:"是这个顺序吗?"

"什么?"

柳艾文没反应过来。穆晓晓盯着她的眼睛,道:"时间。"

经过提点,柳艾文这才发现,穆晓晓居然把这些照片按照时间的先后顺序排列了起来。

从三年前、一年半前,再到半年前、三个月前,以及最后一张——秦怡坐在椅子上失神地望着天空的照片,时间顺序一丝不差。

柳艾文不可思议地看着穆晓晓,木讷道:"是……是的。"

穆晓晓目不转睛地看着照片,问:"还有其他信息可以提供吗?"

照片上的信息太少,她需要更多的资料。

柳艾文拿起茶杯,不自在地喝了一口茶,她的目光飘向窗外:"她这些年在娱乐圈的资料,我可以提供给你。"

穆晓晓抬起头,微笑着看着她,认真地说道:"那些在网上就能查到。"

况且她身边还有一个秦怡的忠实粉丝。

她的笑容让柳艾文噎了一下,后者尴尬地说:"其他的……你也知道,大家族都有很多不可言说的秘密,所以……"

穆晓晓点了点头,直言道:"那就是不能提供。"

这样的事,她已经见怪不怪了。

影响一个人性格的最主要因素就那么几种,其中最普遍的就是原生家庭。

而如今,没办法了解对方的原生家庭,对穆晓晓来说确实有点儿麻烦,不过这反而激起了穆晓晓的求胜心。

她看着照片上的精致女人。

那是三年前拍的。很明显,秦怡是从那个时候开始有心理问题的。

那时候到底发生了什么?

从茶楼出来后,柳艾文给了穆晓晓一个治疗秦怡最久的心理医生的联系方式。

虽然也才半年,但是比起其他动辄几天就被撵走的,这个算是很久了。

"她的脾气不是很好,对陌生人比较抗拒。这几个月,家里和公司先后给她找了二十几位心理医生,没有一个能成功留下来的。所以……"柳艾文看着穆晓晓道,"你得有心理准备。"

穆晓晓点了点头,叹道:"怪不得合同是按天算钱。"

原来是能多待一天就多待一天。

柳艾文竟无言以对,这个女孩真的是过于犀利了。

见状,柳艾文也干脆实话实说:"时间有点儿紧,秦老爷子那边一直很着急,所以得麻烦你了,如果可以,你最好今天下午就能过去,当然,今天会按照整天算钱。我没有时间总去陪着,家里有阿姨和保姆,有什么情况,你可以跟她们提。"

穆晓晓很痛快地点了点头:"可以。"

穆晓晓答应得太痛快了,反而让柳艾文有点儿意外,她盯着穆晓晓多看了几眼。穆晓晓扬了扬唇,内心一片了然——请她的目的已经不再是治疗,而是为了奉命交差。

离开的时候,柳艾文看着这个女孩的眼神已经不再是最初的轻视了,她甚至问穆晓晓需不需要她开车送她回去。

穆晓晓微笑着摇了摇头。她目送着柳艾文开车离开后,看了看时间,在周边找了一家咖啡厅坐下。

时间的确有些紧。

穆晓晓需要别人帮忙,她先给张巧打了个电话。

毕竟是签了保密协议的,有些事情她不方便直说。她只问道:"在做什么?"

张巧刚到家,正准备洗手去吃老妈做的菜。她回道:"我刚想给你发信息问怎么样了,晓晓,如何啊?"

穆晓晓笑了,道:"不是很顺利,对方给的信息太少,不好判断,明天就要开始。"

"哎,我就说吧,给出那么高的价钱肯定是有原因的,怎么样,不想接了吧?要我说,你也回家休息休息,看看电视放松一下,咱们都累了一个学期了。"张巧建议道。

穆晓晓难得没有反对,她笑道:"也好,我也该学你放松一下,追追星了。我看你那个秦姐姐就不错,你……"

"哎哎哎!"张巧发出了尖叫声,"晓晓,你要追星,千载难逢啊!第一次追星,必须得追秦姐姐,你等着,我给你发点儿她的美照!"

她是个急脾气,说完就把电话挂了,然后给穆晓晓发了一堆秦怡的照片。

　　随着照片发送完毕,又是一连串的微信消息发了过来,都是秦怡的个人信息,身高、体重、血型、爱好、讨厌的事物,以及各种杂志写真和访谈,等等。

　　穆晓晓把手机放到一边,不夸张地说,足足十分钟,她的手机才停止振动。

　　等张巧那边的狂热度缓了一些,她才拿起手机,一点点地翻看上面的信息。

　　秦怡早年出道的时候还比较青涩,对着镜头也没那么自然。不过,那时候的她虽然青涩,但是自带千金气场。她站在那里,仿佛光都被吸过去了,让人忍不住多看几眼。

　　秦怡精通乐理,她曾经在网上发过一段视频,视频里她用钢琴、吉他、小提琴、萨克斯等各种乐器演奏了一首歌曲。后来这个视频在网上爆红,获得不少网友的称赞。

　　她走的路线与一般的歌手不一样,她很少在舞台上穿着独特的衣服边唱边跳。

　　她手上简单的小动作,甚至是一个眼神都极具个人风格,引得台下粉丝阵阵尖叫。

　　穆晓晓又翻了几个访谈,秦怡的话很少,一般都是别的嘉宾说得多,她在旁边安静地坐着,两手交叠,精致的妆容隐藏了一切喜怒。镜头扫到她,她也只是淡淡一笑,眼中泛起的秋波却让人心动。

　　也难怪张巧会喜欢她喜欢得那么疯狂,秦怡跟娱乐圈其他艺人格格不入,像是一股清流。

　　当然,也有黑粉和嫉妒的同行抹黑她,他们说她是南阳娱乐公司秦总的千金大小姐,人家出来就是玩的,踩着巨人的肩膀往上走,能不爆火吗?

　　记者曾经问过秦怡对此说法怎么看,秦怡面对镜头,面不改色,红唇轻启。她平静地说:"清者自清。"

　　她参加的综艺活动不多,就是大红时期拍的广告也不多,她只在出道第五年的时候开过一次巡回演唱会。

　　她话不多,台风稳,沉着淡然,张弛有度,不与人计较。

　　她黑料很少,感情经历也是一片空白,还真的就像有些人说的一样——大小姐来体验生活了。

　　大部分视频,穆晓晓都是匆匆地过了一遍就关掉了,唯独那个秦怡演唱会的视频,她翻来覆去地看了许多遍。视频里的秦怡坐在舞台的正中间,环抱着自己,唱着那首《谎言》。

灯光聚集在舞台的正中央,万千粉丝欢呼着、呐喊着,荧光棒和灯牌连成灯光的海洋。

秦怡穿着一袭白色的长裙坐在舞台的正中间,裙摆散开,她用双臂抱着自己的腿,整个人缩成小小的一团,像是花蕊被包裹其中,让人想要呵护。灯光扫过,她眼眸里荡着的泪光更是让人心碎。她低吟浅唱着——

你的,她的,他的,都是谎言。

以为的爱,原来都是谎言的碎片;

以为的情,原来都是谎言的借口。

我不要……

我不要……

再听你一句谎言……

最后的最后,你却用真话伤人。

……

虽然知道艺人受过专业训练,必须时刻在镜头前做好表情管理,可是穆晓晓感觉秦怡眼泪滑落的那一刻,眼里的悲伤是真的。

看了一个多小时后,穆晓晓在纸上圈圈画画,总结了几个词——冷漠、不喜言谈、谎言、家庭复杂、被放弃、千纸鹤……

来来回回,没有什么头绪,她便拿起手机,拨打柳艾文留下的电话。

电话很快被接通,是一个低沉磁性的女性声音:"喂。"

穆晓晓跟对方简单地介绍了自己。电话那头的茹茵听到之后笑了:"我听艾文姐说过,小姑娘,勇气可嘉。"

穆晓晓没吭声。

"对于秦怡,并不是我隐瞒,虽然我跟了她半年,但是她跟我说过的话,加起来不超过二十句。她出身富贵,是秦家唯一被家族认可的千金大小姐,秦家子嗣少,所以,她可以说是集万千宠爱于一身,这样的人,真正遇到问题,难免会选择逃避。"茹茵的话不多,但是每个字都很关键。穆晓晓一边安静地听着,一边在纸上迅速地写着。

唯一被家族认可的千金大小姐?难道还有不被认可的?

"我最后一次见她的时候,她的情况已经很不好了。她非常排斥外人,除了一直照顾着她的保姆宋嫂,没有谁能近她的身。后来我听说她身边来了不少心理学专家，有一些我也认识，都跟我打听过她。他们来的时候自信满满，走的时候……我不说你也知道。"茹茵知道的也只有这些信息了。

虽然穆晓晓了解到的信息还不够多，但是好歹让她对秦怡不再是一无所知了。

穆晓晓简单地点了份意大利面吃了，又喝了一杯咖啡。她整理整理衣服后，为了节约时间，打了车直接奔着柳艾文给的地址过去了。

那是郊外一个安静的别墅区，环境优美，依山傍水，私密性比较强，穆晓晓去的时候还特意给柳艾文发了信息，让柳艾文跟门卫联系，她才成功进去。

这里真的可以用世外桃源来形容：树木苍翠，绿荫环绕，仿佛山间森林。风一吹都是沙沙的响声，空气中充满了浓郁的花香。

穆晓晓两手插兜，悠闲地边走边看，她感到很放松。

夏日的暖风有些燥热，吹拂着大地，紫藤花垂在白色石膏雕刻的亭子上，被风吹得微微晃动着，清新的香气随着风拂过新生的绿草，将鲜活的气息铺满了大地。

穆晓晓最终在一栋别墅前站定，她抬手刚想要按门铃，就被院子里的人吸引了目光。

明媚的阳光穿过紫藤花落进亭中，照在一个女人的身上，那瓷白的肌肤似是未融化的冰雪，任凭阳光覆盖都无法留下一丝温度。

她穿着精致的淡紫色套装裙，一颗颗精美的盘扣扣在腰间，将她身材勾勒得玲珑有致，就像那垂下来的紫藤花。

夏天本应该是充满生机的季节，可是她直着身子坐在轮椅上，像是身处寒冬。

她望着湛蓝天空下盛放的紫藤，那双漂亮的眸子里没有一点儿光亮，像是银河中陨落的星辰，黯淡空洞。

仿佛察觉到了穆晓晓的视线，秦怡的眉微微地蹙了蹙，她朝着穆晓晓的方向望了过来。与她的目光陡然一接触，饶是穆晓晓再镇定，也忍不住心跳加速，屏住了呼吸。

没想到是在这样的情况下相遇，穆晓晓呆呆地看着秦怡。秦怡那双眼睛很漂亮，但里面没有一丝神采，既没有喜悦也没有悲伤……就好像失去了灵魂，只剩下了一个空壳。

穆晓晓的嘴唇动了动，她还没来得及说话，秦怡已经转过头去，背影充满了萧瑟与阴郁。轮椅转动，秦怡径直离开，周围的光仿佛都暗了下来。

穆晓晓呆呆地看着对方。

她见过许多"病人"，每个人的表现都各不相同。

穆晓晓最擅长的就是通过眼睛来感知一个人的情绪。比如之前有个二十出头的女生患有重度抑郁症，她的父母说她拒绝与外界沟通，谁都不理会，但穆晓晓看到女孩的眼睛里藏着一丝委屈。经过一天又一天的慢慢开导，少女逐渐打开心扉，说出心结，才终于走了出来。

但是秦怡……

穆晓晓在她的眼睛里什么都没有看到。

"大小姐，你在外面这么久干什么？还要喝咖啡吗？"

门口站着一个中年妇女，她穿着简单的黑色套裙，声音亲切，她弯腰对着秦怡，满脸慈祥地笑着，即使一路自言自语，得不到回应，她的嘴也没停下来。

"你嫌家里人多，我给小翠他们放假了，没有人会打扰你了。你要不要弹钢琴？上次的曲子叫什么来着？特别好听。"

"今天我准备叫小王他们把院子重新修整一下。"

"大小姐，你……"

她话没说完，注意力就被站在门口的穆晓晓吸引了过去。穆晓晓对着她微笑，正要说话，那中年妇女就捂住了嘴，惊叹道："好漂亮的姑娘！"

"漂亮姑娘"最终被请进去了。

穆晓晓也弄清了眼前人的身份。原来她就是柳艾文口中照顾秦怡多年的保姆宋嫂。

宋嫂对穆晓晓的身份也很惊讶，她热情地倒了茶水，道："之前小柳说要来一个心理师，没想到这么年轻啊！"

宋嫂身上透出的朴实让穆晓晓想起了小时候疼爱她的老人，她的心情放松了许多。她坐在沙发上和宋嫂聊天："不瞒您说，我是暑假出来打工，正好接了这份活。"

"是大学生？几岁了？"

"是。20岁了。"

"哎，真年轻啊。"宋嫂笑靥如花，"要不要吃甜点？我刚烤完，小姐她不吃，你尝尝吗？"

对于吃货来说，还有什么比工作前来一份香喷喷的点心让人开心的呢？

宋嫂的手艺非常好，她做的点心比穆晓晓在外面买的都要好吃，酥软绵弹，咬一口，唇齿生香。

穆晓晓吃得香，也不拘束，她跟宋嫂聊得很开心。

宋嫂从来秦家开始就一直在照顾秦怡，她对秦怡像对自己的孩子一样。以前，家里也来了不少心理师，别说是小姐了，就是她都麻木了，那些人一个个老气横秋的，说两句就得加点儿"心灵鸡汤"，让人觉得厌烦。也有温柔的，但是一般都禁不住秦怡的冷暴力，碰壁数次后，也坚持不下去了。

眼前的女孩落落大方，打扮得干净利落，有一种独特的气质，宋嫂很喜欢。

穆晓晓毫不吝啬自己的夸奖："宋嫂的手艺真好，这甜点太好吃了。"

她的嘴边还挂着奶油，两颊塞得满满的，像小仓鼠一样，很可爱。

宋嫂笑了，她一双眼睛盯着穆晓晓上下打量。

穆晓晓的美很张扬，是那肆无忌惮的青春之美，秀长的眉，白皙的肌肤，红嫩的唇，她整个人像会发光一样，尤其是那双眼睛，神采飞扬，让人看着就忍不住靠近。

"唉。"宋嫂叹了一口气。

穆晓晓看着她，问："怎么了？"

"你……晓晓，我家小姐她看着冷了一点儿，不那么平易近人，其实她以前不是这样的。"

宋嫂才跟穆晓晓待了一会儿，就对这个女孩很有好感。可是她深知自家小姐什么样，之前的那些专家，哪个不是斗志满满地来，垂头丧气地离开？尤其是这几个月，没有人能待够一个星期，她希望这女孩能多停留一段时间。

穆晓晓笑了。她调皮地冲宋嫂眨了眨眼，说："我会努力多留几天的。"

多留几天！多么朴素的愿望啊！

楼上，一直坐在轮椅上的秦怡将楼下两人温馨愉悦的相处尽收眼底。

穆晓晓没急着跟秦怡沟通，而是先和宋嫂聊了聊天，顺便熟悉了一下这栋房子。

她们住的别墅一共有三层。

第一层进去就是最大的厅堂，清一色的中式红木家具，灯光设计得比较巧妙，不会让房间显得暗淡阴郁。

装饰风格也十分精致典雅。摆放的玉瓷瓶、金丝杯盏显得贵气十足，正中央的山水图更是出自大家之手……旁边依次是阳台、茶室、厨房、餐厅。

二楼是书房、休息室、健身室，还有客房等。穆晓晓被宋嫂引着去了书房，满室的书籍错落有致，书架很高，人在抬头去看顶部的拱形线条时，在光影的衬托之下，会有一种仰望天空的感觉。

穆晓晓的客房就在二楼。虽然她没有上三楼去看秦大小姐的房间，但是只看这华丽的客房，就足以想象秦怡的房间得有多奢华了。

据说地下一层是车库，专门停放秦怡的豪车，其中很多都是秦父送给她的，可惜，现如今都用不上了。

"尽量不要上三楼啊。"宋嫂细心嘱咐着，"小姐不喜欢被人打扰。"

穆晓晓点了点头，她乖乖地站在宋嫂身后。她刚才看到家里的保姆阿姨们在忙，都非常谨慎，没有一个抬头往这边看的。

宋嫂对这个礼貌有加的女孩非常有好感，她提醒道："你在这里，有什么事儿可以跟我说，慢一点儿，不用着急。"

穆晓晓对"慢一点儿"这几个字心领神会。

这样的大家族，穆晓晓以前只在电视上看到过，在现实中接触还是第一次。

最后，穆晓晓问宋嫂有关秦怡的日常生活，宋嫂听了后叹了一口气，道："小姐的身体越来越不好，不喜欢见人，所以家里的保姆忙完了就各自回去休息，一般没有什么事儿都不过来，家里平时空荡荡的，就我和她。"

穆晓晓听着点了点头。

第一天，她都在观察。她发现秦怡很少出房间，偶尔出来，也是对着庭院里的花草出神。

坐在轮椅上的秦怡换了一套白色的家居服，轻薄的衣料贴着优美的曲线，玲珑有致，夕阳的光辉洒落在她的身上，她皮肤通透，洁白无瑕。

她不说话，也不会发出任何声音。

家里负责打扫的阿姨偶尔路过时，会低头恭敬地叫一声"小姐"，然后迅速离开。

经过穆晓晓的观察，唯一能让秦怡跟外界沟通的就是宋嫂。

可能是多年来培养的默契，宋嫂似乎能从秦怡的眼神里看出她想要什么：

何时递给她水,何时给她披上一件外套,何时帮她洗漱……

而秦怡就像被线牵引的漂亮布娃娃,任何东西都勾不起她的兴趣。

穆晓晓好几次想要跟秦怡说说话,可是秦怡根本不给她机会。甚至她刚才对着秦怡微笑,还没开口,秦怡便转身留给了她一个抗拒的背影。

秦怡拒绝沟通,拒绝一切外来的事物。她把自己封闭起来,不让人触碰。

穆晓晓实在没有办法了,晚上,她向已经聊得很熟的宋嫂求助:"这大小姐太抗拒、太不配合了。"

宋嫂本能地维护秦怡:"我家小姐以前不是这样的,她很温柔,很体贴。"

穆晓晓叹了一口气。她看着宋嫂,恳求道:"我感觉只有您能看透她的想法。"

"毕竟是从小在她身边照顾的。"宋嫂眼里满满的都是疼爱,"她真的是一个很好的孩子。"

穆晓晓点了点头,道:"可她现在不配合,一见到我就驱使着轮椅走人,我需要帮助,宋嫂。"

宋嫂看着她。怎么帮?

"起码让我看看她的眼睛,探知一下她的状态。"穆晓晓说。

眼睛是心灵的窗户,这话说得一点儿都不假。

眼睛是五官之中最会说话的,可以诉说人心。穆晓晓非常擅长解读人的眼神。可惜上次看了个寂寞,这次她总要看出点儿东西来。

这一老一小开始了紧密的沟通与策划。

她从宋嫂那儿得到消息,每天阳光最好的时候,宋嫂都会推着秦怡去院子里转一转,呼吸新鲜空气。

这会儿,秦怡依旧是老样子,宋嫂把她推进院子里,她就坐在轮椅上,怔怔地看着被风吹落的树叶。

这是她一天中在屋外待的时间最长的时候,也是最适合被观察的时候。

穆晓晓提前埋伏好,她戴了顶棒球帽,假模假样地在花圃里除草。她刚开始还只是给外围的花除草,慢慢地,随着时间推移,她开始一点点地往秦怡的方向挪。

一步、两步……她一点点地靠近。

别说是穆晓晓了,就连推着秦怡的宋嫂都有点儿紧张。宋嫂手心发汗。

为了表演得逼真,穆晓晓几乎全程低着头。她很卖力地除草,额头的汗顺着鼻梁往下滑，脸颊被太阳晒得微微泛红。

终于——穆晓晓到了观察的绝佳位置，不会太近，也不会太远。近到她可以看清秦怡的表情，远到不会让秦怡以为她是故意贴近的。

穆晓晓的心跳有些加速，她缓缓地抬起头，也不敢把脑袋一下子扭过去，而是先假装不经意地看了看旁边的花。帽子恰巧跌落在地上，她侧身去捡，顺势抬起了头。

就在那一瞬间，秦怡的视线投了过来，正对上穆晓晓的目光。

四目相对。

穆晓晓的身子整个僵硬了，她有一种隐藏了半天却早就被对方发现并抓了个正着的狼狈感。

秦怡的眼眸漆黑，眼神深邃，给人沉沉的压迫感。

两人的眼神反差强烈。

穆晓晓的眼眸像是缀在花中的宝石，眼神明亮清澈，溢出灼灼的青春气息。

对视不过片刻间，有风吹过，花香弥漫，温柔地拂过秦怡的长发。她动了动轮椅，转过身去，缓缓地离开。

这个时候，宋嫂不用推着她了。宋嫂迫不及待地扭头去看穆晓晓，满眼期待地问道："怎么样，读懂了什么？大小姐怎么样？我看她盯着你看了半天呢，是什么意思？"

什么意思？穆晓晓擦了擦额头的汗，淡定地说："她浑身上下都透着四个字。"

宋嫂眼睛发亮："哪四个字？"

穆晓晓："'不要碰我'。"

宋嫂也不知道说什么了。

自从穆晓晓从秦怡的眼中看到这四个字之后，她就真的被拒之千里之外，人家大小姐就当她是空气。

秦怡做什么都是独来独往，就连吃饭都是一个人在楼上吃。

穆晓晓坐在楼下和宋嫂一干人其乐融融地边聊天边吃饭时，偶尔也会往楼上看一看。看着那坐在轮椅上犹如冰雕一般的女人，穆晓晓忍不住想要问：不会孤单吗？

当然，秦怡的冰冷不是针对穆晓晓一人，只要她出来，所到之处犹如教导主任出巡,除了宋嫂之外的所有人都会立即噤声,齐刷刷地低下头去。

四天了,穆晓晓连一句话都没跟秦怡说上。

年纪轻轻的她遭受了职业生涯的最大挫折,为此,她还特意给柳艾文打了个电话,说了说她现在"混工资不作为"的处境。

柳艾文像是预料到了会如此,她安慰道:"你压力别太大,在那儿如果能帮助秦怡自然好,如果帮助不了,她不排斥,你就当是陪伴,工资我照样发。"

穆晓晓迟疑了一下,道:"如果一直这样陪伴……"

柳艾文笑着打断她:"那也是你的本事。"

虽然这不是什么正经的安慰,可是也让穆晓晓轻松了很多。

暑假一共两个月,时间很宝贵,虽然佣金不菲,环境舒服,惬意得就好像来带薪度假的,但职业道德感还是让穆晓晓想要做点儿什么,来拯救这位谜一般的大小姐。

到了第五天,穆晓晓已经跟家里的人都熟稔起来了,从宋嫂到专门做饭的小翠,再到花圃的花匠,她和他们都聊得开心。

穆晓晓很体贴,在宋嫂忙的时候会帮着打下手。她很有眼力见儿,一点儿都不像一个娇生惯养的孩子,做起家务来也很熟练。让宋嫂最开心的就是穆晓晓会捧场,以前,她烤出来的东西都没有人敢品尝,大小姐不想吃,其他人是不敢吃,而她自己又吃不了多少,大多浪费了,久而久之,她就不做了。

可如今,穆晓晓一来可就不一样了。她的胃口好得惊人,宋嫂烤多少,她都能吃个精光。有时候一顿吃不了,她就当零食吃。她一整天跟小松鼠似的,拿着饼干,随时随刻都在进餐。

到最后,宋嫂反倒有点儿担心:"晓晓,别撑坏了。"

宋嫂能感觉出这孩子的善意,每次穆晓晓察觉出她的孤单后,就会时不时地陪着她聊天。穆晓晓笑起来的时候可爱极了,两颊会露出酒窝,让人忍不住去戳。

穆晓晓拍着肚子道:"没事儿,我每天都在健身,而且我有个习惯。"她笑了笑,说,"吃饭不能剩。"

她的这个习惯,宋嫂其实很早就发现了。穆晓晓每次吃饭的时候都会很节省,吃多少就盛多少,到最后,碗里肯定光光的,一粒米都不剩下。

"我小时候挨过饿。"穆晓晓看出宋嫂的心思,坦然地解释着。那段经历,让她知道每一粒粮食都来之不易。

宋嫂愣了一下后，不可思议地看着穆晓晓。

挨过饿？

这话听着像是玩笑话，但是宋嫂从穆晓晓的眼神中看出来了，她并不是在开玩笑。宋嫂没有追问原因，只是温和地说："以后想吃什么都和我说，我给你做。"

穆晓晓笑了笑。她眼中都是璀璨的光，白皙的肌肤被阳光一照犹如透明。宋嫂盯着她看，心底突然就有了一个想法：这个女孩这么温暖，或许真的能帮助小姐。她忍不住抬起头往秦怡的房间看了看，然后轻轻地叹了一口气。

那房间依旧是拉着窗帘，灰突突的，一片阴郁。

下午，到了秦怡看风景的时间。秦怡坐在轮椅上，望着外面被风吹着的飘零的树叶。

穆晓晓缩在旁边的沙发里偷偷地看着，当秦怡转过轮椅准备回房时，她一眼就看见了缩在沙发里跟个毛团一样的女孩。

穆晓晓屏住呼吸，看着秦怡。

秦怡没有任何反应，就像看不到穆晓晓一样，甚至连片刻的停顿都没有。

穆晓晓被晾在原地。她摸了摸自己的脸：挺好看的啊，看都不看一眼？

她这样的皮囊，从小到大，喜欢的人很多很多，先不说在校园之中，就是在工作时，也是占尽了优势。

有些人或许不愿意理人，但是出于对美好事物的欣赏，都会多看她一眼。

秦怡却连一个眼神都不给她。她这些天在跟别人聊天的时候观察过，无论他们说什么，聊什么，秦怡都一点儿反应也没有。秦怡就像关上了通向这个世界的大门，将自己封闭起来，拒绝任何人靠近。

一直到第六天，家里有人过来，一切才变得有了一丝不同。

一大早，穆晓晓就发现宋嫂很紧张——她带着阿姨们把家里打扫了一遍又一遍，一点儿灰尘都没有，她还不停地看表，时不时地搓一搓手心，局促不安。几个阿姨也很紧张，忙来忙去，明明地板已经擦了很多遍，都发光发亮了，她们却还是不放心一般，擦了一遍又一遍。

穆晓晓疑惑地看着宋嫂，宋嫂压低声音解释："今天小姐的姐姐要过来。"

姐姐？亲姐姐吗？

穆晓晓看宋嫂明显不想多说，便也没有多问，一直到上午十点左右，随

019

着庭院里传来汽车的声音,所有人都屏住了呼吸。

宋嫂嘱咐穆晓晓尽量待在自己的房间里,别出来。穆晓晓走到房间的窗户边,贴着墙壁小心翼翼地往下看。

从一辆黑色的轿车上,下来一个穿着制服、戴着白手套的男人,他走到后排,毕恭毕敬地开了车门,从车内走下来一个身材高挑的女人。

她穿了一件黑色的薄纱外套,内里是酒红色的衬衫。她肌肤如玉,身材修长挺拔,红唇清冽,表情冷峻。她身后跟着一个肌肉发达的黑衣保镖。

她转身简单地交代了几句后,那人就退了下去。

她是自己一个人进来的。

宋嫂上前迎接。打开门之后,宋嫂低着头,抿了抿唇,似乎是犹豫了一下才叫了一声:"大小姐。"

秦霜没有回应,她瞥了宋嫂一眼,问:"她呢?"

宋嫂依旧低着头,道:"小姐在屋里。"

秦霜听了皱了皱眉,径直向秦怡的房间走去。

秦怡的房间,穆晓晓来了这么久,也没见有人敢过去。整个三层都像一个禁区,任何人都不敢轻易踏入。

随着高跟鞋落地的声音,秦霜走到了秦怡的房门口。她站在那儿沉默了半晌,才抬起手敲了敲门。

屋内没人回应。

"是我。"秦霜声音冷淡。

见房间内没有反应,她又敲了敲,依旧是没有回应。她皱着眉转身看着楼下的宋嫂,颇为不耐烦地说道:"开门。"

家里的备用钥匙都是宋嫂掌管的,她一听秦霜这么说,便有些畏惧地缩了一下身子。

穆晓晓从门缝里偷偷地观察到,心里有点儿不是滋味。

这段时间她也观察过,宋嫂岁数大了,平日里为了维护这个家,为了照顾秦怡,她在他人面前还要强撑着架势。如今,在秦霜犀利的目光之下,她半缩着肩膀,显得老态龙钟。

"钥匙。"秦霜的声音很冷,眼神也充满侵略性。

宋嫂咬了咬唇。她抬起头,道:"大小姐,她……"

秦霜冷笑一声,不待宋嫂把话说完,她便淡淡地说道:"怎么?我都不知道,这个家姓宋了吗?"

宋嫂的头又低了几分,却依旧没有动。

秦霜眯了眯眼睛,表情冷了下去,眉宇间凌厉逼人。她一动不动地盯着宋嫂,周围的人大气都不敢出,都默默地替宋嫂捏了一把汗。

就在两人僵持的时候,门被缓缓地打开了。

房间里的光洒了出来,秦怡坐着轮椅缓缓地向外移动。她穿着白色的长裙,如瀑的长发散落肩头,肌肤胜雪,清淡高雅如白莲。

穆晓晓敏锐地观察到,自从秦怡出来后,家里的几个阿姨都舒了一口气。

秦霜快步走到秦怡面前,一只手扶住轮椅把手。她弯下腰,表情变得温柔,就连声音也变得柔和:"你总算肯出来了。"

秦怡没有回应,她抬起头,漆黑的眸沉沉地盯着秦霜。

她好似生气了。

透过门缝看到这一切的穆晓晓心里一动,这是她在秦家这么多天来,第一次看到秦怡眼里有情绪变化。

秦霜笑容不减,道:"我要是不这样,你会见我吗?"

秦怡没有回应。

秦霜的眼中带着温柔,她轻声道:"我很想你。"

秦霜说这话的时候一改刚才的咄咄逼人,并没有避讳着大家。大家都站在那儿一动不动,不敢出声,也不敢在这个时候往外退。

秦霜的身子前倾,又贴近了几分,她抬了抬手,似是想要摸一摸秦怡的头发,却被秦怡的眼神震慑住了。

秦怡虽然说不出话,但是那眼神凌厉得好似能将人击伤。

秦霜苦笑着摇了摇头,然后她抬头看着窗外,道:"今天天气很好,我推着你出去散会儿步,好吗?"她的恳求近乎卑微。

她来的时候颐指气使,不可一世,在秦怡面前却一再放低身段。

穆晓晓的目光快速移动,她观察着周边其他人的表情,除了宋嫂一直紧张地看着她们,其他的人都低着头,大气都不敢出一口。

"好吗?"秦霜再次问道。她的声音悦耳动听,眼中充满期待。

秦怡终于抬起头,她盯着秦霜看了一会儿,然后红唇轻启,用无声的唇语说了一个字——滚。

秦霜后退了一步,她难以置信地看着秦怡。

秦怡面无表情地看着她，眼神依旧冰冷。

空气凝固了片刻。

客厅的钟嘀嗒嘀嗒地响着，让人心慌。

不知道过了多久，秦霜才缓缓地说："好……我知道你心情不好，我改天再来看你。"她努力克制着情绪，说，"到时候我再带你出去。"

说完，她整理了一下衣服，转过身准备离开。

只是一转身，秦霜立刻恢复了逼人的气势，她的头又抬了起来，犹如刺猬一般，身上散发着凌厉的气息。她抬眸，锐利地扫视楼下几个低着头的人，最终停在宋嫂的身上。

宋嫂低着头，不敢看她。

秦霜走到她身边，沉声道："你把我妹妹照顾得很好，我会奖励你。"

宋嫂不说话，脸色苍白。

说完，秦霜不再停留，大步走出去。

气场如此强大的她就这样"滚"了出去。

只是秦霜的脸色要多难看就有多难看。

直到车子消失在视线范围内，大家才都松了一口气，放松了一下。宋嫂则是抿着唇看着秦怡。

秦怡没有反应，她将轮椅转向，目光短暂地落在宋嫂身上几秒钟，然后进入卧室，关闭了房门。

穆晓晓走出来时，大家都散了。宋嫂低着头，皱着眉，情绪低落，而小翠则兴奋不已，她说："小姐可给我们出了一口气。"

穆晓晓看着她，不知该如何开口。毕竟这是秦家的事情，她作为外人不便多说。

小翠像是在炫耀一样，说个不停："我们小姐虽然坐在轮椅上，但她才是秦家名副其实的千金，秦家的老部下哪个不偏向她？要不是她不想争，哪儿轮得着秦霜在这儿趾高气扬？"

穆晓晓听着小翠的话，抬头望向楼上，她平静的心被吹起了些许涟漪。

秦怡这样的女人，即使坐在轮椅上，即使不能说话，她仍然能保持着高高在上的千金大小姐的气场，不容任何人挑衅。

没有谁能逼她低头，除非她自己想放弃。

这……究竟是为什么呢？

自从秦霜离开之后,宋嫂的情绪一直很低落。她去房间里待了一会儿,出来的时候就看到了客厅里等着她的穆晓晓。

穆晓晓站了起来,她目光扫过宋嫂的眼睛后,微微一笑,道:"我饿了。"

可就是这一句话,暖了宋嫂的心。宋嫂点了点头,道:"我这就去给你做吃的。"

宋嫂走得很快。

穆晓晓看着宋嫂的背影,抿了抿唇。她抬头往秦怡的房间望去,只看见屋内依旧拉了窗帘,一片漆黑,只能隐隐约约地看到一个背影,显得寂寞又倔强。

晚上吃饭的时候,秦怡依旧没有出来,饭是宋嫂送上去的。

穆晓晓喝粥的时候,察觉出宋嫂的状态有点儿不对劲:她的脸色有些苍白,额头隐隐有汗。穆晓晓忙问道:"宋嫂,你不舒服吗?"

宋嫂偏了偏头,道:"没有,没事儿。"

"还没事儿呢?"穆晓晓看着她的眼睛道,"你声音都不对劲儿了,家里有温度计吗?我感觉你好像发烧了。"她说着,抬起手摸了摸宋嫂的额头。

宋嫂虚弱地说道:"就是有点儿累了……"

她不能给小姐找麻烦,小姐今天的心情已经很不好了。

穆晓晓看着宋嫂的眼睛,轻声说:"别担心,宋嫂,只是有点儿发烧,不要太紧张,嗯?"

一句话,说得宋嫂眼眶微红。她一直在自责、懊恼,痛恨自己不能保护秦怡。

在外人看来,大小姐住在这里,吃喝不愁,要什么都有人送来,是该让人羡慕的生活。可是谁又知道小姐有多么不容易?谁又知道她经历了什么?

宋嫂心疼她。她的力量太微弱,帮不了什么忙,她却也不能眼看着大小姐被人欺负。

秦怡才是老夫人的孩子,她才是秦家的千金大小姐。

穆晓晓扶着宋嫂躺在床上,又给她吃了药,在她头上贴了退烧贴后,才道:"看看过一会儿烧能不能退下去,如果退不下去,明天得去看医生。"

宋嫂摇了摇头。她掀开被子,还想去看看秦怡。

穆晓晓拍了拍她的手,柔声说:"你别着急,越着急越容易上火,你要好好休息,这样才能好起来,秦小姐才不会担心。"

宋嫂像是被说中了心事，把胳膊和手都缩了进去。她不能生病，秦怡现在生活上有诸多不便，虽然家里有其他保姆和阿姨，但是照顾秦怡的很多事儿都需要经她的手。

今晚怎么办？宋嫂舔了舔干涩的唇，看着穆晓晓，眼中发出求助的信号。

穆晓晓自然能够读懂宋嫂眼里的渴望，她挣扎了一下，压下心底莫名的紧张，道："那……我去看看。她平时都需要什么？"

为了方便坐在轮椅上的秦怡操作，她的房间进行了专门的改装。但是，有些事情还是需要别人的帮助。

宋嫂虽然身体虚弱，但还是强撑着精神说："大小姐好洁，她脱下来的衣服都需要收出来交给小翠专门清洗，房间里的地也需要一天清洁三次。最近天气干燥，她不能上火，要把加湿器打开。她喜欢檀香的味道，壁橱上有专供的香薰，点开后味道会有一些大，窗户要开一点儿。她桌上的护肤品什么的，千万不要动，她不喜欢。还有洗澡，浴室经过改装，她可以自己进去，但是人要在外面守着，以防有什么突发情况，还有……"

宋嫂说起这些来一点儿都不像是生病的样子，她交代得很详细。穆晓晓听得认真，她一直侧着脸，竖着耳朵。

说得差不多了，宋嫂顿了一下，然后迟疑地看着穆晓晓的眼睛，问："是不是太多了？"

穆晓晓摇了摇头。她给宋嫂披了披被子，然后把大灯关了，只开了床头灯。她道："我先过去试试，你先休息会儿，难受就发信息告诉我。"

宋嫂有点儿不放心，她用胳膊撑起身子，问："真的可以吗？"

这话问得穆晓晓心里直打鼓，当她犹豫的时候，宋嫂突然躺在床上，用被褥裹住自己。她转了个身，嘟囔着："唉，好难受。"

穆晓晓很无语。

她发现宋嫂真的有做心理师的天赋，厉害极了，她话还没开始说呢。

带着忐忑的心情，穆晓晓先去洗手间把自己的手洗干净，又对着镜子整理了一下，这才往三楼走。

这是她这段时间以来，第一次来这里。

刚到楼上，她就闻到了淡淡的檀香的味道，还有阵阵低沉的琴声。

穆晓晓对于音乐不太懂，但是她也能听到琴声里淡淡的哀愁与悲伤，像是浅浅的波浪，一波波涌来，隐忍而低沉。

她站在楼梯口停顿了一会儿,给自己鼓了鼓气后,才走到秦怡的门口,抬起手敲了敲门。

几乎是在一瞬间,门声响,琴声止。

饶是穆晓晓心理素质强大,此时心也悬了起来。她屏住呼吸。

她还真有点儿害怕自己会像秦霜那样从秦怡那儿得到一个"滚"字。

夜晚格外寂静,不知道过了多久,在穆晓晓的心翻来又覆去,像是坐过山车般上下下几个来回之后,随着轮椅轱辘轱辘转的声音,门被打开了。

屋内黯淡的光洒向门外,随之传来阵阵檀木香,不浓烈,却一缕一缕地钻入人心。

穆晓晓紧张极了,她手心都在出汗。她看着轮椅上的秦怡,一时间仿佛丧失了语言能力。

月色弥漫,月光洒在秦怡的身上,好似为她披了一件冰凉的纱衣。

秦怡就那么看着穆晓晓,虽然她发不出声音来,但是气场依旧格外强大。

她往楼下看了看,似在找寻什么。片刻之后,她抬起了头,双眼盯着穆晓晓。

这是穆晓晓第一次这么近距离看秦怡。

她真的是美到惊人,漆黑的长发搭在肩头,皮肤白如陶瓷,红唇鲜艳,眼下带着淡淡的倦容,却丝毫不减眸中的犀利。

她眼睛一眨不眨地盯着穆晓晓,眼神似乎是在问话。

穆晓晓读懂了。她轻声说:"宋嫂有点儿累,让我上来看看。"

有点儿累?

秦怡没有回应,她双眼如炬,盯着穆晓晓。

以前,这样审视、狐疑的目光,都是穆晓晓给别人的,如今,这目光让她如芒在背。

穆晓晓抿了抿唇,道:"她……有点儿发烧。"

不待穆晓晓再说什么,秦怡已经转过身进了房间,而她身后的门缓缓地关闭了。

穆晓晓心里咯噔一下:完蛋了,我这是招大小姐烦了。

好在穆晓晓下去跟宋嫂说了进门被拒的事儿之后,宋嫂表示了理解,还给予了肯定:"你能和大小姐说两句话,很不错了。"

穆晓晓睁大双眼,有些不可置信。

宋嫂想了想,掀开被子,道:"要不我还是去看看吧。"

无奈她心有余而力不足,才走了几步,头就一阵阵发晕,腿也没有力气。

穆晓晓赶紧扶着她躺下:"先别动,我去给你煮点儿粥,再吃点儿药,恢复一下再去,嗯?"

她算是看透了,宋嫂的慈祥温和都是表面,她骨子里的倔强倒和秦怡很像。

到底是身体不好,宋嫂没有拗过穆晓晓,她总算是答应不再折腾了。只是她又从抽屉里拿出一沓纸,絮叨着:"我这身体不知道什么时候能好,我还是把小姐平时生活上的细节写下来吧,晓晓,真是麻烦你了。"

穆晓晓无奈地看着她。

宋嫂写完了,抬头道:"晓晓,虽然我跟你认识没多久,但我知道你是个好孩子。"灯光下,老人苍白的脸色让人心疼。

穆晓晓叹了一口气,道:"宋嫂,你要说什么?"

她知道,宋嫂还是不放心秦怡。

宋嫂的眼圈有点儿红,她哽咽道:"我老了,身子骨顶不住了,我就是想拜托你,拜托你照顾小姐,她……她这一辈子经历了很多,她……"

"别多想。"穆晓晓抽了张纸巾递给宋嫂,"您只是有点儿发烧,会很快好起来的,到时候你就能又守在她身边了。"

宋嫂没接纸巾,她盯着穆晓晓看,眼神略带固执。

穆晓晓没办法了,她最受不了老人这样哀求的目光,她只能妥协:"好好好,我会照顾她的。"

宋嫂总算安心休息了。穆晓晓下楼煮粥,她的厨艺其实还不错,这曾让她的朋友们很惊讶。

只是这粥还没煮好,家里的大门就被叩响了。穆晓晓想去开门,宋嫂不放心,她害怕是秦霜又回来了,便挣扎着跟穆晓晓一起去看。

门被打开,带进来一股子潮湿与凉意。

两个穿着西装的男人走了进来,其中一个还带着药箱,道:"宋嫂,您病了?"

穆晓晓惊讶地转身去看宋嫂,宋嫂也有些茫然。这两人是秦家的私人医生,在业界久负盛名,医术高超,每个月都会定期过来给大小姐检查身体。但是他们平时高傲,很少理会他们这些打工的。而且今天不是替大小姐检查身体的日子,他们怎么来了?

宋嫂翕动了一下干涩的唇,疑惑地看了看穆晓晓。穆晓晓却像是明了,她抬头看了看三楼秦怡紧闭的房门。

秦怡的房间里留了一盏灯,灯光很淡,却足以证明主人还未睡下。

许医生也看见了,他不安地说:"下次有什么事儿,您直接联系我就行,不需要惊动小姐。"

他明显很慌张,急匆匆地把病得有点儿迷糊的宋嫂带进去检查了。

而穆晓晓站在原地,两只手插兜,抬头往上看。

虽然只能看到一个模糊的轮廓,但是穆晓晓看得出来,秦怡正透过窗户注视着楼下。

穆晓晓轻轻地舒了一口气。

那一缕灯光虽然很淡,但是照进了穆晓晓已经不再抱有期待的心,她看到了些许希望。

最起码,秦怡还会关心身边的人,她没有完全关上心门。

可穆晓晓怎么也没想到,秦大小姐第二天就把她这刚刚燃起的希望给摁灭了。

第二章
"傲娇"大小姐

穆晓晓有每天早上起来长跑的习惯。

来了秦家之后,她就围着别墅区周边跑,两圈正好五公里。

早上,她起来后看了看宋嫂,宋嫂还在睡,但是体温已经降下去了。穆晓晓跟正在做早餐的小翠打了个招呼就出去锻炼了。

最近的天气像是要下雨一样,闷热得让她跑到最后一圈的时候,身体被汗水打湿。她脸颊泛红,胸口微微起伏。

穆晓晓随手把头发扎了起来。她的手机振动了一下,收到了一条信息。

秋秋:"姐姐,我放暑假了,能去看你吗?我好想你啊。"

穆晓晓的唇不自觉地上扬,她回复道:"姐姐在忙着打工,不方便见你,零花钱还够吗?要不要给你报个团,去哪儿玩一玩?"

秋秋的信息回得很快:"不要,我就要见姐姐。"

穆晓晓轻轻地叹了一口气。她没有再回复,而是把手机放进了口袋,往屋里走去。

一个星期的时间,她对于这栋房子已经很熟悉了。清晨,园圃里的工人正在忙着打扫,修剪花枝;厨房里,小翠做好的饭已经散发出了香气;客厅里播放着低沉优雅的钢琴曲。

穆晓晓洗了把脸,她依旧不放心宋嫂,准备去看看,却被小翠给拉住了。小翠冲穆晓晓使了个眼色,下巴往三楼的方向扬了扬,道:"你去跑步的时候,许医生又来了一趟,说宋嫂没什么事儿了。之后,宋嫂就被小姐叫上去了,下来的时候眼圈都红了。宋嫂刚刚回了房,我路过的时候偷偷地去看,发现她哭了。"

宋嫂哭了？

虽然相处的时间不长，但是穆晓晓知道宋嫂是一个坚忍的老太太，就算是昨天被秦霜那样刁难也没看见她落泪，而如今……这是怎么了？

很快，穆晓晓就知道发生了什么。

过了大概十分钟，宋嫂开门，把穆晓晓叫了进去。

穆晓晓进屋之后看见宋嫂放在地上摊开的行李箱，不由得怔住了。

宋嫂缓了半晌，情绪才好了一点儿，可是她的声音依旧哽咽："晓晓啊，宋嫂可能要离开这里了……"

穆晓晓抬眸，不可思议地望着宋嫂。宋嫂眼圈泛红，额头的白发也落了下来，刚刚退了烧的她看起来还有点儿虚弱，脸色苍白。她抿了抿唇，偏开头看着窗外被风吹动的杨柳，念叨着："还以为能伺候她一辈子。"

这话说得悲凉，下一秒，风吹下了宋嫂的眼泪。

穆晓晓的心缩成一团，她问道："她赶你走？"

除了秦怡，没有谁能让宋嫂离开吧。

只是……为什么？

明明在这个家里，真心为秦怡的就只有宋嫂一个了，穆晓晓不相信秦怡会不知道。

不能说话，不能走路，还有强势的姐姐时不时地过来欺压她，她把宋嫂赶走了，以后要怎么办？

宋嫂的房间外，陆陆续续地有人走过，他们低着头窃窃私语，比穆晓晓更加震惊。

不用说的，他们之中，有很多人都是被宋嫂招过来的，他们都很尊敬她。

宋嫂就像是这个家的大管家，她就这么走了，这个家还不得乱套？而且秦怡这么做会让大家觉得她太狠心。一个从小把她养到大的人，居然就这么被她赶走了？

大家面面相觑，不禁想到了他们自己以后的处境和生活。

宋嫂定的第二天离开，她跟大家说是小姐知道她身体虚弱，需要休息，才让她缓一天。

宋嫂收拾行李的时候速度很慢，在秦家二十多年了，这里到处都充满了她的回忆，只是这些都是物品，都可以慢慢地淡忘，可是人呢？

宋嫂想到这儿，眼圈就红了。她坐在床头，抚着她和秦怡的合影，不禁老泪纵横。

那是她刚来秦家没多久的时候,彼时的秦怡还是襁褓里的婴儿。大小姐从小就漂亮,像洋娃娃一样精致。这张照片是老夫人亲自给她们照的,还说以后等大小姐长大成人出嫁时,她可以把照片带走。

可如今,她是等不到了。

穆晓晓敲门进来的时候,宋嫂正在擦眼泪。穆晓晓有些不忍,道:"宋嫂,吃药了。"

宋嫂要离开的消息一传开,家里的工人就散了一半。

穆晓晓不知道为什么突然会变成这样。她知道宋嫂现在一定很难过。

"孩子,来。"

宋嫂擦干眼泪,拍了拍旁边的床铺,示意穆晓晓过来,这样的称呼让晓晓的心抖了一下。

以前,妈妈就是这么叫穆晓晓的,穆晓晓已经许久没有听过这个称呼了,她眼睛有些发酸。她乖乖地走过去坐下来。

宋嫂上了岁数,眼神不再清澈,透着一股沧桑。她往外看了看,道:"外面干活的那些人都议论起来了吧?"

穆晓晓点了点头,说:"是,很多人都想走。"

都这个时候了,她也没必要隐瞒。

宋嫂轻轻地叹了一口气,道:"都走了也好。"

又是一阵沉默,宋嫂在克制情绪。

"好孩子,这段时间就辛苦你了。"宋嫂握着穆晓晓的手,说。

穆晓晓看着她的眼睛,问:"你不怪她吗?"

她在宋嫂的眼里看到的都是不放心与眷恋不舍。

宋嫂摇了摇头,道:"小姐是我一手带大的,我怎么会不知道她……"她的声音很低沉。

秦家情况复杂,可就是再复杂,也本不是她一个外人可以说的,但是她放心不下秦怡。

她走了之后,大小姐该怎么办?

宋嫂缓缓地说:"昨天来的那位,你也看到了,那是秦家现在名义上的大小姐,将来要继承秦家南阳集团的秦霜。"

穆晓晓点了点头。她认真地听着,不插话。

"秦家老一辈是靠着三兄妹做起来的，后来经历了很多变故，秦家子嗣少，到了小姐这一辈，就只剩下她和表姐秦海瑶了。"

穆晓晓看着宋嫂，心想：秦海瑶？不是秦霜吗？

宋嫂好像能看透她的心一样，道："秦霜是老爷不久前才对外承认的私生女，在这之前，她一直以保镖的身份被安排在小姐的身边。"

这一句话的信息量太大，穆晓晓有些错愕，她许久不能回神。

秦家老一辈之间的事本就纷杂，到了这一代更像是一团乱麻，交织在一起，难以理清。

原本，秦家的产业由秦怡的表姐秦海瑶掌控，她是一个手腕凌厉的女强人，至今外面还流传着她的名号，只是后来她与忆扬的总裁纠缠在一段感情之中，直到三年前，她给妹妹留下几句话便离开了。她这一走一直没有回来不说，连消息都没有。

秦怡的性格本来不是这么冰冷的，虽然她刚出生没有多久，母亲就病逝了，但她毕竟是秦家最受宠溺的小女儿，父亲和小姨素岚无限地宠爱她，姐姐更是溺爱她，让她从小就无忧无虑、肆无忌惮地享受着人生。十八岁那年，她因为兴趣踏进娱乐圈，秦老爷子虽然不同意，但是也拗不过女儿。秦老爷子不再反对她的事业，只是在她十八岁生日宴上，把秦霜安排在她的身边，当她的贴身保镖。

那时候的秦霜还不是什么千金大小姐，只是秦老爷子口中的一个远房亲戚。她从小就练习格斗等各种技巧，身手不凡，而且她和秦怡年龄相仿，两人也相处得来。

事实证明，两人的确相处得不错，有一次，在某个颁奖典礼的后台，秦霜甚至为了保护秦怡，徒手去接刀片。那血淋淋的场景吓坏了秦怡，从此之后，秦怡便真的把对方当作最好的朋友。

这些年，秦家唯一的领导者秦老爷子身体逐渐不行，他不得不提前做打算，为企业确定继承人。他派了很多人去找秦怡的表姐秦海瑶，但是最终都没有得到消息。秦老爷子的身体越来越差，他知道不能再等下去了，于是他准备推女儿秦怡上位。

秦怡虽然对经营企业没有兴趣，但是面对家族危机，她不能退却。于是，秦老爷子特意选了秦怡二十五岁生日这天，准备在她的生日宴上宣布这一切。秦家上下为此忙碌不已，只为准备一场盛大豪华的宴席。眼看着一切都要水到渠成了，却出了问题。

秦怡二十五岁生日的前一天，秦老爷子和把秦怡抚养长大的小姨素岚发生了激烈的争吵。

之后，又发生了什么，无人可知。

只是，展示在外人眼前的曾经和谐的家庭不见了，生日宴也被取消，秦怡的精神状态从此不太稳定，她最终终止了所有的娱乐圈活动。与此同时，原本在她身边待了七年、兢兢业业地守护着她的保镖秦霜却在众人的一片哗然之中，被承认了身份——她才是秦家的大小姐，是秦老爷子和素岚的私生女，是秦怡的姐姐。

说到这儿，宋嫂握着穆晓晓的手紧了又紧："我从见你第一面起就很喜欢你，我……我求你，好好照顾她。"

她没有办法了，眼看着自己就要离开，家里连一个值得托付的人都没有。这几年，小姐身边的人大多早就被秦霜收买了。

宋嫂对穆晓晓这孩子有好感，她本能地相信她。

如今，时间紧迫，虽然把穆晓晓当成最后的希望对宋嫂来说有赌的意味，但她就是要牢牢地抓住穆晓晓。

"不要怪小姐无情，她是在保护我。昨天秦霜离开的时候，那个眼神……"宋嫂的声音低沉而压抑，"她是怕我受到伤害。"

晚上，秦怡依旧没有下楼。

有人来接宋嫂了。那是一个文质彬彬的高个子男人，他对宋嫂很恭敬。他弯腰递给她一个牛皮袋，道："这是小姐给您的。"

宋嫂抿了抿唇，不舍地往楼上看了看，然后接过了牛皮袋。

"里面除了小姐给您的养老费，还有一本您家乡南区的房产证。"

看着手里的房产证，宋嫂想起秦怡小时候随她一起回她的老家游玩，她曾经抱着秦怡，指着那片地，笑着说："等以后我们小姐长大了，我就回来这里养老，好不好？"

小小的秦怡立即抱住她。秦怡仰着头，葡萄一样的大眼睛看着她，撒娇道："不好，不许你走！"

宋嫂的眼眶湿润了。

"小姐说感谢您这些年的付出，她已经安排人把您一双儿女接过来了，她安排好了一切,让您颐养天年。"

家里的门,被重重地关上了。

在大家的一片唏嘘声中,宋嫂准备离开了。

天,阴沉沉的。

这是她守护了二十多年的家,如今,是时候告别了。

宋嫂抬起头,最后一次看向了三楼秦怡房间窗户的位置。

这一次,秦怡没有拉着窗帘,她就坐在窗边,却没有往下望。空气中飘浮着水雾,让宋嫂看不清屋里的人,她隐隐约约只看到一个轮廓。

宋嫂想:你要好好的,小姐。

随着车子启动,轰隆隆的雷声响起,酝酿已久的大雨瓢泼而下,带走了唯一留在秦怡身边的亲人。

不知道过了多久,秦怡才缓缓地转过身,往楼下去看,却再也看不见那个多年来一直把她当作孩子一样陪伴的宋嫂。

"小姐,该吃饭了。"

"又要喝咖啡吗?咖啡对身体不好,咱不喝了行不行?"

"是不是想去院子里?我推着你。"

……

这些充满温情的话,秦怡再也听不见了。

她沉默了许久,长长的睫毛轻轻地颤动着。她抬起手,在满是水雾的窗上轻轻地画着。

片刻之后,窗上出现了一个微微佝偻着身子的老妇人牵着一个小女孩的画面。

再下一秒,雾气涌了起来,秦怡白嫩的指尖动了动,那小女孩原本弯起的笑眼垂了下去,似乎在流泪,而她身边的老妇人已经消失不见了。

从此之后,偌大的别墅,只余她孤身一人了。

这一晚的雨下得很大,雨水就好像砸在每个人的身上,让人辗转难眠。

穆晓晓也没能入睡,她坐在藤椅上,盯着窗外看了许久的雨,这才转身走到了桌子前。

她抽出一张白纸,拧开钢笔,橙黄的灯光照射在白纸上,渲染了几分暖意,她一笔一画地写着。

虽然很多事情依然不甚清晰,但是大体的脉络已经出来了。

人生在世,除了金钱和物质之外,所图不过三样:亲情、友情、爱情。

秦怡的亲情关系复杂,她从小就失去了母亲,陪伴她的亲人只有父亲与养她长大的小姨。

而这两个最亲的人一起欺骗了她,这是绝杀。

她剩下一个表姐,却三年下落不明。

穆晓晓在"亲情"这两个字上,打了一个大叉。

至于友情……

像秦怡这样的名门之女,想要友情,该是有大把的,可她一直很孤单。

老天有时候是公平的,给得太多,势必就要收回去一些。

身边的朋友,有几个是真心,有几个是假意,又有谁是别有所图?

而那个在她十八岁时为她挡了一刀,从此走进她心里的秦霜……

穆晓晓长长的睫毛颤动着,她想起秦霜来这里时对下属盛气凌人的态度和对秦怡时的卑微,反差十分大,她轻轻地叹了一口气,又打了一个叉。

只剩下爱情了。

想了想,穆晓晓打开电脑,搜出前几天张巧发过来的秦怡的访谈节目的视频。

她看的速度很快,鼠标滑动,一条视频一条视频地过,秦怡当时正当红,自然有不少人关注她的感情。

可是穆晓晓发现,秦怡面对关于感情的话题一直是讳莫如深。

唯独在一个面对面的综艺访谈里,她难得认真地回答了几句。或许是主持人的态度实在诚恳,或许是录制节目时正值深夜,让她卸下了防备。

镜头里,她一袭白色的掐腰长裙,修长的双腿交叠,肌肤胜雪,她坐在沙发上与对面的主持人交谈。

她坐姿端正,上身挺得很直,即使已经深夜了,眼睑下有着黑眼圈,透着疲惫,可她看起来依旧那么高雅清隽,赏心悦目。

两人先是简单地聊了一些关于工作、生活的事儿。

秦怡始终保持着得当的微笑。透过屏幕,穆晓晓察觉到她眼底浓浓的疲倦。

最终,问题还是落到了感情上。

"众所周知,秦怡你从出道到现在时间也不短了,感情经历一直是空白,是因为工作太忙还是其他原因？你不会觉得孤单吗？"

穆晓晓认真地观察着，屏幕里的秦怡微微低下头思考了片刻，然后抬起眼眸，长长的睫毛颤动着。她红唇轻启，缓缓地说："没有人生来就是孤单的，我也渴望拥有属于自己的爱情。只是我看到了太多，听到了太多，所以一直没有遇到我想要的那片净土。"她的眼神一变，正视着镜头说，"即使永远孤单，我也绝不将就。"

关了视频后，穆晓晓在"爱情"两个字上面，又打了一个叉。

看着面前的三个叉，穆晓晓揉了揉额头，又抽出了另一张纸，依次写下了三个词——家庭、事业、生活。

秦怡的家庭，用"支离破碎"来形容不为过。

而她的事业也因为身体而搁浅停滞，生活上基本依靠宋嫂，如今，宋嫂被她亲手推出了门。

她的生活，还会有什么希望？

穆晓晓看着纸上的字，心里陡然一动，她一下子站了起来。

她明白了：秦怡这是在放弃自己！

秦怡最先放弃的就是自己，她先放弃了她的声音、她的腿，而后送走宋嫂，是她放弃了自己内心唯一想保护的人。

身心都被抛弃，从此之后，卸了盔甲的她不再有弱点，无所畏惧。

秦霜第一时间便知道秦怡送走了宋嫂。她低头在文件上签字，表情冷冰冰的。而前来通报的男人则胆战心惊地低着头。秦霜的右侧站着一个身材高挑的女人，女人的身段一看就是练过的：挺拔、纤细，手臂上的肌肉线条充满力量感。

秦霜握着笔的手顿了一下。她皱了皱眉，烦躁地挥手，命令道："出去。"

那男人赶紧退了出去。

门被关上，秦霜看着窗外缠绵的雨，眼神阴郁。

不知道过了多久，她看了看身边的人，问："阿织，你说我是不是逼她逼得太紧了？"

阿织没有回应。

秦霜咬了咬唇，她身子向后，靠在椅子上，感慨道："她居然真的舍得让宋嫂走。"

她还没有动手,秦怡就先她一步把宋嫂送走,还让人把宋嫂的家人也接了过去,工作都安排好了,就连家里的地皮都被秦怡以宋嫂的名义买了下来。

秦怡对一个保姆都如此满怀柔情,又有耐心,为什么就不能分一点儿给她呢?

秦霜深吸一口气,看着阿织,问:"我让你查的那个女孩,怎么样了?"

阿织点了点头,开口道:"查到了,她叫穆晓晓,今年二十岁,是B大心理系的高才生,品学兼优。"

秦霜瞅着她,问:"还有什么?"

阿织答道:"她的家庭背景比较特殊,她刚出生就被遗弃在孤儿院门口,一直在那里生活了十六年。后来,她的母亲不知什么原因又将她认领了回去。她母亲开了一家小公司,衣食不愁,她们一直一起生活。穆晓晓在学校打了很多零工,她每个月都会固定回孤儿院探望,赚的钱也几乎都给了孤儿院。除此之外,没有别的,就是一个普通家庭的女孩子。"

秦霜听后沉默了片刻,随即摆了摆手。

她不是一个热心肠的人,对于其他人的事儿都没有什么耐心,也并不愿意去听,但是只要出现在秦怡身边的,她就不能忽略。

无论昨天发生了什么,无论昨天的雨有多大,第二天的太阳照样会升起。

穆晓晓早上起床时,发现家里的一切都变了。平时负责打理花园的叔叔不见了,做家务的阿姨们也不见了,取而代之的是一张张陌生的面孔。

穆晓晓愣了一下,她再去看客厅里的人,就发现除了小翠,她谁都不认识了。

想了一下,她明白了——秦怡把身边的人都换掉了。

午饭时,穆晓晓还是在楼下吃的。小翠心情低落,她有点儿感冒,便先去休息了。新来的小姑娘叫小云,她长得甜美,话不多,做饭也香甜可口,可穆晓晓还是怀念宋嫂做的饭菜。穆晓晓刚吃完饭,穿着白大褂的许医生便从楼上下来了,他的目光在穆晓晓身上停留了一会儿,上下打量了她一番后,道:"小姐叫你上去。"

秦怡叫她上去?

穆晓晓的心一颤,刚来的时候,她费尽心思想要接近秦怡,对方连个眼

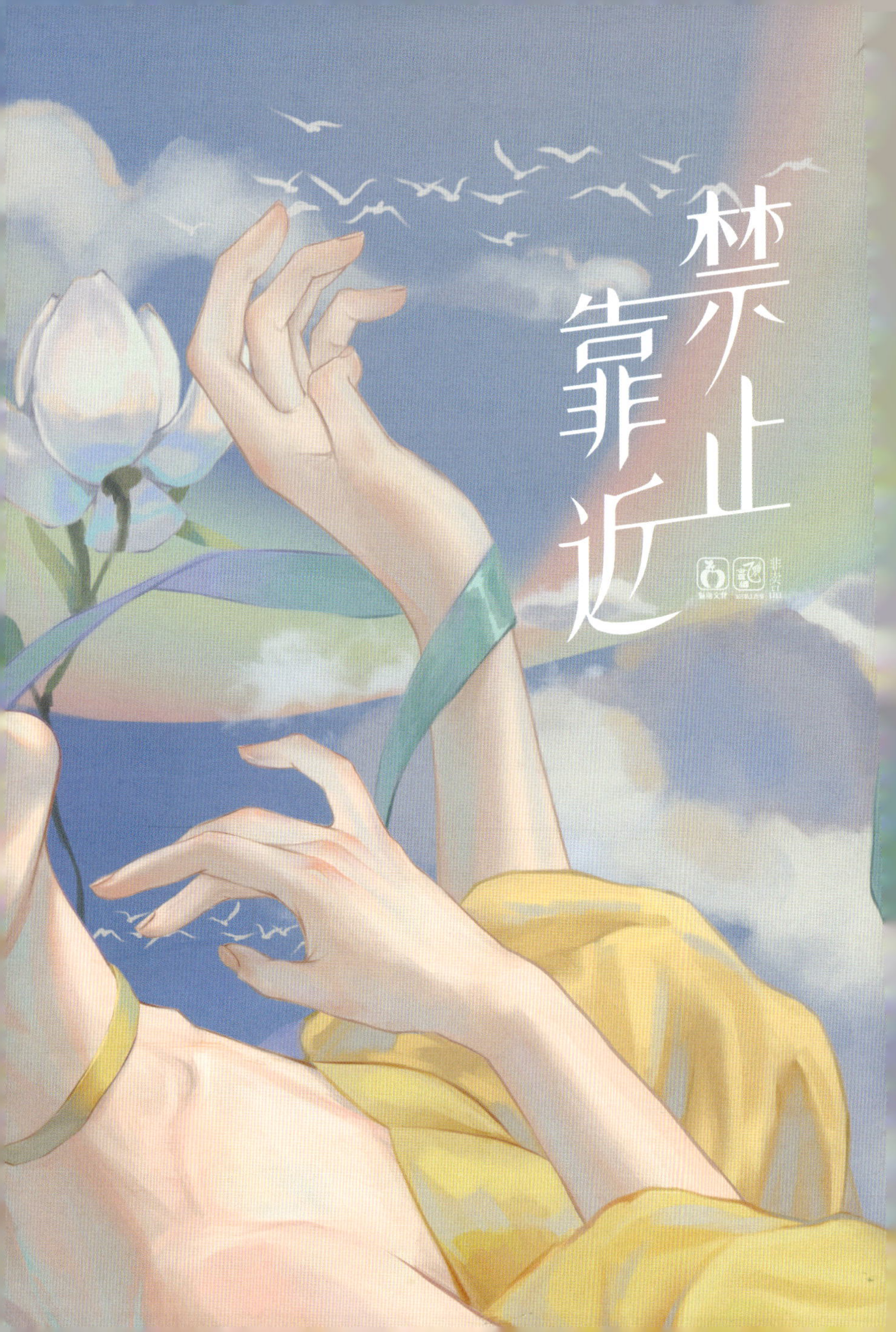
禁止靠近

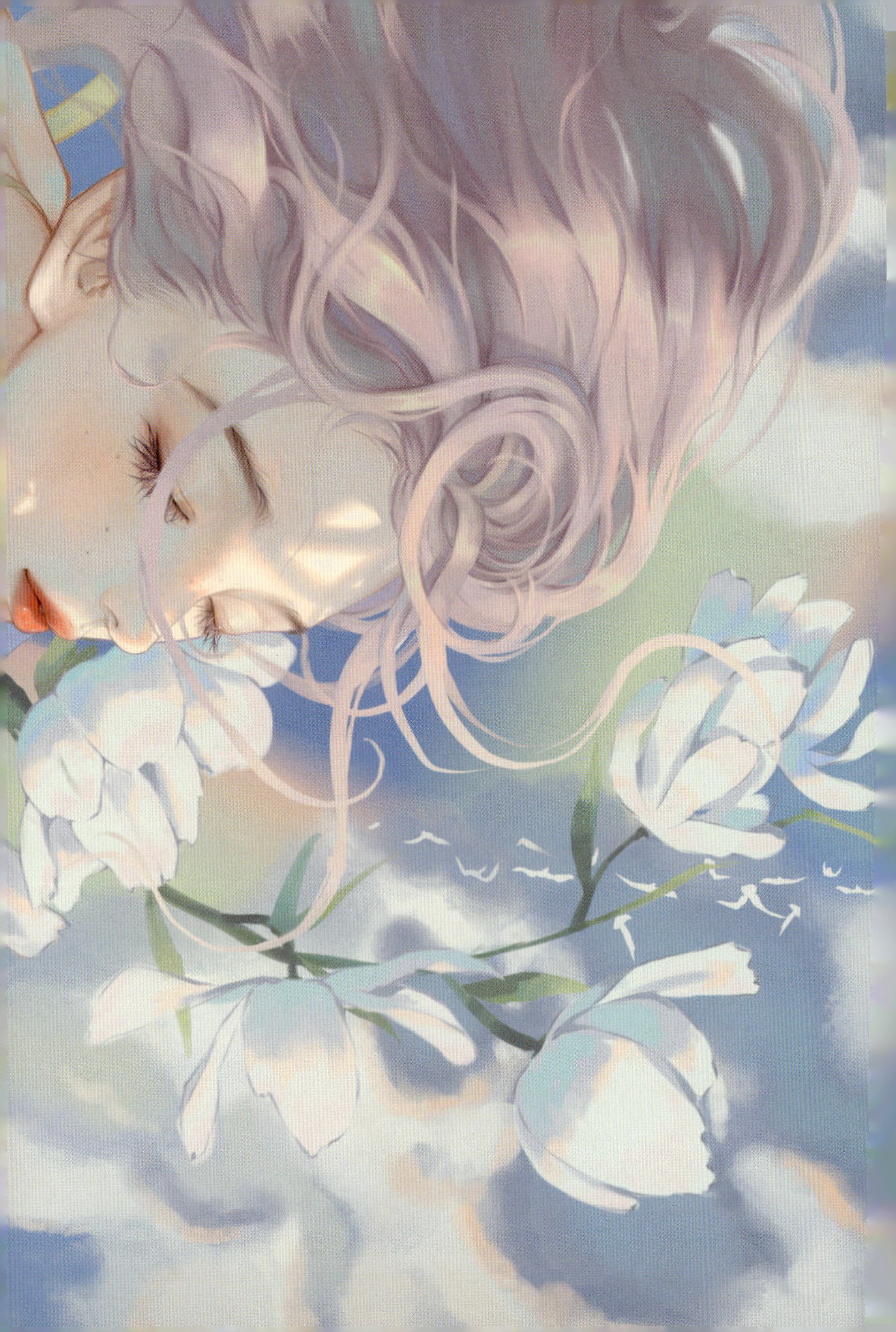

神都不给她，现如今对方反而主动叫她上去？难不成是辞退了宋嫂，又辞退了一干阿姨后，现在轮到她了？

这样也好。

穆晓晓此刻反而坦然，这里气氛低沉，虽然工资不菲，但是她待得浑身不舒服。

只是……

她上楼梯的时候，想到了宋嫂离开时那悲伤恳切的眼神。

"我……我求你，好好照顾她。"

"小姐也很可怜的。"

穆晓晓心情莫名有些沉重，她走到楼梯口，发现许医生正在跟秦怡说什么。然后许医生打了个手势，秦怡点了点头，许医生转身瞥了穆晓晓一眼就离开了。

一时间，整个三楼就只有她们两人。

秦怡穿着白色的长裙，两只手放在轮椅上，面无表情地看着穆晓晓。

昨日的离别，一点儿都没有在她身上留下悲伤的痕迹，只增添了她从内到外透着的那种孤独感。

穆晓晓也盯着她看，准确地说是盯着她的眼睛看。

穆晓晓再没有之前的小心翼翼，她的目光充满了主动的侵略性，反正也要离开了，她还需要怕谁？

就算是走，她也要弄清楚秦怡到底在想什么，把这一个星期的工作画上一个不算完美的句号，为今后的职业生涯留下宝贵的经验。

檀香袅袅的烟雾从屋里飘出来，弥漫在两人身旁。两人仿佛置身于云雾之中。

那一刻，穆晓晓竟然感觉自己身处于电视剧般的浪漫氛围中，只要眼前的人眼神不这么冰冷就更好了。

不得不说，秦怡真的很漂亮。穆晓晓对娱乐圈不太关注，但她知道秦怡是她这辈子见过的最漂亮的女人。

她的眼睛明亮动人，嘴唇如火焰般鲜艳，皮肤如玉，还有一种古典美人的高贵气质，难怪当初那么多人喜欢她。

两人不知道对视了多久，秦怡终于抬起手，打出了手语。这么久了，这是她第一次主动与穆晓晓沟通。

她优雅地抬起手臂，动作缓慢而优美。

穆晓晓小时候在孤儿院长大，身边有很多因聋哑而被遗弃的小孩，相处久了，她也学会了手语。她第一次告诉宋嫂这件事时，宋嫂非常惊喜。

如今，大小姐都动手臂了，她要表达的肯定不只是一个简单的"滚"字。

穆晓晓不禁变得十分专注，全神贯注地盯着秦怡，只见秦怡比画着：再盯着我看，我就对你不客气。

穆晓晓被吓住了。

面对秦大小姐满是杀气的目光，穆晓晓的腿有点儿发软，本能地后退了一步。

秦怡继续比画着：从今天起，你代替宋嫂伺候我。

这是什么霸气、高冷、目中无人的公主宣言？

穆晓晓心里火冒三丈，她两只手插兜，盯着秦怡看。她想说："醒醒吧，秦大小姐，都二十一世纪了。有钱也不能让她这样高傲的人屈服！"

晓晓很聪明，她知道一楼的拐角处有肌肉发达的保镖守着，她不能硬碰硬。

她脸上露出一个无辜的表情。她左手一摊，右手抬起，在头上画了一个圈，清晰又明确地表达了自己的意思："什么？大小姐，我听不懂您高贵的言辞。"

穆晓晓表达完自己的想法，便一脸高冷地抱住了双臂。她看出来了，这位大小姐是被惯坏了，总是拉着张脸不说，而且喜怒无常，又不懂尊重人，她宁愿立即走人，也绝不受这种气。

呵呵，她是心理师，可不是用人。她这双手是用来给人希望、治愈人的，而不是伺候人的！

秦怡看着一脸坚定的穆晓晓，表情没有变化。她抬起手，做了个简单的手势：十倍工资。

刚刚还一身正气的穆晓晓一下子弯下腰，她的脸笑得像朵花，两只手去推秦怡的轮椅。她温柔地说："大小姐，我这就来帮您洗漱。"

女人变脸比翻书还快。

穆晓晓心里已经乐开了花，十倍工资啊！

她保证自己会用最好的服务来回报秦怡这位重要客户。

然而，这充满干劲的一推却没有推动轮椅，穆晓晓愣了愣，手上又用了几分力气，轮椅依旧纹丝不动。

她顿了一下，像是明白了什么，她缓缓地松开了手，悄悄地回到了原来的位置。她舔了舔嘴唇。

糟糕了！

秦怡面无表情，这一次，她没有使用手语，穆晓晓也明白她要表达的意思。

这个人真的很难伺候，让人牙疼。

但这也是正常的，现在科技这么发达，轮椅都多功能化了，秦大小姐的轮椅自然是最好的，还需要人推吗？

秦怡冷冷地瞥了她一眼，然后转过身，坐在轮椅上往屋里走。穆晓晓跟在她的身后，想着十倍工资，心花怒放。

穆晓晓想起有人曾经问过她："有钱了不起吗？"

现如今，她想回答："有钱真的很了不起。"

大小姐不开口则已，一开口就是十倍的工资，这谁受得了啊？她必须得弯腰。

刚走到门口，穆晓晓就闻到了淡淡的檀香味道，还有一股若有似无的奇特香气。

穆晓晓忍不住仔细地嗅了嗅，这味道很特别，应该是大小姐身上的，有点儿像是淡淡的沐浴乳与体香混合的味道，很好闻，充满活力，与大小姐这冰冷的样子一点儿也不搭。

秦怡的房间都是简单的黑白色，一尘不染，只是单一的色彩给房间带来了些许清冷的感觉。

房间很大，让穆晓晓想起之前听妹妹说过的一句玩笑话——"少爷清晨从两百平方米的床上醒来，走在两万平方米的家里，走了一上午，汗流浃背，终于找到了大门。"

除了墙壁上挂着一张秦怡被一个女人搂着的合影，房间里没有一丁点儿暖色。

穆晓晓盯着照片看，照片里的秦怡看起来年龄还很小，她的眼眸里充满了幸福的光芒，被一个年长她的女人搂在怀里。那女人的眼眸和脸型与秦怡有着相似之处，甚至连气场都很相似，看起来就像是有血缘关系的。穆晓晓见过秦霜，这个女人显然不是秦霜，难道是宋嫂所说的表姐秦海瑶？

就在她琢磨的时候，一道冰冷的目光投了过来，她被发现了。

穆晓晓察觉到她的目光，赶紧将视线从照片上移开。

秦怡眼神如冰，她冷冷地看着穆晓晓。穆晓晓耷拉着头，咳了一声，解释道："我就是看看。"

秦怡对她在意的东西，从不希望别人沾染。

因为拉着窗帘，房间内一点儿阳光都没有，只有床头开了一盏灯，散发着黯淡的光。

秦怡还在盯着穆晓晓看，眼神锐利。

橙黄的灯光洒在穆晓晓的身上，她像是裹了一层柔软的外衣，她本来想低头认错并装可怜的，可是她又怕低头会耽误看秦怡的手势，她便鼓起勇气小心翼翼地抬起了头。

她像是懂事又乖巧却不经意间犯了错误的小动物，任谁看见都会不忍心再苛责。

秦怡抬了抬手：你不当演员浪费了。

穆晓晓心想：大小姐真的是十分刻薄，不留情面。

她这招可是从小到大对付家人的必杀技，没有谁受得了。

与秦怡才亲密一点儿的关系迅速破裂，要不是看在工资的分上，穆晓晓绝对忍不了。

秦怡侧了侧身，轮椅继续前行。

因为她说话不方便，加上她本来也不爱理人，所以很多东西需要穆晓晓自己心领神会。这也是这么久了，秦怡身边除了从小到大照顾着她的宋嫂之外，都没有别人的主要原因。

没有人能理解她，没有人敢靠近她。

房间里的所有东西都经过改装，高度正好，秦怡坐着轮椅基本能行动自如。

很快，穆晓晓就在高冷秦导的带领下，熟悉了整个三层：哪儿是浴室，哪儿是书房，哪儿是琴房，哪儿是健身房，哪儿是衣帽间……

门都是感应门，在秦怡距离还有几米的时候就会自动打开。

她一路前行，门一路开。她始终独自在前，不回头，不等待。光将她的影子拉长——纤细，羸弱，带着满满的孤独感。

穆晓晓跟在她的身后，看着轮椅上的她。蓦地，穆晓晓心里荡起了涟漪。

她感觉秦怡就像被困在一个奢靡城堡之中的公主——好像什么都有了，又好像一无所有。

秦怡不让穆晓晓碰轮椅，那是她最后的尊严。即使将自己禁锢，她也不许穆晓晓掌控她。

如此推测，秦怡让宋嫂推她的轮椅，该是对宋嫂有很深的感情与信任吧。

也许,她真的把宋嫂当作家人一样的存在。就这么把宋嫂送走,她心里也会很难受吧?可是习惯了高高在上的人,又怎么会允许别人看到她的脆弱?

听不到身后的脚步声,秦怡顿了一下。穆晓晓连忙走到秦怡身边,去看秦怡的手,她以为大小姐又有什么安排。

秦怡盯着穆晓晓看,一眼就看出对方眼中的怜悯,她眼中瞬间涌起了怒火。

穆晓晓身子一僵,她眼神闪烁,有些心虚。为什么她感觉秦怡仿佛能看透她?

她赶紧低下头。

秦怡的表情很冷淡,她打着手语:收起你的怜悯,不需要。

再不理会穆晓晓,秦怡继续前行,最终轮椅在衣帽间前停下了。她不说话,一双眼盯着穆晓晓看。

穆晓晓看着她,轻声问:"要选衣服?"

秦怡点了点头。

随着感应门打开,穆晓晓进去的那一刻,整个房间的灯自动亮起,照得屋子亮堂堂的。

穆晓晓站在衣帽间里,看着眼前的一切,感觉像来到了商场,每一个柜子里都罗列着各种名牌衣服。看着鞋柜里一双双女人梦寐以求的鞋,穆晓晓瞠目结舌。

以前,听说有钱人要请专业收纳师整理衣服、鞋子等物品,穆晓晓还觉得夸张,如今,看着秦怡各式各样数不清的衣服,她相信了。

赤裸裸的贫富差距啊。

穆晓晓的衣服不多,几乎都是在网上买的,她偶尔跟张巧一起去逛商场,也就看一看,如果有心仪的,她便记住款式,回家再直接在网上买。她妈苏奎心疼她,一直觉得对她愧疚,给她买过不少名牌衣服,她一件没收。她任苏奎去买,却从来不穿,放家里都落灰了她也没动过。

她有她的固执。

她现在拥有的一切,都是她自己一点点奋斗赚来的,跟任何人无关。

每个人都有自己的禁区,不想让任何人触碰,秦怡有,她也有。

她很节省。她夏天的衣服有几件,因为天热出汗多,需要换洗;冬天就那么三件,洗得都发白了。

穆晓晓跟秦怡就是两个世界的人。

大小姐是万众瞩目、高高在上的,即使病了,也有一屋子的人照顾她。

她呢,一出生就被抛弃在孤儿院门口,被发现的时候冻得嘴唇发紫,差点儿丧命,要不是院长妈妈护着她,她怕是魂儿都不知道去哪儿飘着了。

可是她的内心是富足的,她开心,她快乐,她的身心充满阳光,她对未来充满了抱负与希望,而这也许是秦怡永远无法拥有的。

给大小姐挑衣服可不是一件容易的事儿。

穆晓晓刚开始还兴致勃勃的,毕竟是女人,无论身处哪个年龄段,都爱美。

秦怡这些衣服,除了大牌的,有很多都是定制的,都很符合她的气质。

穆晓晓特意观察过秦怡,秦怡喜欢比较低调素雅一些的颜色,不喜欢鲜艳的颜色。

穆晓晓选的都是类似的颜色,搭配起来却不是那么回事,对比之前她看过的秦怡的照片,明明都是简单的衣服,秦怡穿得就是那么大方,简约的造型却透露着时尚感,偏偏到她这里就棘手了。

当穆晓晓搭配了几套,秦怡依旧一言不发之后,穆晓晓就败下阵来了。

秦大小姐看着她,抬了抬手,难得主动赐教:选衣服不问场合吗?

场合?穆晓晓愣了一下。是了,她忘记问秦怡要去哪儿了。

秦怡看了看她,用眼神示意她闪开。

穆晓晓站在一旁,秦怡指了指衣柜里的一套黑色裙子,然后又选了一双黑色鞋子。看她这样子,似乎是要出席什么正式的场合。

这么久了,穆晓晓还没见过秦怡出门。她有点儿好奇,于是她瞥了秦怡一眼,然后指着秦怡选好的衣服问:"我能拿吗?"

秦怡点了点头,转动轮椅径直走向卧室。

穆晓晓拿着大小姐搭配的这一套衣服跟在她后面。进了卧室,穆晓晓把衣服放在床上,准备出去。

秦怡伸手拦住了她。

穆晓晓扭头看着她,表情有些疑惑:还有什么事儿?大小姐换衣服了,我不该回避吗?

秦怡一双眼眸安安静静地望着她。秦怡抬了抬手,比画着:给我换衣服。

穆晓晓内心不解:啥?

怀着复杂的情绪,穆晓晓跟着秦怡回到了卧室。

她感到非常紧张,手心都出汗了,甚至不敢直视秦怡。

以前她在孤儿院的时候,经常帮着院长妈妈给年龄小一点儿的孩子换衣服,她觉得没什么,可是眼前的人……是一个漂亮成熟的女人,给成年人换衣服自然不能同给小孩子换衣服比。

穆晓晓在心里疯狂地拍着自己的脸:"冷静点儿!你是来赚钱的!"

秦怡依旧是一副淡漠的样子,她抬了抬手,询问穆晓晓是不是不会。

穆晓晓如实回答:"不是不会,我以前在孤儿院的时候,有很多身体不好又需要照顾的孩子,我经常给他们换衣服。"

秦怡看着穆晓晓。

穆晓晓抿了抿唇,继续说道:"你别总是用这样的眼神看着我,我……有点儿紧张。"

秦怡一双如墨的眸子盯着穆晓晓看,似乎想问出点儿什么来。

——既然会,又为什么紧张?

穆晓晓叹了一口气,虽然别扭,但她还是实话实说:"你又不是那些小孩,我有点儿不好意思。"

闻言,秦怡很"贴心"地抬了抬手。

——也许看不见了,会更好。

穆晓晓打了一个寒战,她立即站直身子,一脸坚定地说:"我这就给你换衣服!"

秦怡转过身去,不再说话。穆晓晓不知道是不是自己的错觉,她似乎看到大小姐刚才嘴角微微扬起。

穆晓晓似乎找到了与秦怡相处的窍门。这么一个聪明的人,跟她撒谎一眼就会被看破,也就是说没必要跟她绕圈子,有什么说什么就好。

穆晓晓深吸一口气,看着坐在轮椅上的秦怡,道:"我开始了。"

以前她帮孤儿院那些行动不便的小孩换衣服时都是这个流程,先把人抱到床上,然后帮对方脱衣服,再换上干净的。但这个办法显然不能照搬在秦怡身上,想了想,穆晓晓决定换个方式。

宋嫂岁数大了,她照顾秦怡的时候,都是把秦怡扶到床上,然后帮她换衣服。

本来秦怡也以为是这个流程,她自然地抬起一只手臂,等待穆晓晓来扶她,但是人家已经伸出长臂,钩住她的腿,熟练地将她背在了背上。

043

"好轻。"穆晓晓忍不住感慨。她估计秦怡最多九十斤,这就是娱乐圈女明星的体重吗?

秦怡整个身子僵住了,穆晓晓身上很热,跟她常年的冰冷不一样,又跟宋嫂身上淡淡的药味不一样,穆晓晓的身上有一种甜甜的好似荔枝的清香。

虽然穆晓晓长期锻炼,体力很好,但是她毕竟是女孩子,她怕自己背不稳不小心把秦怡给摔了,于是她用力箍住秦怡的腿窝,让她的身子紧贴着自己。似乎察觉到秦怡的视线,穆晓晓顿了顿,转过头来安慰道:"放心,不会摔着你的。"

穆晓晓的声音十分温柔,就连眼神都散发着温柔的光,与之前的忐忑和紧张不同,穆晓晓好像……把她当作孩子在哄。

秦怡身子一僵,别开了头。

当穆晓晓把秦怡放到床上的时候,她惊讶地发现大小姐的脸居然红了。如果是别人,可能红得不是很明显,可是谁让秦怡那么白呢?她脸上的一抹绯色犹如红梅映雪,非常明显。

她太瘦了,坐在床上就那么小小的一团,让人觉得有点儿好笑,又有点儿新奇。穆晓晓第一次觉得大小姐有点儿可爱。

在穆晓晓伸手要去给秦怡解扣子的时候,秦怡的身子往后退了退,她偏开了头。

她自己可以解扣子。

刚才穆晓晓背她的时候已经感觉出来了,秦怡的上身没什么问题,就是腿使不上力气。

之前柳艾文和宋嫂都跟她提过,秦怡去检查过好几次,她的身体从生理的角度来说,没有任何异常,她站不起来,双腿无法动,完全是心理因素导致的。

穆晓晓猜测,秦怡很有可能是受了什么刺激,才突然站不起来的。

秦怡自己能换衣服,她一颗颗地解着扣子,穆晓晓不急不慌地在旁边看着。

因为开着门,一阵穿堂风吹了进来,吹拂着秦怡额前的长发。在穆晓晓的注视下,秦怡低着头,白玉一样的脸颊泛起了淡淡的粉红色,就连乌发之下只露出半截的耳朵都染上了粉色。

穆晓晓看得心情大好,她和人相处时还是习惯站在主导位置。

可是她的好心情没持续太久。秦怡冷不丁地抬起了头,一双眼盯着她看,眼神犀利。

——看什么看！

瞬间，穆晓晓雀跃的心就被冻到麻痹了。她偏了偏头，咳了一声，道："我帮你换裤子。"

这种事儿，对于穆晓晓来说是驾轻就熟的。她之前有不少照顾人的经验，帮忙换条裤子对她来说轻而易举。她唯一的感觉就是秦怡皮肤好白啊，双腿笔直修长，白皙如瓷，要是一直不能站起来那真的太可惜了。

这让穆晓晓不禁想起之前张巧给她发的视频。

那时的秦怡多么意气风发，她迈着大长腿、踩着高跟鞋走在红毯之上，整个人看起来高贵典雅，气质出尘。

如果可以，她真的很希望以后能看到秦怡能重新站起来。

秦怡一直盯着穆晓晓看，看她的表情变化，片刻之后，秦怡冷漠地看向窗外。

到底是年龄小，心思单纯。这女人真的以为自己能救赎得了她吗？

穆晓晓自然看得到秦怡眼里的阴郁，她不以为意地笑了笑，问："我帮你按按腿好吗？"

秦怡看着她，没有说话。

穆晓晓继续说道："以前我在孤儿院的时候，除了照顾弟弟妹妹，还要照顾一位年迈的奶奶，她的身体不好，长期不能下床，为了避免小腿萎缩，我经常给她按摩。"

秦怡定定地盯着她，她想从穆晓晓眼里看出点儿什么。

这个人想要什么？自己已经给了她十倍的工资，钱的方面她应该是满足了，这样的殷勤按理说是不需要的。

这些年不断地被最亲近的人伤害与背叛，让秦怡变得敏感又多疑，她不敢将自己的心交付给别人，每当有人想要靠近她的时候，她都会觉得对方有所企图，于是充满抗拒。

穆晓晓看着她的眼睛，轻声说："你都把工资给我调高十倍了，我还能图什么啊？大小姐，你放心吧，我只是想不能白拿这么高的工资，得对得起自己的良心。所以给你按个摩没什么的，我没有其他的企图。"

自从她妈妈苏奎把她从孤儿院接回来后，穆晓晓身边的追求者可以用"蜂拥"二字来形容，她虽然回来了，可是她打心底里根本就不认可苏奎这个妈，到现在她都只是勉强地称呼苏奎一声"苏妈"，从未叫过"妈妈"两个字。

在她的心中只有院长妈妈才是她唯一的妈妈，只有孤儿院的孩子们，才是她的亲人。

这么久了，穆晓晓在该玩耍享乐的年龄没有去享受，苏奎给她的钱她也从不去花，从大一开始她就做各种兼职，发传单、做服务员、做家教……她把自己赚的钱都给了孤儿院。她认为自己一辈子单身最为轻快，无拘无束。她不去给别人添麻烦，同样的，她也不希望别人去染指她的生活。

秦怡沉默了片刻，她看着穆晓晓的眼睛许久，最后抬手比画道："晚点儿再说。"

晚上，穆晓晓蹲在院子里跟张巧打电话聊天。张巧一边打游戏一边问她："怎么样啊，对方是个什么样的人啊？你在那边习惯吗？"

晓晓手里拿了一根树杈，边说边在地上随意地画着。

什么样的人？

很复杂。说她冷酷无情吧，可穆晓晓还是看出来她极力隐藏的对宋嫂的那份在意与保护；可说她热心肠吧……她整天都带着冰冷的眼神，那眼神仿佛能化成刀刃，直接把人干掉。

两人正聊着，秦怡出来了，她瞥了穆晓晓一眼后，驱动着轮椅前行，对面已经有穿着西装的高大男人迎了上来："大小姐。"

他叫她"大小姐"。穆晓晓的心一动，她不由得去打量那个男人。

秦怡的目光瞥过穆晓晓刚才无意在地面上写的字，一张俏脸瞬间冷下来。

地面上那龙飞凤舞的几个大字，让秦怡的视线冰冷得仿佛要一刀一刀剜掉穆晓晓的心。

穆晓晓顺着秦怡的目光低头一看，手里的树杈被惊落地，她尴尬极了。

都怪张巧非缠着问秦怡是什么样的人，这下完蛋了。

她怎么直接写出来了？

——"傲娇"小公主秦怡。

这是穆晓晓人生中遭遇的最恐怖的一次社会性死亡，她咬着唇看着秦怡，心跳加速。

秦大小姐狭长的眼眸眯了眯，一眨不眨地盯着穆晓晓，给予穆晓晓死神般的凝视。

只有最尴尬，没有更尴尬。

到最后，穆晓晓硬着头皮用脚把地上的字给踢了两下。她拍了拍手，咳了一声，问："要出门吗？"

秦怡没有回应，她双眼依旧死死地盯着穆晓晓。

一直盯到穆晓晓低下了头，秦怡才整理了一下衣领，对着司机微微点了点头。

穆晓晓心里有些无语，这位大小姐明明都站不起来了，怎么气场还那么强大？

穆晓晓上了车之后，感觉秦怡身上的那股威慑力久久没有散去。保姆车后排宽敞，穆晓晓很自觉地找了个角落缩着。

这位一直在秦怡身边的帅哥保镖叫刘万年，很年轻，他身材魁梧，脸却生得清秀，唇红齿白的，还有一双可爱的笑眼。

穆晓晓这些天在秦家待得太压抑了，出来之后，她的心情一直不错，便有一搭没一搭地跟刘万年聊天。刘万年多数时候不敢说话，只是倾听，她也不在意，还时不时地跟着音乐哼一哼。

后排的秦怡一直闭着眼睛，对于她的聒噪不闻不问。

透过反光镜，穆晓晓看着秦怡一脸自闭的样子，心中叹了一口气。

大小姐还是老样子，一点儿进步都没有呢，哪怕是拿个东西砸她一下，让她闭嘴也行啊。

穆晓晓已经改变了策略，她发现要想与秦怡正常沟通，可能要很久，甚至等到她自己的头发都变白了，人家大小姐也跟她说不了几句话。上一任心理医生茹茵就是最好的例子。既然正常沟通不行，她决定另辟蹊径，主动去招惹大小姐。

穆晓晓看着窗外阴郁的天，叹道："今天像是要下雨啊！"

没人理她。

"呀，这个点怎么也堵车呢？大家都不睡觉吗？"

依旧没人理她。

"呵呵，咱们出市区了，是要去郊游吗？"

还是没人理她。

显然大小姐不是那么好招惹的。

秦怡似乎很擅长将人当作空气，让穆晓晓因自觉没趣而乖乖地闭嘴。

路途很远，一直到车子七拐八拐地行驶上了盘山路，穆晓晓才意识到要去哪儿。她愣了一下,往后去看秦怡。

秦怡抬眸看了看她。出门后,秦怡第一次主动跟她沟通:你闭嘴。

穆晓晓一时语塞。

她们去的是墓园。

淅淅沥沥的小雨,阴云密布,压抑萧条。

下车的时候,司机刘万年有点儿犯难,他瞥了一眼秦怡,想要开口却犹豫不决。

以前每次来这里,都是宋嫂陪着秦怡一起来的,她会推着大小姐进去,可如今……

穆晓晓拿了一把伞走了下来,她仿佛能洞悉刘万年的内心,伞偏了偏,遮住了秦怡。

一股子甜甜的荔枝香随着水汽沁入鼻中,秦怡抬头看了看穆晓晓,心里多少有点儿动容。

穆晓晓的确跟其他心理师不一样,被她这样冷漠地拒绝无数次后,一般人早就生气了,又怎么会淋湿自己为她打伞?

穆晓晓微笑着盯着秦怡的轮椅看了看,道:"我给你把伞插在轮椅后面。"

秦怡无语。

穆晓晓弄完后看了看自己的杰作,赞道:"很可爱,像一朵小蘑菇。"

秦怡更无语了。

穆晓晓又对着刘万年说:"把你的伞借给我用用。"

这真的让这位年轻的司机震惊了。刘万年不可思议地看着穆晓晓,对方眨了眨眼睛,表现得有些疑惑。怎么了?他家大小姐不让人碰,难道他不知道吗?她总不能打着伞背着她往里面走吧?

秦怡抬头,看了看变成蘑菇一样的轮椅,皱了皱眉。她一抬手,就把伞拽了下来扔在了地上。

穆晓晓无奈,大小姐这是不开心了。

女人的心真难猜。穆晓晓叹了一口气,她弯腰捡起伞,跟在秦怡身后。她把手伸得老长,为大小姐撑伞。

这雨虽然下得小,但是很密,没过一会儿穆晓晓的身子就湿透了,她忍不住哆嗦了一下,一直目不斜视往前行的秦怡停滞了一下。穆晓晓低头看她,问:"怎么不走了?"

秦怡不说话，也不看穆晓晓。

穆晓晓迟疑了一下，又往前走了半步，秦怡依旧不动，目光定格在伞的边缘。

穆晓晓有点儿明白了。她把自己的身子也缩进了伞里，秦怡不待她说话，继续前行。

心，莫名就被暖了一下，穆晓晓忍不住低头去看秦怡，秦怡今天这一身黑色套装显得高冷寂寥。她浑身上下除了鲜红的唇，没有一点儿亮色。

她们这样一路前行，最终在一个墓碑前停下了。

秦怡盯着墓碑看，眼圈微微地泛红，穆晓晓随着她的目光看去，墓碑上有一张很小的黑白照片，看那模样与秦怡有几分相像，只是那女人的眼里满是笑容，一看就是温柔又乐观的类型。

雨依旧在下，就好像落在了秦怡的眼中。穆晓晓知道她骄傲要强的性格，连忙把伞递给她便转过身去。

远处的天虽然还阴着，但云里已经透进了丝丝缕缕的光，穆晓晓虽然看不到秦怡到底在做什么，可是这一刻，她真的有些心疼她。

家家有本难念的经，豪门更是如此。

可她接触的形形色色的病人之中，从未有过像秦怡这样隐忍的。

有些人自己难受，身边的人都会跟着难受，就好像只要贴近他们，心情就会变得低落。

很多人会不停地念叨着生活的苦、生命的忙碌和人生的迷茫。

秦怡说不出话，是心理问题导致的。穆晓晓猜她可能是因为没有办法跟外人倾诉心中的痛苦，才会如此。

秦怡的母亲被埋在黄土之下，而她的父亲跟一手将她养大的小姨走在了一起，就连她曾经最信任的朋友秦霜，也莫名变成了她的姐姐，还成了秦家未来的总裁。而唯一一心向着她的宋嫂，会变成别人时不时用来伤害她、制约她的软肋。她能跟谁说？

离开墓地时，雨已经停了。

穆晓晓偷偷地看了看秦怡，对方低着头，眼睛微微泛红。

穆晓晓有点儿心疼，又不知道说什么好，最终她只能坐直了身体，僵硬地看着车窗外。

刘万年很体贴细心,他拿了温热的毛巾和暖和的毛毯过来。秦怡接过毛巾,轻轻地贴在脸上,擦干了脸上的水汽后,她又将毛巾放回了原处。

穆晓晓不需要照顾,她直接拿了一条毛巾抖开,然后把自己露在外面的地方从头到尾都擦了个遍。

可是刚才在外面站的时间实在有点儿长,两人的身子都湿透了。

秦怡还好,黑色不显什么,倒是穆晓晓,雨一淋,淡色的衬衫紧贴着她的身体,有一些透。

秦怡抬眸看了看刘万年,他连忙从车上下去了。

车子里就剩下穆晓晓和秦怡两个人。

穆晓晓刚才上车的时候就观察过,这保姆车空间很大,里面放了许多日常必备品,还有一些秦怡的衣服、鞋子等。

既然还有行程,秦怡那么讲究的人,肯定不会穿着这湿漉漉的衣服。

穆晓晓看了看秦怡,秦怡用手指了指一条白色的掐腰长裙。穆晓晓点了点头,她身上有水,怕弄到秦怡身上,于是她指了指自己的衣服:"我先脱掉,别弄湿了你。"

秦怡没有回应。

穆晓晓先在角落里把自己的衣服脱掉,只留了没有湿的内衣,裹了一条毯子。她很巧妙地打了个结,确保毯子不会掉落。然后她走到秦怡面前,开始给秦怡解扣子。

虽然这已经不是她第一次给秦怡换衣服了,但她仍然感到紧张又有些难为情。

给秦怡脱下淋湿的外套后,灯光打下来,她轻透的衬衫透出冷白的肤色,缎面的料子紧贴在她的身上,衬出她窈窕有致的身段。

雨水让秦怡身上的檀香味与体香愈发浓郁,穆晓晓给她解扣子的时候,手都有点儿哆嗦。就在穆晓晓艰难地解开秦怡第一颗扣子的时候,手被人抓住了,她愣了愣,抬头去看秦怡,秦怡一双漆黑的眼眸盯着她,空着的一只手比画了一个简单的动作。

——你就不能专业点儿?

穆晓晓无奈,她是又被大小姐嫌弃了吗?

穆晓晓收敛了情绪,认真地给大小姐擦身子、换衣服,刚开始,她还挺专业认真的,可到后来,她看着大小姐乖巧配合的样子,便习惯性地像是在孤儿院哄孩子一样哄道："大小姐，你的腰再弯一点儿，嗯，马上就好了哦……"

秦怡一时无语。

刘万年抽完烟上来的时候，意外地发现大小姐的脸色有了变化，眼神也不自在，跟之前硬邦邦的模样不大一样了。

而穆晓晓呢？她嚼着口香糖，靠在椅子上，脸上挂着淡笑，心情似乎很不错地看着窗外的风景。

刘万年一脸迷茫，这是怎么回事？

他忍不住问了一下句："热吗？"

身为保镖兼司机，第一要务就是要有眼力见儿，现在大小姐脸色这么红，肯定是热的吧？

但他不敢直接问秦怡，只能委婉地去问穆晓晓。

穆晓晓微笑着说："我不热。"她转头看着秦怡，说道，"大小姐好像很热，脸都红了。"

穆晓晓如愿地看到了秦怡凌厉的眼神，人的优势就是具有强大的适应能力，还记得刚来的时候，她每次看到秦怡这样的目光都会被吓个半死，但现在她居然已经习惯了，她甚至觉得有点儿爽。

生气就生气吧。气一气，总好过一潭死水。

经此一"战"，穆晓晓也逐渐摸透了大小姐吃软不吃硬的性子，刚刚她不过把大小姐当小孩子哄一下，大小姐居然露出那种既吃惊又恐惧又不可思议又气恼的复杂眼神，真是可爱。

刘万年是个大老粗，看不懂穆晓晓和大小姐之间的刀光剑影，他听话地开了空调。

穆晓晓只裹了一块布，她身上的水还没有干，空调的风又跟自然风不一样，一吹凉飕飕的，她忍不住打了个喷嚏，刘万年一看，伸手就要去解身上的西装扣子。

把衣服让给弱不禁风的女士，这是绅士守则。更何况是为穆晓晓这样的美女服务，他很乐意。

他刚要去解扣子，就看到反光镜里，大小姐的目光冷不丁地投了过来。

刘万年一僵，他停下了动作。

穆晓晓疑惑地看了一眼刘万年，随后她又转过身去看秦怡。秦怡的手抬了抬,指了指车子旁边放的一件浅灰色西装外套。

穆晓晓受宠若惊,问道:"给我的?"

秦怡依旧是那张冰块脸。

——穿完直接扔掉。

哇!真的是给她的!大小姐这是同情心泛滥了吗?

穆晓晓美滋滋的,她伸出长臂,把西装拽了过去,披在了身上。

淡淡的檀香味很好闻,穆晓晓眯着眼睛,心情不错地靠在座位上。大小姐的衣服都价格不菲,不过贵有贵的道理,穆晓晓感觉布料贴在身上很舒服,滑溜溜的。

穆晓晓和秦怡是气质迥异的人。

这件外套大小姐穿上就有那种生人勿近的高冷感。

而穆晓晓则像是偷穿了大人外套的小孩,娇俏又可爱。她用手撩着自己半湿的头发,露出性感的锁骨,时不时回头看一看秦怡,怕她想要表达什么自己看不见,可也许是穆晓晓回头太频繁了,大小姐烦躁地看了她一眼。

——屁股长钉子了?

穆晓晓无奈,好吧,她又惹人家不开心了。

虽然雨小了,但是路滑,视线不佳,为了安全,车辆行驶的速度慢了下来。

刘万年发现穆晓晓很是体贴,她会敏感地发觉他有些疲惫,知道他不敢当着秦怡的面抽烟就递给他一颗薄荷味口香糖醒神,还会跟他搭话,让他打起精神来。

秦怡还是老样子,始终看着窗外的细雨沉默不语。

直到天都黑了,车子才在一个小巷口停了下来。

刘万年对着穆晓晓点了点头后,就下车去了。

穆晓晓发觉,但凡是能够长久地待在秦怡身边的人都有一个共同点——话少。

穆晓晓陪着秦怡坐在车上,她虽然不知道大小姐大老远地来这儿是要干什么,可看她的表情,明显不想让人多问。

车子停在一个小县城的街巷外,这个点,气温没有那么燥热,正是下班放学的高峰期。

穆晓晓四处看着,最终,她的注意力被对面一个小店的招牌吸引了——

牌子不大,可是上面的店名让穆晓晓睁大了眼睛。

"人人都夸宋嫂好手艺蛋糕房"。

不会是……

不出穆晓晓的预料,很快,那个脸圆圆的、身材微胖的和蔼女人出现了。她低头拿着袋子给客人装蛋糕,看样子似乎和街坊乡亲都很熟悉,她边卖东西边跟人家聊天。

穆晓晓偷偷地去看秦怡,秦怡的目光定定地落在宋嫂的身上。

她在看宋嫂。她狭长的眸子里似乎有水光,放在轮椅上的手紧了又紧,指甲因为用力而泛白。

穆晓晓瞬间明白了,原来她折腾了这么久是为了来看宋嫂。

大小姐还是那样隐忍,她一动不动,眼中脆弱的泪光也只是一闪而过。

穆晓晓一句话没说,她心里心疼的情绪逐渐蔓延。

没过多久,刘万年回到了车上,他手里还拿着一袋糕点。他低声说:"这是我给那几个小孩钱,让他们帮忙去买的。

"大小姐,我去宋嫂家看了,她的一双儿女都回来了。宋嫂开的这家店,虽然店铺不大,但是生意很不错,宋嫂每天都很开心。

"这里很多居民以前都跟宋嫂是一个村子的,大家都知根知底,很安全。"

……

秦怡一直望着远处忙碌的宋嫂,她嘴角微微上扬,眼眸终于泛了红。

还记得小时候,父亲和小姨都忙于工作,很少在她身边,只有宋嫂一直照顾着她,对她呵护有加。

那时候,宋嫂的腰经常会疼,她躺在沙发上休息的时候,小小的秦怡就会过来,抬起小手给她捏后背,还奶声奶气地说:"宋嫂,等以后我长大了,一定要让你享清福。"

宋嫂一听就笑了,像小姐这么小的孩子,哪儿懂什么叫清福。

她却依旧耐着性子问:"哦?你准备怎么让我享清福啊?"

小小的秦怡嘟着小嘴,水汪汪的大眼睛转了转,她笑着说:"我给你开个蛋糕店,就叫,就叫……"

宋嫂好笑地看着她,想听听她能说出什么。

小秦怡想了半天,最终两只手叉腰,底气十足地说:"就叫'人人都夸宋嫂好手艺蛋糕房'!好不好听?"

宋嫂"扑哧"一声笑了,她抱住小秦怡搂进怀里,又亲了亲小秦怡的额头,笑道:"好听,太好听了,我一定好好保重,等我的小姐长大给我开蛋糕店。"

不过是她小时候一句玩笑话,可是宋嫂一直记得。

秦怡不敢再停留在这儿,怕情绪就这样失控。于是她抬了抬手。

——走。

第三章
一物降一物

秦怡坐了一天的车，就为了来看宋嫂一眼。

她抱着散发着熟悉味道的蛋糕袋子，一动不动。

当路边的灯光从车窗滑过，当夜晚逐渐降临，她的眼神再次变得黯然无光。

抑郁悲伤的情绪就是这样，像是一个旋涡，只要沾染上了就会陷进去，明知道不对，想要逃离，可是悲观的情绪像是沼泽中的大手，将人拖拽而下，让人无力挣扎。她只能眼睁睁看着自己一点点下沉，直至被淹没。

这世界上也没有那么多感同身受，只有亲身经历过的人才知道。

就算没有秦霜的威胁，秦怡迟早也会让宋嫂离开，她现在就像是一潭死水，谁靠近都会被拉进泥沼。

宋嫂本来是一个乐观开朗的人，可为了她，宋嫂每天如履薄冰。宋嫂伺候了她一辈子，这份恩情，她已经无法报答。

如今宋嫂老了，该享清福了，秦怡觉得自己不能拖累她一辈子。

看大小姐这沉默的样子，刘万年一句话都不敢说，他僵硬地坐在驾驶位上，连呼吸都不敢用力，只是尽量减少自己的存在感。

整个车里一片寂静，只有发动机轰轰的声音。

就在这气压极度低迷的时刻，一只白皙的手伸了出来，悄悄地拽了拽秦怡怀里的蛋糕袋。

声音本来不大，可在这落针可闻的空间里，显得格外刺耳。

刘万年哆嗦了一下，他震惊又错愕地看向穆晓晓。

穆晓晓的手还抓着秦怡的蛋糕袋。她看着秦怡，小声地说："凉了就不好吃了。"

秦怡看了她一眼。

对于大小姐这样像是刀子的眼神，穆晓晓已经习惯了，她缩了缩身体，收回了自己的手。

不给就不给。

秦怡深吸一口气，又看向了窗外。

乌泱泱的云朵连成了一片，占据着整个天空，沉甸甸的似是压在人的心头。

过往的画面像是纸片一样飞在心头，她想要忘记，却忘不了。

她想起在她很小的时候，小姨抱着她，亲着她的脸颊，轻声说："小姨会像妈妈一样爱你的，我的宝贝，快点儿长大。"

她想起爸爸在她十八岁生日会上含泪微笑的样子："我的宝贝长大了，爸爸也能向你妈妈有个交代了。"

她想起秦霜将她护在身后时，那让人动容的话："大小姐不要哭，我这一生都已经被人安排好了，我从没有自己做过主，可是唯有被安排在你身边的这次，是我心甘情愿的。"

她想起二十五岁生日前的那个雨夜，她手捧着玫瑰花，想要探望身体不适的素岚。她刚走到门口，便听到屋内传来撕心裂肺的吼叫声。

"秦海龙，我被你藏在身后，一辈子也见不得光就算了，难道我的女儿也要被藏一辈子吗？"

"同样是你的孩子，凭什么她一出生就是千金大小姐，而我的孩子只能是保镖？"

"把别人的孩子养大，自己的女儿却只能放在乡下。为了你的宝贝千金，阿霜受尽苦楚，你知道她身上有多少伤痕吗？你知道我有多恨秦怡吗？你不知道！因为你的心里，从没有我们娘儿俩的位置！"

"别说什么情深义重，你如果真的情深义重，就不会背着我姐姐偷偷招惹我！"

"你要是真的那么爱我姐姐，就该知道要不是为了生秦怡，她根本不会死！你的女儿就是一个魔鬼，是夺走一切的魔鬼！我绝不能让她再夺走属于我女儿的一切，你必须对阿霜有交代！你凭什么把公司就这么交给秦怡？她哪一点比得上阿霜！"

……

雨夜，被雨水打湿的玫瑰，冰凉的眼泪。

后来的种种，秦怡不愿再回忆，那只是撕破脸之后血淋淋的伤痕。

原来，这才是真正的世界。

原来，曾经的幸福都是谎言堆积起来的。

在那段漫长的日子里，幸好有表姐秦海瑶守护着她，表姐成为她最后的救命稻草。但最终，表姐也离开了她。秦海瑶离开时，塞给秦怡一只紫色千纸鹤，她轻轻地摸着秦怡的头嘱咐道："人这一生都在走一条路，或是快乐或是痛苦，路的尽头是什么，自有定数。答应姐姐，不要放弃，等着我，守护秦家的一切，等到秋叶飘落的时节，姐姐一定会回来。"

——等着我，守护秦家的一切，等到秋叶飘落的时节，姐姐一定会回来。

如果不是秦海瑶说的这句话，秦怡恐怕一分钟都不想留在这里了。

但她答应了姐姐。

所以，她一天又一天地坐在轮椅上，年复一年地看着落叶飘零。

这些年来，秦海龙的身体越来越差，秦霜在素岚的帮助下逐渐接手秦家的产业，她们明里暗里给秦怡制造了不少麻烦，她们想要推倒秦怡。但真正到了针锋相对的时候，素岚才知道眼前这个看似弱不禁风的大小姐有多么强势，她的心思有多么缜密。

秦怡守护着秦家，秦家的高层起初只认可她，老爷子一直保持中立的态度，眼看着南阳就要被秦怡拿下，素岚动了心思，她让人编造秦海瑶已经去世的消息，并想办法将资料送到秦怡面前。

得知消息的那一刻，秦怡感觉就像有一把刀狠狠地扎在了她的心上，从此她在这个世界上唯一的眷恋也没有了，从那之后，她的身体开始急速恶化。

最后让秦怡坚持下去的是她脑海中的信念——她还是记着姐姐说过的话，她要等姐姐回来。

她的周围充满了谎言，但姐姐那么爱她，总不忍心骗她。

所以，姐姐一定会回来的，对吗？

抑郁的情绪再次涌上心头，秦怡眼中的光芒再次黯淡下去，痛苦的情绪像潮水一样一点点地将她吞没。

"你要吃饭吗？"

穆晓晓揉着肚子看着刘万年，刘万年都吓傻了，她难道看不见大小姐在生气吗？她就不怕被赶走吗？

秦怡的眼皮跳了一下。

今天出门早，穆晓晓早上只来得及匆匆地吃一口，到现在早就饿了。她从包里掏出刘万年刚才在高速服务区买的自热米饭，开始忙碌。

趁着等待饭熟的工夫，穆晓晓喝了一罐红牛，又吃了一根火腿肠……

很快，饭盒咕噜咕噜地冒起了热气，香气散了出来。

前排开车的刘万年本能地咽了一口口水。

穆晓晓特意掀开盖子，对着秦怡的方向吹了吹："啊，好香啊。"

抑郁的潮水夹杂着香味，迅速地退了下去。秦怡转过头看着穆晓晓，咬牙切齿。

穆晓晓一看秦怡盯着自己，心情大好，她立即把自己的饭盒往秦怡面前推了推。

"你要吃吗？"

"哎，大小姐，你脸色怎么那么难看，是生谁的气了吗？"

"呀，干吗又翻白眼，你怎么了？你告诉我，我帮你解决。"

……

刘万年一脸震惊，他直接在心里给穆晓晓跪了，厉害，实在是太厉害了！来秦家这么多年，他还是第一次看见大小姐的脸快被气绿了。

穆晓晓见秦怡不理她，便开始了自己的"饕餮盛宴"。她快速地吃完饭，又吃了一根火腿肠，吃完火腿肠又开了一袋蚕豆，她把嘴巴塞得满满的，"吱吱吱"的，像一只聒噪的松鼠。

秦怡终于无法忍受，她抬手，警告穆晓晓。

——闭嘴，不然滚！

终于，穆晓晓闭上了嘴，她用余光偷偷地看秦怡。

秦怡回以"死亡"凝视。

车内安静了十几分钟。

穆晓晓看了看秦怡，开口道："我给你按按腿吧，你坐了这么久，腿疼不疼？"

秦怡面无表情地看着她。

穆晓晓撇了撇嘴，道："好吧，那就先不按了。"

她又从旁边拿出了一份新的自热米饭，相比于她的重口味，这个相当于纯素的，里面是藕片、西蓝花、豆类，看着就比较清淡。

她还特意清洁了手才把自热米饭弄上,顺便又泡了一份方便面,在快到服务站的时候,她看着前排的刘万年,说:"在前面服务站停一下吧。"

秦怡看着穆晓晓冷笑,她以为她是谁?刘万年是跟了她这么多年的人,在秦家是出了名的只听她一个人的话。以前,连宋嫂都不敢随便使唤他,穆晓晓这是在自讨没趣吗?

大小姐身子向后,抱着胳膊,摆出了准备看好戏的表情。

前排的刘万年点了点头:"好的。"

秦怡一时无语。

车子停稳后,穆晓晓笑着把手里泡好的牛肉面递给了刘万年,道:"吃点儿吧,饿死了吧?"

刘万年很有眼力见儿,他对穆晓晓点头致谢,然后偷偷地瞥了大小姐一眼。看秦怡的表情似乎有点儿错愕与茫然,他赶紧拿着自己的泡面下去吃了。

哇。

今天真的是奇妙的一天。

他在大小姐的脸上看到了许多之前从未看到过的表情。

一时间,车上就只剩下穆晓晓和秦怡两个人,空气中混合着各种食物的香气,秦怡皱着眉,决定回家把这套衣服直接扔掉,她都不知道面前的人为何能像是猪一样,这么不讲究,居然去吃自热米饭这样的垃圾食品。

穆晓晓把刚刚煮熟的偏清淡一些的自热米饭推到秦怡面前,说:"没吃过吧,你尝尝?"

秦怡的目光淡淡地扫过她,抬了抬手。

——猪才吃这个。

穆晓晓跟没看见一样:"你多少吃点儿,不然宋嫂不放心。"

一句话,说得秦怡瞬间变脸,她盯着穆晓晓,冷笑。

怎么,想跟她打亲情牌?

又想用心理师惯有的套路吗?以为对她会有用吗?

以前那些胸有成竹、头衔一堆的心理师过来,哪个不是打亲情牌的?这对别人来说或许有用,对她,根本没用。

她经历过那么多欺骗,她再也不会因为任何人被制约。

穆晓晓对于她眼中的怒火熟视无睹,她看似不经意地摆弄了一下自己的手机,然后调出了一个视频给秦怡看。

059

正是她刚才拍摄的。

黯淡的微光之下，秦怡坐在轮椅上，她的身体被窗外的光覆盖，连头发丝都被镀了一层金光。她一眨不眨地看着远处的人。拍摄角度很好，手法也非常专业，将她眼里的闪闪泪光都记录了进去，镜头伸缩，正对上宋嫂跟客人打招呼的笑脸。

秦怡盯着穆晓晓看，她实在不明白穆晓晓跳跃的思路。穆晓晓给她看视频做什么？

穆晓晓神秘一笑："我有宋嫂微信，你要是不吃饭，我把视频发给她。"

秦怡有些气闷：什么东西？

穆——晓——晓！

从小到大，有谁敢这样威胁她？

这人是不是不想干了？

大小姐的愤怒堆积，眸中滔天的怒火直直地射向穆晓晓。

穆晓晓面不改色，她调出宋嫂的微信头像，然后点开界面，说："我是来真的哦。"

十分钟过去了。

喝完泡面汤后，刘万年特意四处走了一圈，清除了身上的味道，然后上了车。其实刚才在边上吃面的时候，他还挺为穆晓晓担心的，生怕她被大小姐骂得很惨，甚至被解雇。

但没想到，当刘万年上来的时候，就看见他家高高在上、颇为讲究的大小姐，正阴沉着脸，低头一口一口地在吃……自热米饭？

而穆晓晓笑眯眯地看着她吃饭，眼中透着像宋嫂一样的慈爱和欣慰。

刘万年满脑子都是问号。

大小姐吃完后，穆晓晓美滋滋地伸出手，递了纸巾过去。

秦怡看着穆晓晓，眯起了眼睛。

刘万年已经在前面瑟瑟发抖了。

穆晓晓挑了挑眉，她用手比画了一个"7"："大小姐吃饭得付账，我不跟你多要。"

秦怡盯着她看，穆晓晓毫不退缩地和她对视。

——好。

大小姐居然答应了。

刘万年非常羡慕,七千块钱一碗自热米饭,穆晓晓赚到了!

穆晓晓本来只是开个玩笑的,但看到大小姐这么爽快地答应了,她简直像是被天上掉下的馅饼砸中了脸!

秦怡本来已经拿起手机要结账了,但突然停顿了一下,好像想起了什么。

——这是万年买的吧?

穆晓晓笑容尽失:"大小姐的记忆力怎么这么好?"

大小姐的记忆的确很好。她又抬手。

——如果我没记错,你也吃了一份?

穆晓晓身子一僵:"大小姐,你什么意思?"

秦怡一双漆黑的眸子盯着她看,过了半晌,她对穆晓晓露出了这么久以来首次明媚的笑容。

——我们一视同仁。

几分钟后。

穆晓晓转账的右手还在颤抖。在她痛心疾首的眼神中,刘万年看着属于自己的一万四千元的两碗自热米饭的收款记录,他一只手捂住胸口,满脸的不可思议。

今天到底是什么日子?

大小姐居然帮着他敲诈勒索!

被敲诈的穆晓晓很心酸,她迅速地化悲愤为食量,将所有的零食一扫而空。吃饱喝足后,她看了看表,开始犯困了。

秦怡依旧是端端地坐在那儿。

穆晓晓观察过秦怡,大小姐就是大小姐,无论何时何地,哪怕是坐着轮椅,她也要保持一副优雅的姿态。

刚开始,穆晓晓以为她就是这样的性格。可是时间久了,她渐渐明白了一些事情——秦家形势复杂,秦怡虽坐轮椅,然而她的身后还有一众秦家旧部。她和秦霜分庭抗礼。甚至即便她的身体不好,她也必须时刻紧绷着,以震慑一切。

可她到底是人,哪儿有不疲倦的?

穆晓晓琢磨了一下后,看了看刘万年,小声说:"我想休息。"

刘万年点了点头,他知道她的意思。他一抬手按了一个钮,前排黑色的挡板缓缓地升起,将驾驶室和后面隔离开。

穆晓晓是一个非常会伺候自己的人,后面的空间这么大,她干脆把座椅全部放倒,又调了调空调的温度。她看着秦怡,问:"要休息一下吗?"

秦怡淡漠地看着她。

穆晓晓没有说话,而是打了个手势。

——前排看不见的,你可以休息。

秦怡一双眼眸盯着她。穆晓晓一看她这样,叹了一口气,她知道大小姐又起疑心了。

"大小姐,我只是希望你好好休息一下,人都不能久坐,咱们今天都快坐一天了,你不累吗?你躺在这儿,这里只有我,我不会说出去的。"

这话说得够简单直白了。

秦怡沉默着,依旧没有动。

穆晓晓看着她这样,彻底束手无策,一方面,她有些生气秦怡如此固执,另一方面又心疼她。

她到底经历了什么才会如此自虐地对待自己呢?

秦怡不休息,穆晓晓也强打起精神坚持着。她一直担心秦怡需要她时会打手势,而她却看不见。

车子又行驶到了高速公路上,一路畅通,没过几个小时就进了市区。城市里,霓虹灯闪烁,绚烂多彩。

秦怡的手机振动了一下,她低头看了一眼,脸色有些难看。

穆晓晓盯着她看,问:"怎么了?"

秦怡没有回应,只是抬了抬手。

——不回家。

不回家?她要去哪儿呢?为什么突然不回家了?

难道是……秦霜又去家里了?

穆晓晓一个在校大学生,没有毕业就在这个圈子闯出了名声是有原因的。从小的生活让她习惯了察言观色,她反应迅速,再加上长大后的专业训练,她能够很快地抓住人心。

她没有过多地追问秦怡为什么不回家,这也不应该是她问的。她只是犯难地思考着该去哪儿。去酒店吗?这是不可能的,就凭秦怡那洁癖的样子,怎么可能去住酒店？再加上秦怡的身份地位，去哪里都会引起围观。

这是一个棘手的问题。

晓晓收起挡板，抬头看了看刘万年，道："大小姐不想回家，我们能去哪里呢？"

刘万年听了后看了一眼秦怡，又看着穆晓晓，说："听你的。"

穆晓晓有点儿牙疼，真是意外啊，他看起来文质彬彬的，没想到也是个腹黑的人。他把球又踢给了她。

穆晓晓想了半天，一拍大腿，有了！

她喜气洋洋地抬头，给刘万年报了一个大概的方向："就先往那条街道开，快到了我给你指路。"

刘万年看了看秦怡，秦怡依旧望着窗外，长长的睫毛眨动，她红唇抿着，一言不发。

这是默认的意思。

刘万年挺期待的，他还真想知道穆晓晓能把大小姐带哪儿去。他在秦家待了许久了，知道秦家用人的风格，能陪在秦怡身边这么久的人，肯定不会那么简单，必然是个厉害人物。

她会带大小姐去哪儿？会不会带她去某个清静的贵宾场所？一个精心安排，保密措施做得非常到位的地方，好让大小姐放松情绪？

半个小时之后，七拐八拐的刘万年拉着秦怡和穆晓晓到了目的地。车子停下，他不可思议地张大了嘴，问："是这儿吗？"

穆晓晓欢乐地点了点头。

刘万年一时语塞。穆晓晓她可真是个人才，她可真敢啊！她就不怕被解雇吗！

对于刘万年来说，这简直不可思议。

拥挤的街巷，人来人往，到处都是叫卖的摊贩，虽然还没下车，但是烤羊肉串的黑烟一股股地往这边涌，那刺鼻的味道透过车窗，进入车内。

秦怡蹙眉。

穆晓晓两眼冒着兴奋的光："你把车停在旁边，这儿太窄，进不去的。"

她也不看刘万年的脸色，转头看着秦怡说："这是我家，很安全的。"

秦怡双眼着她看，神色冷淡。

窗外的光照了进来，穆晓晓眼里的光芒几乎要跳出来："我给你做饭，好不好?"

秦怡冷哼了一声,她稀罕吃她做的饭?

穆晓晓看她皱起眉头就要拒绝,便将两只小手搓在一起哀求道:"求你了,我也好久没回家了。"

秦怡的俏脸冷凝,一动不动,她去看前排的刘万年,正要下命令离开,穆晓晓却先她一步脱口而出道:"姐姐,别!"

这一声"姐姐"叫得秦怡身子一僵,她顿了一下,转过头看着穆晓晓。

穆晓晓咬着唇,可怜兮兮地望着她做最后的挣扎:"求你了,就待一会儿行吗?"她把身子拧成麻花,"求求你!"

秦怡无语,她之前怎么没看出来,穆晓晓的脸皮这么厚?

沉默了一会儿,秦怡的脸色缓和了一些,但依旧是不耐烦的。她抬了抬手。

——你以为我可以随意出行吗?

她这样的身份怎么可能就这么出去?

天已经黑了,她如果就这么戴着墨镜和口罩下去,会引起更多人的关注。

在路上,穆晓晓早就盘算好了,她生怕秦怡反悔,就指了指自己之前湿透了晾在旁边、一路早就被空调吹干的外套:"我有个奶奶,她身体不大好,腿脚不好不说,还对花粉过敏,这样的季节,她皮肤都不能露在外面一点儿。她没什么事儿一般不出门,如果非要出来就得用衣服从头遮到脚,我就说推我奶奶回来了就好了。"

眼看着大小姐又要发飙了,穆晓晓却突然俯身,恳求地看着她。两个人身子贴得很近。穆晓晓说:"不回家就没地方去了,去我家看看,嗯?我收拾得很干净的,还有钢琴,我给你弹曲子好吗?"

温热的,带着荔枝清香的气息洒在耳边,秦怡哆嗦了一下。她身子一僵,偏过头去。

——你会弹琴?

在骗人吧。

"当然,一会儿给你表演。"穆晓晓看到秦怡没有动,便拿起自己那件外套盖在了她的身上,"好了,去看看吧,要不也然没地方去不是吗?"

秦怡沉默了下来。

是啊,天地之大,她竟然没有去处。

小心翼翼地推着秦怡下了车,穆晓晓抬头看着远处熙攘的人群,勾起了嘴角。

穆晓晓就这样,将早已习惯了孤单的秦怡推进了充满烟火气息的人群之中。这里到处都是小贩的叫卖声、人们的交谈声、三五好友聊天的嬉笑声。

刘万年站在远处,整个人都蒙了。

穆晓晓居然推了大小姐的轮椅,她推了大小姐的轮椅!

不仅他震惊,那一夜的场景,同样深深地印在秦怡的心中,成了她心里一辈子的烙印。

秦怡永远忘不了,那个吃了熊心豹子胆的少女是怎样连哄带骗地将衣服蒙在她的头上,带着她走过了一段狭小的、人潮拥挤的路口。

这里的一切与她从小到大的生活环境格格不入,满是喧嚣的烟火气息,她本该是惶恐不安的,可是在听着穆晓晓熟稔地跟邻居们打招呼时,听着穆晓晓爽朗的笑声,她那颗躁动愤怒的心又奇迹般地落了下去。

"晓晓放假了?怎么才回来?忙什么呢?"

"啊,王阿姨!是是是,我放假了,打了两天工,才回来。"

"老太太又来了?怎么,又不舒服了吗?"

"是啊是啊,她不舒服,还是不能吹风。"

"哎呀,你可真孝顺啊。"

……

一路上大家都很热情,虽然遮着衣服,可是有不少对着秦怡叫"奶奶"的。有的生怕"秦奶奶"听不到,特意弯下腰在"秦奶奶"耳边喊着:"奶奶,一定要保重身体啊!"

"秦奶奶"内心咬牙切齿:穆晓晓!

她已经决定了。

今天,从这里回去之后,她要立刻解雇她!否则她就把"秦怡"两个字倒过来写。

好不容易走到了家,秦怡听着穆晓晓打开了门。穆晓晓似乎知道她耐心已经耗尽了,便急匆匆地说:"马上,马上进去了,我给你开空调,热不热?"

总算是开了门,这一路上,秦怡的怒气已经达到了顶峰,她已经板着脸,等着穆晓晓把衣服扯下来后再发火。

但是人生哪里有那么顺利的?她还没来得及反应,就听到了穆晓晓震惊的声音:"秋秋,你怎么在这儿?不是不让你来吗!"

秋秋是穆晓晓在孤儿院时一起生活了八年的妹妹,在那段灰暗的日子里,姐妹俩相依为命,关系早就超越了血缘。

穆晓晓离开孤儿院之后,费了好大的劲儿才把秋秋也带了出来,给她安排了寄宿制的学校生活。她才上初二,自小身体不好,有先天性心脏病,因此穆晓晓对她更是宠溺有加。秋秋也特别依赖姐姐,天天盼着见她。好不容易盼到暑假了,她就想见姐姐一面,却被残忍地拒绝了,小姑娘想不通,便大着胆子自己坐车过来了。

秋秋在家等了姐姐两天,就靠泡面为生。

看着穆晓晓进来,秋秋浑身一个激灵,她知道自己肯定要挨一顿臭骂了。

但是当看到穆晓晓手里推着的轮椅时,秋秋眼睛一亮,她立即冲过去一把抱住轮椅上的人,用双手使劲圈着她的腰,然后亲昵又委屈地往她怀里扎,撒娇道:"呜呜,奶奶!你怎么也来了啊!不是说身体不好不能出门吗?你怎么也偷偷地跑来找姐姐了?"

她的靠山来了!

但是蹭完了,秋秋的身子一僵:这……不是奶奶,手感不对!

就在这个时候,那盖在轮椅上的衣服缓缓地滑落。

穆晓晓一时僵在原地。

完了。

她完了!

衣服顺着秦怡的身子缓缓地滑落,当她的脸露出来时,她那冰冷的眼神也射了过来。

穆晓晓本能地抱紧自己,她可怜兮兮地缩成一团。

秦怡彻底爆发了。

未来的优秀心理师穆晓晓,差点儿气得秦怡有了想要开口骂人的冲动,更想要从轮椅上站起来踹飞她。

现实中,秋秋从来没有见过这样漂亮的女人,她盯着秦怡,眼睛都看直了。

秦怡的眉眼本就不是那种温柔妩媚的类型。她越是冷酷,就越能凸显她天生的大小姐气质。

那一刻,气场全开,她的头发和衣服都仿佛飘了起来。

秋秋不知道大小姐有洁癖,更不知道姐姐是怎么"千辛万苦"才把人拐过来的，她只是单纯地以为这人是姐姐带回家来做客的。毕竟穆晓晓从小到大都不缺朋友。

可是看这位朋友的表情……秋秋不禁地扭头去看姐姐。

穆晓晓几乎要瑟瑟发抖了，她满脸都写着"弱小可怜又无助"。

秋秋看外人脸色不行，看姐姐脸色是一看一个准。她迟疑了一下，弯腰将地上的衣服捡起来后，试探性地小声问姐姐："要不……我再盖回去？"

秦怡沉默。

穆晓晓一时语塞："呃……"

苍天啊，这是什么妹妹？自己不就是暑假忙着打工，没有见她吗，她至于这样连着"暴击"她两次吗？

秦怡的脸已经不能用冷来形容了，那是直接结成了冰。她一双漂亮的眼睛里含着滔天的怒火，直直地盯着穆晓晓。

穆晓晓哆嗦了一会儿，她知道今天或许是自己陪伴大小姐的最后一个晚上，既然如此，不如给彼此留下一个美好回忆吧。

——你想吃什么？

穆晓晓抬起手，硬着头皮比画着。事情已经发展到这个地步，她只能强撑下去了。

秦怡死死地盯着穆晓晓，纤纤玉手抬起，优雅地比画着。

——你的心。

穆晓晓一时竟接不上话。

一旁的秋秋虽然是在孤儿院长大的，见过许多有残疾的孩子，但是她手语不太熟练，看得一知半解。她挠了挠头，对着姐姐问："这个漂亮的姐姐是谁啊？"

好可惜啊。这个姐姐长得这么漂亮，却是一个残疾人。

残疾人有很多种类，这位姐姐的情况却是相当不幸的。她既是聋哑人，又有腿部残疾，除了脸部，她的身体其他地方都没有好的部分。

秋秋的话让穆晓晓短暂地活了过来，她连忙借坡下驴，指着秦怡说："这是——"她刚想说"秦姐姐"，又突然想起了之前入职时，她和柳艾文签订的保密协议，在不知情人面前，她绝对不能透露大小姐的身份。

秦怡淡然地坐在轮椅上看着秋秋。她等待着穆晓晓向这个胆大包天的女孩隆重地介绍自己。

穆晓晓咽了口口水,然后摸了摸秋秋的头,说:"这是一位身世坎坷却让人佩服的姐姐。"

秦怡一时默然。

不给大小姐发怒的时间,穆晓晓紧接着指着自己的妹妹,说:"这位是人傻年龄小,长得圆滚滚,学习不咋的,一心想要成为我国著名小说家的秋秋妹妹。"

秋秋听了姐姐的话并不生气,她把自己的头发掖到了耳朵后面,腼腆地看着秦怡说:"放心吧,身世坎坷却让人佩服的姐姐,我不会歧视你的。"

秦怡更无语了。

如果愤怒分等级,秦怡现在已经可以原地爆炸了。

秋秋看着秦怡,身为我国未来知名小说家的她已经开始在内心脑补了。

这可怜的姐姐,一定又是她姐姐解救回来的吧?

姐姐这段时间都没有回孤儿院,难不成……

秋秋用手捂住了嘴。这位姐姐都这么大了,就因为身体残疾,所以被狠心的父母抛弃了吗?

她仿佛看到了一个雨夜,夜黑风高,猫头鹰立在树上,警觉地看着即将发生的人间悲剧,空气中充满了悲伤与萧瑟,这位姐姐连人带轮椅被扔出了家门。

这位姐姐的一只手缓缓地抬起来,她想说什么,可是雨水与眼泪一起流了下来。

别了,这个绝情的世界……

她已经没有再活下去的欲望了。

她原本已经推着轮椅到悬崖边了,可是就在这个时候:"咔嚓",天边降下一道雷。在光明之中,姐姐出现了……

"你在想什么?"穆晓晓一边揪住秋秋的脸,一边黑着脸说,"下楼买菜去!"

小兔崽子,给她惹了这么大的麻烦,还敢在这儿乱想!

秋秋吐了吐舌头,她穿上鞋,按着姐姐的嘱咐拿了钱下楼了。

临出门前,她还不忘充满同情地看了可怜的姐姐一眼。

"哐当"一声,门被关上了。

穆晓晓搓了搓胳膊。她看着秦怡,秦怡同样看着她,这下子,大小姐的眼神已经快冷成冰了。

"这个……我这个妹妹脑子不太灵光,我一直想要好好教训她来着……"穆晓晓尴尬地看着秦怡,试图解释。

大小姐冷冰冰地看着她,手抬了抬。

——我可以帮你。

"不不不,不用了。"穆晓晓干笑着拒绝了大小姐的好意,她的笑容是那样卑微,"我……这里不方便洗澡,我先给你洗洗手行吗?回家之后,我一定第一时间伺候你洗澡。"

"不是,我的意思是推着你去洗澡。"

"哎,不是,就是帮你,背着也行。"

……

到最后,大小姐也没有接受穆晓晓的好意。大小姐只是拿了随身携带的纸巾擦了擦手,然后就像被寒霜冻住的雕像一样坐在那儿看着她。

这身衣服,她回家后会和穆晓晓一起扔掉。

秋秋惦记着家里漂亮又可怜的小姐姐,买了东西就赶紧回来了。她拎着一个大袋子,一进门就对姐姐说:"哎呀,这里的东西太贵了,比咱们家那儿贵太多太多了。"

穆晓晓瞥了她一眼,说:"这么贵你还给自己买冰激凌了?"

秋秋调皮地冲姐姐笑了笑,撒娇道:"姐姐最好啦,最疼我了,嗯,我想吃可乐鸡翅,我饿死了。"

她偷偷地看了看秦怡,秦怡一动不动,犹如漂亮的冰雕。秋秋心里倒吸一口凉气,这个可怜的姐姐不会还有那种浑身不能动的毛病吧?

时间已经不早了,今天,从早上到现在,大小姐一直没有吃一顿正经饭。

穆晓晓挽起袖子,把客厅的电视打开了。她温和地对秦怡抬了抬手。

——你看看电视,我先去给你做饭。

大小姐面无表情地看了她一眼。

穆晓晓心塞了一下,她抬起腿,踹了一脚蹲在地上翻零食的秋秋,叮嘱道:"你给我老实点儿,不然我打歪你的脸!"

秋秋捂着屁股,不停地点头:"姐,你放心,我一定乖乖的。"

穆晓晓又是一番恐吓式的警告,这才冲着秦怡比画了一下。

——有事你就去厨房找我。

她总不能把大小姐带进厨房。

秦怡依旧没理会她。

穆晓晓不放心地看了看秋秋,说:"你别去招惹她。"

她对于秦怡的一切事情都隐瞒了,没有告诉秋秋,也故意用手语与大小姐交流。

秋秋端坐在沙发上,手里还拿了一个小本子,看样子已经在创作了:"我很忙。"

要抓紧时间了,穆晓晓没再停留,赶紧去厨房忙乎起来了。这是她第一次给大小姐做饭,她一定要好好展示一下。

秋秋很谨慎,姐姐刚离开的时候,她没有什么反应,一直到厨房的抽油烟机被打开,她才一股脑地爬起来,坐到了秦怡的轮椅对面。

"姐姐,你好漂亮啊。"

"你真的听不见也说不了话吗?"

秋秋试探性地在秦怡面前比画了一个不伦不类的动作。秦怡面上波澜不惊,心里已经吊起"穆晓晓牌布娃娃",开始扎针了。

秋秋看她这样,叹了一口气,她是真心为她感到难过。

秦怡的眼睛动了动,看向秋秋,她是一个非常敏感的人,捕捉人情绪的能力不比穆晓晓差。她能够感觉到,这个女孩是真的为她听不见说不了话而悲伤。

秋秋手语不太熟练,却还是连摆带动地说:"姐姐,你也别太难过,现在科技这么发达,你一定会好起来的。"

这样的话,秦怡听过很多,她并不放在心上。

秋秋说:"最重要的是你还有我姐姐啊。"

小兔崽子留了心眼,在说这话的时候,她没有用手语,而是用嘴说的。

秋秋看了看秦怡,还在确定她是否真的听不见。大小姐是什么心思?她怎么会被一个孩子看透?

秦怡不动声色,安安静静地坐着。

秋秋偷偷地往厨房里望了望,问道:"你和我姐姐是什么关系呀?我还没见过我姐姐对谁这么细心过,嘘寒问暖的不说,你一个眼神,她就吓得直哆嗦,哈哈。"

说到兴起之处，秋秋赶紧把自己的小本子拿过来，她低着头拿着笔边写边说："哎呀，想不到我活到十三岁的年龄，还能看到姐姐这么怕一个人。虽然小姐姐你一动也动不了，但是没事的，我姐姐这个人，从小就照顾了很多人，她一定会照顾好你的。"

秦怡没有说话。

秋秋又抬头，用一只手撑着下巴，盯着秦怡看："哎，想不到我会见证这么一个感人肺腑的陪伴故事，我想想，故事的开头是什么？"她自言自语，说得兴奋，"大概就是一个身世坎坷的漂亮女孩，被家庭抛弃，自闭又孤单，她甚至想要放弃自己。她感觉上帝对她关上了所有的门。"

那一刻，秦怡的眼眸一变，她鸡皮疙瘩都起来了。

沉浸在创作中的秋秋此时灵感犹如泉涌："可是就在这个时候，我的姐姐出现了，她虽然没有钱骑白马，但是她乐观地骑了一头小骡子，用微笑与温柔感化了你。她一天天地陪着你，你们走过大森林，走过沙漠，走过许许多多的地方，一起去寻找丢失的心，最后……"

"啊啊啊！"

突如其来的尖叫吓得秦怡一哆嗦。

秋秋笑得倒在了茶几上："最后你才发现，你一直苦苦找寻的那颗丢失的心，居然就这么被姐姐找到了！"

她说得开心，就完全顾不上旁边的秦怡的脸色了。

就在这关键时刻，穆晓晓端着菜出来了。她见秋秋笑得那么开心，也跟着笑了，问道："写到什么了，那么开心？"

她一直很支持妹妹搞创作。

秋秋没有隐瞒，回道："我写了一个以你为主角的感人故事，还读给漂亮姐姐听了。"

穆晓晓笑了，她看了看秦怡红红白白的脸色，道："那你漂亮姐姐听了可能心情很复杂，她怎么脸都红了？"

"我哪儿知道，她肯定——啊！"秋秋再次发出尖叫。

穆晓晓吓了一跳，骂道："你这小崽子，一惊一乍的干什么？"

秋秋一只手捂住嘴，看着秦怡惊呆了，她惊讶道："姐姐，她听得见……听得见？"

穆晓晓把手里的清蒸鲈鱼放下，然后踢了秋秋一脚，道："说什么废话呢，当然听得见,你——"

穆晓晓的话戛然而止,以对妹妹的了解,她脸色一变,盯着秋秋,这小兔崽子不会又做什么蠢事了吧?

秋秋这时候反应极快,她一把抱住了自己的小本子死死地护住。

穆晓晓挑眉,她的手臂伸出,钻到秋秋的胳肢窝下一挠,秋秋一个哆嗦,小本子已经到了她的手里。

穆晓晓拿着本子在看。刚开始她脸上还带着笑,觉得妹妹的字似乎比以前好看多了,后来,她越看,脸色就越发苍白,到了最后,她的脸比那纸还要白。

穆晓晓再次哆嗦了,她小心翼翼地去看大小姐。大小姐今晚或许已经经历了太多,她现在想的不再是简单地开除穆晓晓了,而是改为面含杀气地看着穆晓晓。

穆晓晓被大小姐盯得都不敢抬头看,她在心里想象着自己揪起妹妹的衣领教训她的画面。

啪啪,我打你个胡言乱语。

啪啪,我打你一个眼不聪目不明。

亏她之前还觉得妹妹有做小说家的天赋,特意留心培养,但凡看到市面上火一点儿的小说,她都买来给妹妹学习。

结果……结果这是学出个什么了?

这顿饭吃得穆晓晓胆战心惊。她真的是使出了看家本事,做了妹妹喜欢吃的可乐鸡翅和清蒸鲈鱼,给大小姐做了清淡的花蛤冬瓜汤,又做了一个松仁玉米、糖醋排骨。

这些都是秋秋爱吃的,穆晓晓一路带着妹妹,早就像是母亲一样了。她虽然不说,但是内心还是因为看见妹妹而开心。

至于大小姐,穆晓晓观察过,秦怡平日里吃得清淡,以前看宋嫂给她端上去的饭菜,多是少油、少糖、少盐的。

以前,她也听张巧说过,娱乐圈的女明星为了保持身材,吃的都是地狱食谱,多放一点儿调料都会觉得是罪孽,所以她特意把花蛤冬瓜汤摆到了秦怡的面前。

秦怡看样子还在生气,她几乎没怎么动筷子,反倒是秋秋快饿扁了,她埋着头大快朵颐,都这样了还不忘吐槽:"你为什么给漂亮姐姐吃这么不好吃的冬瓜汤？这肉才好吃呢！"

穆晓晓翻了个白眼，道："什么漂亮姐姐，别瞎叫。"

秋秋想了想，问："不叫姐姐，叫阿姨吗？"

正在喝汤的秦怡放下了勺子，意味深长地看着穆晓晓。

穆晓晓无语，这个死孩子啊！

为了避免被大小姐用仇视的眼神注视，穆晓晓想了个折中的办法，道："你就叫她'一姐姐'吧。"

这不算是违反保密协议吧？

秋秋听了点了点头。她吃着排骨，接着不知道想到了什么，突然笑了。

穆晓晓放下筷子看着她，问："你又弄什么幺蛾子？"

秋秋憋着笑，道："那我以后是不是得管你叫'零姐姐'啊？"

穆晓晓和秦怡一起沉默了。

穆晓晓瞥了大小姐一眼，怕她生气。

这么一瞥不得了，穆晓晓发现大小姐的目光居然迅速地扫过了秋秋面前的那盘糖醋排骨。

穆晓晓内心疑惑：大小姐这是想吃肉吗？

发现穆晓晓投来的疑惑目光，秦怡蹙了蹙眉。她看着穆晓晓，眼神里满是不耐烦。

——看什么看？

比画完这话，大小姐不知道怎么了，眼神有些闪烁，就像是被糖果馋得偷偷地咽口水的小孩，被发现后恼羞成怒了。

穆晓晓迟疑了一下，然后伸手端起了那盘糖醋排骨。秋秋抬头伸出手喊道："哎，姐姐，这是做什么，放下，放下，有话好好说，你——"

穆晓晓把糖醋排骨放到了秦怡的面前。

秦怡看着她，目光冷淡。

穆晓晓习惯了大小姐傲娇的性格，她拿起公筷，给大小姐夹了一块排骨放到碗里。

"你尝尝？很好吃的。"

秋秋把脸藏在碗后面，偷偷地去看秦怡。穆晓晓微笑着把头扭到了一边，顺便一抬手，按住秋秋的头也扭到了一边。

不看，她们都不看。

等姐妹俩转过头来的时候，大小姐碗里的排骨已经没了。

秋秋内心惊呼：我的天哪，她一姐姐是一个"傲娇"小公主！

穆晓晓也是发现了新大陆，她发现秦怡并不是食欲不好，而是以前大家给她做的饭菜太清淡、太难吃了，而如今……

虽然半碗饭对于别人来说不算什么，但是对于大小姐来说，这是前所未有的一次了。

她不仅仅吃了几块糖醋排骨，连松仁玉米也吃了不少。

她吃饭的姿势很优雅，纤细的、白玉一样的手指捏着筷子，一粒一粒地夹着玉米，乌黑的长发披在肩上，秋秋在旁边看得眼睛都直了，这就是小说中的美丽"御姐"吧，好漂亮呀。

吃完饭之后，穆晓晓特意拿了水杯伺候秦怡漱口。然后她将秦怡推到了窗户前，让秦怡看城市的夜景。

她这小房子跟大小姐的别墅有着天壤之别，但是她这里满是生活的气息。

夜色之下，城市霓虹的灯光闪烁，远处街道的车灯首尾呼应，纵横交错，天地仿佛都被连成了一片。

那一刻，秦怡的心仿佛也融在了灯光之中，平静了不少。

穆晓晓收拾碗筷时，秋秋在旁边看了一会儿，忍不住问姐姐："一姐姐是出生在富贵人家的吧，她好有气质啊。"

穆晓晓的手顿了一下，问："你不觉得你姐姐我也挺有气质吗？"

秋秋摸着下巴，道："不一样的，你看一姐姐虽然动不了，但她只是坐在那儿就没有谁敢上前一步去靠近，但是姐姐你就不同了——"

穆晓晓眯了眯眼睛。

秋秋美滋滋地说："要是你动不了了，肯定会被人轻易拿捏。"

穆晓晓敲了敲秋秋的脑袋。

秦怡安静地看着风景，不知道是因为离开了那个束缚她的家，还是因为今晚吃得有些多，她的确不像是之前一样低沉了，许久不曾欣赏世界的眼睛似乎也睁开了。

这里很美，最主要是有家的气息。

旁边，穆晓晓端了一盘樱桃出来，她问秦怡："尝一个吗？"

她似乎刚洗了脸，白皙的脸颊上还挂着水滴，她手里拿着颗樱桃放在嘴边咬着，那唇比新鲜的樱桃还要红。

秦怡皱了皱眉，看着穆晓晓。她是猪吗？吃完这个又吃那个，已经吃了一天了嘴还不闲着？

穆晓晓"喊"了一声，道："不吃就不吃，干吗又发脾气？"

她对大小姐的眼神已经到了无须手语解读就能领略其中含义的地步。

穆晓晓随后把盘子递给了秋秋："你怎么不说一声就跑过来？有没有好好学习？"

秋秋接过盘子，夸张地说："学习对于我来说太简单了，我这不是想你了嘛，就过来了。你知道吗？我那一天被你挂了电话，心灰意冷，感觉手里的馅饼都失去了它原有的味道，当时，我矗立在门口，看着窗外微凉的月色，对你的想念犹如潮水连绵不断，我……嗯……"

穆晓晓一记旋风腿过去，打断了她的话："说人话。"

秋秋悲切地说："我不想一个人待在学校……"

她的学校是寄宿制的，住宿条件在当地算中等偏上，那是姐姐费了很大力气才为她办到的。秋秋知道，姐姐为她付出了很多，千里迢迢地把她接到城市里来，带她看病，给她钱让她上学，可是……她很想念姐姐。她来了这个学校之后，听了姐姐的话努力学习，但是学校里的同学们不知道从哪儿听来的消息，知道了她是在孤儿院长大的，对她不是很友好。

秋秋并不是表面上看起来的那么乐观，她也会在被同学锁在厕所里时吓得哇哇大哭，也会因为洗好的衣服晾晒好之后被扯掉扔在地上而红了眼。她不止一次在深夜里偷偷地哭泣，可是她不能告诉姐姐。

穆晓晓为了她已经拼尽所有了，她不能再给姐姐添乱。

秋秋虽然小，但是从小的生活环境让她很早熟。在孤儿院，虽然院长妈妈尽力护着她们，可还是有这样那样的小事儿，好几次，秋秋被岁数大的男孩欺负，每一次都是穆晓晓护着她。好几次，穆晓晓的脸都被抓破了，鲜血直冒。

别人不知道，但是秋秋最明白，姐姐那么累为什么还每天早上雷打不动地锻炼身体，那是因为她要保护她想保护的人。

而成为秋秋内心深处一道疤痕的，是当年她偷偷地躲在门口，看见姐姐的妈妈回来找姐姐，让姐姐回家的场景。

那个漂亮精致的女人叫苏奎，她来了好几次，她有着跟姐姐很像的面孔。

秋秋很恐惧，她知道这个女人将带走姐姐。好几次，秋秋都在梦里哭醒，那段时间，本就心脏不好的她身体情况急速恶化，穆晓晓急得不行，吃不下睡不着的。

孤儿院的资金一直匮乏，社会各界的帮助只够维持生存，根本就没有富余的钱为秋秋治病。

每一次，穆晓晓都抱着秋秋哄。

穆晓晓拒绝了苏奎许多次，她语气冷淡："生而不养，我可以做到不恨你，也请你不要干扰我的生活。"

唯独最后一次，秋秋听见了她们的对话，她听见苏奎告诉姐姐："你如果跟我走，妈妈会想办法帮你救治你那个妹妹，她心脏不好不是吗？妈妈的发小就是安贞医院心内科的主治医生，她……"

后来……

姐姐对此只字不提，只是走到床边，蹲下身子，摸着她的头发，柔声说："秋秋，姐姐一定不会抛弃你，一定会治好你的。"

穆晓晓知道被抛弃的感觉，这一辈子，她绝对不会让妹妹再次遭受这样的经历。

经过几个月的奔波，穆晓晓牵着秋秋的手离开了她们从小到大的家。秋秋知道姐姐不想走，她也知道姐姐心里对于那个母亲的怨恨与不甘。

秋秋非常难过，可是她太小了，那时的她伸出手臂，甚至都抱不住姐姐。

是她不好，她该忍一忍的。

秋秋不会对姐姐撒谎，她就只想着插科打诨地混过去。

穆晓晓问道："期末考多少分？"

秋秋的后背有点儿凉，那一刻，也不知是受什么驱使，她做了一个非常大胆的决定——她偷偷地走到了秦怡的轮椅后躲着。

穆晓晓的眼睛眯了起来，她一只手开始捋袖子。

小兔崽子！学校的补课班也不上，这么小，还敢偷偷地坐这么久的车跑出来？就不怕遇到危险吗！

一股子不同于穆晓晓的香味从背后传来，秦怡的身子僵了僵，秋秋蹲在她身边，小声地、可怜地说："一姐姐，帮帮我，别让我姐姐打我，求你了。"

她搓着手，屁股撒娇地扭着，望着秦怡的眼睛里满是求生欲。

就在秦怡盯着秋秋的眼睛看的时候，穆晓晓已经把袖子捋好了。

她一边走过来一边喊道："让你好好学习，你不好好学习，看我今天不打烂你的屁股！"

秋秋惊呼一声，她捂住了自己的眼睛，掩耳盗铃地蹲了下来。

姐姐对她很好，满是爱，可以说是有求必应了，但唯独学习……

穆晓晓总是告诉秋秋："我们这样的人，虽然生下来被抛弃了，但是我们不能自己放弃自己，知道吗？秋秋，好好学习，那是我们唯一的路。"

如果她考不好，姐姐虽然不会使劲揍她，但是一定会狠狠地教训她一番。

秋秋闭着眼睛等待着暴风雨，却没有等来。周围一片安静，她愣了愣，偷偷地睁开眼睛。

她看见了什么？

——姐姐真的护着她了！

秦怡就么坐在轮椅上，面无表情地看着穆晓晓，而穆晓晓呢？她捂着腿蹲在地上，不可思议地看着秦怡。

发生了什么？大小姐刚才给了她一记旋风腿是不是？

刚刚，穆晓晓根本就没想到秦怡会管这个事儿，她原本想着冲上来抓住秋秋那小崽子，没想到秦怡转动轮椅正对着她，那气场强得让穆晓晓愣了一下。脚下的步子一迟疑，穆晓晓就被人给踹了。

她被人踹了……

秋秋那小短腿肯定够不到，那……

顾不上腿上的疼痛，穆晓晓一下子站了起来，她冲到秦怡面前，两只手扶着轮椅把手，欣喜若狂地问道："你的腿，你的腿刚才是不是动了？"

穆晓晓这么大的架势过来，秦怡还以为是她被踢了想要来理论。秦怡都做好谴责她的暴力行为的准备了。

乍一看穆晓晓这么开心，秦怡愣住了。

穆晓晓真的开心，这么多天了，大小姐几乎是油盐不进，一点儿改善都没有，现如今，为了护着秋秋，大小姐的腿居然能动了？

她兴奋到眼睛都红了，扶着轮椅的两只手激动得颤抖。

秦怡愣怔地看着穆晓晓，有些疑惑：她为什么那么开心？自己不是踢了她吗？

"是不是啊？"穆晓晓追问，她欣喜若狂到头脑都不清晰了，把应当与大小姐保持距离的事都给忘了。她身子前倾，贴得秦怡很近。

秦怡怔怔的，没有回答。

穆晓晓急切地弯下腰，捏了捏秦怡的腿查看，淡淡的荔枝香扑面而来，带着穆晓晓的呼吸喷在了脖颈边。秦怡的腿不是物理性的病变，她只是心理原因站不起来，所以对于穆晓晓的触碰，她有着很鲜明的感觉。她可以清晰感觉到因为激动，穆晓晓的手几乎发烫。

穆晓晓感觉到了，她身子一僵，抬起了头，就看见大小姐正咬着唇看着她，眼里波光流转。

穆晓晓心里一个咯噔，完了！

一瞬间，周围的空气似乎都被热浪燃烧，穆晓晓的手心开始出汗，她尴尬地扭过头恶狠狠地看着始作俑者秋秋，转移话题道："你过来，再让我踢你一脚，看你一姐姐的腿还能动不！"

躲在远处的秋秋反应极快，她梗着脖子喊着："那还不如你掐一姐姐一下，看她踢不踢你来得直接！"

秦怡无语。

穆晓晓也无语了。

秋秋到底还是被穆晓晓踢了一脚。

穆晓晓毫不留情地把她按在沙发上："小兔崽子，不声不响的你就敢出门？自己什么身体不知道吗？这么热的天，你心脏受得了吗？在家两天了，也不知道给我打电话，你胆子肥了！"

坐在轮椅上的秦怡目瞪口呆地看着这一幕。

秋秋看出一姐姐的不对劲儿，便推了推穆晓晓，说："走开啦，姐姐，差不多就行啦，不要这样子，吓到一姐姐了。"

穆晓晓身子一僵，她扭头看着秦怡。

秦怡已经调整得差不多了，此刻她正淡然地看着穆晓晓。

穆晓晓怀疑自己没看错吧？她居然在大小姐眼里看到了一丝……惧怕？

夜色蔓延。

她们过来吃饭，加上这一顿闹已经过去两个小时了，要不是大小姐今天被气晕了，没催促她们回去，现在估计都要到秦家了。

时间宝贵。

穆晓晓也来不及再去责怪妹妹了，她去屋里找了几件衣服，又絮絮叨叨地说道:"你怎么来了也不多带几件换洗衣服?姐姐不是给你钱了吗,你是大姑娘了,不能再像小时候一样就只穿一件衣服了。"

这外面的世界能跟孤儿院一样吗?

小时候,孤儿院的钱都被用在最基本的吃饭生存上了,她们的衣服都很少,一件够穿就行。

现在来了这里,穆晓晓知道外面的世界什么样,俗话说得好,人靠衣装,她自己怎么样都无所谓,却不能让妹妹被人瞧不起了。

秋秋似乎很喜欢秦怡,她拿了一个豆袋扔在秦怡的轮椅旁,然后笑眯眯地坐在那儿看着姐姐收拾东西,说道:"我的衣服够了,平时在学校都穿校服的,买那么多干什么?还有,别把你那件洗得掉色的衣服往我书包里扔啊,我不会穿的。"

姐姐的衣服也不多。

穆晓晓愤怒地咆哮道:"你仔细看看,我这衣服是给你买的新的,你眼睛呢?"

秋秋纳闷地看了看姐姐,又将视线落在了秦怡的身上,她小声问:"一姐姐,我姐姐最近是不是去哪儿受委屈了,被压抑坏了?她怎么这么爱咆哮?还好凶残、好暴力啊,动不动就要戳瞎我的眼睛,好可怕啊。"

大小姐的眼皮跳了跳,她莫名地心虚起来。

"你别总往你一姐姐那儿靠,人家多烦你啊。"穆晓晓就纳闷了,她这个妹妹是不是傻?一般人看见秦怡都唯恐避之不及,秋秋怎么就那么喜欢贴着她?

秋秋撇嘴,她看了看姐姐,说道:"一姐姐才不像你说的那样冷漠。"

一姐姐好漂亮啊,而且好可爱啊,总是装作冷漠不在意的样子,其实一双漂亮的眼睛总是偷偷地盯着她们看。

穆晓晓有些无语。

秋秋美滋滋地看着秦怡,说道:"一姐姐真的好漂亮啊,如花似玉的,英气的眉毛,深邃的眼神,挺翘的鼻梁,红红的嘴唇,简直就是我小说里的女主角。"

秦怡僵硬地与秋秋对视。

穆晓晓听了气乐了,笑着道:"你那是什么词汇表?就你这样还想当作家呢?"

她叠着衣服走了过来，一屁股坐在了秋秋身边，挤着她靠着秦怡。

秦怡一脸不悦，谁能帮她拉走这一大一小讨厌的姐妹俩？

穆晓晓不是第一次欣赏大小姐的绝世美颜了，她捂着下巴，教育着妹妹："你应该这么说，美人如玉，一姐姐比玉还美，她烟眉淡淡，漆黑的眸里脉脉含情，挺翘的鼻梁，鲜红的唇让人——让人想要……"

说到这儿，穆晓晓噎住了。

秦怡偏开了头。

秋秋碰了她一下，问："让人想要什么啊？"

大小姐终于不堪其扰，她冷漠地看着穆晓晓，抬了抬胳膊。

——想死吗？

时钟嘀嗒嘀嗒地走着，眼看着要离开了，真正的姊妹情深总是要上演一下的。

穆晓晓催着秋秋洗了澡，又把她脱下来的衣服放在盆里，用手都洗了，再顺便给妹妹吹了吹头发。

秋秋把自己裹成一个小粽子，她缩在穆晓晓的怀里，笑得特别开心。

秦怡盯着两个人看了片刻，转过了头。

没有什么好的。

有什么好笑的？她一点儿都不羡慕、不嫉妒。

等吹干头发，秋秋央着姐姐道："弹会儿钢琴吧，正好我最近写的小说的女主人公是个钢琴老师。"

穆晓晓抬头看向大小姐，果不其然，轮椅上的人顿了一下，转了过来。

穆晓晓真的会弹琴？秦怡之前以为穆晓晓是在骗她的。

看着大小姐眼里满是疑惑，穆晓晓点了点头，她瘫在了沙发上，然后抬了抬手。

"去把钢琴拿来。"

她那个高高在上、眉眼上挑的模样，像极了秦怡。

秦怡想起秋秋刚才说姐姐这次回来怎么这么暴躁，她忍不住想了想，自己有那样吗？还有……钢琴为什么是拿过来，不该去琴房弹吗？

大小姐真的是低估了穆晓晓的能力，也低估了她的抠门水平。

像她这种连衣服都舍不得买几件的人，怎么会花大价钱买钢琴？

不一会儿，秋秋美滋滋地从屋里端出来一架"钢琴"，秦怡定眼一看，僵住了。

那架"钢琴"是挺好看的，外形很华美，黑色的亚光磨砂质地，灯光一晃，映射出白色的钢琴键格外亮堂。

只可惜，尺寸有点儿小。

这是穆晓晓花了不到二百五十块钱，在网上买的三至五岁儿童弹的幼儿钢琴，非常高大上，简单易上手，便于携带，随时可以让人沐浴在钢琴的优雅乐声之下，享受生活。

秦怡无语了。

但让大小姐震惊的还不是这一点。

刚刚拿出了一副"姐就是钢琴老师"模样的穆晓晓，此时此刻正和秋秋挤在一起，她拿着一个记号笔，絮絮叨叨地说："这里是 do，re，mi，fa，sol……"

白色的钢琴键上，被穆晓晓写上了1、2、3、4。

秋秋在旁边卖力地鼓掌，她夸赞道："哇，姐姐，你好厉害啊！"

穆晓晓美滋滋的。她骄傲道："可不是吗？来吧，下面，让姐姐给你演奏世界名曲。"

秦怡仅存的最后一点儿兴趣被勾了起来，世界名曲？是肖邦的，莫扎特的，还是……

很快，接下来发生的一切，震碎了大小姐的灵魂。

随着秋秋的头像是拨浪鼓一样晃动了起来，穆晓晓开始弹奏了。

"两只老虎，两只老虎，跑得快，跑得快，一只没有眼睛，一只没有耳朵，真奇怪，真奇怪……"

秋秋非常开心，她不停地给姐姐鼓掌，竖起大拇指。

她是真的崇拜姐姐。上次她来的时候，姐姐还什么都不会，现在姐姐都能弹曲子了。

穆晓晓也是开心得不得了，她看着大小姐那张石化了的脸，心情愈发好。到最后，她干脆抱起钢琴，围着秦怡边弹边唱边跳。

本来是一首很纯真的儿歌，秋秋吹着口哨扭着屁股，跟姐姐热舞狂欢，而被围在中间的秦怡，耐心就像是破碎的石膏墙壁，一片一片粉碎，刷刷地往下掉。

她身为当代歌坛被业内称为"天籁歌姬"的艺术家,耳朵被这一连串的魔音洗脑,她感觉那两只老虎都跑到她心脏里开健身房来了。

简直是鸡飞狗跳……

秦怡本来是想要悲伤的,可是穆晓晓真的没有给她这个时间和机会。

眼看着要走了,穆晓晓怂恿秋秋那个傻妹妹:"快让你的一姐姐给你弹一曲。"

秦怡一听就冷笑,她会弹这种钢琴?她对音乐、对艺术是有追求的!

一个优秀的钢琴家,别说这玩具钢琴了,一般音质差点儿的真钢琴都不会弹,那会破坏手感的。

呵呵,穆晓晓什么意思?又想要让秋秋来求她吗?没用的,秋秋就是表现得再可爱,那双大眼睛再纯真,她也绝对不会去弹的!

秋秋两只手捧着自己的下巴,搓成花朵的形状看着秦怡,她撒娇道:"一姐姐,今天我好开心啊,这么久了,我第一次感觉到一家人的温馨,你能不能满足我的心愿,来一个快乐结尾?"

一家人?

秦怡身子僵硬,她看了看穆晓晓,穆晓晓微笑着对她点了点头,目光中带着鼓励,似乎在说:来吧,别伤孩子的心。

秦怡更无语了。

十分钟后,灯光暗了下来,周围的一切都静悄悄的,只有窗外的一缕月色透了进来。

三年了。

秦怡已经三年没有在外人面前演奏过钢琴了。

音乐,曾经是她的灵魂,是她的骄傲。

从她知道是自己导致妈妈去世的那天起,她就将自己的灵魂封闭,再没有对外人展示过。

虽然在这种玩具钢琴上弹奏,对于以前的大小姐来说,是一件绝对不被允许的事情,可如今,她就是做了。

她的上身坐得很直,如瀑的长发顺着白皙的脖颈滑落。她将手放在钢琴键上的那一刻,周围的光都仿佛被她吸了过去,她没有立即开始弹奏,而是看着钢琴沉默了几秒钟。

穆晓晓在旁边看着，这一次，她没有再闹腾，而是眼睛一眨不眨地看着秦怡。

也许是月色太美，也许是音乐太有魅力，那一刻的大小姐，美得惊为天人。

她弹着琴键，纤细的玉指起落间，一连串的悲伤音符宣泄而出，一缕月光落在她的身上，她的眼中含着泪。

她不知道自己怎么了。

明明只是当着姐妹俩随便弹一弹的，可是当音乐响起的时候，她的心仿佛回到了从前，回到了那一段没有伤痛，没有欺骗，也没有背叛的岁月之中。

这一刻，她就只是秦怡。

三分钟的弹奏，没有间断，没有停歇。

当最后一个音符落下时，秦怡低头看着黑白的钢琴键。她深吸一口气，缓缓地闭上了眼睛，安静地感受最深处的那颗心。

——放下吧，放下吧。

音乐是能够感染人的。

秋秋在那一刻受到了震撼。她怔怔地看着秦怡，与姐姐一样热泪盈眶。

最后，秋秋看着姐姐走向前，在朦胧的月色之下，姐姐伸出手臂，轻轻地抱住了秦怡。

穆晓晓伸出手臂，轻轻地抱住了秦怡，她感觉怀里的人身子一僵，随后一手揪住了她的衣襟。穆晓晓低头，看着秦怡的眼睛。

大小姐的眼圈还有点儿红，只是都这样了，她还保留着高高在上的气场。

——滚开。

谁给她的勇气敢拥抱她？

穆晓晓笑了。

如果说最初靠近秦怡完全是为了钱，大小姐的冷漠让她秉着混一天多一天的思想坚持着。可现如今，抛去种种伪装的外壳，穆晓晓看见了一个真实的秦怡。她是大小姐，更是一个被反复欺骗，不敢相信也不愿再相信世界，又忍不住对这个冷漠的世界抱有幻想却不肯承认的小公主。

她如果真的像是表现得那样残酷，又如何会容忍自己一次又一次地靠近？又怎么会允许秋秋靠得她那么近？

穆晓晓这样的眼神……满满的都是宠溺，几乎要溢出来了，秦怡读懂了。

她的身子僵硬,眼神从质问变成了躲闪,最后变成了警告。
——想死吗?
是不是她一再纵容,让穆晓晓不知道天有多高,地有多厚了?
旁边的秋秋看着这一幕,她不禁伸出双臂抱住了自己。

第四章
痛苦的回忆

快乐的时光总是短暂的。

离开前,穆晓晓又把家里的水电检查了一遍,她不放心地反复叮嘱秋秋:"你在家一定要反锁好门,有人敲门也不要开,注意安全。煤气一定要记得关,晚上睡觉前,检查门窗,你……"

"好了好了。"秋秋不耐烦地催促道,"我又不是小孩子了。"

她感觉姐姐对她十年如一日地照顾已经习惯了,还想着她是小时候那个一下子就能被抱起来护在怀里的小崽子呢。她已经长大了,以后,她会保护姐姐的。

穆晓晓不放心地叹了一口气,道:"你一个人在家乖乖的,我应该……"她瞥了秦怡一眼,说,"很快就会回来的。"

也许,明天一早,她就会回来。

她今天这样"践踏"大小姐的底线,大小姐回家后,很有可能想一想就让她滚了。

坐在轮椅上的秦怡面无表情地看了穆晓晓一眼,然后转过身去。

她会看不透穆晓晓在想什么?

呵。

别以为她是什么善良的人,想着被辞退赶紧回来团聚吗?不可能的。她不会让她如愿!

"姐姐给你留下几百块零花钱,你也别总是抠抠搜搜的,想吃什么零食自己去买一点儿,漂亮衣服也换一下。"穆晓晓看着妹妹满脸鄙视,她在秋秋这个岁数,已经美得全校闻名了。

085

秋秋感动地说:"我不敢在姐姐面前穿得太漂亮,万一我的光芒太耀眼,让姐姐自卑了可不好。"

穆晓晓无语了,这个小兔崽子!

离别在即,秋秋这下子也乖了。她上前一步抱住了姐姐,依依不舍地说:"姐,你也要好好保重哦,我看你都瘦了。"

穆晓晓摸了摸她的头发,说:"那是你的错觉,我今天早上称体重的时候发现胖了四斤。别来这一套,去把课本拿来,姐姐给你留了作业就离开。"

简直是绝杀一击。

一直到关上门、上了车,秦怡的脑海里还是秋秋那被雷击了一样的表情,秦怡忍不住莞尔。穆晓晓可真的是一位好姐姐,她轻轻地离开,挥一挥衣袖,留下了一堆作业。

出去的时候,穆晓晓拿着自己的衣服,有点儿尴尬,她可没有勇气再给大小姐披身上了。其实她想要问问秦怡,这天色都这么晚了,是不是不用披衣服了?就这么出去,也没人看得清呀。

秦怡坐在轮椅上等待了片刻,不见穆晓晓有动作,她皱眉,扬手。

——慢吞吞地做什么?

穆晓晓无奈。

一直到推着秦怡出去,穆晓晓看着被盖在外套之下的秦怡还有点儿想笑,她不知道是自己看错了,还是怎么着,她总感觉……大小姐似乎真的很享受这种感觉。其实大小姐的内心并不是完全封闭的,有时候,大小姐也是想要感受这种人潮拥挤的气息的。

黑暗之中,秦怡不需要伪装,不需要隐忍,不需要刻意地保持冷漠。

虽然看不见,但是她可以放纵地去感受夜晚热闹的气息。她听着小贩叫嚷,听着来往的人们聊天,甚至还有划拳的声音。

她忍不住去想,这到底是一种什么样的生活?大家真的会那么开心吗?

路途有点儿短,上了车,盖着的衣服便被撤了下来。

刘万年偷偷地透过反光镜看了看大小姐,他原本以为穆晓晓把大小姐弄到这么个地方来,大小姐肯定是忍无可忍,中途或许会发消息给他,催促他赶紧带她离开,以至于他在楼下蹲着抽烟的时候都不时地看手机。后来,刘万年的确收到了信息,却不是要让他早点儿上来的信息,而是一些任务。

这可是这些年来,他接到的来自大小姐的字数最多的一条信息。

大小姐要求很多，认真仔细地看了之后，刘万年赶紧安排。虽然琐碎，但是大小姐交代的事，他必须认真完成。

在姐姐离开了二十分钟后，家里的门铃被人按响了，秋秋想着姐姐的交代，警觉地贴着门透过猫眼往外看。

是谁？这么晚了，她也没有点外卖，会是谁？

难不成……

就在她的思维发散开来，已经上演月黑风高夜，歹徒觊觎姐姐刚给她留的几百块钱的画面时，门外的人礼貌地说：“是一姐姐要求送东西的人。”

一姐姐？

秋秋又偷偷地看了看，外面的人穿着精致的西装，脚下的皮鞋油黑瓦亮的，秋秋估计着，他这一身的价钱比她整个家里的都要多。如此推理了一番后，秋秋打开了门，她原本以为一姐姐会给她送点儿零食什么的，可是当看到眼前的一幕时，她张大了嘴，目瞪口呆。

来送东西的人不少。

为首的一位穿着西装、管家模样的男人文质彬彬地对秋秋微笑，他身边的一个男人拿了一个行李箱，道：“这里面是应季的衣服，应该还算适合您。”

箱子打开，里面都是花花绿绿、充满了青春气息的少女衣服。

秋秋愣住了。这些衣服的牌子，她曾经在学校里看到有钱人家的孩子穿过，那价钱……是她不敢想的。

管家继续道：“时间紧迫，我就只能买到这些，如果不满意，您可以说。”

最夸张的是后面的几个人小心翼翼地扛着一架钢琴进来了。秋秋捂住了嘴，惊讶得话都说不完整：“这……这这……”

这个她知道！是施坦威钢琴，她曾经在电影里看到过，价钱她查都不敢查。

管家微笑道：“是的，是大小姐吩咐送来的。”

钢琴搬进来，客厅被占据了一半，这样豪华的钢琴与简陋的家格格不入。

“我们还给您带来了一些基本的乐谱、教学光盘……大小姐说希望您走正路，不要跟着姐姐学歪了。”

在秋秋还云里雾里的时候，管家指了指她面前摆着的那架儿童钢琴，继续道：“大小姐说，想要拿这架跟您换。”

这架势，都给孩子吓傻了，秋秋呆呆地说：“可是那是我姐姐的最爱……”

一姐姐要这便宜的玩具钢琴做什么？网上不是很多吗？她这样的财力，

随便动一动手就能买一卡车的玩具钢琴。

而她姐姐一直有一个音乐家的梦想,这玩具钢琴姐姐放在身边好久了,好不容易会弹 do、re、mi、fa 了,她怎么能出卖姐姐呢?秋秋觉得自己需要维护姐姐的梦想,就算是金钱也不能收买她。

管家身后还跟着几个人,大多手里都拿着东西,其中一位手里拿着的是一大兜零食。

秋秋的眼睛一下子就直了。

管家道:"这里有一些日常用品,但是您年龄太小,可能不方便自己做饭,所以,大小姐特意吩咐多给您买一些速食。"

秋秋看了一眼那些食物,那不都是姐姐的最爱吗?

秋秋咽了口口水,把姐姐最爱的小钢琴递给了管家,道:"这个您就是不换我也会给的,一姐姐太客气了。"

她顺手接过了一大包食物。

"这一切,大小姐交代过,让您不要对您姐姐说。"

秋秋无语,她不说,姐姐又不傻,回来后看不见这么大一架钢琴的吗?

用姐姐的话来说——你眼睛呢?

管家笑得温柔,道:"您可以告诉她是在商场购物抽奖时抽到的。"

秋秋更无语了。

她明白了,在一姐姐眼里,她姐姐是智商不怎么在线的人,所以一姐姐连撒谎都这么敷衍、不走心。

谁家商场这么豪气?

秋秋试探性地问管家:"一姐姐为什么给我这么多好东西?"

管家如实回答:"大小姐是不会说这么多的,我猜测,大概今晚她很开心。"

管家走后,秋秋从零食包里打开了一包薯条,然后她给姐姐发了一条信息过去:"好好伺候一姐姐!别惹她不开心,要不你别回家了!"

在路上收到了妹妹信息的穆晓晓一脑门的疑惑。她看了看一侧的秦怡,黑夜之下,秦怡的眼眸里满是不耐烦。

——看什么看?戳瞎你的眼睛。

穆晓晓无语。

对了,这才是大小姐。

奔波了一天，好不容易快到家了，穆晓晓想着秦怡在轮椅上坐了一天了，该背她下来休息一下，再给她按摩一下，让她放松放松。

可谁知道，才刚到院子门口，秦怡在看到那一片灯火通明之时，脸瞬间阴沉了下去。

大小姐一旦冷下脸，气场是很可怕的，周围的气压都跟着低沉了下去。

刘万年握着方向盘的手也是紧了紧。他往反光镜里看了看，秦怡抬了抬手，面无表情。

——开进去。

穆晓晓看着秦怡，秦怡的身体再次紧绷了起来，就好像是难得放松的弓箭瞬间拉满了弦，满是防备。

下了车后，穆晓晓本来想要推秦怡的，秦怡的眼眸淡淡地扫过她的手，穆晓晓便收了回去。

她的心突然很难受，不为别的，就是有一种自己辛辛苦苦努力了很久的事情，好不容易有点儿进展了，却因为一个小小的意外，一切被打回了原点。

这个秦霜也真是，不是秦怡的姐姐吗？干什么总来刺激她？

客厅里。

等待已久的秦霜坐在沙发上，她的身边站着一排秦家的员工，为首的小翠低着头，大气都不敢出，她的腿甚至隐隐地发着抖，额头、鼻尖上都是汗。

秦霜下午三点就过来了。她算计着今天秦怡也许会出去扫墓，担心秦怡心情不好，她决定过来看看。可是她过来后没有看到她想找的人。

她就这样一直坐着等着。从她来了之后，小翠和其他人都站着，谁也不敢说话，大家一站就是大半天。

门，缓缓地开了。

秦霜冷着脸站了起来，她的目光紧紧地盯着门口。

她以为经历了一天的奔波，秦怡会很疲惫，可是当秦怡进来之后，她发现秦怡不仅没有很累的样子，反而眼中闪烁着光芒。

这样的感觉让秦霜的心紧绷起来。她握了握拳头，锐利地扫视着她身边的人。

刘万年垂着头不敢看秦霜，穆晓晓则一脸淡漠。她只盯着秦怡看，好像这里的其他人都与她无关。

穆晓晓根本不需要害怕秦霜，她为什么要害怕？秦霜不过是会瞪眼睛，会压低嗓音说话而已。自己只是个临时工，连大小姐都不怕，还会怕她？

在穆晓晓看来，大小姐的气场是天生的，而秦霜则太刻意。而且，穆晓晓感觉她过得并不好，甚至隐隐地有发病的迹象。秦霜的情绪非常不稳定，如果不提前干预，任其发展下去，她很可能会患上精神分裂症。

秦霜一直盯着秦怡看。

秦怡今晚去了哪儿，做了什么？

在她回来之前，秦霜就知道，她眯着眼睛打量着这个小姑娘。秦怡抬起眼睛，淡淡地看着她，阻断了她打量穆晓晓的视线。

——做什么？

这么久了，秦怡很少主动与她沟通。

秦霜有点儿惊喜，她指着桌子上放着的葡萄酒，说："我早上去跟客户谈生意，她那边正好有一个葡萄酒庄园，她家的酒喝着还不错，我带给你尝尝。"

秦怡听了没有反应，她看了看站在秦霜身边的那一排人，抬了抬手。

——让他们都回去。

无论妹妹说什么，秦霜都会听。她摆了摆手："都回去吧。"

这些人里，自然也包括刘万年和穆晓晓。

穆晓晓有点儿不放心秦怡，但是从小到大的经历让她比别人更早熟一些，更通透一些。她虽然只是第二次见到秦霜，但她也知道这个女人的个性。她如果强行留在这里，反而会产生不好的效果。

大家都退了下去。

秦家的一干人甚至长舒了一口气，几个上了岁数的人，走路都有些踉跄了。

秦霜背着手，目光若有若无地追着穆晓晓的背影，心里却在想着这个女孩到底是什么来头，自己是不是低估她了，她居然能让秦怡这么不反感，还若有若无地保护着秦怡。秦霜觉得有必要再调查一番。

秦怡的眉头紧皱着，她自然看透了秦霜心里所想，她很反感秦霜这样的掌控欲。

秦霜转过头，在看到秦怡的眼神时，她愣了一下。缓和了一下表情后，她才柔声说："出去一天，累了吗？饿不饿，我给你做菠萝饭好吗？"

这是以前两人相处的时候，她经常给秦怡做的，那时候秦怡还在娱乐圈里，行程非常满，有时候赶完一个场立马就是下一个，连好好吃饭的时间都没有。

秦霜做得一手好菜，其中菠萝饭是秦怡最喜欢的。秦怡有一个小习惯，只有秦霜一个人知道，她喜欢吃甜食，却不告诉别人，因为她总感觉甜食是小女孩才会吃的。

那时候秦霜为了让她吃得好一点儿，会在忙碌的间隙，亲自给她做饭。

秦怡每次都吃得很开心，她会笑着看着秦霜，说："阿霜，你的手艺真好。"

是的，那时候秦怡还会对她笑，还会温柔地叫她"阿霜"，可如今，她面对的就只有这样不耐烦与抗拒的眼神。

"别这样看我……"秦霜有些动容，她的声音有些颤抖，"如果让我选择，我真的希望这一切都没有发生过，我们都退回到原来的位置上。"

她还是那个身无长物的保镖，而秦怡还是那个把她当姐姐、当朋友的可爱女孩。

没有发生过？

秦怡听完，不屑地冷笑。她可忘不了，当初秦霜是怎么和素岚合力，一点点把她从南阳拉下来，又是怎么一次又一次把她最在意的东西——毁掉的。

又是谁，曾经狠狠地抓着她的肩膀，狰狞地看着她，恶狠狠地对她说："你知不知道？从小到大我吃了多少苦，秦怡？为什么？凭什么，我们身体里流着一样的血，你是千金大小姐，我却什么都不是？"

"我要把我和我妈妈这些年吃过的苦、受过的罪，在你身上一点点都讨回来。"

"你别天真了，以前我对你的那些好，不过是为了得到想要得到的。秦怡，你醒醒吧。"

"你表姐死了，你要看看她死得有多惨吗？"

"秦怡，现在连爸爸都放弃你了，你已经什么都没有了。"

……

面对秦怡的冷笑，秦霜视而不见，她径直去了厨房，将头发挽起，然后洗手，开火，为秦怡做饭。

曾经，秦怡会站在后面，闻着香味，一边馋得咽口水，一边催促着："还要多久才能好？"

这时秦霜便会一边颠着锅，一边笑着回头看她，道："去外面等一下，别弄得身上都是味儿，别着急，快了。"

为了照顾女艺人的身材，她每次都是给秦怡多放菠萝少放饭的。做好后，她会把菠萝饭盛在一个很小的碗里。

而身为保镖的她则是用海碗吃,她最喜欢看秦怡不甘心地盯着她的碗看的可爱模样了。

淡蓝的火焰燃起,空气中飘浮着的还是跟之前一样的味道,只是面前的两个人心态已经完全变了。

经历了商场沉浮,经历了与至亲争斗,从小就怕人看不起的秦霜终于爬上了她一直想要的位置。她站在顶峰,俯视那些曾经渴望的一切,她终于不会被任何人瞧不起了,也终于配得上母亲的一句"你是妈妈的骄傲"。

可是真的到了这样的地位,她回头一路看去,她得到了什么,又失去了什么?

她从出生开始,就被母亲放在农村奶奶家寄养。她五岁开始跟着老师学习功夫,身为父亲的秦海龙每年去看她一次就算是格外的恩赐,她也想像别的孩子那样,在父母怀里撒娇,可是她面对的只有母亲的泪水。素岚总是抱着她,哭着说:"女儿,妈妈以后就靠你了,你一定要快快长大,夺回本来属于我们娘儿俩的一切。"

她很小的时候就知道了秦怡,是妈妈给她看的照片。

那时候的秦怡还小,照片上的她明眸皓齿,肌肤胜雪,婴儿肥的脸颊上都是明媚灿烂的笑容,非常好看。

妈妈告诉秦霜,这就是她那个同父异母的、夺走她一切的妹妹,这个妹妹从小就拥有她没有的一切。如果不是秦怡,她们也会像别人一样,一家三口和睦而幸福。

秦霜那时候还小,懵懵懂懂的。爷爷奶奶岁数大了,没办法照顾她,她很小就学会了独立,学会为自己做饭,学会打扫家务,学会走几公里的山路去上学……她渴望父母的爱,可母亲每一次见到她就是咬牙切齿地说着憎恨的话,她渐渐地怕了。而父亲看她的时候话很少,多数是抽着烟,淡淡地说:"好好学功夫,以后照顾好你妹妹。"

他甚至从没有抱过她,就像是在训练一只听话的小狗。

照顾好妹妹……

她是你同父异母的妹妹,她夺走了原本属于你的一切……

秦霜像是一个被刀子劈开分成两半的人,她仇恨着、埋怨着,可是看着照片上的漂亮女孩,她又忍不住期待着、向往着。她就这样浑浑噩噩地长大,到了十八岁,她终是被安排在秦怡的身边。

她初次见到秦怡,是在秦怡十八岁的成人典礼上。她一身黑色的制服,两只手背在后面,仰头看着台上那高高在上、被众星捧月的大小姐。

秦怡与她不同。

她就是再努力,素岚再培养她,她终究只是个长在农村里的野孩子。

她身上没有秦怡那种千金大小姐的气场,以至于当秦海龙引着她去见秦怡的时候,秦霜都自惭形秽得不敢抬头。

"这是爸爸安排在你身边的保镖,秦霜。你们很有缘,都姓秦,以后,你可以把她当作姐姐。"

秦怡穿着一身白色的掐腰露背晚礼服,露出的锁骨很性感。她化了精致的妆容,耳垂缀着耀眼的耳环,她手里捏着酒杯,含笑地看着秦霜。

那一刻的心慌,那一刻的自惭形秽,逼得秦霜迅速地低下了头。

秦霜曾经也真的想过要照顾好秦怡。

可是她又忘不了母亲的话……那些仇恨的话像是刀子,一片一片分割着她的心。

秦霜曾经为秦怡豁出过性命,她还曾经擦干秦怡的泪,告诉秦怡不要怕,天塌下来自己也会保护她。

可最终,毁掉秦怡、将她从千金大小姐的位置上拉下的也是秦霜。

拥有了一切的秦霜后悔了,她极力地想要弥补,秦怡却不再给她这个机会。

窗外的天漆黑一片,一眼望不到尽头,连一颗星都没有。

璀璨的灯光之下。

秦霜像以前一样,捧着碗吃着菠萝饭,而秦怡则是坐在轮椅上,一动不动。

秦霜对她说什么,她都像没听见,她甚至连一个眼神都不给秦霜。

一直到最后一粒米吃完,秦怡都保持着之前的姿态没有改变。秦霜放下筷子,沉默地盯着她看了许久,轻声说:"时间不早了,我下次再来看你。"

秦霜怏怏地离开了。

在秦霜关上门的那一刻,秦怡放在轮椅旁的手紧了紧,她缓缓地闭上了眼睛。

她不明白,该得到的秦霜都已经得到了,秦霜为何还要一次又一次假惺惺地来看望她?

是想看看她现在拥有了多少，还是想让她提醒自己，之前自己对她的信赖有多么可笑？

这世间的一切，真真假假，秦怡已经不想再去分辨了。现如今，她就只想等姐姐回来，将自己的一切交还给姐姐。

如此，她将再没有遗憾与留恋。

每一次秦霜的到来，都会给秦家刮来一阵冷风，久久散不去。

大家都知道，这时候的大小姐心情会很低落，脾气不好，最好不要惹她，最好的办法就是大家都躲起来，不出现。

偌大的家，偌大的房间，一时间空荡荡的。

穆晓晓出来的时候，秦怡正坐在轮椅上，看着窗外的月色。

天已黑透了，什么都看不见。穆晓晓虽然不知道秦怡在看什么，但她看出来秦怡的目光深处有淡淡的忧愁。

穆晓晓知道大小姐的性格，她蹑手蹑脚地走了过去，没有说话去打扰秦怡，只是席地坐在了一边。她仰头，跟秦怡一起看窗外。

地面有点儿凉，四周静悄悄的，穆晓晓隐隐地嗅到了秦怡身上沐浴乳的味道。

她洗澡了，是自己去洗的吗？

虽然浴室改了格局，可是她腿动不了，洗一次澡依旧很费事，也不知道她是怎么做到的。

就这样安静地坐了许久，穆晓晓感觉她该说点儿什么安慰秦怡。经过今晚，她已经知道了，无论身体如何，音乐在秦怡的心中总是占了一席之地。

那或许是她心中的净土，这对穆晓晓来说是一个可以慢慢地治愈她的突破口。

这几天，穆心理师也不是真的只是在混吃混喝，之前张巧发来的秦怡以前的材料，她翻看了好几遍，就连秦怡的代表作《心瘾》，她都听了好几十遍。

那首歌不愧是当年能让大小姐迅速爆红的作品，歌词描写的是一对情侣从相遇相知到相爱的故事，写出了这对情侣恋爱时的点点滴滴，他们从拌嘴吵架，到一点一点地理解对方，治愈对方，逐渐走入彼此心里，最后成为对方的灵魂伴侣。秦怡刚出道的时候有点儿青涩，就是那份青涩，最适合诠释这样娓娓道来的初恋情怀。

清了清嗓子后，穆晓晓偏头看着秦怡，道："大小姐，我给你唱一首歌吧。"

秦怡没有动，自打听过穆晓晓自弹自唱的《两只老虎》后，她已经对穆晓晓的歌声不抱希望了。

穆晓晓感觉到大小姐对她的不信任，她挪了挪屁股，移到了秦怡的正对面。

穆晓晓龇牙对着秦怡笑了笑，秦怡一双眸子冷漠地看着她。

——又来干什么？

现在不是在外面，她只要在轮椅上按一下，就会有人来解决穆晓晓。

秦怡现在很心烦，不可能像之前那样有耐心，如果穆晓晓废话太多，她一定会叫人把她拉出去。

甚至，秦怡的手已经放在了那个红色的按钮上。

穆晓晓完全不知道自己已经变成了大小姐厌恶的对象，她笑得比天边的明月还要璀璨，她说："我听了很多遍呢，大小姐不愧是天籁歌姬，声音空灵，让人沉醉。"

这一招拍马屁倒是让秦怡有点儿惊讶，她还一直认为穆晓晓是一个直率的人，没想到，还会阿谀奉承。

大小姐是什么人？她可是从懂事开始就在马屁堆里面长大的，她会在意穆晓晓这点儿夸奖？

穆晓晓抱着曲起的双膝，一双眼睛闪闪发亮地看着她，说："我还看了好几遍大小姐刚出道时的音乐短片，跟现在那些艺人不同，大小姐干干净净的，气质非凡，让人看了就忘不了。"

秦怡冷漠地看了她一眼，嘴角微微弯起，不易察觉。

这样的话，她听过太多了。

她的确是天生丽质，气质出众。当时短片一上线，就惊艳了一众看惯了浓妆艳抹的观众。

有人说她是一股清流，有种自然而不施粉黛的美。

穆晓晓的眼神专注，一点儿恭维的样子都没有，她非常真诚地说："我唱给你听好吗？"

秦怡瞥了她一眼，眉尾微微地挑起。

她姑且听一听。

穆晓晓就像得到了偶像许可的小粉丝。她两只手搓着脸，有点儿害羞。她紧张地说："那我就献丑了。"

月光如纱，洒在地上像一汪清澈的池塘，让人心静了不少。

这曾经是秦怡最喜欢的创作氛围,以前,像这样的夜色,她都会独自在屋里哼着歌进行创作。

对于音乐,她永远是认真的。即使秦霜的到来让她不快,但她依旧尽力压制了下去。她将目光落在了穆晓晓的身上。

她之前只在车上听过穆晓晓小声地跟着哼过歌,感觉还可以,但那只有一小段。

经过这段时间的相处,秦怡想着,穆晓晓做饭还不错,收拾东西也算利落,对待妹妹温柔之中不乏暴力……按理说,唱歌应该也不错吧?

不然,谁敢在本尊面前挑战其成名曲?

眼看着大小姐的注意力被自己吸引过来了,穆晓晓又郑重地咳嗽了一下。她清了清嗓子,闭上眼睛开始沉醉地唱了起来,她对自己相当自信,直接挑战了高难度的副歌部分。

"我不是一个好脾气的人,却一次次地对你包容,是心瘾呀。

我不是一个有耐心的人,却一次次地对你放纵,是心瘾呀。

我不是一个体贴的人,却一次次地对你宠溺,是心瘾呀。"

……

这首歌唱的本来是一个高傲的人,在恋爱中为了另一半逐渐改变,从冷漠骄傲变得温柔的过程。

秦怡的声音干净,嗓音里的缱绻温柔,就好像是在爱人耳边说着情话一样,尤其是那一句"是心瘾呀",尾音中带着的主人公深陷感情的无可奈何与纵容,让多少男少女在夜晚听得心头涌动,恨不得立马将爱人抱在怀里。

可当穆晓晓唱出来的时候,那破锣一样五音不全的声音仿佛将黑夜硬生生地撕开,就好像是一个左膀文着青龙、右臂文着白虎的糙汉子,手里拿着啤酒瓶,在训斥着自己的爱人。尤其是她最后的那一声"是心瘾呀",让秦怡有一种想要抢过酒瓶冲她的头打过去的冲动。

五音不全的人,往往都不会认为自己唱歌不好听,反而会觉得自己天下第一。

从小到大,唯一认真听过穆晓晓唱歌的就只有秋秋了。

可是秋秋那个马屁精,穆晓晓就是跑调到十八里外,她也会拍手叫好。

盲目的夸奖导致了穆晓晓盲目的自信。

穆晓晓越唱越带劲。她闭上眼睛,沉醉其中,她知道,今天她这一亮嗓子,哪怕是明天就被辞退了,她也会是浓墨重彩的一笔,永远地留在大小姐的心里,挥之不去。

"是心瘾呀——"

一曲完毕。穆晓晓终于肯睁开她那双陶醉的眼了。她满怀期待地去看秦怡,想着大小姐是不是太感动了,怎么连点儿掌声都没有。

可是意外发生了。

穆晓晓看见大小姐的身子往后缩着,紧紧地贴着轮椅,好像是想逃又无路可逃的样子。大小姐的眼睛甚至是眯着的,那张高贵的脸上,第一次出现了五官扭曲的表情。

这一反应让穆晓晓愣怔了半天,她抿了抿唇,站起身来,朝着秦怡的方向走了两步,问道:"大小姐,你……"

随着她的靠近,秦怡的轮椅居然往后退了两步。

穆晓晓更加疑惑了。

大小姐这两步轮椅后退的动作深深地伤害到了穆晓晓,她震惊地看着秦怡,眼里满满的都是受伤。

大小姐,你这退后两步的动作是认真的吗?难道就因为是专业的,就可以这样鄙视她这个业余里的顶尖选手吗?

秦怡自然是看到了穆晓晓受伤的目光,她真的想安慰穆晓晓一句,但是这歌的后劲儿实在太大了,到现在,她都感觉耳朵受的伤还没有恢复,"嗡嗡"的跟水壶烧开了似的,那一句"是心瘾呀"来回地在她脑海里回放。

大小姐甚至想,从今以后,她可能都没有办法坦然地面对自己的这首成名曲了。

"你至于吗?"穆晓晓气得快要爆炸了,她第一次理直气壮地顶撞大小姐,"我虽然比不上你们这种专业的,但是你也不用这种表情吧!我可是为了你才勇敢地献唱,我不该得到赞美吗?"

穆晓晓真的是痛心疾首,她发现大小姐的心理有点儿阴郁,看样子大小姐是在嫉妒她这样的嗓子了。其实想想也是可以理解的,毕竟她不是专业的,又没有经过训练,唱出来之后却这样优美,嫉妒使大小姐表情扭曲。

秦怡皱着眉看着她。

穆晓晓沉默了一会儿后,捋了捋头发,自信地说:"我刚才只是没发挥好,要不我再换一首给你唱?"

秦怡这次反应奇快。

——我好了，你去休息吧。

大小姐难得贴心，难得主动，却像是一把锋利的剑，再一次插进穆晓晓的心里。

那一颗温暖的心，就这么被大小姐毫不留情地用轮椅碾压得粉碎。

穆晓晓三步并作两步跑到客厅的沙发上趴下了。

她的心……

她的心被深深地伤害了。

秦怡惊讶地看着穆晓晓。

从穆晓晓来家里后，她看到的就一直是乐观开朗的穆晓晓，无论她怎么冷着脸发脾气，穆晓晓都是笑呵呵的，不以为意。

如今，她的眼角含着泪，在沙发上蹬腿的样子，好似……真的伤心了。

嗅到了那股淡淡的檀香味儿，穆晓晓嘴角偷偷地上扬，她琢磨着，这大小姐肯定是想要安慰她又不会，她就知道大小姐不会真的那么没有"人性"。

算着时间，穆晓晓闷了自己半分钟，然后抬起头去看大小姐。结果穆晓晓反而怔住了。

没有想象中的无措，更不是幻想中的局促和不知该如何开口的愧疚，此时的大小姐正偏着头好奇地看着她，一双眼睛闪亮亮的，那眼神里满是好奇。

从没有人敢在秦怡面前这样闹小孩脾气，她自然是看得新奇。

穆晓晓一下子从沙发上坐了起来，她现在真的很想回大小姐一句对方经常对自己比画的话。

——看什么看？

卤水点豆腐，一物降一物。

穆晓晓感觉自己的人生还没这么挫败过，她真真是遇到了"事业"的滑铁卢。她只能尴尬地转移话题，给自己台阶下："饿不饿？"

大小姐永远是大小姐，她抬了抬手。

——你是猪吗？

从早到晚，穆晓晓的嘴就没有停过，她一直在进食。

穆晓晓无言以对，这真是一个伤心的夜晚。算了，大小姐不吃就不吃吧，秦怡这样也好得差不多了，她也到睡觉的时间了。

"大小姐，你该休息了。"

秦怡坐在轮椅上,表情淡淡的,那眼神穆晓晓熟悉极了。

——你算哪根葱,敢安排我睡觉?

如果是以前,穆晓晓肯定在收到示意之后缩缩脖子,啥也不敢说就灰溜溜地走了。

可现如今,她面含微笑,看着秦怡,说:"你要是不困的话,我再给你唱首歌?"

话音刚落,大小姐就轱辘着轮椅走人了,只留给了她一个背影。

穆晓晓更无语了。

坐了一天的车,穆晓晓也挺累的。等她洗完澡出来的时候,整个家已经静悄悄的了。

只是三楼大小姐房间还亮着灯,不知道大小姐在做什么,因为隔音效果好,外面也听不见里面的声音。

穆晓晓仰头盯着看了一会儿,忍不住皱起了眉。

大小姐这是又失眠了吗?

之前秦怡睡不着觉的时候,两人之间的距离还很遥远,她不能干涉,也无法干涉。

现如今,她总不能放任大小姐这么下去,这舟车劳顿了一天,又看到了秦霜,大小姐早就该身心俱疲了,就是铁打的身体也该休息一下。

不是必要时刻,穆晓晓不希望大小姐使用药物,再好的药物用久了也会让人产生依赖性。穆晓晓想着,或许自己帮大小姐按摩一下腿,大小姐会舒服一些?

这个家里现在没有了宋嫂,就只有穆晓晓和小翠跟秦怡还算亲近一点儿,被允许住在这里,其他人都是第二天早上才过来,所以整个屋子会显得有点儿空旷寂寥。小翠看样子今天是被秦霜吓得不轻,很早就睡觉了。也不知道是不是错觉,穆晓晓总感觉从宋嫂走了之后,小翠就有些懈怠了,她对大小姐没有以前那么积极了,偶尔还会说一些抱怨的话。

这或许是人之常情。穆晓晓没有多想,她抱着被子缩在客厅的沙发上,她觉得这样更方便观察秦怡。

大小姐是很注意自己的隐私的。穆晓晓透过窗帘只能看到一个模糊的身影,声音则是基本听不到。

穆晓晓观察了一会儿,发现窗帘后面的身影好像并不是跟以前一样在静坐,秦怡似乎在轻轻地挥动着自己的胳膊。

凌晨一点钟,万籁俱寂。

穆晓晓虽然困得不行,但是看着淡黄灯光之下大小姐的倩影,她觉得有点儿心酸。

其实,秦怡也不像是外界说的那样难以接近。

大小姐很可爱的。她只是从小被家庭保护得太好,骤然发现周围的一切都是假的后,她有点儿难以接受。之前大家对她的好都是有所图,连唯一的父亲的爱都不纯粹,随时可以被替换,这样的落差感,放谁身上都得崩溃,秦怡已经很不错了。

她的胳膊在动……

穆晓晓在分析,或许……在大小姐看母亲留下的遗物?或者是表姐留下的信件?

她见过的病人太多了,身为优秀的心理师,她可以通过简单的动作分析出对方的动向。

秦怡的确失眠,她成宿成宿睡不着觉,也就清晨的时候能眯一小会儿,之前她一直都是沉默地坐在一楼,看着窗外漆黑的天空。

天气好的时候,或许可以看到几颗明亮的星光,天气不好的时候,就是那一望无尽的压抑的黑色,她早已习惯了。

这三年来,她一直是这么过的。宋嫂心疼她,不止一次在深夜里披着衣服起来劝她回去睡。如果说不动她,宋嫂就陪着她,一夜一夜地陪着。

秦怡的心思被锁在房间里,出不去。

但对她来说,心都空了,在哪儿看,看什么,都一样。

只是……自从穆晓晓来了之后,秦怡沉静又悲伤的夜生活似乎变得有点儿不一样了。

穆晓晓数着表,一直等到一点半,她终于鼓起了勇气,准备上楼去找大小姐——总不能就这么熬到天亮吧?

挨训就挨训吧,招人烦就招人烦吧,穆晓晓想着,反正自己被讨厌也不是一两天了,有一句话叫什么?"食君之禄,忠君之事。"大小姐相当于是自己的老板了。大不了自己再威胁大小姐,要是她再不睡觉,自己就给她唱歌。

夜晚实在太静了,仿佛地上掉下一根针都能听到声音。

穆晓晓小心翼翼地踮着脚,大气都不敢出。她慢慢地爬上楼梯,思考着如何轻柔地敲门,说点儿什么话才不至于被大小姐骂得太厉害。

打工人的心路历程有几个人懂?

大小姐在改变,穆心理师同样在改变。她最初来的时候满怀信心,想要治好秦怡,但现在她只希望能少挨几句骂而已,心情变得悲伤而卑微。

当她走到三楼时,她隐隐地感觉不对劲儿……

从房间里传来了轻柔的音乐声。

穆晓晓身子僵了一下,她停在原地,不可思议地揉了揉耳朵。

大小姐睡不着,练琴很正常……很多孤独又高尚的艺术家都这样。可是,这曲子有些不对劲啊。

穆晓晓认真地听了一会儿,再三确认后,她轻轻地敲了敲门。

也许是门里的人太专注于弹琴,也许是大小姐认为这么晚了,不会有人敲门,所以她并没有在意。她的房门虚掩着,随着穆晓晓敲门的动作,门被推开了一条缝隙。

透过缝隙,微弱的暗黄灯光透了出来。

穆晓晓发誓,她并不是故意往里看的,但她恰好看到了。

而一直弹琴的人察觉到了不对劲,大小姐迟疑了一下,缓缓地转过头来。

四目相对的那一刻,两个人都屏住了呼吸。

穆晓晓看着大小姐抱着她的玩具钢琴,整个人都惊呆了。

她是谁?她在哪儿?为什么大小姐会拿着她的玩具钢琴弹奏《两只老虎》这首曲子?

穆晓晓震惊的眼神激怒了大小姐。

秦怡已经很久没有展现出这样的气场了,她周围仿佛弥漫着浓浓的杀气,几乎要将穆晓晓卷出去。

大小姐的确每晚都睡不着觉。

每当她躺在床上,大量过去的画面像电影一样涌入她的脑海中,让她无法入眠。

刚开始的时候,她很痛苦,她也试着挣扎过,闭着眼睛努力让自己什么都不去想,可根本没有办法,这并不是她能左右控制的。后来,她开始吃安眠药,最开始，会有效果，她会睡着，而且是那种沉沉的、浑浑噩噩的，醒来后偶尔都会忘记自己在哪儿，现在是什么时间的那种睡着。有时候，她甚至以为自己回到了小时候。短暂的开心之后是长久的悲恸，并且随着时间的推移，药量的加重，她的身体逐渐无法承受，反倒出了更大的问题，头晕、乏力、嗜睡、反应迟钝乃至呼吸困难。

许医生检查过后，曾经告诉过秦怡："小姐，安眠药的副作用太大了，您这样下去是不行的……"

有时候，安眠药就好像是一种成了瘾的依赖。

秦怡这一辈子，经历了种种之后，再不想依赖任何东西，人尚且如此，更何况是一片小小的药丸。

从此之后，她宁愿失眠，也不再去吃药。

可是，寂静的黑夜就像是一个旋涡将她吞噬。

有时候，她甚至都不知道自己是否能够坚持到姐姐回来。她还会想，如果姐姐秦海瑶回来，看到她这样，是不是会难以接受？是不是会……嫌弃她？

秦怡总是有种种想法，很多时候，痛苦像是湍急的河流，将她淹没。

她经常会把自己一个人关在房间里弹钢琴。音乐是刻在她灵魂最深处的救赎，是湍急河流之中唯一的浮板。

今天，她本来在弹钢琴曲，后来弹着弹着想到了白天的种种，也想起穆晓晓姐妹俩弹《两只老虎》时，扭着屁股开心地围着她唱歌跳舞的欢乐样子。

她已经许久没有那样开怀了。

没有谁生来孤独。

大小姐试探性地拿出了穆晓晓的玩具钢琴，起初她只是想要试一试，那音乐是否有这样的魔力，可是她才弹了一遍，就被人撞破了这个画面。

她心头涌上一股被戳破秘密后恼羞成怒的感觉。

好在穆晓晓是个优秀的心理师，反应速度超乎常人，她快速退了出去。站在门外缓和了一下后，她趿拉着拖鞋，在地上用力地踩了踩，让那脚步声好似由远到近。她假装疑惑地问道："大小姐，你睡了吗？"

秦怡气得无话可说。

穆晓晓真的是幼稚到让人无语，她该不会想就这么抹去刚才的一切吧？

呵！

穆晓晓再次敲门。

这一次,她打开门后,大小姐已经坐在了茶几前。秦怡手里端了一杯凉茶,淡然地看着穆晓晓,那眼神就好像什么都没发生一样,而之前的玩具钢琴也不知道被藏到哪儿去了。

——你来做什么?

穆晓晓看秦怡这样,忍不住在心里偷偷地笑。她面上还保持着淡定,说:"我来跟你一起赏月。"

睁着眼睛说瞎话,秦怡真的很想要戳穿她的小心思。

最终,两人到底是凑在了一起。

穆晓晓推着秦怡去了客厅。她知道大小姐的喜好,只留了一盏黯淡的台灯。

她推轮椅的动作越来越熟练了。大小姐换了一套白色的冰蚕丝睡衣,黑发落在肩膀上。她瘦削的锁骨,因疲惫而苍白的面孔,无论何时都挺直的身子,让人心疼。穆晓晓真的很想抱一抱她,就像之前在孤儿院抱很多失眠的小朋友一样,在床上搂着唱摇篮曲哄一哄。

可是……穆晓晓不敢。

"今天在轮椅上坐了一天了,我背你去沙发上行吗?"

秦怡沉默地看着她,不吭声。

穆晓晓乐了,她小心翼翼地搓了搓手,走到轮椅前,弯腰将秦怡公主背了起来。

温热的呼吸扑在脖颈上,穆晓晓转头看了看秦怡,大小姐面无表情地看着窗外的月色,眼睛不与她对视。

看样子她还是惹着人家大小姐了,大小姐还在生气呢。

这也不怪她,她哪儿知道大小姐会半夜不睡觉弹《两只老虎》?还有,那玩具钢琴大小姐是从哪儿弄到的?

穆晓晓一肚子疑问又不敢问,她把秦怡放到了沙发上,自己也跟着坐下,然后她把大小姐的腿放在了自己的腿上。

秦怡看了看她,眼神在询问。

——做什么?想死吗?

穆晓晓微笑道:"我给你按一按,我是专业的。"

专业的?秦怡像是想起了什么,身子颤了一下。

穆晓晓的脸立马黑了。她无奈地扶额道:"这次是真的,我真的是专业的。"

得了,一首歌,把大小姐对她的那点儿信任都给唱没了。

小时候，孤儿院的孩子有很多因为缺钙导致膝盖疼、腿疼的。那时候大家都不敢乱吃药，疼得直掉眼泪，都是穆晓晓帮忙按摩缓解的。她的手法也就是这么练出来的，后来，她还专门看过一些相关的书，系统地学习过。

大小姐太瘦了。

因为长期不能活动，她的小腿肌肉已经有萎缩的趋势了。

穆晓晓有点儿心酸，她捏着秦怡的腿，轻轻地揉着，想要让她的肌肉放松一点儿。

秦怡没有看她，只是静静地看着窗外的星星，又陷入了沉思之中。

抑郁症就是这样，像是一只看不见的大手，不知道何时就会抓住你。

黑夜让秦怡的心莫名难受，很多时候，秦怡都会想，如果这个世上没有她，会不会更好？也许真的像是小姨说的那样，没有她，妈妈就不会死，而秦霜或许就会是父亲唯一的孩子，她们……

"有感觉吗？"

穆晓晓轻声问道，打断了秦怡的思绪。秦怡转过头看着她，没有说话，而是继续沉思。

"我以前经常给孤儿院的孩子们按摩，说起来我还是个按摩小能手呢。院长妈妈说，我的手艺特别好，比那种专业的盲人按摩还要好。"

秦怡皱眉，穆晓晓怎么废话这么多，她不累吗？从早说到晚？

"我这双小手，要是放在外面。"穆晓晓自信满满地说，"估计得按分钟收费。"

其实穆晓晓也很累，她今天跑了一天了，晚上又是做饭又是收拾家务的，这会儿困得眼皮都要粘起来了。

可是她不能睡，她不能把大小姐一个人扔在这儿。她看出来了，秦怡在难过。

"奇怪，没有感觉吗？"穆晓晓还在凑近秦怡。因为是晚上，穆晓晓把头发散了下来，和白天扎着马尾时不一样，漆黑的长发在月色之下散发着光泽，与她白皙的脖颈形成强烈的色彩对比，胜雪般的肌肤，鲜红的唇……此时，她就睁着一双眼睛，一脸无辜地看着秦怡。

秦怡莫名地感觉有些烦躁，她不耐烦地抬了抬手。

——你想要我有什么感觉？

穆晓晓沉默了。

同样的月色,不同的人,不同的心态。

穆晓晓给秦怡按了一会儿腿,感觉她的身体放松了很多,便拿了个垫子让她靠在身后。穆晓晓也没有急着把大小姐放回轮椅上,而是坐在她身边,跟她一起看夜色。

中途,大胃王穆晓晓又饿了,她起来给自己和大小姐每人温了一杯牛奶。

秦怡看都没看。

大小姐自然跟吃货不一样,她对自己有着严格的要求,夜晚是不会吃东西的。

穆晓晓很会享受,她还特意往牛奶里加了蜂蜜,用微波炉转了转,烤出了焦黄色,喝着特别享受。

秦怡望着月色,眉头轻轻地蹙起。她想起秦霜今天来时的眼神……

"吸溜。"穆晓晓喝了一口牛奶,"真香啊。"

说完,她转过头,秦怡一双如墨的眸子紧紧地盯着她,然后大小姐抬了抬手。

——你以为看在宋嫂的面子上,我真的不会开除你?

穆晓晓一听立马变得老实了,她乖巧地用两只手撑着下巴,软绵绵地说:"大小姐,如果你因为我工作上有什么不满意而辞退我,我无话可说,但如果是因为个人恩怨——"

她就差明说要是因为撞破大小姐玩玩具琴而被辞退,她可不干了。

大小姐是谁?

秦怡漆黑的眸盯着穆晓晓看了看,然后手抬了抬,开始诛心了。

——你太能吃。

穆晓晓低头看着手里的牛奶,突然就觉得牛奶不香了。她抿了抿唇,琢磨着要怎么辩解。

大小姐又继续比画。

——你话太多。

穆晓晓噎住了。

——你唱歌很恐怖。

穆晓晓内心:不要再说了。

再说下去,穆晓晓感觉自己就要"嘤嘤嘤"地哭了。她叹了一口气,又往秦怡身边靠了靠,道:"比起多才多艺的大小姐,我当然算不了什么。"

105

这样亲近的距离让秦怡有些不适应。秦怡抿了抿唇,眼神示意穆晓晓离她远一点儿。

穆晓晓困得眼睛都睁不开了,哪儿还有精力去解读秦怡眼神里的意思。她缩成一团,打了个哈欠,道:"这里的月光不美,小时候,我家那边的月光才叫美。"

家?孤儿院吗?

在这一点上,秦怡很不理解穆晓晓。

一般在孤儿院长大的人,有了能力之后,恨不得赶紧逃离那里,抹去身上被抛弃的印痕,可是穆晓晓每次提到那儿都是一副很怀念的样子。

"那时候我们有一个很大的院子,到了晚上,大家就凑在一起坐着,院长妈妈拿着冰水为我们冰镇西瓜。孩子太多了,每个人就只能分到一块,但是大家吃得很开心。

"过年的时候,我们会在院子里烤串,那味道简直了……看着肉串上的油冒出来,没有比这更幸福的了。虽然孩子太多,大家不够分,但是每人一口,就有过年时幸福洋溢的氛围了。"

穆晓晓说着的时候,脸上都是幸福的笑容。月色为她披上了一层纱,她的五官都柔和了下来。

秦怡怔怔地看着她,幸福……这就是幸福吗?如果这么简单就可以得到幸福,她可以让人往穆晓晓嘴里倒一卡车烤肉。

"我有个心愿,等以后我赚大钱了,过生日的时候就找个五星级大厨,回孤儿院给大家专门做一次烧烤,让孩子们敞开肚皮吃。"

……

说到最后,穆晓晓的声音越来越小,她的头沉甸甸地靠在了秦怡的肩膀上。这样的月色太适合睡觉了。

大小姐原本听得认真,突然感觉肩膀一沉。她身子一僵,不可思议地扭头。

穆晓晓已经睡着了,她像小猫一样,眯着眼贴在秦怡的脖颈处。最后,她嘟囔了一句什么,然后还蹭了蹭秦怡的肩头。

秦怡很想让穆晓晓滚开,可是看着穆晓晓一动不动一副已经睡着的模样,她的嘴角不可察觉地微微上扬。她沉默了片刻,俯下身子去够茶几下的盒子——早上,她看小翠用完之后放在这儿的。

装睡的穆晓晓才不管大小姐要做什么,她心里正在偷偷地乐。

怎么样，肢体治疗法还是可以的吧。

说太多也没用，这样简单的依偎，是最能将两颗心拉近的。从今以后，她穆晓晓或许就是大小姐的闺密了。

大小姐可不是表现得那么冷漠的，她的心是暖的。

就在穆晓晓给大小姐发好人卡时，大小姐已经够到了那个小盒子。她打开盒子，里面是一排闪着冷光的银针。

像是预料到了危险，穆晓晓身子一僵，一下子坐了起来。她用手捂着嘴打了个哈欠，做作地说道："我怎么睡着了？呀，大小姐，你拿针干什么？"

秦怡淡淡地看着她，目光如霜。

——扎你。

穆晓晓无语。

多么诚实的回答，她都无话可说了。

秦怡已经知道穆晓晓的心思了，虽然这个女孩总以为自己很聪明，可是这根本逃不开她的火眼金睛。

——你去睡，不用跟我在这儿耗着。

宋嫂以前就用过这一招，不管用的。她已经如此了，没必要拖别人跟她一起耗着。

眼看着大小姐再次情绪低落，并准备离开，穆晓晓的大脑飞速运转，她脱口而出："我不困，大小姐！咱俩玩五子棋吧！"

秦怡冷笑。

幼稚鬼才会玩五子棋。

眼看着大小姐坚持要走，穆晓晓从沙发上跳起来，追加道："谁输了就弹谁脑门儿。"

秦怡翻了个白眼。这世上怎么会有这么幼稚的人？

看着大小姐走得越来越远，穆晓晓没办法了，她使出撒手锏："我知道了，你怕输！"

一直运转着的轮椅突然停住，一缕冰凉的月光笼罩在秦怡的身上。穆晓晓倒吸一口凉气，她伸出手臂抱住了自己。

她害怕、惶恐、弱小、无助……可是都到了这个时候了，她不能放弃，更不能让大小姐一个人这么难受下去。她硬着头皮继续说道："我曾经是同区高中五子棋比赛冠军，在市里都是出名的，大小姐，你是害怕还是不会啊？

不会的话我可以教你。"

秦怡一直没有动，过了许久，她才缓缓地转过了身。

——幼稚。

穆晓晓抱紧自己，反驳道："什么幼稚，我看你是不敢玩。怎么，怕我弹你脑门儿吗？"

想到弹大小姐脑门儿时，大小姐会露出的表情，穆晓晓忍不住心痒痒。从最初担心大小姐睡不着没人陪着，到她自己真的想要玩，这段转变不过是几分钟的时间。

她到底是个没长大的孩子，有着爱玩不服输的性格。

秦怡冷冷地盯着穆晓晓。穆晓晓美滋滋地说："不用怕，大不了我让让你。"

呵！让让她？

于是，一盘棋，从天黑下到天亮。

这一晚，大小姐没有时间去想念姐姐，悼念母亲，也没时间去回忆曾经不美好的事。

第二天一早，小翠来做饭，看见穆晓晓时，她愣了一下。她疑惑道："晓晓，你——"

穆晓晓黑着脸，身上一股红花油味儿，而她的脑门，像是寿星佬一样肿得老高。

"你……你额头这是怎么了？"小翠震惊地看着她的额头。穆晓晓委屈了一宿，她顶着核桃一样的额头，暴跳如雷道："工伤，是工伤，不干了，我不干了，我要辞职！"

不得不说，大小姐真的很会"收买"人心。

穆晓晓才顶着红肿的头准备闹辞职，她的手机叮的一声，来了信息，她皱着眉低头一看："您尾号5438的储蓄卡于8月2日7时33分收到心理治疗费10000元。"

大小姐都没有废话，一秒钟之内用最简单的方式治愈了穆心理师受伤的心灵和疼痛的脑门。穆心理师盯着那短信看了半天，之前扭曲愤怒的脸立马变成了一朵娇花，她看着小翠准备好的食物，美滋滋地说："我来端吧。"

小翠惊讶地看着穆晓晓。她迟疑了一下，问："你头不疼了？"

穆晓晓微笑道：道："为了大小姐，这点儿伤痛算什么？"

小翠心想：这女人真的是太善变了。

穆晓晓哼着小曲，端着大小姐的早餐往上走。她低头看着早餐，忍不住皱了皱眉：哎呀，小翠做的都是什么呀？一个看起来没什么胃口的三明治，上面夹着几根菜叶，煎得干巴巴的蒸饺，还有一碗看不到几粒米的粥，旁边是一小碟蔬菜。种类是挺丰富，但极度少盐、少油、少糖，这吃起来有什么滋味呢？

对于吃这方面，穆晓晓绝对是专家。她一直认为，早餐必须吃好、吃饱，这样一天才有活力。

但这毕竟是小翠做的，她也不能说什么，说多了该讨人厌了。大不了等中午的时候，她自告奋勇地给大小姐弄点儿好吃的。

站在大小姐房间门口，穆晓晓抬手敲了敲门，这次她等了片刻，才推开了门。

可别再撞破什么秘密了。

房间里的秦怡刚洗完澡，空气中弥漫着淡淡的檀木香气。

她的头发还没有完全干，半湿地搭在肩膀上。她换了一件淡紫色的睡袍，头上的水滴落在锁骨上，虽然还没有上妆，但是她的唇被水汽沁得鲜红。听见声音，她知道是穆晓晓进来了，便抬了抬眼。

——你来得正好，给我吹头发。

穆晓晓把饭往旁边一放。

大小姐现在真是越来越不把她当外人了。

她走了过去，拿起吹风机给秦怡吹头发。

大小姐的发质很好，握在手里软软滑滑的，漆黑发亮。穆晓晓一点点给秦怡吹着头发，指尖轻轻地为她按摩着头皮。

秦怡的身子一僵，她抬头透过镜子看着穆晓晓，自己只是让穆晓晓吹头发，穆晓晓为什么又在这里多此一举？

穆晓晓冲她眨了眨眼，用一副"咱俩谁跟谁"的表情道："你这一天天睡不好，回头容易高血压，这样按摩一下是不是很舒服，很放松？"

舒服吗？

穆晓晓很会拿捏指尖的力度，她随着热风，一点点按着头皮，给秦怡舒缓神经。

秦怡不动声色地看着穆晓晓，谁给她的勇气这么亲密地跟自己说话？

穆晓晓一双眼睛通透。她微笑道:"衣服都换了,没事的,不用见外。"
砰的一声,随着穆晓晓被赶出来,房间门被重重地摔上了。
美好的一天开始了。

十点左右,柳艾文过来了一趟,她现在虽然没放很多心思在秦怡身上,但是该有的礼仪还是要有。在路上,她特意给小翠发了个信息询问大小姐的近况。

小翠的信息回得很模棱两可:"我也不大清楚,应该挺好。"

应该挺好?

柳艾文看着这个回答有点儿蒙,按理说,自从宋嫂走了之后,家里跟秦怡最近的就该是小翠了,她怎么会不知道?

到了家里之后,柳艾文才知道为什么。

彼时正是穆晓晓的早茶时间,她弄了一堆小点心,手里捧着奶茶,边喝边在那叨叨。

"哎呀,今天天气真是不好,有点儿阴天,估计晚上就得下雨。"

"你离门口远一点儿,不觉得都有水汽了吗?"

"昨天我不小心输了,今天咱们晚上再来一场?"

……

而秦怡还是老样子,坐在轮椅上看着落地窗外的树,只是脸上再没了之前的淡然,她眼神中的空洞被不耐烦取代。

——少说一句能死吗?

穆晓晓闭嘴了,她拿起一个小寿司放进嘴里,嚼了嚼,沉默了一会儿,她忍不住问:"大小姐,你真的不吃吗?好鲜啊,听说是南阳的大厨亲自做的,这在外面吃好贵好贵的……上面的鱼子酱也很好吃,你不尝尝吗?"

眼看着大小姐要发脾气了,柳艾文一脸疑惑。

这是……她错过了什么吗?

有谁敢在秦怡面前这么放肆?还有……自己之前见穆晓晓的时候,她不是这个风格啊,她明明是那种不苟言笑,没有一句废话,一眼就能看透人,非常犀利的专业人士。

"有人来看你了。"

穆晓晓终于看见了柳艾文。她对着柳艾文点了点头,之前脸上那故意要气人的笑没有了。

而秦怡也转过了身,眼里的不耐烦被冷漠取代。

两人都跟变脸似的,柳艾文有些无语。

秦怡还是老样子,对于谁来看她,她根本就没什么反应,来与不来,她都是一句话不说。

柳艾文早就习惯了她这样。不过肉眼可见的,秦怡的气色好了很多。

"阿秦,你也知道,你走了之后,公司曾经一度失去了顶梁柱,公司上下乱成一团。"

穆晓晓在旁边吃着水果,斜眼看着柳艾文。柳艾文这一开口,她就知道没啥好事。

秦怡安安静静地坐着,直接就把柳艾文当空气。

"这一年多啊,你也不见好,我们失了顶梁柱可真是着急啊,我们通过选秀、推荐等方式找了很多新人来,可是都不大行,不是外形不够亮眼,就是嗓子不够特别,像你这样两者兼得的太难了。"

吧唧一声,穆晓晓咬了一口杏子,说:"真酸。"

柳艾文被打断,她瞥了穆晓晓一眼,继续道:"亏得前一阵子大小姐推荐的一个艺人雪莹,还说得过去。虽然比你的嗓音差了一些,但是好在唱跳俱佳,刚一推出就火了。"

她从兜里拿出手机,调出雪莹的照片,递给秦怡,问道:"你看她是不是跟你有点儿像?"

照片里的女孩年龄比较小,也就跟穆晓晓差不多,看样子是刚大学毕业,外在条件的确很好,眼睛跟秦怡的眼睛有点儿像,不同的是大小姐总是冷冰冰的,即使对着镜头也是冷着脸,气质高冷。而照片里的雪莹则是笑得灿烂。她的声音甜美,能说会道,入行没多久便深谙娱乐圈生存之道,现如今已经成为公司的主推艺人。

秦怡没有反应。穆晓晓伸出手,捏住了柳艾文的手机,好奇地说道:"哎?我看看。"

她这手刚吃完水果,上面都是水,柳艾文的眉头不可察觉地皱了皱。

穆晓晓挺认真地打量了视频里的女孩一番,然后评价道:"长得一般啊,别说是跟大小姐了,跟我比都差了些。"

柳艾文有些无语。

111

秦怡转头看着穆晓晓。

穆晓晓盯着柳艾文,微笑道:"艾文姐,你是来看大小姐的,还是来显摆你又把艺人带红了?想表达没有大小姐你也能活得挺潇洒?"

柳艾文身子一僵,她抿了抿唇,道:"你……你怎么说话呢?"

穆晓晓抬眼看了看表,说道:"时间差不多了,大小姐该晒太阳了,你要是没什么事儿就回去吧。"

旁边正在拖地的保洁听了,身子一顿,他不禁抬起头看了看穆晓晓。

穆晓晓来了之后,大家对她的评价都很高,觉得这个女孩温柔爱笑,一点儿架子都没有,跟谁都能聊两句。最主要的是她非常有耐心,被大小姐那么冷漠地对待也不会生气。而今天,她却一直在呛柳艾文,也不知道这是怎么了。

"我送送你。"穆晓晓脸上还挂着微笑,但声音明显冷了几分。

柳艾文心中正憋着气。她点了点头,起身看向秦怡,说道:"那你好好休息,我先回去了。"

秦怡没有看柳艾文,她目光落在了穆晓晓的身上。穆晓晓对她眨了眨眼,然后跟着柳艾文出去了。

往外走的时候,柳艾文心里一直怒火中烧,穆晓晓以为自己是什么东西?在秦怡身边几天,就不知道自己几斤几两了?

一直到了门口,柳艾文终于爆发了。她愤怒地看着穆晓晓,道:"你刚才是什么意思?你以为你是谁?"

穆晓晓一脸淡然,她穿的还是刚来这里时的那一套运动服,她两只手插在兜里,整个人显得慵懒。她无所谓地说道:"没什么。艾文姐,你听过一句话吧,做人留一线,日后好相见。"

柳艾文深吸一口气,怒极反笑道:"你是觉得,我们以后还会相见?"

这个暑假过后,穆晓晓肯定是要回去上学的,以柳艾文的身份地位,怎么会见这么一个穷大学生?

穆晓晓摇了摇头,她一双含笑的眼睛看着柳艾文,道:"我是说秦怡。"

柳艾文愣了一下,穆晓晓年龄不大,平日里对人也都是笑盈盈的,可是她一旦认真起来,那一双眸子里就满是冷漠。穆晓晓道:"她总有一天会好起来的,不是吗?"

柳艾文的心一颤,她之所以敢这样挑衅秦怡,就是因为她心里早就放弃了秦怡。

穆晓晓偏了偏头，笑盈盈地问道："对吗，艾文姐？"

柳艾文沉默了。她在娱乐圈这么久，看过不少人脸色，还不知道什么叫笑里藏刀吗？

只是就这样让这小丫头给教训了，她心里多少还是有些不舒服。

回去的路上，柳艾文越想越生气，她把车停好，准备给穆晓晓的导师打个电话，说一说他的学生是什么情况，可是电话还没有拨出去，她便接到了南阳负责娱乐版块的王总的电话。

她看到来电显示的时候愣了愣，赶紧接通了电话："王总。"

王总在公司很有威望，这些年，随着秦家内部的斗争，大家的立场都比较微妙，就只有他一直不肯表态，柳艾文跟他的关系还算过得去，加上她很会来事儿，逢年过节都会拎着礼品去王总家里看望。前些年，王总的孩子要考音乐学院，她还帮着找导师推荐来着。

王总淡淡地应了一声，问道："你去大小姐那儿了？"

柳艾文迟疑了一下，回答道："是。"她不明白王总怎么知道自己去见了秦怡。

电话那边一阵沉默，过了一会儿，王总才冷冰冰地说："你没事儿招惹她做什么？"

招惹……

柳艾文并没有觉得她在招惹秦怡，以前，她也经常来看秦怡。可是自从她打心底里放弃了秦怡之后，她心里就总是憋着一股气，她觉得是秦怡太不中用，影响了她的事业不说，还导致她得罪了秦霜，在公司非常被动。现如今，她的事业好不容易有点儿起色了，她还不能过来发泄、炫耀一下吗？

"我……王哥，这是……怎么了？"

柳艾文有点儿慌。王总叹了一口气，道："你先休息几天，别带艺人了。"

休息几天，别带艺人了？闷热的天，这句话像是冰水一样倒在头上，柳艾文感觉自己的手都凉了，她道："王哥，我……"

休息几天……这不过是客气话。她在圈子里混了这么久，还不知道吗？

几天，或许就真的是几天，也可能是几天又几天，无限叠加……

王总不再多说，直接把电话挂断了，而他身边穿着黑长裙的秘书有点儿疑惑:"大小姐这是怎么了?以前也没见过她动怒。"

　　王总摸着下巴说:"谁说不是。"他沉思了片刻,又说,"不管怎么说,还是柳艾文蠢,不知道自己几斤几两重就敢去招惹大小姐,这不仅影响了她的事业,还间接影响了雪莹的前途。"

第五章
"影后"穆晓晓

穆晓晓回到家里的时候,大小姐还是保持着老样子,面无表情地看着院子的方向。瞧见她回来,大小姐便收回了目光。

本来穆晓晓的脸还有点儿臭,可是一看见大小姐她就笑了。她问道:"你是在等我吗?"

秦怡无语。

穆晓晓美滋滋地跑了过去,笑道:"大小姐,今天中午咱们吃火锅好吗?"

秦怡一脸冷淡,她抬了抬手。

——不好。

她最不喜欢的食物就是火锅了,像她这样爱干净的人,很反感吃一顿饭就在身上留下味道。

小翠正不知道中午要做什么,偏偏大小姐的手语打得太快,她没看清,她便将目光转向了穆晓晓。

穆晓晓振臂欢呼:"万岁,大小姐说要吃火锅!"

下雨天,最适合吃火锅了。

穆晓晓的人生也终于实现毛肚自由了,她没有用从外面买的火锅底料,而是扎上围裙,亲自炒了一锅底料,用料特别足,汤里还加了一瓶啤酒,那味道,浓香醇厚,带着挠人香气的辣味一下子蹿了出来,小翠在旁边都忍不住咽口水。

她小声道:"晓晓,好香啊。"

穆晓晓挑了挑眉,骄傲道:"那是必须的。"

汩汩的红汤煮开了,毛肚、虾滑、金针菇、黄喉……各种食材大杂烩一般放了进去,因为味道太香,有几个本来说中午回去吃的用人都留了下来。

窗外下起了连绵的细雨,穆晓晓吃了几口后,就笑呵呵地去厨房端小锅子。她准备了两份菜,其中一份是要拿给大小姐的。

小翠吃着羊肉,说道:"晓晓,不用了,大小姐是不会吃的。"

她伺候大小姐这么久,知道大小姐不喜欢吃这种味道重的东西。

穆晓晓对着她笑了笑后,没有犹豫地端着火锅上去了。

经过上次的速食饭与糖醋排骨事件之后,穆晓晓已经能够准确地摸到大小姐的喜好了。这样的天气,吃火锅多有情调。大小姐怎么会不爱吃呢?

不出小翠所料,敲开门的瞬间穆晓晓便收到了大小姐的眼神警告。穆晓晓没有把火锅带进卧室,而是将火锅放在了三楼客厅的餐桌上。

穆晓晓美滋滋地把自己调好的小料递到了秦怡面前,说:"你尝尝,不好吃就还给我。"

火锅里冒着热气,与大小姐的冷冰冰的眼神形成强烈反差。

——我嫌弃你。

穆晓晓早就知道她这刀子嘴豆腐心的性格,她只笑眯眯地说:"我不嫌弃你。"

话音落下,大小姐的脸有点儿热。穆晓晓没有在意,她把窗户开了一条缝,让外面的凉意进来了一些,这样可以散散味道,还可以一边欣赏雨景一边吃。

这才是生活啊,多享受!

穆晓晓调的小料的确好吃,这是她作为一名"资深吃货"的研究成果,她刚去大学时的第一件事就是把学校周边走了一遍。最终她在角落里发现了一家锅底只要十二元的旋转火锅店。这样的店,里面的各类肉卷肯定是拼接的,但是穆晓晓过去只吃蔬菜和面制品。

吃了一段时间后,老板都跟她熟悉得要拉着她入股一起干了。老板还把自己拿手的调小料技巧传授给了她。

穆晓晓根据秦怡的口味调整了一下,她还特意为大小姐加了半勺白糖,果然,这味道让秦怡吃着舒服多了。

穆晓晓盯着她看,问道:"好吃吗?"

秦怡面无表情。她长长的睫毛眨了眨,摇头。

穆晓晓乐了,笑道:"那就是好吃。"

大小姐开心的时候,眼神是不一样的。

秦怡闻言有些无语,她刚刚有哪里表现出开心了吗?

"你就敞开吃吧,别怕有味道,等吃完了,衣服脱下来我给你手洗。洗完衣服我再带你去洗澡,好吗?"

穆晓晓眨着眼睛看着大小姐,她没有告诉秦怡,今天柳艾文对秦怡的态度让她心里非常不爽,她莫名恼火。也不知道为什么,以前的她是不会干预病人的家庭事务的,今天的她却有些反常。

回来的路上,穆晓晓帮自己分析了一下,大概是昨天熬夜熬太晚,加上脑袋让大小姐弹成了工伤,所以她才会一时冲动。

可是冲动过后,她心里那种不快的感觉还是没有被压下去,反而愈加明显。

她就是反感别人欺负秦怡。

她想要对大小姐好,想要像宠孩子一样宠她。

秦怡明明是笑起来这么漂亮的人,为什么总要绷着脸呢?

秦怡听了穆晓晓的话后默不作声,安静地吃着菜。穆晓晓也没闲着,她拿出手机,上网搜索了一下柳艾文说的那个艺人——雪莹。

雪莹现在的确很火,这一点,柳艾文没有瞎说。

网上有好几个关于雪莹的视频点击量都超了千万次,穆晓晓点开了其中一个,网友发的弹幕都在叫她是颤音小天后。

雪莹的声线不像秦怡那么干净,但是每个字的尾音都被特意处理过,带了一点儿婉转的颤音,这种声线很适合唱情歌。

至于雪莹的长相嘛,并不是穆晓晓苛刻,可能是跟大小姐待久了,她觉得这雪莹如果在他们学校,可能算是女神级别的,但是在大小姐面前那真的是完全没得比。

想着,穆晓晓扭头忍不住去打量秦怡,大小姐穿了一条乳白色的雪纱长裙,薄薄的纱裙显得她的腰盈盈一握,因为要吃火锅,她乌黑的长发简单地挽了个结,耳边垂落着几缕散发,她的脸颊泛起了娇艳的红,白色的长裙之下是白皙的脚踝,上面还戴着一串朱红的脚链,极具美感。

这让穆晓晓禁不住想起一句话——淡妆浓抹总相宜。

面对穆晓晓的目光,大小姐也不负众望地给了她一个熟悉的手势。

——看什么看。

穆晓晓回过神来。她不敢再看大小姐了,只能继续看手机,视频里的女孩也挺好看,但是美则美矣,不够自然,一看就是经过长期训练,连微笑的角度都是提前练习好的。

穆晓晓盯着视频看了一会儿，听着雪莹唱歌，她忍不住学了几句，闭着眼睛跟着轻轻地哼了起来，不就是会唱颤音吗？谁不会啊？

大小姐在旁边好好吃饭，不料被穆晓晓的声音激起一层鸡皮疙瘩来。她冷冷地看向穆晓晓，穆晓晓也知道自己讨人烦，却不死心地问道："大小姐，我也想唱这种颤抖的尾音，有没有什么速成的技巧？"她面前的秦怡可是专业的。

秦怡的秀眉皱了起来。

穆晓晓这嗓子想要唱歌，无异于小猪想要空中旋转三百六十度抱膝转身无水花入水。

穆晓晓看着大小姐冷漠的脸，感觉她好像不爱搭理自己。于是穆晓晓一边搓着手，一边像扭麻花一样地扭了扭身体，哀求道："求求你，教教我。"

秦怡无语。

又来了，又是这一招。

大小姐知道，她今天要不教会穆晓晓，这顿饭就吃不好了。

沉默了片刻，秦怡冲穆晓晓摆了摆手，示意她过来。

穆晓晓屁颠屁颠地走了过去，欣喜地靠近大小姐。

秦怡的身子往后退了退，刻意和她保持着距离，穆晓晓不以为意，一双眼睛里闪烁着即将被大师传授"武林秘籍"的喜悦。

天籁歌姬亲自教她唱歌啊。这简直是可以拿出来炫耀一辈子的事儿。

不知道大小姐会怎么教她呢？难得大小姐大发善心，她一定要好好学！

从高考过后，穆晓晓已经很久没有这么认真了，她一双眼睛专注地看着秦怡。

在她期望的注视下，大小姐伸出一只纤纤玉手。

穆晓晓死死地盯着她的手，来了来了，好紧张，自己一定要学会。

就在穆晓晓全神贯注地盯着那只手，以为对方要打手语的时候，那纤白的右手却不按常理出牌，一把捏住了她的下巴。

"唔……"穆晓晓错愕地抬头看秦怡。大小姐一双眼睛看着她，空着的左手比画了一下。

——你唱。

唱？唱什么？

被捏着下巴的穆晓晓反应极快，她哼唱着刚才视频里雪莹唱的歌曲："我爱看你的眼神，那里有爱我的……"

唱到尾音的时候，大小姐捏着穆晓晓下巴的手像是按门把手一样，上上下下快速地按了几下。

穆晓晓："光……"

那尾音果然抖了起来。

大小姐的速成班是这么简单粗暴有成效。她松开手，继续吃火锅。

穆晓晓彻底愣住。

秦怡的人生中很少有这样听风赏雨的悠闲时光。

以前，像是这样容易上火，又有味道，热量还极高的食物，她很少吃。她顶多是在清汤锅里涮一些菜，连麻酱都不沾。

可如今，穆晓晓调的小料正合她胃口，味道微甜，吃起来唇齿生津，她的心情也跟着好了很多。

胃，暖热而满足。

秦怡一直以来紧皱的眉头舒缓了很多，她甚至想要伸出手去接一滴雨滴，感受一下自然。可是因为身边有人，她手刚刚伸出去一点儿就立马收了回来。

穆晓晓余光偷偷地看着大小姐，虽然被欺负了，但是她心里在偷笑。

"哎哟，大小姐开心了，看看，眼睛都亮了，还想要伸手接雨玩呢，好可爱啊。"

秦怡察觉到穆晓晓的视线，皱了皱眉头。她转过头看着穆晓晓，穆晓晓咳了一声，立即坐直身子。

她才没有看大小姐，绝对没有。

秦怡冷冰冰地看着她。

——你总看我干什么？

这样的气势，这样的眼神，要是对着其他人，那人肯定吓死了，可是谁让对方偏偏是穆晓晓呢？

穆晓晓实话实说："因为你好看。"

秦怡无语。

"我说的是实话。"尽管大小姐不搭理她，但是穆晓晓这个话匣子，光自己一个人就能说上半天，"你看这个雪莹，哪儿都没有你好看。真的，她的眉形不如你的，眼神也没有你的深邃，鼻子更不如你的挺拔，唇就不用说了，就连身材也差得远呢!"

秦怡听着,嘴角微微上扬。她看着窗外的细雨,感觉可以给穆晓晓适当地发一下奖金,这个工作也是很不容易的,一天天要说这么多话,还只能说实话,多辛苦。

"还有这身材。"穆晓晓还在认真地分析,"我估计着她也就一米六,大小姐,你得有一米七吧?"

秦怡淡然地抬了抬手。

——一米七二。

穆晓晓惊讶地看着她,接着捂住了嘴,惊讶道:"呀,这么高,简直是模特身材。"

秦怡挑了挑眉,她已经开始琢磨要给穆晓晓发多少了,奖金的话,几千是没意思的,那要几万呢?她……

"真的有一米七二吗?"穆晓晓不信了,她往秦怡身上看了看,"要不你站起来给我看看?"

秦怡的脸瞬间冷了下来。

最终,穆晓晓被大小姐从楼上赶了下去,她这一天天从楼上被赶下去的次数愈见增多,几个保洁甚至小声议论,她是不是快被赶出家门了。

完全不知道自己已经沦为大家同情对象的穆晓晓坐在沙发上叹气,大小姐还是不肯走出第一步,其实,秦怡的腿从生理上来说没有什么大问题,只要她想,总会好起来。

可现在的问题是她自己就没有这个欲望。

穆晓晓现在比她还要急切,那样漂亮修长的腿,如果站起来,再配上大小姐的绝世容颜,还有那个雪莹什么事儿啊?还轮得上柳艾文在这儿臭显摆?

穆晓晓不是一个小肚鸡肠的人,可是她也不知道自己怎么了,也许是缺觉的原因,她今天在这件事上格外斤斤计较。

掰着手指算了算距离开学的日子,穆晓晓有点儿着急了,眼看着她在秦家都待了快一个月了,暑假过半,大小姐除了气色好了一点儿,其他的一点儿变化都没有,她不能再这么坐以待毙,是时候主动出击了。

大小姐需要点儿刺激。穆晓晓还必须掌握这刺激的度,不能太强,也不能太弱,要适中。

这一下午,穆晓晓都在思考着这个难题,以至于她忘记去伺候大小姐沐浴更衣、焚香吹发了。

秦怡自然不爽。她感觉穆晓晓似乎有点儿懈怠了。

穆晓晓该不会以为自己吃了她的火锅，就会对她消极怠工的行为睁一只眼闭一只眼了吧？

在经过一下午的思考之后，穆晓晓决定开始行动了，她想试探一下大小姐。

只是秦怡身边实在没有什么亲近的人，她总不能打电话把宋嫂叫回来吧？于是，穆晓晓只能自己以身试险了。

这一试，没准会有意外惊喜，还能看一下现在大小姐是否已经认可了她这个朋友。

秦怡有一个习惯，每天下午两点左右，要喝一杯手磨咖啡。这点小翠记得很清楚，所以她每天都会准时准点地磨好咖啡然后送过来给穆晓晓，再由穆晓晓端给大小姐。

穆晓晓准备利用这个机会，等她把咖啡接过来，准备递给大小姐的时候假装不小心摔倒，看看大小姐会有什么反应。

为了计划顺利进行，穆晓晓没有将她的计划透露给小翠。

自从穆晓晓接替了宋嫂照顾秦怡后，小翠干活便越来越松散了，反正秦怡现在只肯让穆晓晓亲近，小翠也乐得自在。

反正工资一分不少，谁不愿意偷偷懒？这些年，她为秦家也付出了不少，该是喘口气的时候了。

下午。

小翠把咖啡磨好，交给穆晓晓后就走了。

穆晓晓捧着咖啡心不在焉，她琢磨着，她这个假摔，是摔在三楼好呢，还是直接摔倒在一楼呢？

如果摔倒在三楼是方便一些，可等事后，大小姐那么聪明，知道真相之后发起脾气来，还不得真把咖啡泼她脸上？

琢磨了半天，穆晓晓决定还是选择摔倒在一楼，与大小姐保持安全距离。反正大小姐的生活非常固定，再过几分钟，她就一定会出来在窗户旁看落叶的。

她来了这么久，大小姐这一点从来没有变过。

她不仅算计了这一点，还特意拿捏着时间，准备等所有用人都离开，家里只有她和大小姐的时候再实施。

要不然被别人扶起来，她的计划就落空了。

穆晓晓看着表，感觉差不多的时候，她就捧着咖啡杯往三楼走。

每一步，她都走得认真。她一直盯着手里的咖啡杯，因为紧张，她还不自觉地吞咽口水。

就在穆晓晓抬腿准备迈上台阶的时候，她脚下一软，被台阶绊倒了，她惊呼了一声，随着杯子落地的声音，她应声倒地。

为了这一刻，她可是在心里演练了无数遍。

可这不是一个简单的活儿，是需要技巧的。

她既要摔得真实，不让大小姐怀疑，又不能让这滚烫的咖啡烫着自己，她必须算好咖啡和自己的落地点。

就这样，穆晓晓完成了自己生命中第一次假摔。

她凄然地躺在客厅冰凉的地板上，乌黑的发散落，旁边是咖啡杯的碎片。她蹙着眉，痛苦地呻吟着，还不忘保持脸颊对着三楼的完美姿态。

真的是太可怜了。试问谁看见这样一个美少女摔倒，不得着急地来扶人？

经过这一个月的相处，穆晓晓已经笃定大小姐的内心并不像其表现得那样冰冷，而是善良纯真的。

看到穆晓晓这样痛苦，秦怡肯定会吓坏了，她也许会一下子蹿开轮椅，飞奔下来。

穆晓晓算计得是很好，可是她千算万算，终究是算错了一点。

大小姐被穆晓晓伺候习惯了，洗了澡在屋里用吹风机吹头发的时候，她手抬得很累。她皱着眉，忍不住要发脾气了。

穆晓晓怎么还不上来？

她提前出来了几分钟，想把穆晓晓安排上去伺候她，可是没有想到，她意外地看到了这精彩的一幕。

秦怡看着穆晓晓明显做贼心虚地捧着咖啡往上走，才刚走到楼梯口，她就像是白天鹅一样，以优雅做作的姿势原地旋转一百八十度，"哎呀"一声，将手里的咖啡杯扔了出去。然后仿佛流量不够用一般，画面卡顿了几秒之后，她瞅准了咖啡落地的位置，身子才滞后地倒下，还不忘凄惨地发出惊呼声。末了，似乎觉得不够完美，穆晓晓还调整了一下细节。她用手扒拉一下秀发，让发尾挡住了眼睛，蹙起眉的样子可怜死人了。

大小姐就这样坐在轮椅上，在三楼的绝佳观赏位上，目睹了穆晓晓假摔的全过程。

这么久了,无论发生什么事儿,大小姐都会在这个时间去看落叶,等姐姐回来。

可是今天,真是具有纪念意义的一天。大小姐居然没有过去等姐姐,而是选择留下,认真地观看趴在地上的"影后"穆晓晓的精彩表演。

时间一分一秒地过去,穆晓晓可真是痛苦啊,她一颗对大小姐火热的心被冰凉的地板一点点地浸透。

她突然想到某部电视剧里的经典台词——"你试过从天黑等到天亮的滋味吗?"

穆晓晓觉得自己试过了。

她就是这样等着大小姐的。

等待的时光那么漫长,可是一直等到她的嗓子喊哑了,她的身子麻了,她的心凉了,大小姐也没有出现。

最后,过了足足大半个小时,穆晓晓感觉自己无须再等下去了,要是真有什么事儿,她这会儿估计都凉透了,可以让人直接抬出去了。

穆晓晓艰难地从地上爬了起来,她拍了拍裤子上的灰尘,讪讪地往楼上望去。

她心里还存着念想——也许……大小姐洗了澡之后太累了,直接睡着了?

可现实总是残酷得让人难以接受。穆晓晓这一望,正好对上了大小姐那双静静地看她表演的眼睛。

穆晓晓瞬间愣住。

她是谁?她在哪儿?刚刚发生了什么?

在对上大小姐那双似笑非笑的眼睛时,她感觉自己都蒙了。

大小姐……是一直在看着她吗?那她岂不是看到了她刚刚在楼下的表演?不……不会的!老天爷一定不会这么耍她的!大小姐一定什么都没有看见,她才刚刚出来对不对?

穆晓晓吊着最后一口气再看向秦怡。

可大小姐是什么人?她会那么善良吗?

在穆晓晓苦苦哀求她给自己留最后一点儿自尊心的注视之下,从不多话的大小姐此时此刻,体贴地抬起了手询问。

——你刚刚在做什么?

穆晓晓觉得自己可以"安详"地走了。

穆晓晓三步并作两步跑到沙发前，两只手蒙住了头，完了完了，她的脸都丢光了，丢光了！她还有什么脸面活下去啊！

秦怡看着在沙发上扑腾的人，眼角微微上扬，她终是忍不住笑了。

这样的笑容让还在纠结中的穆晓晓的余光瞥见了，她立即愣住了。她抬起头，怔怔地看着秦怡。

大小姐笑了。

她能够感受到，那是发自内心的笑容。

秦怡多久没有这样笑了？

她自己都记不清楚了。

秦怡的眉眼间都笼罩了一层温柔。她眼眸里的光芒倾泻，红唇翘起漂亮的弧度，光彩熠熠，令万物失色。

穆晓晓眼睛都看直了，虽然这不是她第一次感叹大小姐长得漂亮，可这是她第一次忍不住幻想以后那个娶了大小姐的人，他一定会是这世上最幸福的人。

大小姐根本不像是她表现得那样孤僻冷傲。她的心像孩子一样纯洁，让人忍不住想要去呵护疼惜。

面对穆晓晓的眼神，大小姐勾了勾嘴角，然后抬起纤细的玉手。

——表现不错，我会奖励你。

晓晓无语，这夸奖充满了讽刺意味。

奖励？谢谢了，少骂她几句比什么都强。

今天是周六，按照惯例，家里的用人忙完了都可以休息。

其实穆晓晓也想回家看一看，虽然签订了保密协议，但是协议里特意说明了她每个月可以休息一天。

她想回去看一看秋秋，还想回孤儿院看一看院长妈妈，她有很多事要交代。

但是她总是不忍心把大小姐一个人留在家里。她想等明天，家里的保姆都回来的时候再回去。

休息日，因为没有保洁阿姨在，家里显得空荡了许多。

以前的这个时候，秦怡总是会自己一个人坐在院子里看落叶，就这么孤零零地坐一天，不与任何人沟通交流。

这个家在外人眼里看着豪华，可对于秦怡来说，更像是一座囚禁她的牢笼。

她的身份让她无论去哪儿都会有一堆人围观，她走不出去。

她早已习惯了这份寂寥。

可自从穆晓晓在，这家里便不再寂寥。

才刚吃完饭没多久，厨房里的榨汁机就"嗡嗡"地响了起来，穆晓晓又开始忙着做她的下午茶了。

秦怡喜欢吃甜的，这是穆晓晓无意间发现的大小姐的小秘密，穆晓晓最近总是会给她做一点儿小甜品，虽然外观上还有点儿不上台面，但味道已经很不错了。

家里没什么人，穆晓晓很放松。天气太热，她随便穿了一条网上买的便宜纱裙。

这条裙子非常凉爽，风一吹，还有一种仙女的感觉。

穆晓晓年轻，底子好，又仗着身材好，这便宜的衣服穿在她身上也显得高级了不少。她一边榨汁一边哼曲："我不是一个体贴的人，却一次次地对你宠溺，是心瘾呀。"

坐在轮椅上的大小姐眼皮跳了跳。

她驱使着轮椅来到穆晓晓面前，看着穆晓晓这一身打扮，她忍不住皱了皱眉。这要是让万年他们看到，成何体统？

厨房开了窗户，微风吹了进来，穆晓晓的长发拂过脖颈，薄纱一样的长裙贴着她窈窕的身材，曲线若隐若现。她似乎很喜欢樱桃，此时她正一边忙活，一边拿着樱桃吃，眉眼间满是笑意。瞅见大小姐来了，她美滋滋地说："我给你榨果汁了。"

秦怡不自在地偏过了头，抬抬手指示。

——过来。

穆晓晓以为她又做错了什么惹大小姐不开心了，她赶紧关了榨汁机跑过去。

"怎么了？"

秦怡的轮椅向后退了一步，与她保持着距离。

——你没有衣服？

穆晓晓看着她的手势，不由得指了指自己的衣服，疑惑道："我这不是穿着呢吗？"

大小姐这是什么意思？

秦怡感觉自己简直是在对牛弹琴。

大小姐懒得理会。她从轮椅一侧，拿出了一个盒子。

——给。

穆晓晓的眼神特别好，她一眼就看到这是最新款的手机，她愣了愣，心里狂喜。

给她的吗？天啊。

穆晓晓咳了一声，她压下心中的狂喜，让自己保持淡定，她可是一个高素质的心理师，必须宠辱不惊，不能表现得太欣喜，这不符合她的人设。

"大小姐，你太客气了，我最近也没做什么啊。这个我不能接受。"

秦怡早就将穆晓晓从狂喜到憋着假装淡定的表情尽收眼底，她不动声色地抬手比画。

——你最近很辛苦，又是唱歌，又是摔倒的。

穆晓晓脸一黑，无语地看着大小姐。

干吗要这样！

穆晓晓伸出手，死死地按住了大小姐拿着手机的手，推辞道："我不能收。"

秦怡看着她那模样，勾了勾嘴角，点头。

——好。

不收就不收吧，她从不会勉强人。

眼看着大小姐要把手机收回，穆晓晓一把抓住她的手，往自己的怀里送了送，谄媚道："哎呀，我说不要，干吗非要给我？"

紧接着穆晓晓一把夺下："真的是太让人不好意思了。"

她紧紧地把盒子握在手里，感谢道："那我就勉为其难地收下吧，谢谢大小姐了。"

秦怡无语。

自称正直的穆心理师就这么把大小姐的奖励抢了过来。她的心情瞬间好到了顶点，她迫不及待地拿出手机开始使用。

秦怡看着穆晓晓，眼里有些疑惑。

她是知道穆晓晓的——凡是能在她身边的人，她都会提前进行筛查。

她知道穆晓晓虽然年龄小，但是这些年，穆晓晓凭借自己的双手和努力，也赚了不少钱。

别说买一部手机了，穆晓晓赚的钱都够在这个城市里买一套房子了。

可是她的钱都用在了身边的人身上,自己却还穿着廉价的衣服,秦怡也没看见她用过什么昂贵的护肤品。

秦怡以为她不在意这些。

可如果她真的不在意,她就不会在看见秦怡衣架上的衣服时羡慕得眼睛都亮了,更不会因为一部手机就欣喜若狂。

穆晓晓……到底是一个什么样的人?

穆晓晓没有给大小姐太多的时间思考,她调好手机、换好卡之后,就开始自拍。

嘟嘴,剪刀手,比心。

她围着大小姐,像一只花蝴蝶一样,自己拍就拍吧,还边拍边笑,吵吵闹闹地说:"哎呀,这手机就是好,也不知道是自带美颜还是我本来就这么漂亮啊?"

"哎呀,我好美啊,真的好美啊。"

"咯咯咯。"

明明只有两个人在家,一个还不能说话,可穆晓晓就是有能力营造出一万只蜜蜂"嗡嗡嗡"的热闹氛围。

穆晓晓甚至不怕死地跑到了秦怡身边,兴奋地说:"大小姐,咱俩一起拍一张?我就自己看,肯定不给别人。"

大小姐干净利落地比画着:滚。

穆晓晓真的是高兴坏了,她一下午都在琢磨手机的功能,还下载了"泡泡龙""贪吃蛇"这样简单的游戏,当着大小姐的面玩了起来。她一惊一乍的,扰得大小姐都没办法好好休息。

其实穆晓晓也会玩复杂一点儿的团队游戏,可是她怕自己上瘾,她看身边的很多人都在玩,一玩就是一天,她可没有那么多时间享受,她把手机的功能都熟悉了一遍后,就心满意足地把收起了手机。

大小姐真的对她太好了!她一定要加倍努力工作报答她!

从今以后,她就把大小姐当成自己的亲姐姐一样对待了!

晚饭时间,为了表示对大小姐的喜欢,穆晓晓兴奋地提议要亲自为她烤串,但被大小姐立即抬手否定了。

她是猪吗?一天到晚吃那么多。

没办法,最后穆晓晓给大小姐弄了一个小吊梨汤去去火,又给她拌了一

127

个水果沙拉。

晚上，她给秦怡吹干头发、换好衣服，又把秦怡的腿放到了自己的腿上，给秦怡按摩。

只是今天大小姐有点儿不够专心，她总感觉穆晓晓太自来熟了，她们离得太近。

穆晓晓也洗了澡，她身上的荔枝香气越发浓郁。她的皮肤白皙剔透，就好像是被剥了壳的荔枝肉。她完全不知道大小姐在走神，只是低声说道："大小姐，明天我想请一天假。"

秦怡听了不自觉地皱了皱眉，刚发了奖励就要请假？

穆晓晓感觉出秦怡的不快，她解释："我去看看秋秋，顺便回一趟孤儿院。"

这样的理由，大小姐无法拒绝。更何况……

秦怡烦躁地摆了摆手。

——随便。

她需要谁来伺候她吗？穆晓晓回去了，她终于可以安静一天了。

这是怎么了？穆晓晓盯着大小姐。虽然大小姐垂着眼睑，但是她总感觉大小姐不开心呢。

要不……穆晓晓建议性地问："我带你一起去孤儿院看看好吗？"

秦怡偏开了头。

她最讨厌人群。

明知道会是这样，可穆晓晓还是有点儿失望，她其实也挺想带大小姐回去的。她不知道怎么了，虽然把大小姐放在这儿，有很多人伺候，以前她一直是这样的……可是穆晓晓就感觉自己一直惦记着。

为了早去早回，第二天一早，穆晓晓连固定的跑步都取消了。她起了个大早，匆匆地洗漱完毕，跟小翠交代一下就准备出发了。

"我尽量明天一早就回来，大小姐最近有点儿上火，尽量让她少喝点儿咖啡。"

小翠看了穆晓晓一眼，笑道："我还不如你了解大小姐吗？"

这话虽然是笑着说的，但是里面的不满几乎要溢出来了，穆晓晓微笑道："那我先走了。"

是她多嘴了。

离开前，穆晓晓往楼上看了看，这个点，大小姐或许还没有起来，哎。

穆晓晓看了看手里的手机，给她发了个信息："我很快就回来。"

果不其然，她等了几分钟，没有收到回应。

清晨的阳光灿烂，穆晓晓许久都没有从别墅出去了，她突然有一种"刑满释放"的感觉，她伸出双臂活动了一下胳膊，心里暗暗下决心，以后一定要带大小姐出去看一看。

人的习惯很可怕。

在路上，穆晓晓心不在焉，她总想着今早秦怡醒过来，没人伺候她吹头发、换衣服、吃饭，也不知道小翠做得可不可口；下午晒太阳时间久了，有没有人提醒大小姐喝水……

秋秋知道姐姐要回来后非常开心，特意把家里打扫了一下。她背上书包，准备跟姐姐回家去看看。

她也很久没有回孤儿院了，她很是想念院长妈妈和奶奶。

穆晓晓回来的时候，看到家里的钢琴，整个人都震惊了。沉默了片刻，她抬头，给秋秋"死亡凝视"。

秋秋缩了缩脖子，道："这是那天你们回去之后，一姐姐让人拿来的。"

她不敢对姐姐撒谎。

穆晓晓沉默。秋秋看着姐姐的脸色，讨好道："姐姐，我最近有好好学钢琴哦，我已经会弹初级钢琴曲了。"

穆晓晓没搭理她，只是催促妹妹赶紧收拾东西。她心里对大小姐满满的都是感激，她就想要赶紧看完院长妈妈回去陪大小姐。

大小姐太孤单了，自己不在，她一定会难受的。

去孤儿院的路程很遥远。

秋秋在车上很开心，从包里拿了零食给姐姐吃。穆晓晓有心事似的，没什么胃口。

秋秋观察了姐姐一会儿，问："你是想一姐姐了吗？"

穆晓晓翻了个白眼，道："别瞎说。"

"谁瞎说了？"秋秋有理有据地分析，"你焦虑的眼里满是担忧的神色，你的脸上满是想念的愁容，你紧闭的唇就想要问一问她现在怎么样。"

穆晓晓直接给秋秋头上来了一下，道："我这灵活的手怎么样？"

秋秋撇了撇嘴。

被妹妹这么一说，穆晓晓还真是有点儿忍不住了。她给秦怡发了条信息：

"在做什么呀?大小姐,我好想你啊,你有没有思念我啊?"

对方依旧没有回复。

姐妹俩坐着大巴车,晃晃悠悠地坐了一下午才到了地方。

穆晓晓刚一下车,听到消息的孤儿院小朋友们都围了上来,他们兴奋地喊着:"姐姐!"

"晓晓姐姐!"

"姐姐,你怎么才回来看我们?"

穆晓晓笑呵呵地把手里拎着的东西丢给秋秋,弯下腰。她也不嫌人多,一个一个地都抱了一下,搓搓他们的头发,再捏一捏小脸蛋。

院长苏秋云缓缓地走了出来,她早些年奔波疲劳,现在身体情况极其糟糕,走路都有些步履蹒跚。看着穆晓晓回来,她的脸笑成一朵花,而她身边是戴着墨镜和大檐帽、坐在轮椅上的、酷酷的楚奶奶。

奶奶还是老样子,容易过敏,出门就必须"全副武装"。大夏天,她穿得和过冬的人一样。

秋秋看见两人后奔了过去,撒娇一样地抱住了奶奶的腿,喊道:"俺老秋回来了!妈妈,奶奶,我好想你们!"

楚奶奶笑了,她伸手就抱住了秋秋,慈祥地道:"好孩子。"

在苏秋云还是少女,楚奶奶还是中年妇女的时候,两人历尽千辛才成立了孤儿院。

如今,时光转逝,她们都老了,孩子们都长大了。

时间对于穆晓晓来说是非常宝贵的东西,她没有过多地寒暄,先带着几个大一点儿的孩子去小卖店进货去了。

小卖店是一对朴实的夫妻开的,他们常年生活在这里,算是看着穆晓晓长大的,跟她非常熟悉。见到穆晓晓,两人笑道:"晓晓回来了,又来进货了?"

对于穆晓晓来说:"进货"两个字绝对不是夸张,她每次都会先去院里看看大家需要什么,然后在这儿买一堆东西。老板两口子很实在,知道她不容易,每一次都是按最低价卖给她的。

因为今年的夏天格外热,孤儿院的孩子们受了苦,那些蚊子生命力顽强,花露水和蚊香的效果都不明显,所以蚊帐变成了最好的选择。

穆晓晓直接把店里的蚊帐包圆了,带回去之后,她把蚊帐交给义工阿姨,自己又骑着自行车带着秋秋去镇子上了。

这是秋秋最喜欢的环节,她一只手扶着车把,喊着:"啊,我好开心,好快活啊,姐姐!"

穆晓晓随着风笑眯了眼睛,她学着妹妹的语气,喊道:"啊,你好神经啊。"

不知不觉间,穆晓晓感觉自己受了大小姐的影响,她用词都越来越粗鲁了。

她带妹妹去的是当地的一个冷饮批发市场,这里物美价廉,姐妹俩一共批发了四箱雪糕回去。看着那可口的雪糕,秋秋乐成了一朵花,一路上给姐姐拍马屁。

"姐姐,你现在变得好大方啊。"

"姐姐,你今天格外漂亮呢,是不是因为跟一姐姐待久了?"

"姐姐,你怎么没有带一姐姐回来?"

……

被秋秋念得头大的穆晓晓忍不住在想,平时自己缠着大小姐说话的时候,大小姐是不是也是这种心情?

这么一看,大小姐的脾气还是非常不错的,居然能容忍她到现在。

穆晓晓低头看了看手机,轻轻地叹了一口气。

大小姐还是没有回信息。她是不是又一个人孤单地在看落叶呢?

回到孤儿院,姐妹俩更是受到了大家的热烈欢迎,她们瞬间就被围住了。

穆晓晓看着孩子们开心的样子,忍不住又给秦怡发了一条信息:"真应该带你来我的地盘上看看,看我的人气有多高。"

忙乎了半天,小孩子们心满意足地蹲在地上吃雪糕了,穆晓晓进屋去看院长妈妈和奶奶。

妈妈和奶奶就在孤儿院旁边的一间小房子里住,去年因为年久失修,屋顶漏雨,穆晓晓刚找人修缮了。这个简陋的小屋承载了晓晓童年许多幸福的回忆,那时候,她经常会趴在床上,听妈妈哼着儿歌,听奶奶聊着琐碎的事儿。有时候,她会假装睡着,奶奶不忍心撵她走,便把她抱进被窝里。缩在妈妈和奶奶的怀抱里,是穆晓晓曾经最幸福的时候。

楚奶奶看着穆晓晓一头的汗,关心道:"这次为什么这么急啊,好不容易回来一趟,在这儿住两天不行吗?"

她心疼这孩子,小小年纪,肩上承担得太多了。

当年,穆晓晓就是她在孤儿院门口捡到的,那时候,穆晓晓还只有一只猫么大,被包在一个红色的布袋里面。彼时正是冬天,孩子被冻得脸都是紫的。她带孩子去医院检查，医生说再晚一点儿这孩子就没了，也是命大。

穆晓晓从小就跟其他孩子不一样，在孤儿院的孩子，许多都会因为自己被抛弃的身世和坎坷的经历，内心极度渴望爱，却又自卑、孤僻，不爱与人交流。

可是穆晓晓总是满脸微笑，对谁都笑呵呵的。她长大一点儿了就知道报恩，放学回来会帮忙做家务。在她被生母带走的那天，她不舍地哭了，可就算哭，她都是笑着落泪的。院长妈妈和楚奶奶知道，她是怕她们伤心难过才如此隐忍的。

可她越是这样，越是让人心疼。

在同龄人无忧无虑地享受自己的人生时，穆晓晓却肩负了不少责任。

院长苏秋云曾经对晓晓说过："妈妈不希望你这样，人活一辈子，我反而希望你能够自私一些。"

要自私一些，不要总想着别人。她已经很辛苦了，不是吗？

穆晓晓笑了，她没有辩驳，而是搂住了苏秋云的腰，撒娇地说："因为我是您的孩子啊……"

院长妈妈和奶奶养她长大。长大后，她变成了她们。她并不觉得自己累。

身边的人不理解，甚至她的亲生母亲也骂过她自讨苦吃。

可是他们谁懂她？

这是穆晓晓一天天快乐幸福地活在这个世界上的坚定信仰。

穆晓晓还是老样子，抱着妈妈撒了会儿娇，说了说近期的生活工作情况，顺便留给了院长妈妈一个厚厚的红包。

楚奶奶一看那厚度，就有点儿难受了。她叹道："你这是去打黑工了吗？怎么这么多钱？"

穆晓晓美滋滋地贫嘴道："这不是发现一家招工的工厂了吗？就去干了两天，暴富了。"

苏秋云也道："又贫嘴，我不是和你说了吗？现在社会上爱心人士越来越多了，政府的帮扶力度也大了，不要你那么拼命，让你拿着钱去买新衣服。你看你这衣服……"

"哎呀。"穆晓晓打断她们的话，"下次，下次肯定不这样了，我这不是遇到了个好心人吗？"

她知道现在社会对孤儿院的帮助与关怀越来越多，但她想尽自己的能力给孤儿院的孩子们更好的生活。

更何况，为了给一些体弱多病的孩子看病，院长妈妈和奶奶的青丝早就熬成了白发，她不忍心，总想着能帮一点儿是一点儿。

她也曾经被她们拯救，知道那种渴望美好人生的心情。

好心人？是谁？

楚奶奶和苏秋云对视一眼，二老一起看向穆晓晓。

想起大小姐，穆晓晓笑了，道："这位好心人呢，现在身体不太好，以后我一定带她回来给你们看看。"

夕阳温暖柔和，洒在大地上，金灿灿的，让人心情愉悦。

因为穆晓晓回来，院长妈妈特意下厨，楚奶奶在旁边帮着打下手，她们今天开荤，准备做孩子们爱吃的可乐鸡翅。

穆晓晓要来帮忙，被撵了出去。

"去去去，休息一下，厨房不是小孩子待的地方。"

还小孩子呢？穆晓晓无奈地走了出去。秋秋央求着姐姐，说自己想要留在这儿住几天，穆晓晓摸了摸她的头发，宠溺地说："好。"

其实她何尝不知道秋秋的心理。

她们生来就长在孤儿院，可能对于很多人来说，这里破败，简陋不堪，可这是她们的家啊。

俗话说得好，金屋银屋，不如自己的狗窝。

趁着休息，穆晓晓检查着孩子们的作业，孤儿院里的小班长阳阳兴奋地说："姐姐，前几天镇子上的学校领导过来慰问，给我们带了几箱红领巾和国旗，我们现在每周一都升国旗。你好不容易回来一趟，明天就走了，等下跟我们一起升旗好吗？"

对于弟弟妹妹们，穆晓晓一向是有求必应的。

在她的指挥下，大家一股脑地都跑到了院子里。

院子不大，经过很多次维护修缮，这里的情况已经比穆晓晓小时候好了很多，起码都是水泥地，不再是穆晓晓记忆里满是尘土的黄土地了。

周围还单独弄了几个篮球架子、乒乓球台，她们的家在一点点地变好。

在那个不大的操场上，每个孩子都戴上了红领巾，穆晓晓也蹲下身子，让秋秋给她戴上了一条，重温一下学生时光。

恢弘的国歌奏响，鲜红的国旗随风飘舞，在湛蓝的天空之下，在简陋的手摇国旗杆下,一个个小孩站得笔直。

秋秋身为升旗手,难得地认真。随着音乐,她缓缓地升起了国旗。

苏秋云和楚奶奶出来的时候,正看见孩子们站得齐刷刷的一溜,表情严肃地看着国旗。

他们很有仪式感,从小到大排成了一排。

穆晓晓站在最右手边,是队伍的领头。

大家一起仰望着天空。他们的脸上满是稚气,眼里却充满了对未来的憧憬与希冀。

这是孤儿院长久以来保持的习惯。

院长妈妈曾经说过,他们或许贫穷,或许一无所有,但是灵魂永远富足。

不远处,一辆黑色的轿车停了下来,车窗缓缓地降下,露出了秦怡一张精致的脸。

她看着远处的穆晓晓。

在国旗升起之后,穆晓晓的右手举高,她迎面对着孩子们,带着大家大声而清晰地宣誓。

"我生来就是高山而非溪流,我欲于群峰之巅俯视平庸的沟壑!我生来就是人杰而非草芥,我站在伟人之肩藐视卑微的懦夫!"

所有孩子的脸上都是认真之色,他们随穆晓晓一起呐喊着这段鼓舞人心的誓词。

他们喊着命运的不公,喊着对未来的渴望,喊着对美好明天的憧憬。

那一刻,太阳的光辉透过厚重云层投射了过来,万千光芒落在了穆晓晓的身上,与她眼中的坚毅汇聚在一起。

她整个人都在发光发亮,璀璨耀眼。

大小姐的目光紧紧地追随着穆晓晓。

从小到大,秦怡都是高高在上的大小姐,想要什么都不过是一句话的事儿。

她的样貌、她的气质、她的身材,让她有了骄傲的资本,更是让她成为别人羡慕的天之骄子。她永远都是人群的焦点,是大家羡慕追逐的对象。

哪怕是后来,被最亲的人欺骗、背叛,她也不曾放下心中的骄傲,不曾向任何人低头;就算是将心封闭起来,她也从不抬头仰望任何人。

而这一刻,她仰望着穆晓晓,那颗仿佛被冻住的心,因穆晓晓眼中灼灼的光而解冻。

它一下又一下剧烈地跳动着。

它活了。

秦怡的目光追随着穆晓晓，她看着穆晓晓宣誓完毕，看着她弯腰温柔地抱起身边的孩子，又笑眯眯地摸着孩子的头发，亲昵地贴在那孩子的耳边说着什么，看着她的周围又围上来了一个个求抱抱的孩子。

她的笑容那么灿烂，她的眉眼满是神采，就连她被风吹动的长发都让人忍不住追随。

前排跟了她几年的刘万年惊呆了，这么多年了，他什么时候看到大小姐露出过这样崇拜的眼神？

穆晓晓一直到可乐鸡翅都进肚子了都不知道大小姐来过，她甚至幼稚地用鸡骨头搭了一个坐在轮椅上的变形金刚，特意拍了照片发给秦怡看："大小姐，你看，你在我心里就是这样的。"

无所不能。

大小姐看到了，嘴角微微上扬，她手一点，将照片设置成了手机屏保，却又好似一点儿不在意一样，将手机放在了一旁。

刘万年内心道：大小姐真像是晓晓说的一样，是个别扭的小公主啊。

落日的余晖一点点收紧，终究是藏进了地平线之下。

穆晓晓本来是真的想当天就赶回去的，可是计划往往赶不上变化。

或许是天气太闷热，湿气也重，又或许是今天赶了大半天路，舟车劳顿有些疲惫，秋秋的心脏突然不舒服起来。她吃饭的时候就感觉有点儿喘不过气，她不敢告诉院长妈妈，更不敢告诉姐姐。

她偷偷地去角落里拿了速效救心丸出来，用舌头抵着，含在嘴里。缓和了一会儿，她感觉好了一点儿后才出来。

可穆晓晓是什么人？她可是心理师，妹妹那点儿小心思怎么会逃得过她的眼睛，秋秋一出来就被抓包了。

"你怎么了，不舒服吗？"穆晓晓一双眼睛盯着妹妹，问道。

秋秋摇了摇头，她还在伪装，道："没事儿啊，可能是玩得有点儿兴奋。"

穆晓晓盯着她惨白的小脸，问道："怎么脸色这么不好？"

"我刚才抹了点儿防晒霜。"秋秋从容地回答。穆晓晓皱了皱眉，戳穿道："你家防晒霜是青色的？这么时尚呢？"她一伸手，跟抓小鸡崽子似的把秋秋抓了过来,直接带到镇子里的医院去了。

这里的确算是穆晓晓的地盘,邻里街巷,买菜的、做生意的,就连医院的医生都跟她很熟悉。

孤儿院里被抛弃的孩子大多有生理或者心理上的疾病,像穆晓晓这样健康的孩子很少,所以她一度成为孤儿院里的劳动力,经常帮着院长妈妈带孩子们来看病,所以她对医院各个科室门清。

穿着白大褂的张医生看着穆晓晓带着秋秋进来,便笑着搓了搓手上的酒精,惊讶道:"晓晓?你什么时候回来的?"

"今天才到。"

在穆晓晓心里,张医生也是个伟大的医生,她毕业于名校,原本能去更好的地方发展的,可是她毅然选择了这个医疗资源紧缺的小镇子。张医生在镇子里很有名气,大家对于这个人美医术好的医生赞不绝口。

穆晓晓指了指妹妹,道:"秋秋心脏估计又不舒服了,她自己不说。"

秋秋撇了撇嘴,张医生看了看她发紫的嘴唇,笑容逐渐收敛了。

这些年,乡镇医疗水平虽然总体跟了上来了,但是医疗资源还是不足,医务人员也很少。

一套检查下来,天都黑了。

穆晓晓特意给大小姐发了个信息:"别等我,我今天回不去了。"

她不知道秦怡会不会等她,她希望秦怡不会。

张医生拿到心超报告之后,仔细地看了看,表情很严肃。

秋秋年龄比较小,又一直被穆晓晓护着,遇到事儿之后就有点儿紧张无措地抓着衣角看着姐姐。

穆晓晓像是小时候一样,给了她十块钱,道:"去楼下吃碗面,姐姐一会儿下来找你。"

秋秋小时候就像长在医院里一样,童年都是消毒水和白大褂的回忆。那时候,藏在她心里最幸福的事就是看完病,姐姐带她去楼下吃面,那面,香极了。

秋秋可怜巴巴地看着她,说:"我想和你一起等着,我长大了,接受能力杠杠的。"

穆晓晓瞪着她,毫不留情地赶她:"滚。"

真的是有样学样。在这段时间的接触中,穆晓晓已经把大小姐的神态学得惟妙惟肖了,秋秋不甘心地被撵走了,还一步三回头地看着姐姐。

关上门后，穆晓晓明显变得紧张起来了。穆晓晓不安地坐在对面，问张医生："怎么样啊？小崽子有没有事儿？是不是心脏病又复发了？"

秋秋有先天性心脏病，这也是她被父母抛弃的原因，好在她的父母还算是比较有"良心"，没像穆晓晓当年一样把她在寒冬腊月扔去门口，秋秋被抛弃到孤儿院门口的时候是秋天，院长早上起来去打水，一开门差点儿踩着，吓得够呛。

穆晓晓那时候也不大，但她从小懂事，经常帮着院长和奶奶给小一点儿的孩子喂奶，换尿布什么的。她从小就喜欢秋秋这个妹妹，一直精心带着，可以说秋秋是她看着长大的。

之前，苏奎就是以秋秋为筹码才把穆晓晓带回家的。

可是当时秋秋年龄太小了，身体又比较薄弱，医生说只能先给她做减状手术，看看恢复情况，日后再做纠治手术。

心脏的恢复跟人的体质、心情、环境有很大关系。

好在秋秋跟穆晓晓一样是个乐观的性格，这些年，她的状态一直还算不错。穆晓晓一直在攒钱，想着等秋秋中考完就带着她把手术做了，可是现在看这情况，怕是等不了了。

张医生跟她分析得很清楚。张医生手里拿着笔，指着报告说："她的二尖瓣已钙化，反流程度也很严重，情况很糟糕，最好尽快安排手术。"

穆晓晓一听就急了，喊道："她去年还没什么事儿呢！"

她很注意秋秋的身体，每年都会带着她去检查心脏。

张医生看着她叹了一口气，说："这病情都是瞬息万变的，我今天看到报告时也很惊讶。我初步分析，这大概跟她近期的状态还有情绪有关，她是不是……"

后面的话，穆晓晓听得心里闷闷的，她怎么也没有想到，身为心理师的她，关心了那么多人，治愈了那么多人，却唯独忽略了最亲近的人。

穆晓晓走出医院的时候，秋秋已经吃完面回来了，她还打包了一份给姐姐，知道姐姐爱吃辣的，她放了好多辣椒酱。

两人找了一个空椅子坐下。

穆晓晓坐在椅子上吸溜面条，她是一个从小就经历大风大浪的人，非常能扛事儿，虽然心里翻江倒海，但是她脸上基本没什么表情。

她成功地吃完一碗面条,连汤都喝了,一滴不剩。

秋秋看着她的脸色,问道:"怎么样啊?姐。"

她直觉自己不大好,可是看姐姐吃得这么香,她又感觉应该没事。

穆晓晓翻了个白眼,道:"能怎么样?不耽误你写作业!"

一听姐姐这么说,秋秋舒了一口气,她笑了:"我真怕医生跟你说要做手术,那得花多少钱啊。"

她可舍不得再让姐姐花钱了,要是那样,她宁愿就这么过完一辈子得了,她不想拖累姐姐。

童言无忌,这话像是大石头一样压在了穆晓晓的身上。

花钱做手术还好……穆晓晓的手头虽然不宽裕,但是这些年也攒了一些,就是为了给秋秋做手术用的。

只是这心脏手术不是小手术,一定要找最好的医生才最为稳当。可是大医院的医生很难约到,别人挤破头也不一定挂得到号。而穆晓晓的工作又排得这么满,她有些分身乏术。

回去的路上,穆晓晓已经迅速分析出对策了。

这不是小事儿,她必须跟院长妈妈说一下,院长妈妈毕竟经历了不少大风大浪,应该还是能接受得住,但是奶奶肯定不行。奶奶岁数大了,万一担心过度,影响身体就麻烦了。

想着,穆晓晓抬眼看向秋秋,交代道:"对了,刚才张医生说你这心脏还是不够健康,回头得再去大医院查一查,你最近多吃点儿多喝点儿,把自己养肥一点儿,到时候争取做个手术把你的病给彻底治好。"

秋秋很敏感,她立即抬头,问道:"你不是说不用手术吗,为什么又变了?会不会很严重?"

"严重个啥,小时候不是做过吗?现在还害怕了?"穆晓晓黑着脸说,"我还没问你呢,你心脏怎么突然不舒服了?你是不是在学校受委屈了?"

秋秋捂住了嘴,否认道:"我的天哪,姐姐,你为什么要怀疑我出众的社交能力?"

"什么社交能力,你是不是被同学欺负了,所以才给自己憋屈成这样?"

穆晓晓一双犀利的眼睛盯着秋秋。秋秋皱眉道:"我才没有,像我这样的乐天派,怎么会轻易被人欺负。"

她实在是心慌。

虽然作为未来优秀作家的秋秋对于自己的撒谎能力非常有自信，但是姐姐太精明了，实在是不好骗。她不能让姐姐知道她在学校的事情，如果姐姐知道了，会焦头烂额地去学校找老师，然后把她转学了。眼看着只有一年就要毕业了，秋秋觉得自己只要忍忍就能熬过去了。秋秋只能转移话题："姐，你没骗我吧，就真的只是小手术？别辜负我对你的信任。"

穆晓晓一脸淡定地道："没错，我是在骗你，你病入膏肓了。"

秋秋无语了。

她想，姐姐这么淡定，那肯定是没事的。

晚上，大家都已经睡着了，穆晓晓在床上翻来覆去，怎么也睡不着。

深夜，秦家大院。

大小姐沉默地坐在三楼看着窗外的星星，手里还握着几颗黑色的五子棋。周围十分安静，她垂着眸，轻轻地叹息。

第二天一大早。

院长偷偷地跟穆晓晓说："妈妈咨询了医生，像是秋秋这样的情况，做个手术，怎么说也得要二十万，这还不算上后期的各种费用。"

她的手下意识地摸了摸兜。穆晓晓一看她这样，就皱眉道："钱的事儿我会解决，你那不是养老的钱吗？"

当年是她一意孤行要从孤儿院带走秋秋的，她认定了这个妹妹，就会对秋秋负责。

苏秋云知道穆晓晓的性格，她怕吵到屋里的孩子们睡觉，于是压低声音问道："你哪儿来那么多钱？我养什么老？你不是一直养着我吗？"

这些年，穆晓晓的钱都用在了孤儿院上，这些孩子，大大小小的花费可不少。

苏秋云实在不忍心让这个孩子继续背负这么大的压力。

眼看着院长妈妈有点儿急，穆晓晓笑了笑。她故作轻松地看向苏秋云，道："我之前攒了一些，放心吧，妈，你要做的就是把秋秋给我养肥一点儿，其他的我来办。回头钱要是真不够，我一定管你要行吗？"

苏秋云看着她，抿了抿唇，想要说什么，最后都变成了长长的叹息。

这是她养大的孩子，她能不知道穆晓晓在想什么吗？

其实钱对于穆晓晓来说真的不是当务之急，这段时间，光是大小姐就给她发了不菲的工资,她再管朋友借一借,应个急总是可以的。

当务之急是去医院找专业的医生。

大医院的医疗资源也很紧俏,一台手术也许会排到半个月后。

她想着到时候能不能找朋友帮忙挂号,至于钱,以后还能赚,妹妹的身体要紧。

想通这一切,穆晓晓收拾行囊准备离开的时候,心情已经舒畅了许多,脸色也好看了一些。再加上曾经被大小姐认可的"影后"级别的精湛演技,她成功地骗过了秋秋。

临走时,苏秋云又往她包里塞了好多吃的,苏秋云絮絮叨叨地说了一大堆话。

坐上客车一路往秦家赶时,穆晓晓还有点儿小激动。她特意给秦怡发了信息:"大小姐,我马上就回去了!"

依旧是没有回信。

穆晓晓对于大小姐的冷淡已经习惯了,到站后,为了早点儿见到大小姐并给大小姐做中午饭,穆晓晓破天荒地打了车过去,这对穆晓晓来说是很奢侈的行为。

就连穆晓晓都不知道她为什么那么着急,她就是想早点儿见到大小姐。

到秦家门口的时候,太阳正毒,一点儿风都没有,周围都是热浪,简直能把人烤焦。

这样的天气,这样的时间,按照秦怡的习惯,该是在楼上弹琴或者静坐的。

穆晓晓特意买了一个甜筒,她想着大小姐喜欢甜的又不好意思说,便打算给大小姐一个小惊喜。

穆晓晓担心冰激凌会化,便加快了脚步。大门口刘万年正好在跟一个黑衣服的保镖说着什么,那保镖低着头毕恭毕敬的。看见穆晓晓回来之后,刘万年赶紧给穆晓晓刷卡开了门。

穆晓晓疑惑地看了刘万年一眼,心想:这人今天怎么突然这么殷勤?

她急着见大小姐,便没有再多想,加快了步伐。直到走到院子里,她一抬头,正看见院子里盯着门看的大小姐。

大小姐居然在院子里?这么热的天她怎么还出来了?

穆晓晓瞬间雀跃兴奋,她用空着的一只手使劲冲秦怡挥着,嘴里喊道:"大

140

小姐,我回来啦!"

说着,她直接跑了过去。

秦怡远远地看着穆晓晓,穆晓晓此时笑容灿烂,一头乌发随意地挽成了一个丸子,手里还拿了一个有点儿融化的甜筒,正咋咋呼呼地往她的方向跑来。

看到这样的画面,秦怡本该是嫌弃的,她应该掉头就走,可她忍不住想要多看几秒。

她告诉自己只看十秒。

秦怡看着穆晓晓的脸颊,心想:这人是没睡吗?怎么看起来这么疲倦?

再看十秒。

她是不是有心事?

最后十秒。

一定是最后的十秒……

大小姐这最后的十秒还没有数完,穆晓晓已经跑到了她的身边。穆晓晓一脸的汗,她伸出一只手一把抱住了秦怡,喊道:"大小姐,我好想你啊!"

她从没有这么惦记过哪个病人。

熟悉的荔枝香气扑面而来,搂着秦怡的穆晓晓像是火炉一样,浑身散发着热气,秦怡忍不住哆嗦了一下。秦怡看着穆晓晓,接着抬了抬手,想要像往常一样推开对方。

可或许是天气真的太热了,大小姐的手臂软绵绵的,像是没有力气,她纵容了穆晓晓的放肆,任穆晓晓抱着自己。

过了片刻,大小姐看着穆晓晓手里融化的冰激凌,她闭了闭眼睛,心里有一个声音钻了出来。

——我也想你。

大小姐虽然没有说话,但是一动不动地任穆晓晓抱着,穆晓晓在心里乐了一会儿后,松开了一只手臂。她身子向后看着秦怡,语气里带着雀跃:"怎么不回我信息?"

秦怡半垂着头一直盯着穆晓晓手里融化的冰激凌,长长的睫毛轻轻颤动。

为什么要回?她都懒得看。

穆晓晓现在都成了秦怡肚子里的蛔虫了,她最了解大小姐的小性格。她笑了笑,不在意地道:"看我给你带了什么?"

她显摆地把冰激凌往前递了递,天气太热,冰激凌已经融化了大半,正滴滴答答地往下流。

秦怡看了看那冰激凌的模样，微微地蹙了蹙眉。

从小到大，想要讨好她的人不少，多少人为了博美人一笑一掷千金，可穆晓晓这是给她带了个什么东西？

猪食吗？

穆晓晓美滋滋地把冰激凌往秦怡面前递了递，道："你尝尝，小时候的味道。"

这是留存在穆晓晓童年里非常幸福的回忆。那时候，天很热，一放学她就会看见秋秋举着个冰激凌站在校门口等着她，她会快速地跑过去，一把抱住妹妹，然后舔一口冰激凌，冰冰凉凉的滋味从舌尖直钻入心底。看到自己的亲人迎接自己回家，那是最快乐最幸福的事，她想要把这种快乐和幸福分享给大小姐。

秦怡看着穆晓晓，穆晓晓也不介意，她偏头看着秦怡，笑得灿烂。

秦怡也不知道她每天都在开心什么，明明很疲倦的样子，可还是笑得那么明媚。

天边的阳光灿烂，却不如她的笑。

秦怡不禁看得有点儿怔。

穆晓晓笑着把冰激凌往大小姐的方向又推了推。

秦怡沉默了片刻，偏了偏头，她雪白的右手抬起，将额头的一缕发丝别在耳后，然后她身子前倾，就着穆晓晓的手，吃了一口冰激凌。鲜红的唇被染湿，她紧紧地皱在一起的眉眼，终于如春风一样舒展开来。

刘万年感觉自己一定是看错了。

从昨天穆晓晓离开之后，大小姐的气场就特别低迷，不允许面前有人转悠，一下午都像一尊不苟言笑的门神一样坐在门口。她也不是看落叶，只是单纯地看着门外，不知道是什么惹得她如此心烦。

有几次，家里的保洁阿姨开门进来，大小姐眼里的光瞬间亮起，又很快黯淡。

反复几次后，大小姐烦了，发了一通脾气，把所有人都斥退了。

别说是其他人了，就是小翠和刘万年都大气不敢喘，为了避免踩雷，他们赶紧撤了。今早，刘万年还特意交代让周围的保镖离得远一点儿，别乱晃悠让大小姐看见了心烦。

只是昨天深夜，刘万年还有点儿不放心大小姐，他远远地往大小姐这边看了看。

他总觉得大小姐是在等谁回来。如今，他可以确定了。

大小姐的确是在等人，她等的是穆晓晓。

第六章
曲中的人物

穆晓晓回来后,整个别墅似乎都变得不一样了,安静了一天的房间里回荡着她的声音。

"我不是一个好脾气的人,却一次次地对你包容,是心瘾呀。"

穆晓晓回来之后就下意识地想要把其他人都撵走,只留下她和大小姐。

对着别人,她没有办法去穿她的韩式睡裙,她总觉得做什么都有人盯着,这让她放不开,不自在。

可是对着大小姐,她会放松得多。她可以在家里随便作,反正大小姐也就只会不耐烦地看她一眼,或者抬手吓唬吓唬她,但是最后都会随她去。

晓晓全程叨叨个没完:"哎呀,你都不知道,我这次回去有多抢手,有多受欢迎,要不是想着你,我真得在家里多住几天。"

大小姐的冰激凌吃完了。她沉默着,有些后悔自己为什么要吃掉这个冰激凌。

"还是这衣服凉快啊,你不知道,我奶奶最近特别喜欢做衣服,她非要给我做衣服,我寻思着没走就做吧,可问题是我这么年轻貌美,她非要给我弄个土黄色……这一路上,好多人看我。"

穆晓晓边洗菜边说:"我还带了一点儿小菜回来,一会儿给你煮了,那些都是孩子们亲手采摘的。哎呀,你都不知道,家里有多热闹,真想带你回去看看。"

她抬头看着秦怡,又道:"对了,我还带着孩子们一起升国旗了。妈妈拍了照片,我带回来了。"

她想要跟大小姐分享一切。

穆晓晓一直感觉秦家像是一个牢笼，将大小姐困在这里，挡住了外面的一切明媚。

既然她无法把大小姐带出去，那就把一缕阳光带回来给大小姐看，虽然微弱，但她会坚持的。

穆晓晓手里拿着一个没洗完的西红柿，走到了秦怡的轮椅旁，道："喏，在我兜里面，我手上有水，你拿出来看看。"

秦怡不可思议地看着穆晓晓。

她这是吃了熊心豹子胆吗，居然敢使唤她？

穆晓晓是知道大小姐骄傲的性格的，她故意逗着大小姐。看着这熟悉的眼神，她乐了，道："不拿就不拿。"

说完，她使坏地一抬手指，把水弹到了大小姐的脸上："我给你拿。"

眼看着大小姐要发飙了，穆晓晓笑着后退两步。她看着大小姐，问："是不是想打我？起来追我试试？嘿嘿，追上我就让你……"

秦怡凝视着穆晓晓，她居然有一刻真的有想要站起来的冲动。

穆晓晓被大小姐给吓得闭上了嘴。她不敢再乱说话，把照片拿出来，递到大小姐的手上。

秦怡低头，看着被迫塞进手里的照片。照片拍得很好，阳光灿烂，白云朵朵，穆晓晓和孩子们脸上满是笑容。

她看过现场版的，知道那有多么耀眼夺目。

"感觉这些弟弟妹妹要比我们小时候阳光多了，他们笑容也多了很多。社会对这些弱势群体也越来越关注了，社会的爱心力量也多了，不像我和秋秋那会儿啊，小时候最怕见到外人。"

那时候，孤儿院经常会有夫妻过来看孩子，想要收养小孩。

收养，对于一些孩子来说可能是恩赐。

但是每一次他们的到来，在穆晓晓和秋秋心里，都是一次即将分离的恐惧。

她们惶恐不安，都害怕被带走，她们会尽量低着头减少自己的存在感。

大家多是挑选身体好的、样貌好看的。那时候，穆晓晓虽然小，但是样貌已经在小孩子们中脱颖而出，更不用说她身体还很健康。

有好几次，穆晓晓为了装病，偷偷地吞变质了的食物。

她以为少吃点不会有事的，结果当晚就发起了高烧。这可吓坏了院长妈妈和奶奶，两人在穆晓晓又一次发烧的时候抱着她急急忙忙地去医院。等诊断结果出来的时候,穆晓晓都要吓死了,她感觉自己人生第一次要挨打了。

没想到,她没有等到妈妈和奶奶的巴掌,只是看到了妈妈脸上的泪,而奶奶一把将她抱在了怀里,喃喃道:"傻孩子,傻孩子……"

穆晓晓絮絮叨叨地跟秦怡说着过往的经历。她很坦然,没有隐瞒。过去的一切,对于她来说有酸有甜,有快乐也有痛苦,但她也不知道怎么的,那些对别人难以启齿的事,对着大小姐,她就这么坦荡地说出来了。

即使大小姐不能给予她任何回应。

但是穆晓晓相信,大小姐和别人不一样,她知道。

"大小姐。"到最后,穆晓晓自己都感觉自己说得太多了,她把饭煮上,将一缕长发别在耳后,"我都不知道自己为什么跟你这么投缘。你看你,冷冰冰的,从来不跟我说话,一抬手就是要戳瞎我的眼睛。可是我出去这一趟,真的好想你,我在路上就担心你吃不好睡不好。到了孤儿院,我看到什么都想要发给你,可是你真是没良心,一条信息都不回。"

穆晓晓偏了偏头,对着秦怡嫣然一笑,问:"你会烦我吗?"

秦怡沉默着,她的睫毛轻轻眨动,过了许久,她才摆了摆手。

——烦。

就知道会这样,穆晓晓笑了。她走到秦怡身边,蹲下身子,与秦怡对视:"大小姐。"

她的声音很柔,眼眸里像是春水一样荡开了涟漪。

秦怡都已经低着头不看她了。

穆晓晓看着她,表情柔和,道:"我在坐车回来的路上就一直想着你,我心里有一个事儿,想跟你说说。"

秦怡克制着自己的情绪,她的手按在轮椅一侧,因为用力,她的指甲泛白。

——说什么?

秦怡让自己镇定,保持着平时冷淡的态度,但是她内心早就波涛汹涌了。

这对秦怡来说是颠覆性的经历。

穆晓晓看她终于肯看自己了,便卖萌一样两只手托着自己的下巴,问:"你觉得我可爱吗?"

秦怡无语。

她觉得穆晓晓真的是越来越过分了,是吃多了鸡翅,把脑袋堵住了吗?

就在大小姐的耐心耗尽之前,穆晓晓看着她的眼睛,笑着说:"我想,如果你不嫌弃……我以后想要把你当亲姐姐一样看待,可以吗?"

从有记忆开始,穆晓晓在孤儿院里就是大家的姐姐,虽然一开始孤儿院里也有几个比她大的哥哥姐姐,但他们后来都离开了。

等她真正长大后,她就一直承担着姐姐的责任。她也希望能当个妹妹,被人默默地包容。

如今,大小姐给了她这种被默默地包容的感觉。

穆晓晓如此聪明,怎么会不知道家里的阿姨们对她态度好是因为大小姐呢?大小姐真的对她很好,她舍不得离开。

还有不到一个月的时间,她们的合同就要到期了。在路上,穆晓晓就想着,怎么把这种"金钱"关系转变为天长地久的亲情。

如今,她终于想到了。

只要大小姐不嫌弃,她与大小姐可以像她和秋秋那样成为后天的亲人。

哪怕没有血缘,她们也会很亲。

这是她从小到大,内心认知的最为牢靠且不可破坏的情谊。

这样,以后哪怕是时间到了,她也可以借口看姐姐,来看大小姐了。

穆晓晓的心里放不下大小姐,她想要看大小姐站起来,重新说话,恢复往日的神采,回到最爱的舞台。那时候,她一定是大小姐的头号粉丝。

面对穆晓晓笃定的眼神,秦怡的脸色变得难看。她的双唇抿着,一双如墨的眸子盯着穆晓晓期待的眼睛看了半晌后,她很冷淡地抬了抬手。

——我嫌弃。

穆晓晓愣住了。

大小姐是真的不开心了,她被气得看都不想再看穆晓晓一眼,直接驱使着轮椅走人了。

穆晓晓就这么被留在了原地,她满心的尴尬都快溢出来了。

大小姐要不要这么直接啊?真的这么嫌弃她吗?

一般人要是被大小姐这么拒绝,肯定要觉得没面子被伤自尊了,也许就这么哭着卷铺盖走人了也说不定。

可穆晓晓不是一般人,一般人谁又敢提出跟大小姐拜把子的要求呢?

穆晓晓虽然被拒绝了,可是当她看着秦怡倔强离开的背影时,心中满满的胜负欲已经燃了起来。

被拒绝又如何呢?这世界上还有她穆晓晓无法打动的人吗?

大小姐现在或许还不认可她这个妹妹，毕竟她们认识也才一个多月，可是她已经认定了这个姐姐！

想到这儿，穆晓晓哼着小曲，斗志满满地继续去做饭了。她今天给大小姐做清蒸鲈鱼，这道菜清淡爽口，是大小姐喜欢的风格，再来一个西芹百合汤。

大小姐的心理活动非常复杂。

她一听说穆晓晓要认她作姐姐，她就感觉自己那颗抬得高高的心被某人无情地践踏了。她愤怒着又不能表现出来，只能平静地用"嫌弃"二字发脾气。

可发完脾气，转身离开的时候，她又有些不忍。

穆晓晓会不会被自己这两个字伤到了？她会不会真的以为自己嫌弃她？

其实她并不是嫌弃她，她只是……

大小姐还在胡思乱想，身后已经传来了准备做饭的穆晓晓欢快的声音。

"我不是好脾气的人，却一次次地对你包容，是心瘾呀，伊呀呀呀嘿！"

秦怡无语了。

穆晓晓就这么高兴吗？她一天天地有什么可高兴的呢？

穆晓晓会不开心吗？

午后的微风从窗户吹了进来，她的头发被吹乱。她小心地把鱼收拾好，摆在盘子里，放在蒸笼里，又开始切蒜末。

大小姐的口味，她已经完全掌握了。

虽然这一个月，大小姐不一定能站起来，或者说话，但是穆晓晓很有信心，她能成功地认下这个姐姐。

她这一顿饭做得格外卖力，她一个人忙活了一个半小时才做好。

把饭菜都端到了餐厅里后，穆晓晓还特意把灯都打开，并开了一瓶红酒，为自己接风洗尘，更是让大小姐开心。

擦干净手后，穆晓晓准备去三楼敲门了。她站在门口，一边敲门一边轻声呼唤："大小姐……大小姐？"

怎么不开门？

穆晓晓蹙了蹙眉，难不成大小姐睡着了？不能啊，这个点大小姐不该睡觉的。

大小姐怎么可能睡着？她在房间里已经气得几乎要原地爆炸了。

她是生穆晓晓的气，更是生她自己的气。

秦怡是什么人？从小到大，但凡是她想要的，只要她一句话就可以得到，穆晓晓为什么就这么厉害，想当自己的妹妹？她不配！

不能生气。秦怡深吸一口气，她这前半生，已经经历了许多风浪，穆晓晓这人对她来说，不痛不痒的。

对于秦霜，对于父亲，对于小姨，无论当时多么痛，她都可以置之不理，她都可以压下心底的悲伤，表现出无所谓的样子。

对于穆晓晓这样级别的人，她更是可以轻易地掌控。

想通了一切后，秦怡的轮椅前行。门缓缓地打开，她出去了。

她不能就这么白白地生气。

穆晓晓看见大小姐出来后，笑着就想要伸手去推轮椅。秦怡却皱了皱眉，一双眼睛里满是凌厉。

穆晓晓有些摸不着头脑。大小姐这是怎么了？

到了一楼后，大小姐冷漠地打了个手势。

——以后没有我的吩咐，不许上三楼。

穆晓晓愣住。这是一下子回到了以前？大小姐到底是怎么了？

好在穆晓晓本就是个百折不挠的人，她保持着笑容给秦怡介绍着餐桌上的美食："快看，这是我刚学的清蒸鲈鱼，你尝一尝，很鲜美。"

秦怡看了看那一桌饭菜。

不得不说，穆晓晓会是一个好妹妹。

她做什么像什么，学习能力特别强。此时，空气中飘着鲈鱼的淡淡的香气，头顶的灯光照下来，显得旁边的几个小菜也是精致勾人。

大小姐面无表情地看了一眼，转身就要离开。

穆晓晓吃了一惊，问："大小姐，你不吃吗？"

秦怡的态度很冷淡。

穆晓晓一头雾水道："你怎么了啊？为什么突然生气了？难不成——"她想了想，说，"就因为我想让你当我姐姐？"

不能吧，大小姐不能那么幼稚吧？

秦怡冷冷一笑。

——你以为你是谁？

穆晓晓看着她的眼睛，就想要一个答案。她这菜做得辛苦，明明就是按照大小姐的口味做的，虽然清淡，但是里面还加了一点点蜂蜜，秦怡只要吃了就一定会喜欢的。

但是论找碴,谁家强?

秦怡回头看了看桌子上穆晓晓的得意之作——清蒸鲈鱼,然后抬起了手。

——太丑。

穆晓晓愣住。

——一看就不好吃。

穆晓晓彻底石化。

大小姐就这么离开了,直接将"拒绝"二字甩在了新任大厨穆晓晓的脸上。

穆晓晓无语了,这……大小姐下来是干什么的?欺负她吗?

没错,大小姐就是过来找不痛快的。

经过这么一遭发泄,回到房间的秦怡已经平静了很多,她认为,如果穆晓晓真的想要做自己的妹妹,就该有做妹妹的觉悟,她起码要上来哄一哄自己吧?这样,自己就大人不记小人过,不会真的与她生气。

可是,大小姐不是一般人,能让她喜欢的人更不是一般人。

大小姐坐在轮椅上就这么等啊等,等了许久也没听到动静。

等一条清蒸鲈鱼都下肚了,穆晓晓拿出大小姐奖励给她的手机拍了一根鱼骨头的照片发了过去:"虽然丑,但还是挺好吃的。"

穆晓晓!秦怡看了更生气了。

穆晓晓感觉到大小姐的心情不太好,她想找刘万年打听一下昨天家里发生了什么事,难道是秦霜又来了?是谁能让大小姐气成这样的呢?

因为感觉到大小姐这次可能真的生气了,她全身都透露出了久违的凌厉,所以平时总是突破禁区,总是往秦怡身边凑的穆晓晓这次居然听话了。

她一个人乖乖地在楼下吃完了整条鱼。

吃完饭,收拾了碗筷后,穆晓晓并没有闲着,而是想着带妹妹做手术的事情。

她第一时间给张巧打了电话,让对方帮忙看看在大医院有没有认识的人,看能不能帮忙安排一个号,回头她再当面表示感谢。

穆晓晓刚才上网查了,省人民医院这半个月对外公开的号已经满了。即使加号,她也很难抢到。

楼上的大小姐饿着肚子等了半天没看见穆晓晓上来,她拉开了一条门缝,偷偷地往楼下看。

穆晓晓正皱着眉,面对着笔记本电脑,一边嘟囔着一边叹气:"是啊,我也知道,现在是暑期,难挂号,你帮我再想想办法。"

张巧可是学校里出了名的活络,她的人际关系强大到让穆晓晓咋舌。

身为好朋友,张巧自然知道穆晓晓的情况,她也心疼秋秋,想要尽力帮忙。于是她打开手机通讯录,一个一个地翻看,不是这个不靠谱,就是那个太久不联系了,最后,她锁定了一个号码。

"哎,晓晓,你还记得文会学长吗?"

穆晓晓够盘子里的苹果的手一滞,她皱了皱眉,问:"你提他干什么?"她怎么不记得。当年,穆晓晓刚上大一的时候就认识了文会学长。

学长人长得帅气,性格强势,家境非常好,是当时学校里学生会的主席,在B大特别出名。

他跟一般的大学生不一样,一身名牌,开豪车上课,在学校里很高调,无论去哪儿都是前呼后拥的,勾走了不少少女的芳心。

因为家庭富裕,文会身边的莺莺燕燕不少,所以一般人他根本看不上眼。跟他熟一点儿的都知道,他喜欢单纯的女生。

穆晓晓刚去学校的时候还是一个懵懂的小孩,她急切地渴望赚钱,机缘巧合之下她认识了文会学长。那段时间,文会学长给了她许多帮助,只是这份"友情"是带着目的。

文会曾经明里暗里地撩了穆晓晓很多次,但穆晓晓都没什么反应,她只是把他当作一个关系很好的学长。后来文会等不及了,趁着给穆晓晓发工资的时候,他直接握住了她的手,看着她的眼睛。

穆晓晓当时都傻了。文会看着她,深情地说:"晓晓,凭你的条件,是不需要这么辛苦的,只要你想要,你还可以得到更多。"

这话都说得这么直接了,干净利落地斩断了穆晓晓对于纯洁友情的向往。她对着学长假笑了一下后,手一扯,将自己的工钱夺了回来。她拒绝得干净利落:"学长,我是单身主义者,不谈恋爱。"

文会笑了,他舔了舔唇,盯着穆晓晓的眼睛不想放弃,道:"单身也是可以的。"

单身又如何?

现在社会这么开放,什么关系不行?

在学长这暗示性十足的目光之下,穆晓晓跑了。

"你提他干什么？"穆晓晓想到他就不是很开心。

张巧笑着说："我记得文会他姑姑就是 B 大附属医院特别出名的心内科专家。你可以给他打个电话啊，他肯定能帮你。"

穆晓晓沉默了。

"妹妹的事儿毕竟重要啊，你考虑一下，前一段时间，文会学长还跟我打听你呢，看来他是对你余情未了，我感觉你直接找他比较好。"

挂了电话，穆晓晓陷入了沉思。

她该不该给学长打电话呢？如果给学长打电话，以她对文会学长的了解，对方肯定会答应的，可这答应一定是有条件的。

她就真的长得这么美吗？让学长这么惦记？

穆晓晓沉默了许久，她把手机的自拍模式调了出来，对着自己一顿照。

她的长相……哎呀，也不怪学长动心，真的是花容月貌、沉鱼落雁、天姿国色……

啧啧。

瞧瞧这樱桃小嘴，美呀；再看看这挺翘的鼻梁，俏呀；再看看这又黑又亮的眼睛，好看啊。

哪个少女没有自我欣赏的时期？对自我的欣赏与强烈认可，也是心理学上非常重要的自我治愈方法之一，它能让人短暂地忘却烦恼，沉浸在自我魅力之中。

穆晓晓对自己的五官足足欣赏了十分钟，她还意犹未尽地摆出一个美少女战士的姿势，喊道："月棱镜威力变身，爱和正义，我就是美少女战士水冰月！"

她比画了一个"发射"的手势，这一比画，放下手机的她就正好看见对面大小姐一张冷漠的俏脸。

穆晓晓被突然出现的大小姐吓得一哆嗦，手机都掉沙发上了，她错愕地看着秦怡，道："大小姐，你怎么下来了？"

秦怡的一双眼睛里满是寒气，是饿的，也是气的，更是听了刚才那通电话之后被烦的。

——秋秋怎么了？

看到大小姐紧皱的眉，穆晓晓就知道她心情肯定不好，自己不能像平日那样逗着她玩，于是穆晓晓道："没什么。"

也是奇怪的心理。一方面，穆晓晓觉得自己跟大小姐的感情已经升温了，很多事儿都能直说，可是另一方面，她又宁愿去花钱求别人，也不想让大小姐知道她的窘境。

秦怡的脸上挂了风雨欲来时的雷霆，她就那么定定地看着穆晓晓，目光犀利，直把穆晓晓看得低下头去。

这该死的自尊心。

到最后，穆晓晓叹了一口气，小声说："她心脏病又犯了，得做手术。"

这样大的事儿像是块石头一样压在她的心上。

大小姐瞥了她一眼，收回了目光。

很快，刘万年过来了，他站在大小姐身边，微微地低着头，汇报工作："已经安排好了，愈阳的院长会亲自接待。资料已经传给了主治大夫，大夫说了，可以不用在家等待养胖，明天就可以入院进行专业检查，调理身体。"

穆晓晓愣住了。愈阳医院她是听说过的，那是一家对她来说只敢在新闻上看一看的、富贵人士才会去的私立医院。

在这家医院治疗的费用，她想都不敢想。

这……这怎么行？

穆晓晓看着秦怡，摇了摇头。

这样的医院，她去不了，她就是去打黑工都不够了。

秦怡淡淡地瞥了她一眼后，抬了抬手。

——你是不愿意吗？

穆晓晓点了一下头，又下意识地摇了摇头，道："不是……我不是不愿意……我没那么多钱，而且我麻烦大小姐够多了，我……"

秦怡皱眉。

——谁让你出钱了？

不出钱？那更不行了。

虽然张医生说过，妹妹越早接受治疗越好。可是无功不受禄，她不能平白接受大小姐的资助。她来秦家一个月，大小姐的病情到现在依旧进展缓慢，她怎么好意思厚着脸皮再去受人家这么大的恩赐。

刘万年看着大小姐冷下来的脸，他低着头，心里干着急。

晓晓啊，你有点儿觉悟啊，自家人说什么麻烦啊。大小姐要发飙了看不见吗？

果不其然，饿了一下午的大小姐心情已经非常不好，她眉眼凌厉，死死地盯着穆晓晓，提起手问。

——你是想着去找别人吗？

秦怡盯着她。

眼看着穆晓晓被这一句话噎得死死的，秦怡不再理会她，冲刘万年打了个手势。

——去办。

领了命令的刘万年士气高昂，满心激动。他不能不激动。家里发生了一系列变故之后，大小姐整个人就变得很消沉，别说是命令或者吩咐了，就是与外界的沟通都少之又少，这样强势霸气的大小姐，于他来说是久违了。他甚至隐隐地存了幻想，大小姐说不定真的能恢复如初。

想到这儿，离开前的刘万年忍不住向穆晓晓飞了一个欢欣鼓舞的眼神过去，他似乎在说："冲呀，晓晓！我们所有人的明天都在你身上了！"

穆晓晓一脸茫然。但现在这种时候也轮不到她想太多，她走到大小姐身边，两只手扶着轮椅把手，她弯下腰想要跟大小姐好好沟通一下。

"大小姐，这不是小事儿，也不是小钱……我……"她真的有点儿犯难，不知道如何表达了。

秦怡瞥了她一眼，一句话给她堵死。

——你靠这么近做什么？

大小姐的神经太跳跃了，明显跟穆晓晓不在一条线上。

穆晓晓连忙拉开了距离。

秦怡冷淡地看着她，抬手。

——钱，从你工资里扣。

这简直是重拳出击，一招击中命脉啊。

穆晓晓还在琢磨着来点儿姐姐妹妹的牵绊，拜个把子啥的以后赖到大小姐身边，人家直接把卖身契都给她写好了。

这么多钱，这么大的人情。穆晓晓摸着下巴，忍不住在心里偷偷地算账，这愈阳医院可是顶级的私立医院了，医生大多是从国内最好的医院返聘过来的，设备那更不用说，都是国内数一数二的。她要是拿工资还，还不得还到猴年马月去？

老话说得好，人情就是债，谁欠谁知道。

大小姐冷眼看着穆晓晓那转个不停的眼睛，把她那点儿小心思摸得一清二楚。

她就是要让穆晓晓欠她人情，就是要让她离不开自己。

虽然欠了大小姐人情，但解决了压在心底许久的事情，穆晓晓很开心。她起身准备去给大小姐弄点儿助消化的柠檬水过来，可也许是因为舟车劳顿，她从孤儿院到再回来，没有一刻停歇，也许是放在心头的重担终于落下了，总之她感觉脑袋一黑，脚下一软。最终她趴在了地上，头嗡嗡地冒金光。

糟糕了。

穆晓晓难受地扭动着身子，缓缓地向大小姐伸出一只手。她难受得连眼睛都不能完全睁开了。

"大小姐……救命……"

坐在轮椅上的大小姐，此时此刻居高临下地看着她，露出了一副"你又来了"的冷艳表情。

穆晓晓扭动了一下身子，努力地叫着："大小姐……"

秦怡盯着她，看穆晓晓这架势，秦怡觉得她应该放弃歌唱家的梦想，直接去当演员吧。

穆晓晓看大小姐不为所动，她只能努力深吸一口气，靠自己缓和。

逐渐地，她的身体有了些力气，腿能动了。

就在此时，大小姐的轮椅动了，她缓缓地前行。

穆晓晓扭头看着她，大小姐终于良心发现了吗？她要来救自己了吗？

秦怡的手摆了摆。

——穆晓晓，你知道《狼来了》的故事吗？快起来，再不起来，我就要从你身上压过去了。

大小姐是认真的，她一边似笑非笑看着穆晓晓，一边残忍冷酷地驱使轮椅前行。

咕噜噜……

那是死神的声音。

穆晓晓猛地睁大眼睛，解释道："我是真的……大小姐……"

别过来。

秦怡看着穆晓晓那着急得逼真的眼神，心里甚至有小小的声音钻出来——"她来了。"

她来了。

穆晓晓急火攻心之下,感觉眼前一黑。她失去了知觉,彻底倒下了。

等她再次醒来的时候,天已经黑透了。

穆晓晓艰难地睁开眼睛,身旁是穿着白大褂的许医生。

许医生正在看着体温计上的体温,他扭头对着身边的秦怡说:"大小姐,您放心,没有发烧。初步判断,她是因为太劳累缺少休息,体力不支才会如此。"

秦怡沉默地点了点头。

对于大小姐交代的任务,许医生是不敢怠慢的。看到穆晓晓醒过来,他连忙转身说道:"先别动了,休息一下,没什么大事儿,别着急。"

他又给穆晓晓测了血压,然后有点儿疑惑地自言自语:"不应该啊。"

怎么血压还高了?

细细地思索了一番后,许医生问穆晓晓:"你晕倒之前是受到了什么惊吓吗?"

他说完自己都觉得不可能。秦家安保措施做得这么好,谁能吓到穆晓晓?

一听到这话,穆晓晓咬着唇,委屈地看着大小姐。

这就是她受到的"惊吓"。

而大小姐也没有往常那么理直气壮,她看了穆晓晓一眼,眼神迅速飘向了窗外,典型的做贼心虚。

许医生毕竟是秦家多年的家庭医生,一看大小姐这心虚的样子,他就猜到穆晓晓这次晕倒怕是跟秦怡有着脱不开的关系。他微微一笑,很自然地结束话题:"既然穆小姐没什么事儿,我留下些药就先回去了。"

药?

秦怡似乎对这个字眼很敏感,她一双狭长的眸子盯着许医生看,眼神中带着打量。

许医生一看大小姐似乎误会了,他赶紧解释:"这个药没有什么副作用,就是维生素,她……"

——不要药。

不等许医生说完,大小姐干净利落地拒绝了,穆晓晓盖着被子都难受成那样了还不忘默默地围观,她心想:大小姐这是怎么了?是不是以前发生过什么,让她对药这么排斥?

"如果不用药……"许医生看着秦怡,说,"让小翠下厨做一点儿营养粥,喝完早点儿休息，以后注意点儿，不要熬夜，避免太劳累就行。"

秦怡点了点头，抬了抬手。

这是赶人的意思。

许医生离开前，忍不住盯着穆晓晓看了好几眼。

这女孩跟大小姐是什么关系？不是说只是心理师吗？

人一走，房间里就只剩下两个人。经过这么一遭，大小姐和穆晓晓之间的气氛变得尴尬起来。

秦怡不是一个会安慰人的人，她知道这件事儿是自己做得不对。虽然心里藏了愧疚，但以她的性格，她是没办法向人低头的。

这要是一般人看到大小姐都沉默了，肯定不敢多说，吃点儿亏就吃点儿亏吧。可偏偏穆晓晓不是一般人。

别看她平时在院长妈妈、奶奶以及弟弟妹妹们面前表现得特别坚强、特别强势，对着大小姐可不是那个样子了，她缩在被子里，一双眼睛含着泪，微微地咬了咬唇，委屈地看着秦怡。

大小姐怎么这么残忍？看到她摔倒在地上竟然见死不救？

大小姐没有心！

面对穆晓晓无声的指责，秦怡的心里涌上了许多话，到最后都化作了一句。

——我没有压你。

穆晓晓无语了，这样的大小姐真是让人哭笑不得。

"那你告诉我，你后来到底站没站起来啊？"

穆晓晓醒来之后就在床上了，中间的记忆缺失了一段，她迫切地想要知道秦怡到底站没站起来。

大小姐平静地看着她。

——你不难受了？

难受。可是她再难受也想知道大小姐到底站没站起来。

站没站起来？

有那么一瞬间，秦怡真的感觉双腿有了力气，她甚至试着站起来了一下，可是她的两条腿就好像是棉花一样，软绵绵的，根本支撑不了她的身体。

她不想把这个告诉穆晓晓。

丢脸又没有意义。

穆晓晓将大小姐的表情变化尽收眼底，她有点儿激动。她一下子坐了起来，问道:"你真的试着站了?"

以前的穆晓晓是一个非常注重结果的人,就像是她和张巧交流心理治疗的技巧中曾经说过的,过程不重要,只要结果是好的对于她们来说就是完美的。可现如今,穆晓晓更为看重过程,她一双眼睛盯着秦怡,炯炯发光。

秦怡没有想到穆晓晓会这么问,她沉默了片刻,抬起了手。

——好奇?要不再试试?

大小姐成功地用一句话堵住了她后面所有的话。

经过这么一折腾,时间已经不早了,小翠他们早就回去休息了。

穆晓晓一向不是个喜欢麻烦别人的人,她掀开被子就要坐起来,秦怡皱了皱眉。

——做什么?

"我去煮粥。"像穆晓晓这样保重身体的人,自然是听从医嘱,她现在躺了一会儿好多了,但还是有点儿头晕,她想着喝点儿东西或许能好一些。

秦怡看着她。

——你不难受了?

她自然是难受,可这家里没有人了不是吗?她总不能嘚瑟到让秦怡给她煮粥。

等一等……

穆晓晓的心被自己大胆的想法惊到了。她想了想,缩进了被子里,假装喊道:"哎呀,我的头又疼了。"

说完,她一只手抚着自己的额头,做出了自认为柔弱的姿态,撒娇道:"我好想喝粥啊。"

心理治疗无孔不入。

秦怡一双眼睛盯着穆晓晓,一方面她在想穆晓晓如何能够如此胆大包天,想要劳驾自己去做粥,另一方面她好像在辨别穆晓晓是否真的难受了。

穆晓晓充分利用了大小姐的那一点儿愧疚心,她可怜兮兮地抿了抿唇,还一边用手揉着胃,一边说:"我好饿啊。"

那是一个什么样的夜晚?用穆晓晓的话来说,简直是农民翻身做主,打倒地主的日子。

她横在沙发上,一边扮着柔弱,一边偷笑着看大小姐给她煮粥,这生活滋润得不要不要的,她开心得就差哼歌了。

可是对于大小姐来说呢？

一切都是陌生的。

她愿意为穆晓晓去煮粥，明明知道对方在假装柔弱骗自己，可她还是进入了并不熟悉的厨房。

穆晓晓看大小姐真的过去了，她两个眼睛里都在冒星星。

哇！

大小姐不会这么优秀的吧？不仅样貌好，家境好，琴棋书画样样精通，竟然还会做饭？

面对穆晓晓满是崇拜的目光，大小姐冷冷地挑起眉，开始展示自己的厨艺。

十分钟之后。

面对厨房里蹿得老高的火焰和一屋子浓浓的烟雾，穆晓晓一个鲤鱼打挺从床上跳了起来。她奔进厨房里迅速打开了抽油烟机，并一把将火关上了。

大小姐很淡定。她坐在轮椅上没有动，正面不改色地看着穆晓晓。

穆晓晓看着她，瞠目结舌地问道："你不会做饭？"

秦怡的脸微微泛红。她偏开了头，对于她这样的人，"不会"二字太陌生。

她以前看过宋嫂和小翠做饭，最近也看过很多次穆晓晓做饭，总感觉在她们的手下，食材变得非常好处理，她们做饭就好像她弹钢琴一样游刃有余，可如今，食材到她手上，怎么就变得这么难处理呢？

穆晓晓看她这样，忍俊不禁地说："还是我自己来吧，你出去吧。"

她现在有点儿理解当初大小姐听她唱《心瘾》时的心情了，还不是被美好的想象与残酷的现实的强烈对比给打击的？

大小姐有洁癖，厨房这样的地方还是不适合她。

可是秦怡是一个非常倔强、从不服输的大小姐。她盯着穆晓晓，一动不动。

两人在一起的日子也不短了，自然有了一些默契。

看大小姐不说话，穆晓晓盯着她的眼睛，试探性地问："你想学？"

秦怡皱了皱眉。

穆晓晓立即重新组织了一下语言："要不咱们再试一次？"

终于，穆晓晓采取了场外指导的方式，让大小姐成功地做了一个凉拌土豆丝，并煮了一份绿豆粥。

大小姐学习能力很强，做什么像什么。她将头发盘了起来，露出修长雪白的脖颈，软绵的耳垂上是闪闪发亮的耳钉。

灯光打在秦怡的身上,她整个人看上去都好似更温柔了。

是呢,温柔。

这是穆晓晓第一次用"温柔"二字形容秦怡,她甚至觉得就凭这一刻,她今晚的晕倒与难受也没有白挨。

这样的感觉,对穆晓晓来说也是陌生的。从懂事那一刻起,她就一直强迫自己快速成长,变得强大。

小时候,她想赶紧长大,那样就有能力照顾身体不好的院长妈妈和奶奶了。

少年时期,她想要再快一点儿长大,保护妹妹不受人欺负,并治愈妹妹的心脏病。

她一直习惯于照顾别人,这一刻,她却享受到了被人照顾的暖心。

虽然是笨拙的、不熟练的照顾,但那种满足感是不一样的。

不知不觉间,穆晓晓看着秦怡的眼神也柔和了下来。她小声地说道:"小心点儿,别切着手。"

秦怡低头切得认真,她的手很靠后,像是怕被刀子切到。可是大小姐的处女作还是不错的,最起码那盘土豆丝没有穆晓晓想象的像筷子一样粗。

"大小姐,你的手真好看。"

穆晓晓趴在沙发上,看着秦怡。

因为刚洗完土豆,秦怡的手上沾了水,她十指纤纤,白皙晶莹,修长如玉,确实十分漂亮。

秦怡没有理会她,她就好像没听见一样。

穆晓晓撇了撇嘴,真是的,她夸奖大小姐,大小姐至少嘴角上扬一下啊。

凉拌土豆丝、绿豆粥虽然不是什么拿得出手的小菜,其中绿豆粥还有点儿硬,白糖放太多了。而凉拌土豆丝有点儿软,没有脆脆的嚼劲儿。可是穆晓晓吃得心满意足,她甚至把粥都喝光了,一点儿不剩。

土豆丝还剩下了一半,穆晓晓特意用保鲜膜包好,说:"真好吃,我留着明天早上再吃。"她看着秦怡,警告道,"不许偷吃。"

秦怡淡然地看着她,抬了抬手。

——做饭很简单。

她其实想说的是做饭如此简单,穆晓晓如果想吃,她下次还可以做,不用吃剩的。

可是穆晓晓听着大小姐这略带吹嘘的话,心里偷偷地笑了,大小姐真的是对自己相当自信呀。

这一天的奔波折腾下来，穆晓晓闻了闻自己身上的汗味儿，想必大小姐也早就受不了了，于是她道："大小姐，你先去洗澡，洗完了我给你吹头发行吗？"

秦怡瞥了她一眼。

——你早点儿休息，不用上来了。

她说完，转身离开了。

洗澡的时候，穆晓晓想着大小姐听到自己夸奖她做饭好吃时露出的骄傲的表情，忍不住偷偷地笑了。

谁说大小姐冷酷不近人情，她明明像小公主一样，可爱到不行。

洗完澡，穆晓晓收到了宋嫂的信息："晓晓，你在做什么？"

穆晓晓直接给宋嫂回了个电话，她非常能理解宋嫂对大小姐的用心，就好像是院长妈妈和奶奶对她一样。即使她长大了，离开她们了，不需要她们的照顾了，她们依旧挂心着她。

穆晓晓和宋嫂聊了聊大小姐的事儿，最后，她还不忘美滋滋地显摆："今晚大小姐给我做饭了。"

宋嫂听了一愣，问："那能吃吗？可别食物中毒了。"

这真的是来自最亲的人的伤害。

"还好啦，虽然大小姐不常做，但是还过得去，她以前没给您做过吗？"

"哪儿是不常做。"宋嫂笑了，"大小姐养尊处优，又从小练习钢琴，非常注意手部保养，别说是我了，就是她父亲都没有吃过她做的饭。"

这话说得穆晓晓有点儿愣，她……吃的是大小姐第一次做的饭？

宋嫂电话那边传来孩子的呼唤，她应了一声，然后说："晓晓，孩子叫我，先不说了啊，宋嫂就是想嘱咐你一句，后天是大小姐的生日，你有空就多陪陪她。"

说完，宋嫂便匆匆忙忙地挂了电话。

穆晓晓被这个消息弄得心中激动了一下，大小姐的生日？她一定要好好准备一下。

时间不早了，又跟宋嫂通电话耽误了一会儿，穆晓晓上楼准备伺候大小姐吹头发的时候已经快十一点了。夜很静，她的脚步很轻，走到门口，她听房间里没有声音，屋内一片黑暗。

161

穆晓晓心里有些疑惑：大小姐睡觉了？

不能啊。别说是十一点了，就是凌晨一点，秦怡都睡不着。

犹豫迟疑了一下后，穆晓晓抬手敲了敲门，轻声喊道："大小姐？"

她这声音才刚出来，房间里就传出嘭的一声，似乎有什么东西掉在了地上。

穆晓晓吃了一惊，她心头一跳，生怕大小姐也摔倒。

情急之下，她一下子推开了门。

房间里，秦怡果然没有睡，黑暗中穆晓晓看不清她的表情，只能感觉到她坐在轮椅上，身子半弯着，似乎想要去捡地上掉下的电脑。

看见穆晓晓进来，秦怡明显是吓着了，地上的电脑屏幕还亮着光，晃着她眼里的慌乱。

穆晓晓也有点儿心惊。

这个点了，秦怡不开灯，在屋里偷偷摸摸的，是在找感觉搞创作吗？

她是不是太打扰到大小姐了？

自知坏事儿了的穆晓晓赶紧过去帮忙，她弯下腰要帮大小姐捡电脑，大小姐的反应却很反常，直接伸手推了她一下。

哎哟。

穆晓晓本来就体力还没有恢复，突然被大小姐这么一推，她猝不及防，直接一屁股坐在了地里。

有时候，世界上的事就是如此巧合。

这要是房间里开着灯，电脑屏幕上的字不一定会那么清晰，而穆晓晓如果不被大小姐这么做贼心虚地一推，摔在地上，也无法看到电脑屏幕。

当两个巧合叠加，一切就这么自然而然地发生了。

穆晓晓看着电脑屏幕上搜索栏里的那一行字，整个人都愣住了。

大小姐这……不是在搞创作啊？

轮椅上的秦怡显然已经急了，她都顾不上穆晓晓，就一把抢过电脑，红着脸啪地将屏幕合上了。

穆晓晓仰头看着秦怡，还有点儿蒙，她没看错吧？

大小姐搜索的居然是——"别人夸奖你的手好看是什么意思"。

屏幕虽然已经被大小姐以迅雷不及掩耳之势合上了，但是空气中的尴尬还在。

刚才屏幕上的光灭掉之前，眼看着大小姐的脸已经红得蔓延到耳朵和脖颈,身为心理师的她怎么能不善解人意地……开导一下?

"大小姐,我什么都没看见。"

黑暗中,她的声音是那样真诚,似乎还憋着笑意。

秦怡一双眼睛死死地盯着穆晓晓,简直要将穆晓晓千刀万剐。

穆晓晓直直地看着大小姐,眼中的笑要溢出来了:"真的,我真的没看见你在搜什么。"

穆——晓——晓!

一个枕头扔了过来,伴随着穆晓晓的笑声,大小姐的房门砰的一声关上了。

穆晓晓是真的欺负人,明明秦怡已经在里面感受到了生命中从未有过的窒息感,偏偏屋外的人还在笑得开心。

穆晓晓能不笑吗?

比起她刚来的时候,只知道望着窗外看落叶的冰雕一样的大小姐,她更喜欢看这样有喜有怒的大小姐。

大小姐变得鲜活了,她不再那样冷冰冰的。她那样漂亮、可爱、强势、霸气。

经过一天的折腾,穆晓晓不禁有些疲倦。

她强撑着眼皮,给自己沏了一杯咖啡,然后在心里琢磨着大小姐后天即将要过的生日。

如果早点儿知道就好了,现在时间有点儿匆忙,她明天还要把秋秋接过来,办理住院手续。

穆晓晓没有太多的时间准备。而且……虽然不愿意承认,但是这个时候,穆晓晓的内心是有些自卑的。

大小姐生活在什么环境之中,穆晓晓很清楚。大小姐的生日,她身边的人送的礼物,肯定都价格不菲。

穆晓晓幽幽地叹了一口气,她默默地拿出手机,看了看自己的余额。

她实在是不富裕。

她昨天回孤儿院用掉了一部分钱,为了妹妹,她还需要再留一些。

那……

穆晓晓捏着下巴陷入了沉思,她总不能给大小姐买一个十九块九包邮的东西吧。

好在没一会儿,晓晓就想通了。她在纠结什么啊,以大小姐的性格,怎么会在意她送的礼物价值如何，大小姐在意的是那份心意。

第二天一早，穆晓晓吃剩下的土豆丝的时候，还在偷偷地打量着大小姐的脸色。

大小姐在看报纸，她心情好像还不是很美好，依旧拉着一张脸。

她眼下有着淡淡的黑眼圈，穆晓晓心想：难不成大小姐昨天一宿没有睡？又在偷偷地百度吗？

穆晓晓忍不住偷偷地笑。秦怡扭头，冷冰冰地剜了她一眼。

刘万年一早就来了，他已经把事情办妥了，医院那边没有问题，明天就可以去办理住院手续。刘万年也准备下午去接秋秋，但是问题来了，明天才能住院，今天秋秋要住哪里呢？

穆晓晓虽然内心也想时刻照顾妹妹，可她毕竟是在工作，不可能把秋秋带到身边。

刘万年在等待大小姐的回答。

而大小姐的目光掠过了穆晓晓，扫过穆晓晓眼底的纠结后，大小姐瞥向刘万年。

——带秋秋到这儿来。

"是。"

刘万年一离开，穆晓晓整个人疯癫了。她跑过去，一把抱住了秦怡，喊道："大小姐，你太好了！"

呜呜呜，大小姐真的是把她当亲妹妹一样疼啊。

被抱着的秦怡此时一点儿都不开心。穆晓晓果然是很在意她的妹妹，她或许真的想要把自己当姐姐也说不定。

穆晓晓兴奋得手舞足蹈，又来了一曲《心瘾》助兴。一大早，秦家就在靡靡魔音与大小姐的愤怒之中拉开了序幕。

——闭嘴！滚出去！

"是心瘾呀！"

下午，刘万年准时把车子停下，从车上下来一个小小的身影。

本来穆晓晓想要亲自回去接妹妹的，不承想这话惹怒了大小姐，大小姐直接给予她最严肃的惩罚。

——扣工资。

穆晓晓才来几天,就一天天地想要往外跑?

刘万年在旁边一言不发,穆晓晓真是的,她就感受不到大小姐对她的宠溺吗?

见到秋秋的穆晓晓决定了:以后自己就是大小姐的小跟班了,自己做牛做马也要报答大小姐。

秋秋从来没有来过这样大的房子,下车后,她的嘴全程都张成一个圆形。

这……莫非就是小说里的宫殿一样的房子?

"一姐姐好!"秋秋看到秦怡之后很是亲近,眼眸里都是光。秦怡对着她点了点头,虽然秦怡没有什么表情,但是眼里的光很柔和。

秋秋进了房间之后虽然好奇,但是很有规矩。她听了姐姐的话,换了拖鞋,然后恭恭敬敬地站在一边,不敢乱动。

穆晓晓还在教秋秋规矩,什么这不许动,那不许动,大小姐冷眼在旁边看着,等她说完,才不耐烦地抬手。

——我都不知道,这个家是你说了算了?搞什么封建主义?

穆晓晓无语了,这就好像是有一把刀插进了她的心窝。

什么叫搞封建主义?当初她刚来的时候,是谁动不动就让她滚的?她不是怕妹妹太小,踩雷被训了难为情吗?

事实证明,大小姐是"双标"的。她对于秋秋和穆晓晓完全是两种态度。

同样是初来乍到,秦怡就没有用那种冬天一样的眼神看着秋秋,对于秋秋的叽叽喳喳,秦怡都给予了包容。

秋秋真的是大开眼界了,她平时都只在小说里看到这样金碧辉煌的家,如今见到实物之后,她又是兴奋又是好奇。

别看穆晓晓平时忙起来对妹妹没有什么好态度,动不动就抬手给秋秋来一下,她在这种时候对秋秋还是很有耐心的。比如这是干什么用的,那是做什么的,只要秋秋问,她都会细心地回答。

秋秋已经开始在脑海里构思小说了,她感慨道:"怪不得,怪不得总说霸道总裁容易让人喜欢,这长得好看,又有钱,换谁靠在沙发上那么一躺,钩一钩小手,都会迷倒众生啊。"

她脑海里是霸道总裁躺在沙发上,被子只盖到胸口以下的画面。霸道总裁伸出一只手,哑着嗓子说:"过来。"

秋秋捂住了自己的脸,她迫不及待地指了指沙发,道:"姐,你过去还原一下。"

穆晓晓皱眉道:"什么东西?"

"满足我一下嘛,以后我也没有机会过来了。"

刚刚秋秋已经知道了,姐姐签的合同还有不到一个月就到期了,到期后,姐姐就不能来一姐姐这儿了,这可能是她人生中唯一一次体验当霸道总裁的机会。

身为未来的大作家,想象力固然重要,但是实践也很重要啊。

穆晓晓看了大小姐一眼。

不知道怎么了,她感觉自从秋秋来了之后,大小姐就一直很沉默,心不在焉的。

穆晓晓已经躺在了沙发上,她按照妹妹交代的,把衣领往下拉了拉,露出性感的锁骨,她把两条修长的腿交叠在一起,一只手钩着一缕头发把玩。

"过来。"她伸出一只手,沙哑着声音说。

秋秋忍不住"嗷嗷嗷"地尖叫,这尖叫声把大小姐叫回到了现实世界。

大小姐看着秋秋,紧接着,她随着秋秋的目光看向了沙发上的人。

穆晓晓一只手抚着被子,遮在胸前,另一只手钩着头发。

她一点儿眼力见儿也没有,完全忽略了大小姐变化莫测的脸色。

穆晓晓还在陪着妹妹闹着:"过来啊……"

她就这么慵懒地躺在沙发上,纤细的手指随便地玩弄着一缕头发,眼神妩媚,红唇诱人。

穆晓晓发现了大小姐注视的目光,她扭头看了看秦怡,笑道:"大小姐,我美吗?"

她开起玩笑来一向是一视同仁的,对妹妹如此,对大小姐这个她已经在内心认定的姐姐同样如此。

大小姐的反应很直接,她偏开了头。

好在穆晓晓已经熟悉了大小姐的性子,她不以为意地搂着秋秋的脑袋,心里的石头落下了,她眉眼间都是舒畅的笑意。

对于妹妹,她总是有着无限的耐心和细心。

穆晓晓总是忘不了秋秋刚被捡回来的时候。那时候她缩在奶奶身后,看着那个裹在红色包裹里、嘴唇发紫的小孩,那么小,那么丑,那么软,还满脸褶子。

穆晓晓想起了乡下的流浪沙皮狗。

小时候,她不知道妹妹是因为心脏病被扔的,她一度以为妹妹是因为长得太丑才被遗弃。

对于秋秋的成长道路,穆晓晓一直很担忧。于是,十二三岁的穆晓晓在看完韩国的电视剧之后,决定长大了一定要奋发图强,给妹妹攒够整容的钱。

可是,她攒的钱没用在秋秋整容上,而是用在了秋秋的心脏上。

别看穆晓晓对自己抠门,她对妹妹大方到付出一切给妹妹治病都行。

大小姐盯着姐妹俩看了一会儿后,驱使着轮椅上楼了。

穆晓晓心中对大小姐满是感激,她拍了拍妹妹的肩膀,道:"走,跟我做饭去。"

她不知道如何报答大小姐。

她想认人家当姐姐,可是人家不乐意。

其他的,大小姐要钱有钱,一挥手不知道有多少人来效力,哪儿轮得上她啊?

她也只能多陪伴大小姐一些了。

想到这儿,穆晓晓还有点儿叹气,想她在弟弟妹妹们面前都是被仰仗、被依靠的,可是在大小姐面前,一直都是大小姐在呵护她。

秋秋是一个很敏感的孩子。

她总感觉姐姐和一姐姐不是那么简单的金钱雇佣关系。

以前她也见过姐姐的病人,姐姐对她们都是温柔有礼貌的,说话都轻轻柔柔的。姐姐经常手里握着咖啡杯,优雅地喝一口,然后轻轻地放下,笑着捋一下头发,假装成熟的样子。

可是她对一姐姐……

"大小姐,你不能只吃菜,我说过很多次了。"

"你别看你平时坐在轮椅上没有什么运动量,可是你毕竟有那么大的个子,总吃那么少能有精神吗?"

"人一旦没了精神,情绪自然而然就会低落,哎,别用那眼神瞪我,这是真的。你猜为什么人在夜里容易抑郁?难道只是因为安静吗?不是的,是人的体能跟精神在深夜都处于一个下降的状态,为什么?跟吃很有关系。"

……

而一姐姐呢？

秋秋仔细观察，她看着一姐姐最开始还隐忍地皱着眉，到最后，一姐姐表情越来越冷，她死死地盯着姐姐。

姐姐擦了一下嘴，似乎习惯了一般。沉默了半分钟，她又继续道："晚上我们一起弹钢琴吧？"

"好不好嘛，大小姐？"

……

秋秋鸡皮疙瘩都起来了，她震惊地看着姐姐。她非常想抓住姐姐的脖子，站在椅子上将姐姐拎起来体贴地问一问："姐姐，你的舌头是怎么了姐姐？"

吃完饭的穆晓晓心情大好，她拍着肚子，自然而然地哼着："我不是一个有耐心的人，却一次次地对你放纵，是心瘾呀。"

秋秋都替姐姐难堪。

这样唱歌跑调跑到姥姥家的姐姐，一姐姐一定会很嫌弃吧。

她的目光一转，看向秦怡后，整个人都被震惊到了。

一姐姐没有反抗，也没有呵斥姐姐。她手里拿着报纸，空着的一只手放在轮椅一侧，随着姐姐飞天的调子无意识地点动指尖打着节拍。

秋秋表示：她是谁？她在哪儿？

心里这么想着，秋秋咳了一声，开始闲聊："姐姐，我听奶奶说，宋可回来了。"

穆晓晓正欢快地卷着饼往嘴里送，道："回来就回来，你告诉我干什么？"

秦怡还在看报纸。

秋秋清了清嗓子，问："宋可不是一直很喜欢你吗？"

穆晓晓一口土豆丝差点儿咳出来，她道："胡说什么？"

秦怡放下了报纸，拿起旁边的杯子喝了一口咖啡。她视线悠悠地扫过秋秋和穆晓晓。

秋秋道："我哪里胡说了？他出国之后，第一时间打电话给你，打工赚的第一笔钱也用来给你买手链，我看你挺喜欢那条手链啊，都舍不得戴。"

"别瞎说了。"穆晓晓瞪大眼睛说道，"你有那时间不如多背几个英语单词。"

什么舍不得戴，她是感觉太贵重不能接受，就直接给奶奶了。她让奶奶等宋可回来后直接把手链还给他。

秋秋叹了一口气,说:"唉,这真的是一腔深情付诸东流啊,姐姐,那以前隔壁村的那个小王呢?你敢说他不喜欢你吗?他刚跟你告白就被你拉黑了,不知道有多可怜。"

穆晓晓无语了。妹妹的脑袋是不是进水了?敢在饭桌上说这么无聊的话题,回头大小姐还不得让她滚?

穆晓晓刚有了这个想法,旁边的大小姐就对着秋秋抬了抬手。

——小王是谁?

秋秋看不懂手语,她求助地看着姐姐,问:"一姐姐在说什么?"

穆晓晓翻了个白眼,她才不会翻译这么无聊的话题。就在这个时候,秦怡侧了侧身,从轮椅边掏出了一个崭新的电子速写板。

穆晓晓愣住了,这是什么?

她在秦家一个月了,都没有看到过大小姐用速写板!

秦怡可不是一个有耐心的人,对于看不懂手语的人,她一向是懒得沟通的,就连对小翠都是这个样子。

现如今,大小姐竟然对秋秋这么有耐心吗?

穆晓晓盯着妹妹,一脸难以接受,为什么?难不成是秋秋比她小,比她可爱,比她灵动吗?

秋秋也有点儿蒙。大小姐已经淡定地拿出了笔,龙飞凤舞地写下了几个大字。

——把喜欢你姐姐的人都写在上面。

做什么?

穆晓晓有点儿蒙,她一脸错愕地看着秦怡。

大小姐淡然地瞥了她一眼,抬了抬手。

——你不是一直想当我妹妹吗?

穆晓晓的心猛地一跳,她立即点头,难道……

秦怡勾了勾唇,一双眼看着她,眼里隐含着认真与笑意。

——如你所愿。

穆晓晓还处于狂喜之中,心还在被姐姐认可的海洋中翱翔,如果不是因为秋秋在身边,她早就扭成一团了。

人生,还有什么比这更开心的吗?

她——穆晓晓,从今以后也是有姐姐的人了!还是这么一个善良美丽的

169

大姐姐!

别说是写上那些追求者的名字了,现在就是让她把心给秦怡都可以。

也许这世上人与人之间是真的讲究气场与缘分的,穆晓晓以前从来不相信缘分之说,可如今,她真的相信了。

大小姐是她的姐姐了!

秋秋含着心酸的泪,一笔一画地写着。写到一半的时候,她抬头看了看秦怡,道:"不够了。"

大小姐沉默了片刻,淡定地抬了抬手。

——向右滑,写到下一篇。

就这样,大小姐很轻易地拿到了一份现阶段非常详细的穆晓晓的追求者名单。

她的目光细细地扫过这些名字。

一般速写板都是可以写完就删除的,可是大小姐不仅没有删除,还淡定地拿出手机,拍了一张照片直接存好。

秋秋有点儿看不懂了。

穆晓晓臭美道:"这么多啊,看咱这魅力。"

秦怡望了望她,抬手问。

——有喜欢的吗?

穆晓晓摇了摇头,道:"都说了没有喜欢的了,你们怎么不信呢?"

秦怡点了点头,眼神颇为赞许。

——这样也好,不要早恋。

秋秋内心吐槽:就姐姐这年纪,再过几年都快变成剩女了,还早恋呢?

心满意足的大小姐瞥了一眼在一边自动缩成一团的秋秋,终于露出了清浅的笑容。

这就是大小姐的风范。

她强势时,咄咄逼人的气场能吓破孩子的胆,可一旦温柔起来,她眼里散发的温柔又让人如沐春风。

面对秦怡的微笑,秋秋没出息地脸红了。

因为刚认了姐妹,还热乎着,穆晓晓很想单独跟秦怡待着。大小姐要做的事儿还没有做完,她跟穆晓晓有一样的心思。

穆晓晓笑呵呵地看着秋秋。

秦怡也抬头看着秋秋。

六目相对，秋秋愣住了：要不，她走？

事实证明，有眼力见儿的孩子最讨人喜欢，秋秋就这么挥一挥衣袖离开了，一直到进了客房，她都在怀疑，姐姐接她来到底是干什么的？

眼看着秋秋关上门了，穆晓晓这下子可不用有什么顾虑了。她一屁股坐在了秦怡的轮椅边，做了自己一直以来都想做的事儿。

她偏头，将脸颊贴在了秦怡的手臂上，轻声说："大小姐，我今天真开心。"

如墨的长发滑落在秦怡的胳膊上，秦怡静静地看着穆晓晓，心里的声音在说。

——我也开心，可是还有那么一些不满足。

穆晓晓这辈子一直为别人而活，虽然每天都很开心，但那开心的点大多源于别人。

院长妈妈和奶奶的身体好了，她开心；弟弟妹妹的学习成绩进步了，她也开心；钱包又满了，她不会让奶奶和妈妈那么焦头烂额了，她更开心。

她好像一直在为了别人活着。而如今，她为自己感到开心。

两人就这样安静地坐了一会儿，偷偷地从门缝里看到这一幕的秋秋嫉妒得抱紧了自己。

姐姐们不知道，她们的背影有多美。

月色如纱，洒在她们身上，除了她们之外的一切都好像被虚化了。

虽然一个在轮椅上，一个坐在地上，但两人的心意似乎是相通的。

穆晓晓能够感觉到大小姐的心情与她一样，她不去问，因为她知道即使问了，大小姐也不会承认。她看着秦怡，柔声说："我能听你弹钢琴吗？"

秦怡看着穆晓晓，眼神柔和。

穆晓晓有点儿脸红，她轻声说："我……我以前有个梦想，就是成为艺术家，在自己的舞台上，别人伴奏，我唱歌。"那画面该多美呀。

大小姐的身子一僵，眼里的宠溺迅速退去了。

穆晓晓察觉到她的变化，撇了撇嘴，撒娇道："求你了，姐姐，帮我实现我的梦想嘛。"

这一声"姐姐"甜腻得像是掉进了蜜罐，秦怡的眉毛蹙了又蹙，似乎在做思想斗争。穆晓晓含笑看着她，给她时间犹豫。

过了片刻，大小姐抬了抬手。

——穆晓晓，你的梦想怎么那么多？

穆晓晓愣住了。

大小姐又问。

——在这样美好的时刻，你为什么一定要煞风景？

穆晓晓此时欲哭无泪。说什么来自姐姐的疼爱，原来都是骗人的。

秦怡冷漠地看着穆晓晓装可怜的样子，直接拒绝了她。

——这是不可能发生的事情，你想都不要想。

她好歹也是被认可的天籁歌姬，怎么可能为一个天生的跑调大王伴奏？

别说是刚认的妹妹了，就是她的爱人，她也绝不会为她做这样掉价的事儿。

绝对不会！不然她把"秦怡"两个字倒过来写。

"求你了，姐姐，你忍心在这样有纪念意义的日子里拒绝我吗？"

"姐姐，秦姐姐……"

"求求你了，看看妹妹渴望的眼睛……"

十五分钟后，把名字倒过来写的秦怡坐在了钢琴面前。

穆晓晓满足地坐在对面的沙发前。她清了清嗓子，又"啊"的一声吊一下嗓子。

违背自己誓言的大小姐皱了皱眉，她死死地盯着穆晓晓看：有完没完？

穆晓晓点头道："我准备好了。"

月光洒在钢琴上，秦怡的头发散落下来，乌黑的发丝，雪白的肌肤，她卸下了平日的冷漠，展现出了女人的妩媚。

她修长的手指轻触着白色的钢琴键盘，脸上充满了前所未有的认真表情。

这是她人生中第一次为别人伴奏。

随着悠扬的前奏，穆晓晓闭上了眼睛，陶醉地跟着哼唱："我不是一个好脾气的人，却一次次地对你包容，是心瘾呀。"

"我不是一个有耐心的人，却一次次地对你放纵，是心瘾呀。我不是一个体贴的人，却一次次地对你宠溺，是心瘾呀……"

她们的配合默契而完美。

穆晓晓被自己感动了，她觉得这首曲子就是为她而写的。

有人曾经说过，命运总是沿着非常奇妙的轨迹行走。

有些人，演的第一部戏就大火，而那人最终成为剧中人物，他们的一生都沿着戏剧的轨迹前行。

而有些人，第一首歌就唱尽了他们的一生。

《心瘾》是大小姐在一种非常纯粹、放松的环境下创作的。

那时，她还很年轻，不懂得人间的疾苦，不懂得情爱的滋味，随手挥洒间就有了这份甜蜜。

这个晚上，穆晓晓的心情非常好，甚至兴奋到失眠。

她想去楼上看看秦怡，但又担心会被嫌弃。

穆晓晓不知道的是，此时此刻，大小姐也没有入睡。

秦怡坐在桌前，手里拿着钢笔，她将满满的心事写了下来。

"我这一生，注定要过得痛苦失败。我不是一个合格的女儿、合格的妹妹、合格的朋友。但对于她，我想成为最好的姐姐。"

第七章
秦怡的生日

第二天是秦怡的生日。

穆晓晓因为要带着妹妹去医院，所以她一大早就起床给秦怡做饭。

小翠过来的时候，还不到七点，穆晓晓已经把面条煮好了，她做得非常精致，连摆盘都费了心思，她还给秦怡简单地拌了些小菜。

离开之前，穆晓晓犹豫了好几次要不要去敲大小姐的门，最终还是没有敢。

她可不想一大早就惹大小姐不开心。

其实，大小姐很早就醒了，确切地说，她整晚都没有怎么睡。

今天是她的生日，除了几个亲近的人，没有人知道。

她没有告诉穆晓晓，因为穆晓晓已经很忙碌了，秦怡不想给她添麻烦。

可是当小翠将精致的小菜和手擀面条端上来的时候，秦怡盯着那盘子看了半天，小翠没敢多说，放下就出去了。

秦怡拿起筷子吃了一口面条，她看着窗外，眉眼舒展开了。

穆晓晓……这是她亲手做的长寿面吗？

她会早点儿回来吗？

秦怡一方面忍不住期待与希望，另一方面，她又暗自烦躁于自己的改变。

她从不是一个喜欢依靠别人的人，这样的心思，不该是她有的。

这就是正常的一天，她不该期盼任何人。

秦怡心里这么想着，吃完饭，她就坐在门口，看着窗外。

她告诉自己，她不是在等穆晓晓。只是今天天色很好，晴空万里，她要欣赏一下美景。

"大小姐，要下雨了。"小翠在她后面轻声提醒，她不敢多说，她没有穆晓晓那个胆量直来直去地告诉大小姐别离窗户那么近。

要下雨吗？

那雨景欣赏起来也有别样的味道，秦怡喜欢听雨的声音。

对于秦怡来说，似乎她人生之中重大的日子都下了雨。

天空漆黑的云层厚重，隐隐有闪电划过，看样子不只是小雨了，倾盆大雨即将到来。

秦怡想了想，给刘万年发了个信息："带着她一起回来。"

收到信息的时候，刘万年正忙着跟穆晓晓一起把秋秋送到医院。等跟院长交接好，办完住院手续，他才看到这信息，他忍不住嘴角上扬。

大小姐真的是好宠晓晓啊，这是怕晓晓她淋雨吗？

秋秋对于这样高级的病房很是好奇，她住进去之后，没有一般小孩的胆怯，而是四处看着，不停地问："姐姐，这里就我一个人住吗？这么大的房子就我一个人住吗？哇，还有电视，空调，冰箱？我都可以使用吗？"

穆晓晓拉开箱子，一边把她的东西一点点往外拿，一边回道："对对对，是你一个人住。这几天，姐姐先不陪你，等你做完手术了我就过来，嗯？"

"你别来了，这么折腾多累啊，院长妈妈说了，她要过来照顾我的。"

秋秋可不希望姐姐过来，她心疼姐姐，好不容易放一次暑假，人家张巧姐姐天天发朋友圈到处玩，再看看姐姐……

穆晓晓弯腰忙着，道："你别想着逃脱我的管控，暑假作业虽然做完了，但是你要提前预习下学期的课程，知道吗？"

秋秋听完这话，立马不高兴了。

苍天啊，这世上怎么会有这么残忍的姐姐呢？

穆晓晓继续说道："回头我会检查的，要是让我发现你这几天只顾着看电视，什么都不做，我就过来直接把你的管子拔了。你害怕吗？"

秋秋打开一个蛋黄派吃着，她翻着白眼说道："害怕，我好怕，不要啊，姐姐，求你不要啊……"

一直在旁边的刘万年都被姐妹俩逗笑了。

他生在农村，家里也有好几个姐姐妹妹，大家都很亲，只是他在秦家待太久了，习惯了这份表面冰冷的工作，他已经很久没有感受到这份温馨了。

"姐姐，这个给你。"看着姐姐把东西收拾得差不多了，秋秋把手里的信封递给她。

穆晓晓狐疑地看着她,问:"这是什么?"

她警铃大作——秋秋这个小兔崽子,难道也想要当大小姐的妹妹吗?

眼看着姐姐的眼睛在喷火,秋秋很无奈地说道:"今天不是一姐姐的生日吗?我怕你一忙,忘记给她准备礼物了,你可以拿这个信纸,写一些感谢的话,给一姐姐。"

穆晓晓愣了愣,她看着秋秋,装出一副不屑的样子说道:"我需要你教吗?"

"怎么不需要?你那么抠。"秋秋毫不留情地吐槽,"这个多适合你啊。"

穆晓晓有些无语。

时间紧迫,离开的时候,穆晓晓反复检查饭卡里的金额是否够用,护工那边安排得怎么样,手术流程等等。

刘万年在旁边笑着说:"这是大小姐亲自安排的。"

言外之意就是,根本不需要穆晓晓去担心什么。

愈阳是秦家老一辈专门为家族建设的私立医院,当初还是大小姐的表姐秦海瑶控股的,所以大小姐发话后,院长便带着骨干力量来了好几次病房。明眼人都能看出来医院的重视程度,穆晓晓完全不用操心。

那一刻,穆晓晓放心的同时又带着几分心酸。她就是再忙一辈子,也抵不过大小姐的一句话啊。

最近穆晓晓也不知道自己怎么了,明明秦怡答应做她姐姐了,从今以后她们就该是亲人了,就像是她和秋秋那样的关系,可是她总是忍不住去比较,她能给大小姐什么,而大小姐给了她什么。

这么一对比,藏在她心底深处的自卑像是水一样,一点点地渗了出来。

时间实在紧迫,穆晓晓不去多想,赶紧跟刘万年出了医院。

她还要去学校那边的蛋糕房。她联系了店长,说好了要亲自给大小姐做蛋糕。

而她的手里……

穆晓晓低头看了看手里的项链,这也是她偷偷准备的,从宋嫂跟她说大小姐要过生日的那天起,她就在偷偷设计,又拜托了家里开首饰店的学姐帮忙,连夜加工才赶出来的。

这样的铂金项链不值多少钱,可里面包含了穆晓晓的心意。项链尾部的吊坠是一个小小的 Q,代表秦,旁边是一个类似数字 1 的小宝剑,穆晓晓摸着那吊坠儿很开心,乍一看,这吊坠好像是"秦1"的缩写,其实不是的,那个"1"

的灵感来自"小"字,是从"小"字变形而来的。

穆晓晓之前其实是叫穆小小。

这是院长妈妈苏秋云给她起的,因为苏秋云和奶奶捡到她的时候,她实在是太小了,仿佛两个手掌都能将她托起来。

可是后来,随着她年龄增长,楚奶奶忧心忡忡地跟院长妈妈说:"秋云,你看咱家健康的孩子没有几个,好不容易小小检查完一点儿毛病没有,咱们是不是得给她改个名字啊?别叫小小了。"

苏秋云笑着问奶奶:"那叫什么?"

楚奶奶是经过深思熟虑的,她道:"比如叫强壮啊,健健啊,再不济,大大也行啊。"

苏秋云无语。

这段经历,还是苏秋云后来告诉穆晓晓的,苏秋云很少跟奶奶争辩,可名字这个事苏秋云认真地替穆晓晓争取了一下,她可不想要自家孩子叫那么难听的名字。

最后奶奶和妈妈各让一步,把小小改成了晓晓。

从之前的"小小一个娃"的"小小"改成了"破日之晓"的"晓晓"。

而穆晓晓,也像是奶奶和妈妈所希望的那样,出生后的抛弃对于她来说不过是黎明前的黑暗,而她也终于用自己的努力斩破荆棘,成为黎明前最美的那一缕破晓晨光。

天已经阴沉沉的了。

这雨来得迟了一些,来得让人焦虑了一些。大小姐等来了她不想见到的人。

她该知道的,这样的日子,他们一家三口都会过来。

素岚人还没进来,笑声就先传了进来:"怡怡,小姨和爸爸还有姐姐来看你了。"

素岚用手挽着秦海龙的胳膊,她穿了一条大红的长裙,头发高高地盘了起来,脖颈上戴着珍珠项链,左手腕上是金灿灿的黄金镯子,右手腕上是泛着幽幽光芒的翡翠镯子。整个人珠光宝气的。

秦海龙穿了一套中山装,头发一丝不苟地梳了起来,他拄着拐杖,表情淡漠。他虽然岁数大了,但是眉眼间的勃勃英气不减当年,周身自带着强大的气场。从五官上来说,秦怡跟他长得很像。

而秦霜穿了一条白色的掐腰长裙，非常显身材，她记得以前秦怡曾经说过喜欢她穿白色。

她今天的表情也没有那么严肃，她手里托着一个大大的蛋糕，小翠看见了赶紧上去想要接过来，秦霜摆了摆手，道："不用。"

这是她亲自为妹妹做的，她要亲手给秦怡。

秦怡坐在轮椅上，远远地看着这幸福的一家三口走了过来，眼里的光逐渐淡去。

秦海龙有些日子没有见到小女儿了，看到她的状态一点儿也没有好，他在心里重重地叹了一口气。

素岚则还是以前的样子，她进屋之后就打量着秦怡，关心道："感觉你气色好了一些，能说话了吗？腿有力气了吗？"

秦怡就好似没有听到一样，一动不动。

素岚有点儿尴尬，她看了看秦海龙。秦海龙看了看秦怡，道："爸爸来看你了。"

秦怡也没有动。

对于他们几个，她已经心如死灰了。怨恨也好，快乐也罢，都不复存在了。

秦海龙皱了皱眉，他叱咤商场这么久，人人敬重他，可是到了老了，家里的乱摊子让他焦头烂额，他内心不知道有多恼火。

说什么手心手背都是肉，秦怡是他最爱的小女儿，是他一点点看着长大的女儿，他心里更加偏心于她。

而秦怡越是长大，模样越是像他，就连眉宇间那种不怒自威的气场也跟他如出一辙。

只是……

秦海龙忍不住叹息出声。素岚拍了他一下："女儿今天过生日，你叹什么气？"

秦霜皱了皱眉，态度恶劣地说："妈，你少说几句！"

明明来之前，秦霜已经千叮咛万嘱咐她妈，来了之后少说话，不要惹人嫌，妹妹已经很可怜了。素岚心里的怨恨还不能散去吗？她就对秦怡一点儿感情都没有吗？那也是被她从小养大的孩子啊。

秦怡面无表情地看着这一家三口，在她眼里，他们就好似一个笑话，选这样的日子，盛装出席，来她面前演戏。

素岚被女儿说得抿了抿唇。秦霜岁数越大越暴戾,动不动就发脾气,已经不是小时候听她话的孩子了,她对秦霜有了忌惮。

秦霜走到秦怡面前,她蹲下身子看着秦怡,轻轻一笑,道:"生日快乐。"

秦怡没有看她。

秦霜的心疼了一下,她把蛋糕打开。

这是她亲手做的。蛋糕上面,是两个手挽手的可爱孩子。

她们一个穿着雪白的长裙,另一个是一身黑色的西装。

穿着白裙的女孩脸上是幸福的笑容,而西装女孩则微笑地看着她,一脸宠溺。

这是曾经定格在秦霜心中最美好的回忆。

"哎呀,怡怡,你都不知道,我们阿霜为了你这个蛋糕费了多少心思,她非要亲手给你做。" 素岚看着秦怡,笑着说着,语气里却带着冷嘲热讽的挖苦,"你怎么笑都不笑啊?一家人还这么大架子吗?"

秦霜皱了皱眉,她深吸一口气,道:"今天,我们一家人一起吃个饭好吗?"

她的生日,应该由家人陪伴。

秦怡沉默了片刻,她看了看秦霜,目光又落在了素岚和秦海龙的身上,她抬起了手。

——你们让我恶心。

天空中的滂沱大雨终于落了下来。

紫色的闪电劈开天地,轰隆的声音就好像砸在每个人的心头之上。

秦怡还是那样的冥顽不灵,无论谁说什么,都不为所动。

秦霜该知道是这样的结果的,可是她还是忍不住心痛,她和素岚被秦海龙呵斥出去了。

"都出去,我有话对女儿说。"

素岚心里憋着火,从她当上秦家的太太之后,就没有谁敢对她用这样冲的语气说话。

秦怡算什么?她真的还以为她是千金大小姐吗?

秦霜没有走太远,她远远地站在院子里往房间里看,隐隐地能看见秦海龙和秦怡。

她不放心。

她身边的阿织举着伞站着,秦霜摆了摆手,有些无力地说:"没事的。"

179

挡与不挡都没区别,这雨于她来说,早就狠狠地落在心里了。

阿织抿了唇盯着她看,然后把伞偏开了,就这样,瓢泼大雨落在秦霜的身上,她死死地盯着房间里的两个人看,借着大雨,她也可以肆无忌惮地宣泄自己的感情,成行的泪水与雨水融在一起滑落。

这样多好,没有人看到她的悲伤。

等雨停了,她依旧是高高在上,让所有人心惊胆战的秦家小姐。

只是……

她的脑海里,都是秦怡十八岁生日宴上的话——"我叫秦怡,你叫什么?"

"我……大小姐,我叫秦霜。"

"真的像是爸爸说的那样,我们都姓秦呢。你不要那么拘束,坐过来。"

……

那样的温柔,再也没有了。

客厅里,袅袅的檀香飘荡。

秦海龙恨铁不成钢地看着女儿。

秦怡的目光淡淡,与他对视。

父女俩就这么僵持了几分钟。秦海龙重重地叹了一口气,道:"怡怡,你太让爸爸失望了。"

秦怡想要笑,却怎么也笑不出来。

秦海龙两只手背在身后,沉默了片刻,他将视线落在她的身上,说:"你别怪爸爸,我老了,小海又没了,我不能让秦家几代人的努力就这么功亏一篑。"

秦怡闭了闭眼睛。

又是如此。每一次,亲情的短暂温馨总是隐藏在利益之下。

秦海龙看着女儿,有些无奈,他道:"本来,爸爸的一切该是给你的,可是你现在这样……"

他摇了摇头,继续道:"我们秦家,需要一个名正言顺的人来顶住一切。"

像是秦怡这样的,已经废了。

秦怡看着他,眼神冰凉。

秦海龙道:"爸爸知道,你手里一直紧紧地攥着你和你小海姐姐的股份,就是想要等你小海姐姐回来,可是这都多久了?女儿,你该看透了,她回不来了,小海她死了,爸爸对你说过很多遍了,你不能再自欺欺人了。"

秦怡看着窗外被风雨打弯的大树,她等了这么久了,姐姐为什么还不回来呢?

"我们秦家不能再这样进退为难了,放开吧。把小海和你的股份都交出来,让你秦霜姐姐去扛起这个重担。"

"你不是本就不喜欢商场的尔虞我诈吗?爸爸在南区给你买了房子和地,你去那里静养。"

"你放心,不管你小姨如何,阿霜对你的感情,你是知道的。就算有一天爸爸不在了,她也不会亏待你,不是吗?"

"你现在无欲无求的,素岚答应我了,不会再来招惹你,不会再说那些让你不开心的话了。这秦家不能因为你的固执而分崩离析,怡怡,就当爸爸求你了。"

"以你的身体,你手里的股份握着越久,对南阳就越是一种伤害。你早一点儿想开,爸爸再给你两个月的时间。"

"你为什么不回应?别逼爸爸……对亲女儿动手。"

……

雨,下得更大了。不知道过了多久,那些喧嚣的声音才消散。

秦家的所有保姆、保洁阿姨都退下了,他们都知道家里发生了什么,没有一个敢出来。

秦怡一个人坐在院子里,大雨倾盆而至,将她的衣服、头发全部打湿。

眼前已经是一片迷雾,她什么都看不见了。

大小姐一个人孤零零地坐着。

呵,这就是她的生日呢。这就是她的父亲、她的姐姐、她的小姨。他们都是她最亲的人呢。

雨狠狠地砸在身上,秦怡已经感觉不出来疼痛了,她看着远处,轻轻地闭上了眼睛。

晓晓……

她想起今早,素岚给她发的信息:"现在的你,对于我们所有人来说都是一种沉重的负担。你动不了,又说不了话,为什么还不能成全你的姐姐?你现在就是一个废人,连自己都保护不了,你还想做什么?"

秦怡深深地吸了一口气,她不能放弃。

之前的她,心如死灰,她连自己都放弃了,还会在意其他吗?

可是现在……她心里有了光。

她要保护那个人。

她不允许这世上任何人伤害那个人。

想到这儿,秦怡咬了咬牙,这么久了,她第一次想要站起来。她深吸着气,两只手撑着轮椅两侧,努力让双腿用力,可是无论她怎么用力,她的两条腿都无法支撑身体。手上一滑,她不仅没有站起来,还重重地跌落在地上。

穆晓晓和刘万年回来的时候,正值雨最大的时候。

刘万年把车子停好,递给穆晓晓雨衣,道:"雨太大了,打伞怕是不行了。"

穆晓晓笑眯眯地搂过雨衣拿来,她没有自己穿上,而是把雨衣裹在手里的蛋糕花上。

这是她做的蛋糕花,花费了她不少时间。

那是一朵娇滴滴的白色玫瑰,是她用奶油做的,做给她的大小姐的。

在她心里,她的大小姐就像这朵娇艳的玫瑰,是这世间最美的存在。

她都能想到大小姐看到后会多么开心,大小姐还会露出假装说不喜欢的可爱表情。穆晓晓小心翼翼地把蛋糕裹好,她都已经迫不及待地想要把这份礼物给大小姐了。

大小姐肯定一直在等她。

刘万年看她着急得手都哆嗦了,便善解人意地说:"那,晓晓,我就不进去了。"

穆晓晓点了点头,她下意识地摸了摸兜里的项链。与刘万年告别后,她迅速走向院子。

雨太大了,她根本看不清眼前的路,衣服很快就湿透了,但她并不在意。她像个小傻子一样,全心全意地保护着手里的蛋糕。

这幸好是雨大,旁边的人看不见,否则他们会以为她精神有问题。

穆晓晓心情非常好,她不顾脚下的积水,越走越快,心里已经哼起了生日歌。

"生日快乐,祝你生日快乐。"

然而,当穆晓晓走进院子里,兴奋地准备叫大小姐的时候,她整个人僵住了。

她一只手举着蛋糕,呆呆地望着前方,甚至抬起手,不敢相信地擦了擦眼睛。

秦怡坐在地上,长裙被雨水打湿,她浑身湿透。此时她无助地抱着自己,像一只被抛弃的小动物，屈膝缩成一团。

察觉到有人来，秦怡抬起头，当看到穆晓晓的时候，隐忍了一天的她，突然红了眼圈。

面对小姨的冷言冷语、父亲的逼迫和秦霜的纠结痛苦，她都能忍受，用冷漠回应一切。但当穆晓晓远远地看她一眼时，她感觉自己就像一个委屈的孩子，瞬间崩溃。

穆晓晓艰难地迈着腿，手里还举着为大小姐精心准备的蛋糕，兜里还装着为大小姐设计的项链。

大雨倾盆而下。

穆晓晓一步步走近她的大小姐。

她的眼泪直流，心痛得几乎窒息。

秦怡静静地看着穆晓晓一步步走近她。

她看到穆晓晓眼中流露出的疼痛、悲伤和愤慨。

雨很大，但大小姐知道，穆晓晓在流泪。

这是这么久以来，她第一次看到穆晓晓哭泣。

秦怡看着穆晓晓从慢走到疾行，再到最后，穆晓晓已经向她奔来。

晓晓就像是这阴雨天的一道阳光，照亮了天地，带来了温暖。

下一秒钟，她被用力拥进了一个温暖的怀抱，熟悉的荔枝香气钻入鼻中，秦怡紧绷了一天的身体在瞬间放松，她无力地靠在穆晓晓身上。

穆晓晓心痛得几乎要滴血，她都不知道秦怡这样一个人在泥泞的地面上坐了多久，她只感觉秦怡的身体冷得像是一块冰，无论她怎么用力也焐不热。

她没有问秦怡发生了什么，也没有问她怎么了。

她就这样紧紧地抱着秦怡。

她真的很用力，牙齿咬着唇，她将内心翻滚的滔天情绪都融入了这个拥抱中，大小姐甚至被她的手勒得有点儿痛。如果是以前，秦怡一定会让穆晓晓滚开。

可是这一刻，大小姐闭上了眼睛。忍了一天的泪终于顺着脸颊缓缓地滑落。

她知道，她再也无力逃脱了。

感到秦怡在怀里轻轻地颤抖，穆晓晓没有敢多耽搁，她将手里用雨衣裹着的蛋糕递给秦怡："拿着。"

秦怡接了过去，看了看。

这是给她的生日礼物吗?

来不及解释这么多,穆晓晓背着秦怡湿漉漉的身体快步往屋里走,雨水滴滴答答地落在地上。

秦怡没有说话,她抓着穆晓晓的肩膀,扭头去看那一地的水痕。

它们像是留在了地上,更像是流入了她的心里。

她等了穆晓晓一天,终于等到了。

穆晓晓回来了。

她背着大小姐进了温暖的房间,将风雨和痛苦都隔离开。

穆晓晓拿了一条大毯子,把秦怡放在了沙发上,她一点点给秦怡擦着身上的水。

秦怡看着穆晓晓。穆晓晓的眼睛有点儿红,她没有说话,眉头紧皱着,看样子是发脾气了。

今天这一天,对秦怡来说是糟糕的,却也习惯了。

这三年来,她几乎每隔一段时间就要经历这样的事情,就算是疼痛,长期浸泡其中,心也早已麻痹了,不是吗?

或许,最开始那一家三口还会伤害到她,可现如今,这些伤害已经远远没有最初的力度,就好像是用刀总去戳一个伤口,就算是再大的痛,也会让人逐渐麻木。

她不是不能去报复,最初,她也会让秦霜与素岚知道她是怎么样冷血的一个人,让她们感受欺骗的代价,她也曾让秦海龙左右摇摆,不敢与之为敌。可是后来,当得知表姐死去的消息后,她心里最后的光灭了。

她早就失去了对这个世界的眷恋。

如果不是等待的执念作祟,她早就走了。

她曾拒绝一切,将自己圈禁于禁区之中。可是穆晓晓就这样不管不顾地带着万丈光芒,走进了她的心。

穆晓晓今天的态度,对她来说,一切都很新鲜。

这人在她身边,有胆怯、有惶恐、有不安、有隐忍、有阳光与快乐,唯独没有现在的一种情绪。

她在生气,很生气。

穆晓晓的眉眼平日来说是有一些妩媚的,可如今,她好看的眉蹙着,红唇抿成一条线,头发还湿漉漉地往下滴着水,一路顺着脖颈滑过锁骨,她自己顾不上擦，心思都在秦怡身上。

她生气了，她简直气到要爆炸。

这样的日子，能把大小姐弄成这样，不用说，她也知道罪魁祸首是谁。

她很想要问一问对方，无不无耻啊？恶心人就不能换个日子吗？秦怡的忍耐与沉默还不够吗？

大小姐才刚刚恢复一些啊！那些人就那么见不得她好吗？今天是大小姐的生日啊，一年中就这么一次，他们就不能放过她，让她开心一点儿吗？

穆晓晓心里的火一股一股地往上蹿，突然，她低头，就看见了沙发上大小姐那好奇的眼神。

看看看，都让人给欺负成这样了，还有心情好奇呢？这人是小孩子吗？

"冷不冷？"穆晓晓摸着她的脸，问道。秦怡摇了摇头，她不好意思地偏开了头，不让穆晓晓摸脸。

穆晓晓心里是生气的，但她手上的动作是温柔的。

穆晓晓打开了空调，调高了温度。她仔细地给秦怡擦干净身体后，道："得泡个热水澡，不然容易感冒。"

她心疼地看着秦怡的腿。

大小姐真的是水做的人，皮肤太娇嫩了，都被地上的沙石剐破了。

穆晓晓想了想，试探性地想要去触碰一下那个伤口，但她的手在半空中停住了。

如果是以前，穆晓晓一定会碰一碰的，她可以借此测试一下大小姐的腿到底没有感觉到什么程度，但如今，她舍不得。

看着那细小的伤口，穆晓晓咬了咬唇，感觉好像疼的是她自己。

她沉默了许久，抬头，正对上大小姐的眼睛。

——不疼。

秦怡好像能看透她的心一样。

外面的轮椅湿漉漉的，暂时是用不了了，穆晓晓从三楼推来了备用轮椅。她小心翼翼地把秦怡背了上去："先去洗澡哦。"

秦怡低头，看了看自己身下的轮椅，她突然有些懊恼——自己为什么要备这么多轮椅？如果只有一辆的话，穆晓晓还会背着自己。

穆晓晓完全不知道大小姐在想什么，她一路把大小姐推到了浴室门口，然后忍不住问："我帮你洗吧？"

大小姐的状态让她实在担忧,她不放心。

穆晓晓问得坦然,眼神里也是一片干净纯洁,但大小姐的心里乱得很,她摆了摆手,偏开头,迅速拒绝了。

——不要。

"你是在害羞吗?"穆晓晓忍不住问道,"其实没关系的,以前秋秋生病时,我经常帮她洗澡。"

秦怡瞥了她一眼。秋秋才多大?她拿自己跟一个孩子比?

大小姐是固执的,最后穆晓晓还是无奈地看着大小姐自己进了浴室。

但穆晓晓不是很放心,她快速去浴室冲了个澡,然后穿着睡衣就匆匆地跑了出来,头发都没来得及擦干。

等秦怡洗完澡出来的时候,就看见穆晓晓坐在椅子上,眼巴巴地等着她。

穆晓晓的头发没有干,湿漉漉的水滴顺着她的脖颈滑落,她鲜红的唇也被打湿。

秦怡看着看着,她有时候会觉得穆晓晓是故意的。

"我给你吹头发。"穆晓晓颠颠儿地跑了过去,现如今,她伺候大小姐都驾轻就熟了。

总算是把大小姐的身体弄暖和了,穆晓晓把大小姐又推下了楼。

大小姐的身上泛着幽幽的檀香,特别好闻,洗完澡,她身体暖了,气色也好了一些,穆晓晓的心总算是缓和了一些。

只是刚把大小姐推到客厅,人家就盯上了桌边那穆晓晓之前一直举着的不明物体了。

——这是什么?

哎,能是什么?

穆晓晓现在都没什么心情了,她小心翼翼地解开了缠绕的雨衣。

虽然被保护得很好,但是经过这么一折腾,好好的玫瑰花蛋糕,如今变成了看不出形状的可怕物体。

举着它的穆晓晓不知道怎么开口。

这外面狂风暴雨,客厅里就开了一盏灯。她又举着这么一个白色的东西,不会吓着大小姐吧?

秦怡乍一看的确有点儿吃惊,她的身子本能地往后退了退,好在她这段时间跟穆晓晓相处得久了,内心早就被锻炼得强大了,她盯着看了许久,不确定地抬了抬手。

——蛋糕？

穆晓晓点头，撇着嘴道："玫瑰花蛋糕，我亲手做的。"

秦怡看了看那所谓的玫瑰花蛋糕，又看了看穆晓晓，她垂下头，眼角露出了浅浅的笑容。

还真的是穆晓晓的风格。

穆晓晓不满地嚷道："干吗要笑我？我真的费了好大力气呢。唉，大小姐，你中午吃什么了？饿了吗？"

大小姐没有回应，眼睛一直盯着那惨不忍睹的蛋糕看，穆晓晓又开始心酸难受了："你一直没吃饭吗？"

秦怡不说话，她偏开了头，不理穆晓晓了。

穆晓晓一看她这样，更难过了。

这都是什么家、什么亲人啊。

虽然说穆晓晓从小就生活在孤儿院里，感受不到一般家庭那种被家人疼惜宠爱的生活，可是有院长妈妈和奶奶在，她的成长路上并不缺爱。

那时候，她每次过生日，苏秋云和楚奶奶都会提前给孩子们准备蛋糕，钱多的时候就买一个大蛋糕，大家围着一起插上蜡烛，唱生日歌；如果那一段时间经济不好，开支比较多的话，苏秋云就会给孩子们做一个小一点儿的蛋糕。

那是穆晓晓童年记忆里非常幸福的画面，她最喜欢被一堆人包围着，吃上妈妈和奶奶做的饭菜，然后双手合十，许下心愿。

怎么到大小姐这儿，就这么让人心酸呢？

穆晓晓用毯子将秦怡包裹好，先去给她熬姜糖水去了。

她一回来，整个家的氛围似乎都不一样了。

本来，对于秦怡来说，这一天是非常痛苦难熬的。

生日是母难日。

素岚又曾经说过，是因为她，她母亲才离开这个人间，她就是带给所有人痛苦的恶魔。

对于素岚的话，秦怡原本不屑于理会，也从不去辩驳，可是素岚不肯放过她。素岚一次又一次地在她的心上插着刀子，直到她伤痕累累，遍体鳞伤。

如今，因为穆晓晓的存在，她对于这一日没有那么惧怕了。

穆晓晓知道自己唱歌不好听,她拿出手机,打开了昨晚练习许久后,偷偷录制的生日歌。

坐在沙发上的大小姐显然不知道,穆晓晓给她准备了这么一个小惊喜。

"祝你生日快乐,祝你生日快乐,大小姐我祝你生日快乐,我愿你每天开心,笑口常开,赶紧开口,腿也利落;祝福你,我祝福你长命百岁,我祝福你皮肤细嫩,我祝福你永远开心快乐;我愿你幸福安康,愿你大发善心为贫苦人民涨工资……"

大小姐成功地被这么一曲《生日快乐》吓得紧紧地缩成一团,用毯子紧紧地裹住自己。

好冷。

看到大小姐表现的穆晓晓一脸无语。

这个人,就不能假装开心一点儿吗!

穆晓晓对着大小姐抛了个媚眼:"我还给你准备了惊喜,等我,人家马上就回来。"

怕大小姐等得孤单,她还特意把自己的手机拿过来,让这首生日歌在大小姐面前循环播放。

秦怡有那么一刻怀疑,穆晓晓到底是在给自己庆生,还是在折磨自己。

她本不该期待的,可又忍不住期待。她倒想要看看穆晓晓能给她弄出什么幺蛾子来。

因为大小姐在楼下等着,穆晓晓不敢多耽搁,二十分钟后,她就下来了。

"大小姐。"穆晓晓站在楼梯上,仪态万千地看着秦怡,她换了一身衣服,不是以前的那种二十九块九包邮的韩式长裙,而是她最贵的一条、只有参加活动时才穿的宝石红长裙。

如果秦怡没有记错,这是她第一次看见穆晓晓化妆,不是那种淡妆,是成熟的舞会妆容。

穆晓晓的身材本来就好,平日里便宜的衣服在她身上穿着都有模有样,更不用说是这样掐腰开衩,显身材的长裙了。

长腿,细腰,鲜红的唇,漆黑的发。穆晓晓眼里都是笑意,此时她就这么看着秦怡。

秦怡有点儿愣地看着她。

穆晓晓一步步走下去,她还特意摆了一个做作的动作,自信道:"怎么样?

看到这一幕,你有没有觉得我特别?漂亮吗,大小姐?"

秦怡没有回答。

这可是穆晓晓人生中的高光时刻,她想要完美一些,她随手撩起裙子,然后赶紧下楼,把生日歌换成了艺人走红毯时的卡点音乐。

"大小姐,大小姐,你帮我。"

然后,她又马不停蹄地去拿控制一楼灯光的遥控器。她在楼上喊:"大小姐,等我一推开门,灯光一亮,你就点播放啊!"

秦怡无语。穆晓晓是想找事吗?今天到底是谁的生日?她怎么会做这么蠢的事儿!都已经穿得这么漂亮了,为什么不能少说话让人多欣赏一下?

穆晓晓在门口站了几秒,她轻轻一咳嗽,然后咔嚓一下把门推开了。灯光瞬间亮起,一条雪白修长的腿率先迈了出来。

楼下的大小姐黑着脸按了播放键。

战歌起,穆晓晓一个迷人的转身,她用手捏着裙尾转了几圈后,挑眉看着秦怡,问道:"大小姐,我美吗?"

她踩着台阶,一步一步往下走,走出了谁都想从后面踹她一脚的嘚瑟劲儿。

秦怡仰头看着她,眼中的阴霾终于散去。

对上大小姐那"痴迷"的眼神,穆晓晓勾了勾嘴角。她自信满满地走到了大小姐的身边,身子前倾,她看着秦怡的眼睛,道:"大小姐,我宣布,生日宴会,正式开始!"

大小姐有些无语,两个人在一起,也叫宴会吗?好幼稚。

在内心吐槽完,大小姐又给了穆晓晓一个不屑的眼神,这才抬了抬手。

——我也要换裙子。

她不能输。

大小姐这一次换裙子没有叫穆晓晓过来。

她选了一条珍珠白的长裙,就是为了配合穆晓晓身上的大红。

身为娱乐圈曾经的王者,秦怡曾经参与过不少活动,晚宴、颁奖典礼、圈内聚会等等。

她曾经在这些宴会上见过不少人,可是她从没有像是今天这样忐忑和期待过。

长裙在身,她坐在梳妆台前,用眉笔轻轻地描,唇不自觉地上扬。

穆晓晓满是期待地等在楼下。她心情大好,她没想到大小姐不仅没骂她,还陪她一起胡闹。

她还记得刚来的时候,坐在轮椅上的秦怡是多么冷漠。

秦怡那时的眼神就像是寒潭之水,冷冰冰的没有一点儿温度,她周身的寒气会让人自动退开,没有谁敢靠近。

可是缘分这东西,真的是太奇妙了。

不到两个月的时间,她们已经成了姐妹,成了彼此的知己。

今晚,穆晓晓也是花了大力气,做了一桌的菜,就是想尽最大的努力让秦怡开心。

她记得院长妈妈曾经说过,过生日的时候大家为了图个吉利,会弄六个菜或者八个菜,代表"六六大顺",或者"八八大发"的意思。

大小姐是不需要"发发发"的,所以穆晓晓为她做了六菜一汤,不是什么山珍海味,都是穆晓晓自己生日时会吃到的一些温馨的家常菜。

穆晓晓只希望大小姐能幸福快乐。

当她把菜都摆在桌子上的时候,楼上的门开了。

心一跳,她猛地抬起了头。

不需要什么灯光,更不要劲爆的音乐,随着缓缓打开的门,大小姐就那么坐在轮椅上,以一身清浅的白裙夺走了穆晓晓的全部视线。

秦怡化了淡妆,头发高高地盘了起来,耳垂边带着珍珠耳环,散发着淡淡的柔和的光,一缕微卷的长发划过耳边,她就是娇艳的花蕊,绽放于雪白的花瓣之间,美得耀眼,美得夺目。

白色真是太适合大小姐了,纯洁、冷淡、清雅。

她们就这样望着彼此,一个在楼上,一个在楼下。

那一刻,穆晓晓多希望大小姐的腿能够恢复,那样,她该多么魅力四射。

穆晓晓三步并作两步跑了上去,她推着秦怡的轮椅,弯下腰,在秦怡耳边轻声说:"大小姐,你可真美。"

秦怡低下头,嘴角微微地上扬,她眼里荡漾的光,要比耳边的珍珠还要亮。

红烛、蛋糕、飘香的饭菜,还有那宠溺的笑,这才是生日该有的。

穆晓晓特意开了一瓶红酒,她问:"咱们喝点儿?"

秦怡看了看那酒,摇了摇头,抬手拒绝。

她喝了酒会控制不住自己。

酒，算是大小姐的一个弱点。喝了酒之后，她就会忍不住地做出一些让人匪夷所思的举动来。

穆晓晓一听就开心了，她道："过生日要控制什么啊？喝点儿吧。"

秦怡还是摇头，她一双眼睛盯着穆晓晓，总感觉穆晓晓跟平时很不同。

今天的穆晓晓太美，烛光之下，她面若桃花，衣服美，人更美，似乎连身材都比往日要更好一些。

看见大小姐注视的目光，穆晓晓笑了。她非常诚实地往胸口指了指，道："我塞了点儿东西。"

秦怡无语了。

"我觉得，你过生日，我该打扮得美一点儿。"

大小姐不喝，穆晓晓就给她倒了一杯果汁儿，自己则打开了红酒。

穆晓晓今天的心情也真的像是坐过山车一样。她还是喜欢这样鲜活的大小姐，哪怕是被大小姐凶，她也开心。

因为兴奋，穆晓晓一杯酒就下肚了。秦怡看着她，抬手比画。

——慢一点儿。

穆晓晓道："没事的，我千杯不醉，就是八二年的拉菲，咱也能一口喝一瓶。"

大小姐微微一笑。

——这就是八二年的拉菲。

穆晓晓愣住了，她刚才只想着做饭，就急急忙忙地从酒柜里随便抓了一瓶红酒过来，她都没看上面的字。

这是什么味道？有没有传说中的那么神奇？

穆晓晓心里想着，却不敢动了，这酒的价格有多离谱，她可是知道的。

大小姐就好像能看透她一样。

——今天你让我很开心，想要什么都可以的。

真的吗？穆晓晓两眼发光，一眨不眨地盯着秦怡，她真的该听大小姐的话，慢一点儿，这时候酒劲儿隐隐上头，她的嘴角咧着就没下来过。

每个人喝酒都会有不同的表现，或是痛哭，或是难过，或是干脆一头趴在床上沉睡。

而穆晓晓就属于那种忍不住兴奋的类型，她喝得越多，吃得越多，笑容也越多。

"大小姐,到现在我都感觉像是梦一样呢,你这么漂亮,这么高贵的人,现如今就在我对面,还与我这么亲近,如果让我的朋友张巧知道,她一定会嫉妒坏了,我真是有福气啊。"穆晓晓两只手托着下巴,傻傻地笑,她眼中的光像是被点燃了,声音也比平时嗲了几分。

　　秦怡看着她,琢磨着以后在外人面前不能让她多喝,之后听了她的话,秦怡又忍不住在想,这叫福气?

　　以后她们有福气的日子还在后面。

　　"我真的好希望你快点儿恢复,我有好多地方想带你去呢。以后过生日,咱们不在家里过了,我有好多朋友啊,都想要带给你看。或者,你如果不喜欢被打扰,我们去海边呀,我可以看着大海唱着歌,还在海滩上给你画上生日快乐的字样,多浪漫。"

　　说到最后,穆晓晓感觉自己真的有些醉了。

　　"我好后悔今天没早点儿回来啊,做什么蛋糕啊。"穆晓晓嫌弃地指了指盘子里已经成了一摊惨不忍睹的蛋糕,"你不知道,大小姐,我真的做了挺久呢。"

　　可是这个样子……有洁癖的大小姐一定不会吃了。

　　如果早点儿回来,大小姐也不用受那样的委屈。

　　穆晓晓的心里特别憋屈,像是有一股闷气发泄不出去。

　　她从来不是一个小肚鸡肠的人,身边不止一个朋友说她肚量大,仿佛什么事儿都不往心里去。

　　有时候朋友向她抱怨生活中的不满,她都是微笑着听着,劝解他们要想开一点儿。

　　可如今,大小姐坐在雨中的那一幕,真的是让她如鲠在喉,她怕是永远也忘不了了。

　　穆晓晓道:"大小姐,我知道,我力量不够,年龄也小,但是我以后,我一定……一定……"

　　她后面的话没有说出来,却被酒刺激得上头,她眼圈有点儿红了。

　　她一定会用尽一切力量保护大小姐。

　　秦怡一直看着穆晓晓,眼神意味深长。她偏了偏头,又轻轻地点了点头。

　　她相信穆晓晓。

　　她也知道晓晓在说什么。

——生日不是要许愿吗？

　　秦怡看着穆晓晓醉得眼神已经迷离了，她都不确定自己的手语穆晓晓是否还能读懂。

　　"是啊，许愿。"穆晓晓为难地看了看自己那丑陋的蛋糕，大小姐怕是吃不下去。

　　秦怡却目光盈盈地看着她。

　　她给自己的，总是最好的。

　　在秦怡的殷殷期待之下，穆晓晓把蜡烛插在了蛋糕上，然后道："快三十了哦，明年就能直接用三根蜡烛了。"

　　秦怡无语，真的是刚感动一秒，下一秒她就立即想要将穆晓晓踢出去。

　　穆晓晓脸颊泛红，微笑地看着秦怡。她双手合十，道："我先许愿。"

　　秦怡更无语了，看来穆晓晓真的是喝多了，都不记得这庆祝的是谁的生日了。

　　穆晓晓闭上眼睛，虔诚认真，又铿锵有力地说："我希望，从今年开始，我可以永远地陪在秦怡的身边，年年岁岁，岁岁朝朝。"

　　她没用大小姐这个称呼，也没用"姐姐"这个称呼，她用的是"秦怡"二字。这句话滚烫地落在了秦怡的心中。

　　秦怡看着她，眼睛一眨不眨地看着她。

　　穆晓晓美滋滋地道："大小姐，该你了。"

　　以前的秦怡，一直都是直接取消许愿这个环节的，她从来不信生日许愿会真的灵验。可如今，她也无比虔诚地抬起双手，学着穆晓晓的样子闭上了眼睛。

　　烛光很暖。

　　她的心很静。

　　——我愿如她所愿。

　　穆晓晓看着秦怡双手合十的样子，心都化了。她家大小姐真好看啊，烛光一晃，大小姐人白得就像是一只小白兔。

　　抿了抿唇后，穆晓晓催促道："吹蜡烛啦，吹蜡烛了。"

　　吹完蜡烛可就是下一个环节了。

　　反正今天她喝酒了，明天醒来可以说自己什么都不记得了，这么难得的日子，她一定要让大小姐好好接接地气，必须把蛋糕抹在大小姐的脸上。

秦怡睁开眼睛,看着她。

——那么着急做什么?你要是敢把蛋糕涂在我的脸上就死定了。

大小姐真的是神了。她表现得有那么明显吗?

好吧,不抹就不抹。穆晓晓拿着刀,给两人一人切了一块。

大小姐看着盘子里这可怕的蛋糕,抿了抿唇,轻轻地尝了一口。

蛋糕很好吃。奶油的味道甜甜的,是她喜欢的。

秦怡端庄地品尝着食物,一小口一小口地慢慢咀嚼。穆晓晓在旁边形成了鲜明的对比,她不想穿着裙子吃东西,于是她直接掀起裙子,在旁边大快朵颐。她说道:"哎呀,虽然看起来不太好看,但是真好吃啊。我真的有一双神奇小妙手。"

秦怡看着她,轻轻地笑了。

穆晓晓盯着她,说:"大小姐,你嘴边有蛋糕。"

这对于有洁癖的大小姐来说是绝对不能接受的。她舔了舔唇,看着穆晓晓,用眼神问——还有吗?

穆晓晓笑了,她起身,抬起手在秦怡唇边擦了擦。秦怡身子一僵,穆晓晓笑着摸了摸她的脸。

"这里也有!"她又去擦了擦她的额头,"这里,怎么都有啊。"

看着大小姐成功地被自己抹了一脸蛋糕,穆晓晓笑得像是奸计得逞的小傻子。秦怡怔怔地看着她,有点儿蒙。

她……

看大小姐这愣住的样子,穆晓晓笑个不停:"哎呀,好可爱啊,大小姐,你愣什么啊?真的是让人想要欺负。"

秦怡深吸一口气,稳了稳心神。她抬起头,撑起了架势给予穆晓晓死亡凝视。

对了,感觉对了,这才是大小姐。

穆晓晓怎么舍得真的欺负秦怡。她颠颠儿地跑去拿了毛巾,特意用温水浸湿,一点点给秦怡擦着脸。

穆晓晓是真的喝得有点儿上头了,就跑了这么几步,她的呼吸就有点儿急促,热浪一样喷在秦怡的脸颊与脖颈。秦怡往后退了退。

穆晓晓美滋滋地道:"别发脾气,我喝多了,你让着我点儿,别瞪我了,我还给你准备了礼物。"

礼物……

秦怡还以为那个丑蛋糕就是给她的礼物。

穆晓晓等待这一刻许久了。她从兜里掏出了自己亲手做的项链,灯光之下,她缓缓地打开盒子,小心翼翼地把项链拿了出来,小嘴还不忘念叨:"我知道,你平时收礼物肯定都是动辄百万的,我这个算不了什么,可是我费了心血啊,自己设计的,你别嫌弃。"

这话她本来该说得理直气壮的,可不知道为什么,她的心里有点儿羞涩。

她偷偷地抬头看了一眼秦怡,大小姐一双漆黑的眼睛正盯着她,那目光柔和,满是温柔。

穆晓晓的心一下子就舒畅了,她用手拖出项链,在秦怡面前显摆:"快看看我的设计。"

她当时把草图给秋秋看过,秋秋脱口而出:"哇,这是Q1,秦一吗?"

穆晓晓想,连秋秋都看不出来,那大小姐应该也不会猜出她的小心思吧?

秦怡将项链拿过来,她放在手心仔细地看着。再次抬起头时,她看着穆晓晓,抬手问道:

——你和我名字的缩写吗?

穆晓晓一下子用手捂住了胸口,她难过地说:"大小姐,你为什么要这么聪明,你怎么看出来的?弄得我好难为情啊。"

她故意将身子栽倒,趴在了秦怡身上。秦怡下意识地扶住了她的腰,浅浅地笑了。

她自然是懂穆晓晓的。

穆晓晓将头靠在了她的脖颈上,轻轻地说:"大小姐,你知道吗?从小到大,我从未像今天这样放松过。"

她从懂事开始,就知道自己与别的孩子不同。

院长妈妈和奶奶之前一直瞒着她,给她讲了像童话故事一样的小谎言——"我们家晓晓啊,是老天爷不小心落在人间的小天使。"

可是后来,随着年龄的增长,穆晓晓逐渐知道,原来她不是什么小天使,她只是父母不要的弃婴。

她没有父亲,也没有母亲。

但幸运的是,她有爱她的院长妈妈和奶奶。

只是院长妈妈和奶奶的身体一直不好,穆晓晓看着她们忙碌起来就会身体不舒服,还要咬牙坚持的她们,心里想要长大的想法非常强烈。

她一天天地努力着,终于长大了,在十六岁的生日宴上,她开心地搂着奶奶和院长妈妈亲了一口,然后大声向她们宣布:"我,晓晓同志,终于长大了,从今以后,你们就放心养老,我罩着你们!"

可是谁能想到,院长妈妈和奶奶脸上的笑容还没有褪去,就发生了变故。

她的母亲,那个名义上的母亲,就这样出现了。

她的母亲找到了孤儿院,冲上来一下子抓住了穆晓晓。她紧紧地抱住穆晓晓,哭成泪人。

当时一起长大的小伙伴们都在旁边看着。穆晓晓被女人抱在怀里,看着这个五官跟她如出一辙的女人,她有些蒙。

什么……情况?

苏奎的到来让一切都发生了改变。她拿来了可以证明她和穆晓晓是母子关系的DNA报告。

苏奎告诉穆晓晓,她不是孤儿,她姓穆,当年苏奎并没有抛弃她,一切都是不得已。

当时苏奎生穆晓晓的时候年龄太小了,她和穆晓晓的父亲穆军还是在校大学生。他们怕学校知道了会影响他们的学业,所以才不得已……

苏奎也曾经挣扎过,她好几次想要把孩子打掉,可是每次她都会从手术台上跑下来,与穆军抱在一起痛哭流涕,最终他们决定留下这个孩子。

那时候身为大学生的他们可是一家人的骄傲,是一家人全部的希望,学业对于他们来说太重要了。

他们惶恐着,不安着,生下穆晓晓之后,他们就偷偷地把穆晓晓寄养到了乡下的远房亲戚家中,说好了,每个月给亲戚钱,让亲戚帮着养到他们毕业。

可是人算不如天算,那一家亲戚不富裕,他们一天天忙着下乡劳作,别说是穆晓晓了,就是自家的孩子都顾不过来。

在一次干活的时候,因为被放在婴儿车里冻得难受的穆晓晓放声大哭,在田里劳作的亲戚没有听到,却被旁边路过的人看见。那人打起了歪主意……

后来,她被人贩子转手卖到其他村子,在半路上,抱着穆晓晓的人贩子赶上了警察设卡夜查,慌乱之中,人贩子赶紧下车抱着穆晓晓逃跑,这异样的行动被警察发现了,警察疑惑地上来,想要询问。

人贩子慌不择路,一路跑一路躲,到最后,他太害怕了,便随手将穆晓晓扔在了孤儿院门口，穆晓晓这才被人捡到。

对于往事，苏奎说得泣不成声，她抱着穆晓晓说什么，也要将穆晓晓带回去。

穆晓晓当时一口就拒绝了，她不管这个女人说的是真的也好，假的也罢，她不会离开，这里才是她的家。

苏奎到底是一个经历了许多风浪的成年人，她一眼就看出女儿最在意的是什么。她以为秋秋做手术治疗为由，将穆晓晓带回了家。

把穆晓晓带回家之后，苏奎和丈夫穆军确实也拼尽一切来补偿穆晓晓，他们就想要让这个失而复得的女儿感受家庭的温暖。

他们的爱是有的，对穆晓晓来说，却像是洪水猛兽，让她避之不及。

她心里认定的只有奶奶和院长妈妈，那里才是她们的家。

那段时间穆晓晓一宿一宿地失眠，深夜里，她因为想念而默默地流泪，难受到了极点，她就用棉被蒙上头哭泣，不敢发出一点儿声音。

后来在一个失眠的深夜，穆晓晓听到父母坐在客厅的沙发上叹气。

穆军抽着烟感叹："唉，这么久了，孩子跟咱们就是不亲啊。"

"会好的。"苏奎努力安慰他，也是在安抚自己的心，"毕竟是有血缘关系的人，时间久了，她会认我们的。"

穆军皱了皱眉，道："唉，到底不是从小养在身边的，如果盈盈还在……"

苏奎低下头，眼泪涌了上来："别说了。"

那一刻，穆晓晓才知道，原来她曾经有过一个妹妹。

原来，爸妈这么辛苦地找到她，是因为他们曾经的可爱女儿意外去世了，而母亲的岁数到了，她身体不好，不能再生育。

原来他们领回穆晓晓只是为了弥补遗憾，并不是如苏奎口中所说，他们苦苦寻找了她十几年。

如果妹妹还在，那她还是孤儿院里那个什么都不知道的孩子。

她该开心吗？还是该难过？

那一天，她一个人哭了很久很久，她想念院长妈妈和奶奶，想念曾经的一切。

后来，穆晓晓即使是改了口叫他们"苏妈""穆爸"，也从未真正在心底里认过他们。

十八岁生日那天，穆晓晓跟父母打了个招呼，准备回孤儿院。

"穆晓晓,你站住!"忍了许久的穆军怒了,他咆哮着,"我们对你这么好,你到底有没有良心,还一天天想着回去?回家?哪儿是你的家?谁才是你的爸妈?"

苏奎也是一脸的泪,她看着穆晓晓,叹道:"孩子……你……"

穆晓晓没有说话,一直沉默。

穆军压抑许久的怒火彻底爆发:"你就不能懂点儿事吗?当年不是我们想要抛弃你的,那是你的命!是你注定要经历的,你现在这样……现在这样还不如……"

苏奎摇着头,眼泪直流:"别说了,别说了。"

"还不如走了对吗?"一直沉默的穆晓晓突然转过身来,她冷冷地看着两个人,眼睛泛红。

她一直是一个隐忍坚强的孩子,虽然回来不是她心甘情愿的,可是在穆军、苏奎面前,她从未表现过。

可如今,她的眼里满是恨意。她看着他们,咬着唇,问:"你们以为,我不想走吗?"

穆晓晓深深地吸了一口气,她不想哭的,可眼泪还是落了下来:"你们以为把我接回来我会感恩戴德?不是的。"

事已至此,她的情绪彻底崩溃爆发:"你们曾经亲手抛弃过我两次。"

穆晓晓眼泪成行地往下流,穆军和苏奎震惊了。

穆晓晓擦着泪,一字一顿地说道:"第一次是生而不养,抛弃我的时候。"

他们会因为害怕影响学业而把她送养到乡下,毕业后就一定会因为害怕耽误前程而再一次抛弃她。

"第二次,是你们把我从孤儿院领回你们家的时候。"

她生来不被祝福,没有人疼爱,是院长妈妈和奶奶给了她无尽的爱,让她感受到了人间的温度,可是他们又那样残忍地剥夺了这份温暖。

"很痛的,真的很痛的,你们知道吗?"穆晓晓喃喃地说。她眼泪直流,手抚在胸口,她连呼吸都仿佛被剥夺了。

那一年,她十八岁。说完心中的一切,她摔门而出,再也没回头。

也是从那一年开始,她搬了出去。

穆晓晓是一个倔强的人,她努力赚钱,吃别人不能吃的苦,受别人不能受的罪,去年,她把妹妹手术的钱都还给了苏奎和穆军。她不想欠他们半分。

眼泪像是断线的珠子往下流,穆晓晓靠在秦怡的怀里,她知道自己不该这样的,大小姐的生日,她该开心地为大小姐庆生,可也许是这痛压在心口太久了,一旦说出来,穆晓晓就无法控制住自己的情绪。

那样多的眼泪。穆晓晓以为大小姐会嫌弃地推开她,可是没有,秦怡拥住了她。秦怡手抬起,一下一下轻轻地拍着她的背。

秦怡的动作并不熟练,却满是温柔与疼惜。

不知道过了多久,穆晓晓被这温暖的怀抱逐渐安抚,她抬起头,眼睛红红地看着秦怡。

秦怡同样看着她。秦怡的眼圈也是红的,她心疼得要命。

四目相视。

穆晓晓看着秦怡的眼睛,她知道此时此刻,她提出什么要求秦怡都不会拒绝。她一只手轻轻地抓着秦怡的衣襟,轻声说:"大小姐,我想和你跳支舞。"

这人真的是很会扫兴。秦怡心里刚刚堆积的感动与疼惜瞬间化为无语,她身子向后,皱着眉看着穆晓晓。

——是想干什么吗?

穆晓晓不知好歹,她抓着秦怡的胳膊,轻轻地晃着,声音软糯:"求求你了,我抱着你,我们试试行吗?就试这一次,求求你了。"

秦怡一双眼睛冷冷地盯着穆晓晓,她看穆晓晓是吃了熊心豹子胆。

穆晓晓又开始搓手扭屁股,试图撒娇:"大小姐,试一试嘛,我力气很大的,放心啦!你刚才还对我露出那么怜悯疼惜的眼神,就好像我要星星你也会给我摘下来一样,现在我就想跳一段舞都不行吗?"

——呵呵。不可能。

十分钟后。

黯淡的灯光下,穆晓晓穿着一身火红的长裙,脸上带着笑容,她一只手扶着穿着白裙的秦怡,让对方靠在自己的身上。

秦怡的腿依旧没有力气,她的脚尖无力地点着地,为了不摔倒,她只能紧紧地依偎在穆晓晓的身上。

穆晓晓言而有信,像是她说的那样,两只手很有力地扶着秦怡:"你试着把脚踩在我的脚上。"

秦怡咬着唇,额头有汗渗出,她这双腿不听使唤,费了好大的力气,她才把脚踩在了穆晓晓的脚上。

虽然她依旧是靠手臂的力量支撑着,虽然她的腿依旧无法支撑身体,但她迈出了这一步,她全心全意地信任穆晓晓。

那一刻,穆晓晓的心都飞了起来,她的手紧紧地扶着秦怡。她带着秦怡,像是带小孩子学步一样,在地板上一点一点地滑动着舞步。

灯光下,她们的影子时而纠缠,时而分开。

月光为她们奏乐,星辰为她们伴舞。

最后,秦怡没了力气,整个人靠在穆晓晓的身上,喘着粗气。承担了一个人的重量的穆晓晓也是一头的汗,她却没有放手,而是收紧双臂,她的唇在秦怡的耳边,轻柔而清晰地说:"大小姐,生日快乐。"

秦怡靠在穆晓晓的怀里,她能够感觉到穆晓晓身上的热度,甚至能感觉到穆晓晓的汗水都落在了她的身上。

从小到大,没有人能与她这样亲近。

秦怡有洁癖,如果是别人,她一定会毫不留情地推开对方。

可如今,对面的人是穆晓晓,她那漆黑的眼眸里都是因为自己的进步而兴奋的光芒,她是真的为自己开心,所以秦怡终究是没有舍得去推开她。

这样的生日,秦怡这一辈子也无法忘记了。

穆晓晓知道大小姐累坏了,她自己也累得不行,但她又舍不得把秦怡放开送到轮椅上去。

大小姐刚刚有了进步,穆晓晓舍不得将她送回那冰冷的轮椅上。

秦怡依旧不适应这样的距离,她咬着唇道:"我要坐回去。"

今晚的一切已经超出了大小姐的预期,穆晓晓知道自己不能太急,她要尊重大小姐的想法。

穆晓晓扶着秦怡走向轮椅,秦怡看着她脸颊的粉红和鬓角的汗水,心里感到柔软而温暖。

穆晓晓没有把大小姐放到轮椅上,而是小心翼翼地扶着她,又搓着手,让她自己去扶轮椅,还用身子让她靠着。

穆晓晓缓慢地转过身,然后弯下腰说:"我还是背你回去吧。"

秦怡面前是穆晓晓温暖的背,与冰凉的轮椅。

穆晓晓给她选择的权利。

秦怡抿着唇看着穆晓晓,她知道穆晓晓为什么这么做,她的眼圈有点儿发热。她轻轻地将身子靠在了穆晓晓的背上。

感受到那温度，穆晓晓的嘴角上扬。

秦怡靠着她，心里在想：她才不是想要接近穆晓晓，而是因为轮椅太凉了。

穆晓晓背着秦怡，小心翼翼地往三楼走去，这段路，以前曾经是秦怡封闭一切的路。

那是她的房间，她的禁区，曾经，无论门外是谁，他们以什么样的心态来找她，只要她拉上窗帘，坐在屋内，就能将一切都屏蔽。

而如今，因为这个人，她的房间也不再那么萧瑟。

穆晓晓边走边忍不住哼曲，秦怡贴在她的背上听得清楚，又是《心瘾》。

她就那么喜欢这首歌吗？

也许是因为今天穆晓晓表现得太好了，也许是因为秦怡的心贴着穆晓晓的背，被那炙热的温度融化，秦怡忽然觉得，等她恢复的那一天，带穆晓晓去录音棚，圆穆晓晓的梦也不是不可能。

一番折腾后，穆晓晓小心翼翼地将大小姐放在了床上。穆晓晓站直了身子，擦了擦汗。

大小姐真是可爱，还知道害羞了？

秦怡缩在床上，目光局促。她看看天花板，看看地面，就是不看穆晓晓。

这时候穆晓晓已经醒酒了，她率先打破这份沉默："大小姐，你可太沉了。"

眼看着冰山有了裂缝，穆晓晓笑了。看着扔过来的枕头，她敏捷地闪开："干吗生气啊，我说的是实话。"

——滚！

闹腾了半天，秦怡也没有把穆晓晓赶出去。

穆心理师提出的理由非常专业——她还要查看一下秦怡的腿。

今天，对于大小姐来说是历史性的进步，穆晓晓别提多开心了。

穆晓晓跪在床边，然后屈起两根手指，轻轻地敲了敲大小姐的腿，问："有感觉吗？"

秦怡瞥了她一眼，就像是在看一个傻子。

怎么可能没感觉？

穆晓晓忍不住又去捏了捏大小姐的膝盖，问道："疼吗？"

她用的力道很小，她一边捏着，一边想着要不要敲一下大小姐膝盖下的韧带处，看看大小姐有没有膝跳反射。

秦怡似乎看透了穆晓晓的想法，她抬起手，捏住了穆晓晓的脸。

穆晓晓的整个脸都被捏得变形了,她震惊地看着秦怡,大小姐这是要做什么?

秦怡一双漆黑的眸盯着她,空着的手抬了抬。

——有感觉吗?

一直到滚回自己的房间,洗完了澡,穆晓晓躺在被窝里想到这一幕时还在傻笑。

而大小姐依旧拒绝了穆晓晓为她洗澡的要求。

一盏橘灯之下,大小姐的身子挺得很直,她坐在桌子前,高挺的鼻梁上架着一副金丝眼镜,墨一样的长发披在肩膀上,她的眼眸里满是温柔的光。她一笔一笔地在日记本上写着:

"入目无别人,四下皆是你。"

第八章
别自作多情

第二天一大早,穆晓晓起来后一边跑步,一边给秋秋打了个电话。

秋秋非常愤怒,她咆哮着斥责姐姐:"啊啊啊!姐,你怎么这么烦啊?我都躲到医院里了,你为什么还要一大早把我吵醒?"

穆晓晓心情很好,她笑呵呵地说:"早上医生不去查房吗?你吃了吗?记得别光吃肉。"

秋秋一脚踢开被子,道:"哎呀,姐,你都不知道这里有多爽,都让我乐不思蜀了。一姐姐真的好细心啊,方方面面都给我安排好了,甚至让人给我买了我爱吃的樱桃。"

"嗯,她是很好。"

穆晓晓一想到秦怡,心就柔软了下来,秋秋一听姐姐这声音,立马察觉出了异样,她坏笑道:"嘿嘿,昨晚怎么样啊?一姐姐感动吗?"

穆晓晓挑起眉,道:"她的腿有点儿知觉了,虽然还不能靠自己站起来,但是如果有人帮忙,短时间的站立还是可以的,只希望她的腿能尽快好起来。"

秋秋沉默了半晌,吃惊地问:"你想让她自己……自己动吗?"

穆晓晓看着远处即将升起的太阳,自信心爆棚地说:"我相信,她很快就会好了!"

穆晓晓非常开心,她来了秦家这么久了,大小姐的腿一直都没什么变化。而昨天大小姐竟然勉强能站起来了,骤然改变这么大,她能不心花怒放吗?

她太开心,以至于早饭的时候,她胃口大开,吃了三个土豆丝卷饼、一碗粥、一碗豆腐脑,外加两个鸡蛋。

她现在是越来越不把自己当外人了,非常放松。

秦怡在旁边十分无语。穆晓晓这一顿比她一天吃的还富余。

穆晓晓一口气又干了一杯豆浆，由于太过开心，她用手拍了拍肚子，感慨道："哎呀，这才是人生啊。"

穆晓晓美滋滋地问："大小姐，一会儿咱们再去试试好吗？"

她目光炯炯地看着秦怡，就好像秦怡是一颗会发光的金蛋。

秦怡冷冰冰地看着她，然后抬手比画。

——我很忙。

忙什么呀？穆晓晓有点儿疑惑，大小姐有什么忙的？不就是一天坐在轮椅上晒太阳、看叶落吗？

晓晓正要问，手机响了。

以前跟大小姐不熟的时候，穆晓晓来电话从来都是出去接的，可如今她感觉自己跟大小姐的姐妹情都深厚到如此了，她便很自然地在大小姐面前接听了电话。

"哎，王老师，啊？我吗？挺好的，哦哦，别说那么多，什么事儿呀……"

秦怡在旁边拿了一本时尚杂志在看。

旁边的穆晓晓不知道听到了什么，此时她眼睛一亮，惊喜道："是吗？给那么多吗？什么时间？一个月之后？"

秦怡顿了顿，她看着穆晓晓。

穆晓晓偷偷地看了秦怡一眼，然后把手捂在了手机上。她对秦怡讪讪一笑，接着起身去客厅了。

话题有些私密，她不能让大小姐听见。

穆晓晓起身去了客厅。她压低声音，问王老师："对方是做什么的啊？"

"什么？一个模特？怎么又是娱乐圈的？"

"这么多？为什么找我？"

餐厅里的大小姐已经把杂志扔到了一边，她眼神冰冷，身上泛着寒光。

穆晓晓还在那边听着王老师絮叨。

原本穆晓晓还是挺想接这个活的，她现在需要钱，虽然大小姐把秋秋安排得很好，但是自尊心让她无法心安理得地享受大小姐无条件的照顾。

她小小年龄，早就看透了，这世上没有什么是应当的，欠人情，就该还的。

拿什么还？

虽然大小姐不缺钱，可是……

穆晓晓压低声音，道："我这边合同还有大半个月呢。"

王老师自然是知道的，他说道："我知道，我跟对方打过招呼了，对方说听说过你，也觉得你合适，让我先跟你打声招呼，然后他们再把她的资料发来，你先看看。如果可以，等你合同到期后再联系也可以。"

这么好吗？

"可是我答应这边了，要一直待到她恢复为止。"

"你那个不是一天两天就能完成的活，怎么了，你还想一直住在那儿吗？不为以后考虑一下了？你这是怎么了？以前你可不是这样的，今天怎么一直在推？"

这倒是实话，按照她以前的习惯，基本上一个活快结束了，下一个就接上了。昨天大小姐的腿已经可以试着站起来了，相信大小姐很快就能恢复，穆晓晓觉得自己的确要考虑一下以后了。

穆晓晓摸着下巴，问："她看过我的照片了？"

王老师"嗯"了一声，说："对方说了，你看着就靠谱。"

穆晓晓一听就乐了，她正要说话，餐厅里啪的一声巨响传来，把她吓得一哆嗦。她赶紧起身去看大小姐，她还以为大小姐从轮椅上掉了下去。

餐桌旁，是摔成碎片的咖啡杯。

大小姐淡淡地说："是我不小心。"

一看这架势，穆晓晓赶紧跟王老师简单说了两句后就把电话给挂了。

隔壁屋的小翠听到了动静，匆匆忙忙地出来把残渣收拾了。穆晓晓不放心，又跟着扫了两遍。

大小姐看着她，心里冰凉冰凉的。

穆晓晓大概猜到了秦怡的心思，她笑了笑，走到大小姐的轮椅边，蹲了下来，然后仰着头看着大小姐。

秦怡皱着眉不想理会她，穆晓晓像是哄孩子一样，轻声说："王老师要给我介绍一个病人，你不开心吗？"

秦怡盯着她。

穆晓晓非常有耐心地轻声说："你看，你现在腿也好多了，我估计照这个良性发展下去，你的身体康复只是时间问题。"

秦怡的眼底浮起了一丝丝冷漠。

所以，穆晓晓是准备走了？

205

穆晓晓抓着秦怡的一只手，撒娇道："我又不是去看别人就不回来了，你是我的姐姐嘛，我就算真的想走，最起码也会等你好起来了再走呀。"

穆晓晓这句话精准地踩到了秦怡的雷点。

是呢，她们是很好的姐妹，也是很好的医患关系，说什么生日快乐，说什么愿意一直陪着她，在金钱面前，什么都不是。别人给得多，她就会去帮别人，立马把她抛到脑后，对吗？

沉默了许久，大小姐克制住心底翻滚的情绪。她平静地看着穆晓晓，抬了抬手。

——对方是做什么的？

做什么的？大小姐是在关心她吗？

穆晓晓感觉有哪儿不对劲儿，她盯着大小姐的眼睛看。

秦怡可是在娱乐圈混过的人，她要是真的想要隐藏情绪，没有谁能看破。

穆晓晓迟疑了一下，然后点开手机，打开了微信。

刚才王老师挂电话的时候，特意提前把对方的资料发了过来，穆晓晓点开了王老师发来的资料。

看到资料的瞬间，穆晓晓的眼睛一亮。这么一看，对方还真是一个优秀的模特。

资料里有一张对方走T台的照片，看那身高，估摸着得有一米八几，从长相来看，对方是一个非常妖艳的姐姐。

照片里，她穿着一件古风蓝色纱衣，腰间系着白色的连绵玉带，妩媚的脸颊上画的是梨花妆，整个人看起来像是画里走出来的。

灯光打在她的身上，她眉眼里尽是骄傲与强势。

穆晓晓看着手机里的照片，忍不住感慨："大小姐，你们娱乐圈里是不是盛产漂亮姐姐啊？这一个一个的真是了不得。"

穆晓晓目不转睛地看着屏幕上的人，她用指尖轻轻地点着屏幕，将照片放大再放大，尤其是对方眼睛的位置，她反复观看。

穆晓晓惊讶地说道："哎，大小姐，你看她的眼睛。"

秦怡冷冷地看着穆晓晓。看什么？对方身份再高、长得再漂亮，都不值得她去看。

穆晓晓还在把照片里的人的眼睛放大又放大，似乎一定要从对方眼睛里看到些什么。

秦怡见状也忍不住看了看屏幕上的人，下一秒，她就皱起了眉，这不是南阳的艺人吗？

这个人叫薛蔓兰，是公司力捧的模特之一。不过这么多年了，她也一直没被捧红，说是因为她的性格过于强势张扬，不像是一般的模特，也不爱听公司的话。薛蔓兰就是那种今朝有酒今朝醉的人，赚了今天的钱就不想明天，包括她的经纪人在内，谁也别想左右她。她的放荡不羁在公司都出了名，让人无奈又生气。

秦怡对薛蔓兰有印象，是因为她之前见过对方一面。有一次去南阳的时候，她停好车正要往楼上走，就听见身后有人在喊。

"哎，别走啊！你等等我啊，蔓兰，你为什么又喝饮料！你是模特啊，你有点儿自觉好不好？"

紧接着，一个穿着皮衣、身材高挑的女人从秦怡身后走了过来，她左手拿着一杯饮料，指甲上涂着鲜红的颜色，嘴角扬起，露出小孩一样的得意笑容。在看到秦怡之后，薛蔓兰愣了一下。她嘴边还咬着吸管，用力地吸了一口气，眼睛瞪得很圆。

秦怡穿着黑色的呢绒大衣，她本就长得高，黑色更是衬得她身材纤细、修长，加上她的气质出众，让薛蔓兰看得目不转睛。下一秒，薛蔓兰便琢磨着，面前这人该不会是来检查的领导吧？

此时，经纪人也追了上来，她看见秦怡的脸后，吓得一激灵："大小姐！"

然后，经纪人连忙扯着薛蔓兰，小声道："赶紧叫人啊！"

秦怡点点头。她看了薛蔓兰一眼便上了楼。

因此她对薛蔓兰还有那么一点儿印象。

"她看着不像是有问题的样子啊。"穆晓晓还在那有条有理地分析着，"你看她的眼睛。这张照片里的古风衣服根本就不适合她。"

她的手迅速往后移，又看了另一张薛蔓兰的日常照，她继续道："看看，这眼睛多灵动，她生活里八成是个乐天派，她能有什么烦恼？"

眼看着穆晓晓的心思全放在了工作上，大小姐冷凝的脸缓和了一些。

穆晓晓琢磨着："如果非说有什么异样的话，这个姐姐应该……在与什么抗争着，仔细一看，她的眼神里似乎有一点儿不开心。"

此时的秦怡很无语，穆晓晓这么快就叫人家姐姐了？看个照片就是姐姐了？

　　穆晓晓认姐姐未免也太随便了吧？她叫一声姐姐只值两毛钱吗？

　　这会儿，分析完毕的穆晓晓总算是感觉到大小姐冰冷的视线了，她赶紧说："不看了，大小姐，我扶着你走一走好不好？"

　　说完，穆晓晓在心里责怪自己，自己瞎叫什么姐姐啊，都怪以前自己叫别人姐姐叫习惯了。她只要见着岁数大一点儿的女孩就叫姐姐，见着年龄大一点儿的男生就叫哥哥，也算是一种职业病。

　　然而，秦怡看都不看她。

　　穆晓晓解释："我这是口癖，大小姐，一般干我们这行的，见到六七十岁的阿姨也要叫姐姐，不然人家会不开心的。"

　　秦怡看着穆晓晓，她冷冷的目光像是在对穆晓晓发射刀子。

　　穆晓晓说这话是什么意思？在暗示她很老吗？

　　穆晓晓立马闭了嘴，好吧，大小姐要是生气起来，真不好收场。

　　眼看穆晓晓不解释了，秦怡偏开了头。她转身，驱使着轮椅离开了。

　　她真是莫名其妙地生气，又莫名其妙地不理人。

　　穆晓晓愣在原地半天，等她反应过来，跟上三楼的时候，房门已经被关上了。

　　而且这一次，门不是虚掩着，是紧紧地被锁住了。

　　一直到中午，大小姐都没下来，只是隐隐地从三楼传出了古筝的声音。

　　大小姐会弹古筝，穆晓晓知道，只是大小姐不轻易弹。穆晓晓凝神听了一会儿，只感觉这曲子有点儿熟悉，她似乎在哪儿听过。

　　在楼下做饭的小翠也听见了，她迟疑了片刻，看着穆晓晓，问："你不知道这是什么歌吗？"

　　穆晓晓点了点头，问："什么歌？"

　　小翠瞥了她一眼，摇了摇头，故意道："我也不知道。"

　　其实小翠早就猜出来了这首歌——《其实你不懂我的心》

　　"你说我像云捉摸不定，其实你不懂我的心……"

　　过了一会儿，小翠看向晓晓，突然道："大小姐对你真的挺好。"

　　穆晓晓没多想，她拿起手机，录了一段，只是因为隔音效果太好，声音断断续续的。

　　中午，小翠做好了饭，穆晓晓想要端上去的时候，收到了大小姐的信息：

"放你一天假。"

放她一天假？

穆晓晓有点儿不敢相信，她翻来覆去把那条信息看了好多遍，然后回了一条消息："为什么呀？我还想跟你溜达溜达。"

秦怡的回复冷冰冰的："你是在侮辱一个坐轮椅的人吗？"

穆晓晓看着这信息抿了抿唇，很快，大小姐又来了一条信息："你可以跟模特去散步。"

穆晓晓这下明白了，大小姐给她放一天假，是让她去看一看王老师推荐的薛蔓兰？

穆晓晓并不是看不透大小姐的心，而是在她从小到大的认知里，没有什么比姐妹情更牢不可破。

她认定了秦怡是她的姐姐，就会忍不住拿她对秋秋的心思来想大小姐对她。

如果秋秋年满十八岁，有了工作能力了，有了好的机会，她也一定会介绍给秋秋的。

下午，穆晓晓离开前，给大小姐准备了一些点心，然后交给了小翠："那我就先走了哦。"

小翠点了点头，迟疑道："你今晚回来吗？"

穆晓晓随口道："不回来了，我去医院看看妹妹，你帮我和大小姐说一声。"

大小姐心情不好，阴晴不定，穆晓晓已经习惯了。上午，她还试图去敲门，没想到就换来秦怡一条恶狠狠的警告信息："别再烦我。"

秦怡一直坐在轮椅上，她隔着窗帘，看到穆晓晓跟小翠说着什么，看到穆晓晓往楼上看了一眼，然后转身离开。

秦怡闭了闭眼睛。

晓晓走后没多久，刘万年便过来了，他来的时候，大小姐正坐在客厅里。

房间里一个人都没有，小翠他们都不知道去哪儿了。

刘万年一看这架势，就知道大小姐心情不好。

一般这个时候，刘万年也不敢过来打扰大小姐，可毕竟是秦怡亲自吩咐的每天要汇报秋秋那边的情况，他硬着头皮也得上。

"大小姐。"他看着大小姐，秦怡听到声音也转过身看着他。刘万年这才发现大小姐的眼睛里变得空洞了一些。

刘万年看着大小姐有点儿苍白的脸色,叹了一口气,他低下头说道:"秋秋今天一早就进行了检查,初步的检查结果都出来了。医生说为了以防万一,等秋秋静养一个星期后就开始手术,今天下午是专家会诊。"

秦怡点了点头,她的手抬了抬。

——学校?

刘万年道:"按照您的要求,我去查了学校那边,的确,秋秋在学校,因为是插班生加上家庭条件不好,所以有被同学欺负的情况。我找校方调取了录像,有了实质的证据。"

大小姐听完眯了眯眼睛。

刘万年的心猛地一跳,来了来了,他已经很久没有看见大小姐露出这样的眼神了。

秦怡本就不是一个好脾气的人。这些年,她摒弃外界的一切,不关心任何事物。现在这样的她,已经许久不为外人所见了。

她看着刘万年,眼神冰冰凉凉。

——去找王仁,告诉他是我安排的,别让她被欺负了。

刘万年点头,他看着大小姐,感觉她还有话要说,便问道:"要给秋秋换班级吗?"

这样的事儿,对大小姐来说不难。

秦怡盯着他。

——不。

为什么要调整?

又不是秋秋的错,为什么秋秋要逃开?

秦怡一双漆黑的眸盯着刘万年。

——养而不教,给他们一些教训。

校园霸凌为什么一再在学校的土壤里滋养?还不是因为一次又一次的纵容,说什么孩子小,需要被原谅,不能影响花朵的明天。

可是这样的纵容,真的是为了他们的明天吗?

当孩子们犯错的时候,作为长辈不小惩大诫,那也许会像是帮凶一样,真正地毁了他们的明天。

刘万年看着大小姐,他点了点头,道:"是。"

没什么事儿,刘万年该退出去的,可是他看大小姐这样,有些不忍心。

他鼓起勇气问:"要告诉晓晓吗?"

告诉她,她会知道大小姐默默地为她做了什么,该会感动的。

只是"晓晓"两个字刚从刘万年的嘴里说出来,他就感觉大小姐有点儿不一样了,大小姐眼睛一亮,但又很快地暗了下去。

秦怡转身,看着那一片片落在地上的落叶,摆了摆手。

——不用。

穆晓晓的自尊心如此强,她知道后会觉得亏欠自己。

她那么地疼爱妹妹,恨不得用命去保护妹妹,如果知道秋秋在学校里被欺负了,她一定会怒不可遏。

不管是哪一种结果,都不是秦怡想要的。

她不要穆晓晓觉得亏欠她。

秦怡抬起手,递了一张纸给刘万年。

刘万年恭恭敬敬地接了过去,打开一看是一个人名,他望向秦怡。

大小姐抬起纤纤玉手。

——去查她跟秦霜的关系。

时间紧急,穆晓晓出了门就给王老师打了个电话,跟他说了一下,她准备去薛蔓兰那儿看一看到底什么情况。

一个是她确实需要钱,另外一个,毕竟是王老师交代的,她不看僧面也要看佛面,就算是这人真的不靠谱,她也要去见一见应付一下。

王老师对她有恩。她上了大学,王老师知道她的家庭情况后,就一直明里暗里地帮助她。

最主要的是他非常了解穆晓晓要强的心理,他从来不将这些恩惠放在口中,一天天没个导师的架子,还跟穆晓晓开玩笑,像是朋友与兄长一样的存在。

当年,他还想给他儿子和穆晓晓牵线,被穆晓晓婉拒之后,他儿子还挠头问过爸爸:"这女孩虽然漂亮,但是,但是她……"

他看穆晓晓每天骑着共享单车,背的包也是那种淘宝货,估计都不过百。

年轻人嘛,对于品牌比较在意。他感觉穆晓晓虽然漂亮,但一天天的好像比大老板都忙,而且穿得太穷酸了。

王老师一听儿子这话,脸就沉了下去。他冷冰冰地看着儿子,道:"莫欺少年穷。"

他非常看好穆晓晓,他总感觉她不像是一般娇滴滴的女孩子,她就好像是天边的鹰,挥翅之间,有着无限的力量。

她背负了很多,却从来不与人说。

他突然感觉穆晓晓看不上儿子也是对的,一对比之下,那小兔崽子就是个草包。

穆晓晓坐地铁花了两个多小时才到薛蔓兰的家。

她站在别墅门口看了看,摇了摇头,内心忍不住感叹:为什么娱乐圈的人都这么有钱?不是说薛蔓兰不是很红吗?不红都有别墅住?

不行,等回家之后,她得跟大小姐说说,看看能不能把自己包装一下,让自己也进娱乐圈?哪怕是不唱歌,去综艺节目里当一下客串嘉宾也好啊。

穆晓晓"财迷"的心蠢蠢欲动,她给秋秋发了条短信:"姐姐晚上去看你。"她整理了一下衣服后,去敲门了。

她按了许久门铃,门才被打开。打开门之后,一股浓烈的花香扑鼻而来,客厅里并没有人。

"你等会儿!我还在洗澡,随便坐!"

一道声音从浴室传来。

这么野的吗?比穆晓晓还不拘小节!

一个漂亮的女人洗澡的时候来开门?开完门还让对方直接去客厅坐着?她就一点儿警觉意识都没有?

穆晓晓心思复杂地弯腰换鞋套,这是最基本的礼貌。

只是这家……穆晓晓感觉她穿鞋套有点儿多余。

房子很大,但是到处都被快递堆满,简直是快递的天堂。快递盒从门口一直堆到客厅里。

客厅的沙发上都是各种花花绿绿的衣服,有好多都没有拆标签,乱糟糟地堆成了一团。

穆晓晓盯着看了看,从心里有了大概的判断:这是一个叛逆少女。

屋里,少女还在洗澡,她一边洗澡,一边哼着歌曲。

"嗨,开心的锣鼓敲出年年的喜悦……"

这个调调听得穆晓晓有点儿头疼,她感觉自己碰到了对手。对方的声音就好像是把什么尖锐的东西按在地上摩擦一样。

淅淅沥沥的水声响了半天，终于停止了。

浴室的门被打开，带出潮湿的水汽和馨香的味道。出于礼貌，穆晓晓偏开了头，给对方空间换衣服。等待的空隙，穆晓晓想起了大小姐，秦怡身上也是香香的，却不是这样浓重的香水味，是那种淡淡的檀香，非常好闻。

人家显然不需要这个空间。

"噗。"

看着穆晓晓偏过头不好意思的模样，只裹着浴巾的薛蔓兰笑出了声："真纯情啊。"

穆晓晓迟疑了一下，她抬起头，看着眼前的人。

薛蔓兰的头发都没有擦干，水滴顺着脖颈往下滑，她长得真高，穆晓晓身高好歹也有一米七几，但是她感觉在薛蔓兰面前，自己就像一个小矮人。

薛蔓兰的长相很妖艳，大红唇，丹凤眼，细长的眉毛，给穆晓晓的直观感觉是这莫不是从盘丝洞里爬出来的妖精？

初次相见，薛蔓兰一点儿都不客气，她用毛巾擦着头发上的水，走到穆晓晓身边。她身子前倾，伸出了一只手："哈喽。"

那纤细雪白的手指上涂着大红的蔻丹。

薛蔓兰直勾勾地看着她。

穆晓晓还是第一次见到这样妖娆成熟的女人，她身子向后，没有伸手，只回了一句："你好。"

看她这样，薛蔓兰笑了，她的笑容放肆，一双眼睛直勾勾地打量着穆晓晓。

那样的眼神犀利到让穆晓晓皱起了眉。穆晓晓耐着性子问："你能换件衣服再聊吗？"

她口气已经有些隐忍了。

"好啊。"

薛蔓兰点了点头，她随后解开了扣子，浴巾顺着她纤细的身体滑了下去。

薛蔓兰就这么现场换起了衣服。她对自己的身材是非常自豪的，就是在一众模特堆里，她也毫不逊色。

当年，她的画师朋友曾经说过，她的身体就是按照黄金比例设计的。

所以她对自己相当自信。

就这几分钟的相处，穆晓晓大概知道了这位姐的性格。

身为一个专业心理师，她会怕这个？

穆晓晓坐在沙发上,跷起了二郎腿。她大大方方地看着薛蔓兰,眼神里的意思明显又直接。

——不过如此。

这样的眼神倒是让薛蔓兰一怔,她自信的笑僵在了脸上。穆晓晓非常淑女地对她微笑道:"穿上吧,我见过更好的。"

穆心理师不轻易出手,一旦出手,简单一句,杀人诛心。

薛蔓兰的眼眸猛地睁大,眼神里含着怒火。什么情况?不可能!什么时候看到的?拿来跟她比一比!

在薛蔓兰愤怒的注视下,穆晓晓从包里掏出一个计时沙漏。她反手把沙漏往桌子上一放,露出礼貌的微笑,道:"我按分钟收费。"

薛蔓兰愣住。

穆晓晓坦然地坐在沙发上,长腿交叠在一起,她身子挺拔,非常有大将风范,她自我感觉良好。

看看吧,这就是当大小姐妹妹的好处,她感觉自己现在整个人的姿态都变得优雅了,气场也变得更加强大。

这叫什么?背后有靠山,咱就是这么狂!

薛蔓兰盯着穆晓晓看了一会儿,她红唇上扬,笑了。

她正对着穆晓晓,弯下腰,从那一堆衣服里开始扒拉裙子。

薛蔓兰也是一个怪人,如果穆晓晓表现得非常软弱,她反而会没兴趣。

她特意挑了一条清凉的粉色吊带包臀裙换上了,最后还不忘穿上丝袜。她从头到尾都写着"艳丽"二字。

她把头发散了下来,微笑着款款地走向穆晓晓,然后一屁股坐在了穆晓晓的身边。

浓烈的花香扑面袭来,穆晓晓面不改色。薛蔓兰笑了,她的身子前倾,靠近穆晓晓,她道:"穆老师很年轻啊。"

穆晓晓瞥了她一眼,心想:这姑娘到底是什么毛病?娱乐圈这么开放的吗?也不是啊,她家大小姐就不是这个样子的,大小姐任何时刻都会跟人保持着距离。

"你在想谁?"薛蔓兰看透了她的眼神,她用手指玩味地拨弄着自己的发尾,"这么不专心,还按分钟收费?"

说完,薛蔓兰又笑了:"早就听说穆老师年纪轻轻就有所作为,今天一见,不仅仅是专业能力强,颜值也在线啊。"

穆晓晓盯着她看了一会儿后,点了点头。穆晓晓一只手摸着脸,道:"我也一直有一个做艺术家的梦想。"

"哦?"薛蔓兰笑意味深长,"穆老师擅长哪方面啊?"

一谈起自己的理想,穆晓晓便笑得美滋滋的:"我喜欢唱歌,以后想当个歌唱家。"

唱歌啊。

薛蔓兰看着她的唇,咽了口口水,道:"我相信,穆老师的声音会很好听。"

穆晓晓明明长了一张绝美的脸,偏偏眼神里满是少女的单纯气息,薛蔓兰很少看到一个女孩将成熟与单纯融合得这么好。

"唱给我听听。"

薛蔓兰的身子继续向前倾。穆晓晓看了看那漏斗里的沙,问:"这样好吗?"

呵,真可爱啊。薛蔓兰笑了,她向后倾身,然后轻轻拨了一下长发,说道:"没关系,姐姐有很多时间和你聊天。"

姐姐……

穆晓晓不知道怎么了,一听到这个词,她立刻想到了大小姐。唉,不知道大小姐这会儿心情好点儿了没有,明天回去给大小姐带点儿甜品吧……

薛蔓兰看着她,眯起眼睛,催促道:"唱吧。"

听到薛蔓兰的催促,穆晓晓叹了一口气,道:"唉,既然薛小姐迫不及待,我就不客气了。不过很遗憾,今天不能给你唱我的代表作了。"

她的《心瘾》可是专门为大小姐而唱的。

薛蔓兰看着这个小女孩,笑了起来,还有代表作呢?那她一定要好好欣赏一下。她双手撑在身后,摆出一副期待的姿态。

穆晓晓想了想,她平时很少关注流行音乐,对新歌也不太熟悉,但对老歌倒是知道不少。她开始唱起了《千年等一回》。

"千年等一回,我无悔啊啊啊……"

薛蔓兰一开始微笑着,到后来头发竖起、起鸡皮疙瘩,这只是几秒钟的事情。

穆晓晓唱得很投入,她手指捏在一起,摆出古风古韵的样子,唱到副歌部分,她甚至因为太投入,身子往前倾了一下。她高声唱道:"千年等一回,等一回啊……"

一曲完毕，空气中弥漫着死一般的寂静。

穆晓晓看着蜷缩在沙发上的薛蔓兰，微笑着问："是继续听歌还是开始治疗？"

薛蔓兰倒吸一口凉气，毫不犹豫地说："治疗。"

心理治疗正式开始。

薛蔓兰开始向穆晓晓倾诉生活中的各种痛苦："你说当模特有什么好处，我吃饭都按克计算，不仅如此，每天只给我几片绿色的菜叶子，根本不把我当人看待，简直就是喂兔子。"

穆晓晓看着她，恍然大悟道："怪不得我之前看照片时，你眉眼间带着忧愁，原来是因为饿了。"

薛蔓兰拍了一下大腿，道："你真厉害，穆老师！你看透了一切，今天的钱我给你双倍。"

穆晓晓被震惊得说不出话来。

薛蔓兰继续道："不仅是饥饿让我难过，他们还让我学英文，我都快三十岁了，让我去学习，我的天啊，我在学校的时候就讨厌英文，母语不好吗？一天天地背一堆我不熟悉的单词……"

她说得一下子站起了身，穆晓晓在旁边劝道："别激动，要不我再给你唱一首《爱我中华》？"

薛蔓兰立马闭了嘴。

穆老师确实特别擅长治疗各种奇葩人物。

本来今天就是一个简单的见面，可是薛蔓兰愣是不肯让穆晓晓走。她拉着穆晓晓，让穆晓晓给她做了顿晚饭。

穆晓晓给她简单地煎了一份牛排，又弄了一份意大利面，薛蔓兰吃得恨不得把脸都埋在盆子里。她感动得要流泪了——好吃，太好吃了。

穆晓晓洗干净手，在一边笑道："你没有什么心理疾病，以后我们就不用见了。"

薛蔓兰身子一僵，她抬起头，眼睛直勾勾地盯着穆晓晓，道："可我总是会突然心情不好，早上不到五点钟就会起来。"

穆晓晓微笑道："心情不好是因为饿，过早起床是饿醒的。"

饿的时候，谁会开心？晚上吃不了饭，早上又吃不饱，再加上高强度的工作，她自然是睡不踏实。

薛蔓兰撇了撇嘴，还想再找点儿理由。穆晓晓在旁边看着她，突然说了一句："薛小姐，其实你是一个挺好的人。"

一句话，说得薛蔓兰心里一软。她很小就出道了，模特曾经是她的梦想，可是进了娱乐圈之后，她发现梦想跟现实是有差别的，在聚光灯之下，她不能随心所欲。大家喜欢的或许不是薛蔓兰她这个人，而是公司为她树立的形象。

她本不该相信任何人，可是穆晓晓的眼神那么干净。

薛蔓兰放下了筷子，她看着穆晓晓。

穆晓晓也看着她。

就这么沉默了几秒钟后，穆晓晓问："薛小姐，你找我，并不是要看病吧？"

她自认为身份地位没有那么高，还够不到娱乐圈的人，如果有人找她不是为了看病，那肯定是另有所图。

她一个大学生，身边也没有什么富贵的人士，都是弟弟妹妹们这样的孤儿。

答案显而易见，对方八成是冲着大小姐来的。

薛蔓兰一惊，她努力地克制着自己的慌乱。穆晓晓却笑了，她抬了抬手，道："人在被说中心里秘密的时候，微表情就是你这样的。"

一个好的心理师，一定会是一个好的微表情专家。

穆晓晓看着她，轻轻地叹了一口气。她走到茶几前，拿起自己的计时器沙漏。

薛蔓兰看着她，抿了抿唇，道："我曾经欠别人人情。"

当年，她在T台上受伤，事业受挫，祸不单行，她家里也遇到了不好的事情，多重打击下，她一度消极沉沦。

是秦霜帮助了她。

当秦霜来找她的时候，她也很惊讶。彼时的她跷着二郎腿，似笑非笑道："这么一个普通的女学生，也值得秦总亲自上门？"

秦霜表情冷漠地坐在沙发上，她看了看薛蔓兰，道："蔓兰，你欠我一个人情。"

薛蔓兰点了点头，她一只手扯着头发，道："可是你让我去试探一个学生，总要有个原因。"

秦霜蹙了蹙眉，道："我不是让你试探她，而是让你用治病的理由困住她。"

薛蔓兰笑道："那不是一个道理吗？你觉得像我这样乐观的人，能有什么病？"

秦霜的目光沉了下来，她道："随你，我只要一个结果。"

她只是想看一看穆晓晓是否能被金钱诱惑，从而离开秦怡。其他的她不关心，她也不在乎薛蔓兰采取什么手段。

穆晓晓扭头看向薛蔓兰，她把包收好，递给薛蔓兰一张纸条，微笑道："薛小姐，这是我的卡号，今天的诊金打到上面就好。"

薛蔓兰无语了。

她以为这个女孩会生气，会发脾气，可是这个女孩并没有。

穆晓晓对上她的眼睛，笑容不减，道："以后如果有需要，还可以随时找我。"

目送穆晓晓离开后，薛蔓兰沉默了一会儿。她从桌上拿出一粒口香糖嚼了嚼，接着拿起手机拨了个电话："喂？秦总？你交代给我的任务搞砸了，没有困住她，钱还被赚走了。"

"她很聪明，也很可爱，她有工作室吗？你能不能把地址给我？我想和她交个朋友……"电话那边一阵咆哮，薛蔓兰把电话拿得老远，她笑容不改，"不要暴躁，暴躁使人衰老。秦总，你都不水灵了，就这样吧，拜拜。"

从薛蔓兰那儿出来，穆晓晓马不停蹄地奔着医院去了。

想着医院楼下的水果估计很贵，她特意找了个菜市场去买了一些樱桃和青提。这些水果有些贵，平日里她舍不得买，但是妹妹快要做手术了，她宠着点儿是应该的。

穆晓晓刚刚拎着水果上了公交车，就收到了转账信息。她看着上面的金额，勾了勾嘴角。

没想到秦霜还是个慈善家，居然找人给她送钱。

一路奔波，直到天色黑了，穆晓晓才到了医院。她提前给刘万年打了个电话，让他安排人接自己。

愈阳是私立医院，安保措施做得很好，要提前打招呼才能进去。

她百无聊赖地站在门外，没想到来接她的是刘万年。

穆晓晓吃了一惊，问："你怎么在这儿？"

刘万年很有眼力见儿地接过她手里的水果，小声回道："大小姐也在。"

他们下午就过来了，本来看完秋秋就该离开的，可是大小姐不说话，就坐在秋秋的病房里一直看着窗外，直到现在。

接到穆晓晓的电话后，刘万年才明白大小姐在等什么。

一路刷卡进了电梯，医院的人跟刘万年很熟悉，他们互相有礼貌地打着招呼。穆晓晓忍不住问："你常来吗？"

刘万年随口答道："前些年，大小姐身体出了些问题，我经常陪她过来。"

穆晓晓听了心一紧，她追问："什么毛病？"

她怎么没有听大小姐说过？她的病不都是心理方面的吗？

刘万年扭头看着她。他抿了抿唇，似乎想说什么，最终又都咽下去了。

他沉默地看着电梯，穆晓晓对于他的守口如瓶可以理解，只是看着刘万年那不太好的表情，她就知道不是什么好事。

那的确不是好事。当年，大小姐的身体刚出现问题的时候，大家自然而然地想到带她来医院检查。

当时的秦怡还没有与家里决裂，她对秦海龙这个父亲虽然冷漠，但是彼此也不至于撕破脸。

他们毕竟是血脉亲人，秦海龙是她的爸爸。

可是后来的种种……

愈阳是秦家的产业，秦海龙自然有话语权。而那个时候，素岚已经成为他对外宣称的新任夫人。

不满于秦怡的强势，素岚步步为营，精心策划，缜密部署，往医院里安排了自己的人。

大小姐当时的身体情况很不好，她吃了许多不该吃的药，整日昏昏沉沉的。

所以，她才会对药物那么敏感。

她曾经承受了许多来自最亲的人的伤害，以至于有一段时间，她疯狂地想要报复所有人。

她清醒后的第一件事就是调整医院人员，只要是与素岚和秦霜有一点儿关系的，无论能力高低，职位重要与否，全部剔除。

南阳的职员也曾经在她的授意下经历过一轮大换血，不少员工私下里指责咒骂她。

"秦家的女人都是这样。"

"她姐姐心狠手辣，她也好不到哪儿去……"

她一个人与所有人对抗，看似无懈可击，等把素岚和秦霜折腾到几近没有立足之地后，她也满心疲惫。可是她的生父秦海龙淡淡地说："怡怡这个孩子,的确厉害,像是我年轻的时候。可是她太重感情了,一心等着她的姐姐回来呢。"这句话成了素岚手中的利剑。

到最后,几经折腾,秦怡终究是被最亲的人扯了下来。

不是她输了,而是她累了,她不想再斗下去了。

她厌倦了,厌倦了世间的一切;她看透了,没有什么是长久的。

穆晓晓一路走到了秋秋病房门口,她推开门进去。

看见穆晓晓,秋秋激动得从床上跳了起来,她一把抱住姐姐:"姐姐,你可算来了!"

穆晓晓一只手搂着秋秋的腰,惊讶地看着秋秋。哟,这才多久没见,就这么想念她吗?

秋秋岂止是想念,她都要疯了。

今天下午,她本来挺平常地在病房里写作业、吃零食,享受她愉快的假期,可是门突然被敲响了,她抬头一看,一姐姐居然来看她了。

秋秋开心极了,她一下子跳了起来。

秦怡给她带了许多水果和营养品。

病房很大,她带来的东西都堆到了一边,显得穆晓晓手里的几串青提、一小盒樱桃更寒酸了。

秋秋原本是开心的,可是慢慢地,她开始觉得可怕了。

明明姐姐在的时候,一姐姐虽然也不爱说话,但是她的眉眼是温柔的。为何今天不一样了?

一姐姐就这么坐在轮椅上,看着窗外,也不作声。秋秋好几次想要说几句话打破这尴尬的氛围,但秦怡只是附和地点点头,或者干脆不理会。

见气氛不对,秋秋干脆缩在被窝里,偷偷地瞧着秦怡。

一个躺着,一个静坐,房间里安静得似乎掉根针都能听见。

秋秋也想当秦怡不存在,可是秦怡的气场太强了,像是一尊神一样坐在那儿,没有人敢靠近她。

秋秋感觉来查房的医生都是小心翼翼的,询问她的身体状况时也是轻声轻语,他们生怕打扰到秦怡。

她们就这样尴尬地度过了一个下午。

所以,在看到穆晓晓的时候,秋秋简直要兴奋得抓狂了!

穆晓晓一下子就看到了房间里的秦怡,她把秋秋从怀里扯开,开心地朝着秦怡的方向快步走了过去:"大小姐,你是在等我吗?"

空气中飘来一股不属于穆晓晓的花香,虽然很淡,但还是被大小姐敏感地捕捉到了。

秦怡瞥了她一眼,目光非常冷漠。

——自作多情。

穆晓晓尴尬地愣住。

秦怡瞥了一眼她身后的刘万年,抬手吩咐。

——走。

一行人都愣住了,大家都搞不清楚秦怡到底是怎么了。

眼看大小姐是认真的,她转动着轮椅就要走人,穆晓晓上前一步,一把按住了她的轮椅把手,然后蹲下身子看着她,道:"别走呀,跟我一起陪陪妹妹好吗?"

她知道大小姐一定是在等她,看她来了之后,大小姐反而不好意思了。

她现在已经能摸透秦怡的心思了。

秦怡低头,眼神冰冷地看着穆晓晓。穆晓晓撇了撇嘴,她抓着秦怡的一条胳膊晃了晃,撒娇道:"怎么又生气了呢?"

身侧的刘万年和已经被晾了半天的秋秋都震惊了。

刘万年倒吸一口凉气,他都没有想到,有生之年,居然能看到有人敢拽大小姐的轮椅,还敢扯大小姐的胳膊!

这要是一般人,不得被拉走吗!

秋秋也是表情扭曲,她感觉自己的鸡皮疙瘩都起来了,地上蹲在一姐姐面前嗲着嗓子说话,矫揉造作的女人是谁?一定不是她那个平日里一说话就好像有三个锣在耳边敲的姐姐,一定不是!

这两人心思复杂,而大小姐和穆晓晓好像自动屏蔽了外界的一切。

秦怡看着她,抬了抬手。

——治疗得怎么样?

穆晓晓叹了一口气,道:"别提了,醉翁之意不在酒。"

她的意思是人家根本就不是找她治疗的。

可是中华文化博大精深,同一个字也能有不同的表达意思。在大小姐听来就是人家模特不是为了治病,而是为了认识穆晓晓。

秦怡的眉头皱了皱,又问。

——她怎么你了?

她的目光快速地扫过穆晓晓全身。

穆晓晓一脸正气地说道:"没有什么,我可是一个受过考验的人。"

受过考验的人?秦怡看着她的眼睛,笑得有些嘲讽。

——看来穆老师经验丰富。

对于大小姐,穆晓晓能有什么坏心眼呢?

她在别人面前或许还拿着个大盾牌,隐藏自己真正的内心,可眼前的人是她的姐姐,她没必要隐瞒。

"她的问题应该是身体上的,这个我不擅长治疗。"穆老师还在那儿给大小姐分析,"不过我听说娱乐圈里好多人的私生活都很随意,不对,咱们不能说人家随意,可能是个人观念不同,人家比较追求自由。"

大小姐冷眼看着穆晓晓分析,她可不是一个好脾气的人,在穆晓晓还在念叨的时候,她驱使轮椅有了动作,穆晓晓又去抓她。

这下子,大小姐可没有停留。

穆晓晓偏偏不知死活地伸出了一只脚。

秦怡吃了一惊,她想要停,可是因为惯性,轮椅压过了穆晓晓的脚。

"哎呀,痛死了!"穆晓晓抱住了脚,一下子坐在了地上,她咬着唇,不可思议地看着秦怡,"大小姐,你居然真的压我的脚,你没有心!"

秦怡一下子慌乱了,她焦急地看着穆晓晓。

——怎么样,有压坏吗?

穆晓晓抓着自己的脚,哭道:"完了完了,看来我是残疾了,下半辈子就得赖着你了。"

秦怡是真的急了,她两只手撑在轮椅上,想要站起来,可是脚尖刚点地,她又一下子跌坐了下去。

穆晓晓一看这情况,她立马又号了两嗓子:"疼死我了,疼死我了!"

平时两人在家里待习惯了,随便闹也没人看见,可如今……

刘万年和秋秋龇着牙对视一眼——她们是当他们不存在对吧?这样好吗?

的确不好。现实狠狠地打了穆晓晓的脸。

十分钟后,穆晓晓为她冲动的行为付出了惨重的代价。她坐在骨科医生的诊室里,躺在床上,一脸郁闷。

大小姐一双眼睛死死地盯着医生,医生是一位刚来愈阳的年轻医生,姓马。马医生被大小姐看得涨红了脸,他紧张极了:"大小姐,你别急,我先去检查一下。"

他还是第一次见大小姐。大小姐果然如传闻中一样气质出众,眉眼间都带着一股霸气。

他就喜欢这样厉害的女性。

他不敢再看,洗了手就走到穆晓晓面前,要去查看她的脚。

穆晓晓一脸生无可恋。

秦怡却在后面突然咳嗽了一声。

马医生回头去看大小姐。穆晓晓也看了过去,呜呜,大小姐终于良心发现,不折腾她了?

秦怡想了想,从桌子上拿了一张纸。她龙飞凤舞地写了几个大字。

马医生接过去看了看后,抿了抿唇,硬着头皮点了点头。

——直接拍片子。

穆晓晓欲哭无泪,大小姐不是在报复她吧?

她甚至在想,如果大小姐认定她骨折了,要是片子照出来没有骨折,马医生都得一脚给大小姐踩骨折了。

这不怪大小姐谨慎,她的轮椅很沉,压在腿上的力道不容轻视。

有些时候,人的疼痛感往往是滞后的,现在检查得细致一点儿,总好过明天穆晓晓的脚肿成猪蹄,在家哀号的好。

一系列检查下来,马医生给大小姐汇报:"真的没有什么大碍。大小姐,您看这片子,这位小姐的腿没有骨折,也没有擦伤,只有轻微红肿。"

秦怡冷冷地瞥了穆晓晓一眼。

穆晓晓抱紧自己,她卑微、胆小、懦弱……她好害怕啊。她这样皮糙肉厚,也不知道是幸运还是不幸运。

因为要看片子,马医生靠得离大小姐有些近,这不是秦怡可以适应的距离,她往后退了退。

这轮椅向后的动作带来的伤害性有多大,穆晓晓可是见识过的。

可是马医生是第一次经历啊。

大小姐一个抗拒的动作，瞬间将人家一颗少男心给摔得粉碎。他的脸涨红，眼里的光都黯淡了。

这一切都没有逃过穆老师的眼睛，她摸着下巴，盯着那马医生看。

马医生身材不用说了，穿上白大褂，文质彬彬的，这要是放在她学校，肯定有不少追求者。

如果按照 10 分制打分，穆晓晓能给马医生打个 8.5 分吧，但是马医生年龄小——刚才百无聊赖的时候，她已经把墙壁上他的简介看了好几遍了。

不知道大小姐……穆晓晓一抬头，正对上大小姐的眼睛。

准备要离开的时候，秦怡在纸上写了几个字。折腾了这么久，穆晓晓也不敢闹腾，更不敢偷看了。

马医生看见了。他起身，从橱柜里拿出了一瓶医用消毒喷雾。

穆晓晓看明白了，大小姐这是洁癖又犯了。今天在医院待了这么久，她怕是等不及要回家洗澡了。

就在穆老师觉得自己分析得很对的时候，大小姐转过身，拿着喷雾，对着她咔咔咔一顿喷。

穆晓晓一脸茫然。

大小姐这一顿操作下来，半瓶喷雾没了。她嗅了嗅，脸色缓和了很多。

从病房里出去，裹着一股酒精味的穆晓晓可不敢再乱喊了。她推着秦怡往秋秋的病房走，一边走一边说："我感觉刚才那个马医生喜欢你。"

姐妹之间增进感情的方法是什么？当然是分享八卦。尤其是今天大小姐情绪阴郁不定，貌似有些犯病了，她必须得给大小姐转移话题，让大小姐开心一些。

秦怡浑身透着冷气。她抿着唇，从表情来看，她已经处于爆发的边缘了。

穆晓晓跟在秦怡的身后，所以此时她根本看不见秦怡的表情，她继续道："我感觉他还挺不错的，我觉得医生、警察、法官……这些职业都挺好的，比较稳定。"

秦怡冷笑。她内心道：都比艺人好对吗？所以穆晓晓这是在讽刺她？

"当然啊，我也不是说当艺人不好。"穆晓晓补了一句，"就是感觉太忙了，休息时间也不固定……"

秦怡不说话。她心里想，穆晓晓又在胡扯。等从医院回家，她会亲自查一下与心理医生般配的职业。

到了病房门口，穆晓晓刷了刘万年给她的卡进去了。

房间里本来还在聊天的秋秋和刘万年一个站直，一个坐稳。

秦怡的手按在轮椅上，她不让穆晓晓推了，穆晓晓知道她有话说，便弯下腰去看她。

大小姐抬手。

——你若喜欢，我可以介绍给你。

穆晓晓摇了摇头，微笑道："他喜欢的是你呀。"

她不相信大小姐没有看出来。

穆晓晓继续道："大小姐，我看你刚才有些抗拒的，是不是因为他的年龄太小了？据说一般女性都喜欢比自己大的，这样会有安全感。"

秋秋和刘万年对视一眼。

秦怡挑眉看着她。

——我不喜欢年龄大的。

穆晓晓疑惑地看着秦怡。

秦怡冷冷地比画。

——我喜欢比我小的。

这话比画得……带着浓浓的火药味。

穆晓晓似乎有些惊讶，这是大小姐第一次主动跟她谈感情问题，大小姐看着还有些紧张，穆晓晓笑了，强大的职业本领让她立刻给予大小姐最专业、最温暖、最能引起共鸣的回应。

她轻轻地拍了拍秦怡的胳膊，微笑道："巧了，我也喜欢比我小的。"

屋子里几个人都愣住了。

论气人，哪家强？

穆老师用她的职业微笑，成功将大小姐的心捅成了马蜂窝，偏偏大小姐还不能发泄，她一口牙差点儿被咬碎。

这样的怒火，哪儿能不迁怒别人。这屋子里，谁能是穆老师心仪的那位？

大小姐的目光在屋子里扫过，她一动，穆晓晓也跟着她动，两人一起往里看。

刘万年此时特别欣慰，他一把年纪了，根本不在这两位女士的考虑范围之内，他安全了。

所以，与己无关的他也跟着大小姐和穆老师扭头去看。

此时的秋秋一脸紧张,干什么?自己可是病人,是妹妹!他们三个到底是来干什么的!

到最后,秋秋郁闷地躺在了床上,用被子遮着脸。

穆晓晓推着大小姐往里走,她看了看角落里堆积的营养品和水果,摇了摇头,道:"大小姐,你太浪费了。"

刘万年在后面直感慨,不愧是穆晓晓,都敢指责大小姐了。

秦怡瞥着穆晓晓,然后抬手。

——吃不完可以倒你嘴里。

穆晓晓愣住。

大小姐就是这么简单粗暴,温柔对她来说是不存在的。

很明显,她还在生气。

穆晓晓给秋秋洗了一些樱桃,放在盆里,端到病床前。

秋秋抿着唇,可怜兮兮地看着姐姐。

穆晓晓瞥了她一眼,自己拿了一颗樱桃放进嘴里,道:"咋的,你用这种眼神看我干啥?写作业把手写肿了?想让我喂你吗?"

穆晓晓说完,随手拿了一颗樱桃喂给了秦怡:"你尝尝,很甜。"

秋秋表示姐姐很偏心。

秦怡吃了一个,的确很甜,因为之前放在冰箱里,此时樱桃还有一点儿凉,这天气吃正舒服。

穆晓晓看大小姐吃得开心,笑了:"这是我买的樱桃,大小姐,一万块一颗。"

秦怡瞥了穆晓晓一眼,穆晓晓冲她眨眼。见到大小姐之后,她的心情就莫名好,虽然又挨瞪又被压脚的,但她就是开心。

她家大小姐变了不是吗?

是什么能让一个"宅女"主动走出家门?那肯定是对她这妹妹的爱啊。

穆晓晓忍不住去逗秦怡,她就喜欢看秦怡气急败坏的样子。秦怡冷冷地看着穆晓晓嘚瑟的模样,抬了抬手。

她还没有比画出来,穆晓晓就在旁边笑眯眯地说:"是不是要从我的工资里扣?"

大小姐就会这招,她早就猜到了。

旁边的秋秋和刘万年对视一眼后,都仰头四十五度望向天花板。

"时间不早了,老话说,医院里不能久待。"穆晓晓看了看表,说,"你快回去吧,大小姐。"

秦怡没有动,她看了看穆晓晓。

穆晓晓知道她的意思,于是说:"我今天留在这儿陪一陪秋秋,还有几天她就要做手术了。"

秋秋伸长了脖子,拒绝道:"我不要你陪!"

穆晓晓乐了,她揉了揉妹妹的头,笑道:"说什么傻话,今晚不让你做作业了,嗯?"

说傻话?秋秋才不是,她的手按在了床铺边的小红按钮上,很快,随着一阵轻快的音乐,小护士微笑着走了过来,道:"病人需要休息了,请大家尽快离开哦。"

穆晓晓无语。

一直到出了门,坐进了车里,穆晓晓还有点儿心酸。

大小姐沉默地坐在车里。穆晓晓酸了一会儿后转过身,提议道:"大小姐,你难得出来一次,咱们能不能别这么早回去?"

秦家虽然很大,什么都有,但穆晓晓觉得那就是一个将一切都困住的牢笼,让人回去就感觉压抑。

秦怡看着穆晓晓。窗户外的光投入秦怡的眼中,衬得她肌肤如玉,红唇如火,漂亮得不像话。

穆晓晓轻声感慨:"大小姐,你可真漂亮。"

她又想起了薛模特。穆晓晓感觉经过大小姐的美颜暴击后,从今以后,可能都没有谁能入她的眼了。

秦怡没有说话,穆晓晓却看到了她微微上扬的嘴角。知道大小姐心情不错,她轻声说:"我带你去一个朋友家好吗?"

朋友家……

其实穆晓晓提起这个话题时也有些忐忑,毕竟大小姐的艺人身份在那儿,当初她与大小姐见面都签了保密协议的,一般外人,大小姐根本不会见的。

秦怡盯着穆晓晓看。

穆晓晓撒娇地伸出一只手,抓着秦怡的胳膊晃了晃,道:"她是我最好的朋友,人品你放心,很好的,而且她是你的超级粉丝。"

秦怡不为所动。

穆晓晓又将脸贴在她的轮椅一侧,眨着水汪汪的大眼睛,道:"我想让你见见我的朋友。"

她心疼秦怡。她总感觉秦怡的人生缺少烟火气息,有些孤单。

每天,与秦怡形影不离的就是这辆轮椅。

穆晓晓急切地想要温暖她。

秦怡沉默了片刻,她抬手。

——你转过去,我考虑一下。

啊?转过去?

大小姐既然松口了,穆晓晓自然是配合。她转了过去,看着窗外霓虹的灯光,满是期待地等着秦怡。

大小姐拿出手机,把灯光调暗,迅速地搜索:"别人说想要带你去见她最亲近的朋友是什么意思?"

几分钟之后,穆晓晓转过了身,看着秦怡问:"怎么样,大小姐?"

秦怡瞥着她,一脸不耐烦的样子。

——随你。

秦怡或许不知道,她以为她隐藏得很好,但是她眼里那兴奋的光早就被穆晓晓发现了。穆晓晓有点儿疑惑,大小姐怎么突然变得这么开心?

得到了大小姐的肯定后,穆晓晓准备给张巧发信息,却被秦怡拦住了。

穆晓晓疑惑地看着她,怎么,大小姐变卦了?

秦怡没有理会,她对着驾驶位上的刘万年抬手。

——回家。

穆晓晓满脸疑惑。秦怡瞥了她一眼,高冷矜贵地再次抬手。

——我要换裙子。

在大小姐和穆晓晓火速回家换裙子的时候,秋秋的病房门被推开了。秋秋一看见那黑色的长裙就笑了,她一下子从床上坐了起来,兴奋地喊道:"霜霜姐。"

秦霜走了进来,她朝着秋秋点了点头,因为刚参加完一个晚会,她的长裙还没来得及换,妆容也没有卸,身上还带着一股酒味。

她的身后跟着同样一身黑的阿织,阿织手里还举着一个冰激凌。

秋秋一看见就开心了,她问:"这是给我的吗?"

秦霜坐在了秋秋床边的椅子上。她一边看着地上堆积的东西,一边点头说道:"嗯,只要了一个球,你不能多吃。"

一个球就挺好了,秋秋欢快地接了过去,然后冲阿织甜甜地笑了一下,道:"谢谢你,霜霜姐。"

阿织眼皮一跳,她把冰激凌递给了秋秋。

"有人来看你吗?"秦霜看着秋秋,她的睫毛轻轻地眨动,因为喝了酒,她脸颊微红。

秋秋点了点头,道:"是的,我姐姐来了。"

秦霜看了看她,问:"这些都是你姐姐买的?"

秋秋笑着说:"还有一姐姐。"

一姐姐?秦霜眯了眯眼睛,难不成是怡怡?

秋秋快速地把冰激凌吃了,她掀开被子下床,手脚利落地洗了一些水果,放在盆里,道:"霜霜姐,你喝酒了,吃这个能醒酒。"

秦霜愣了一下,她身子向后靠了一下,问:"味道很浓吗?"

秋秋摇头笑了笑,道:"只是一点儿而已,霜霜姐身上总会有好闻的薄荷味。"

秦霜没有回答,她接过了水果。秋秋跟她也似乎熟悉了,便坐在旁边的椅子上,继续写东西。

秦霜知道她的喜好,问:"你想出版吗?"

对于秦总来说,帮秋秋出版一本书并不难。

秋秋摇了摇头,她认真地说道:"我答应过姐姐的,凡事都要凭自己的努力。"

她想要多赚钱,让姐姐以后不要那么辛苦。

秦霜皱了皱眉,道:"你年龄太小,阅历太少,写的东西想被市场认可,很难。"

秋秋放下了笔,惊讶地看着秦霜。

秋秋年龄小,皮肤好,灯光之下,那水汪汪的大眼睛让人心疼。

秦霜抿了抿唇,她或许可以对一个成年人厉声呵斥,但是对孩子,她总是心软的。

"霜霜姐,你真的好诚实啊,不像是我姐姐,总是拍我马屁。"

秋秋笑嘻嘻地看着她,如果别人说这话,秦霜肯定会认为对方在说反话,可秋秋是真心的。

秋秋说："不过，我也不是在写什么俗气的题材啦，你看，我今晚写的就是一个特别新颖的故事。"

秦霜看着她，问："哦？"

就连她身边的阿织都向前走了一步。

秋秋美滋滋地显摆道："我的故事讲的是我的姐姐穿越到一个奥特曼的身上，她无所不能，竭尽所能地保护着周边所有的人，她可以喷火，可以吐水，还可以隐身，她……"

阿织的声音低沉："她是葫芦娃吗？"

秋秋挑了挑眉，道："我姐姐可比葫芦娃厉害多了，七个葫芦娃合在一起还能让妖精给抓去，要是我姐姐，就算是我进了盘丝洞，她也会砍掉蜘蛛网把我救出来的。"

这话说得自豪，秦霜忍不住问："你就那么相信她？为什么？"

她早就调查过这个女孩和穆晓晓的关系，她知道她们是没有血缘的。

秋秋非常骄傲地说："因为她是我姐姐。"

因为她是我姐姐……

秦霜怔怔地看着她，脑海里闪过一个声音："你也姓秦，我也姓秦，阿霜，以后我就当你是我的姐姐。"

曾经，有一个女孩也那么信任她，是她辜负了对方……

"霜霜姐，你……"秋秋看着秦霜，不知道她怎么一下子红了眼圈。

秦霜深吸一口气，她抬起手，摸了摸秋秋的头发，道："好好休息，等手术完了，姐姐还来看你。"

夜，有些凉。

秦霜裹着大衣走出去的时候，脚步沉重。

阿织跟在她身边，压低声音道："秦总，赵亮那边来消息，说大小姐她有了动静。"

秦霜脚步一停，她抬头看着阿织，问："什么？"

阿织低着头，小声地说："大小姐很谨慎，安排的都是一些忠心耿耿的秦家旧部，嘴都很严，但是我有一种直觉，她是在为回南阳做准备。"

秦怡要回南阳，这对于秦霜来说，仿佛隔世。

她沉默许久，才看着阿织淡淡地说："阿织，你说有什么东西会让一个人突然改变,像是重生?"

阿织不语。

秦霜摆了摆手,道:"去查一下穆晓晓。"

阿织点头道:"是。"

第九章
醉酒的秦怡

天底下最难等的事是什么？莫过于等女人换衣服。

穆晓晓和秦怡是晚上七点半回来的，这会儿已经九点了，秦怡早已经洗漱完毕，在屋里选裙子。

这一次，她还偏偏不让穆晓晓帮忙。

穆晓晓在楼下一边等，一边看着时间，她怕张巧不在家，便提前给张巧发了信息过去："等着我啊，大概一个小时后，我带一个重要的人去见你。"

张巧的信息回得很快："别骗人了，你有什么重要的人？"

都已经要见面了，大小姐也同意了，穆晓晓就想着跟张巧提前透露一点儿，让她有个心理准备。别回头她看到秦怡一激动，当场晕过去就麻烦了。

于是穆晓晓回道："你偶像。"

正在家里涂指甲的张巧看到这信息时笑了半天，她放下指甲油，迅速地回了过去："秦怡？哈哈哈，穆晓晓，你是不是最近忙疯了，头脑都不清晰了？你要是能让我见到我秦姐姐，我跟你姓。"

穆晓晓无语了。她就这么没有信誉可言吗？

就在这个时候，三楼的门打开了，穆晓晓抬头一看，眼里满是惊艳。

等会儿，大小姐打扮得这么漂亮做什么？她们只是去见朋友，不是去参加晚会啊！

秦怡把头发散了下来，她如墨的长卷发落在肩侧，十分精致。她穿了一条紫色的长裙，十分衬她的肤色和气质。

而她的脖颈上戴着的是生日时，穆晓晓送给她的铂金项链。

穆晓晓看得心都融化了，她快步走上前，问："怎么打扮得这么隆重？"

大小姐没有回答她。

——不要浪费时间。

穆晓晓无奈,好吧,又是她耽误时间了。

车子再次行驶在路上,刘万年心情不错,自从穆晓晓来了家里之后,他的生活变得更加丰富多彩。

一路前行,穆晓晓顾忌着秦怡的身份,给一个学长打了电话,让学长帮忙包场了一家小院子。

交代完后,她向大小姐炫耀道:"看我厉害吧,我也有能包场的时候。"

大小姐看着她,明显思维跟她不在一个频道上。

——你人脉很广。

前排开车的刘万年的肩膀抖了一下。

穆晓晓美滋滋地说:"那可不是吗?这些年在大学,我认识了不少优秀的朋友。"

秦怡看着她骄傲的样子,很想抬起手打歪她的脸,问一问她有什么可得意的。

自己不就是穆晓晓最好的人脉吗?

路程不远,张巧提前等在外面了。她根本就没相信穆晓晓的话,还特别不正经地带了一箱啤酒过去,并且提前把烤串的小炉子都支好了。

她都没打扮,直接穿了一条短裤加一件吊带就出来了。

在最好的闺密面前,她是怎么放松怎么来。

车子停稳之后,刘万年皱了皱眉。他透过后视镜往外看,说道:"大小姐,似乎有娱记的车子在跟着我们。"

这种情况,如果放在以前,秦怡一般都会谨慎地绕行,或者临时换地址,但是如今她并不想扰了穆晓晓的兴致。

——没关系。

她冲刘万年使了个眼色,刘万年点了点头。

穆晓晓有点儿不放心,问:"要不我们换一天吧?还是谨慎点儿好,要是被拍到怎么办?"

秦怡瞥了她一眼,摇了摇头。

两人正说着,就看见远处一个少女像旋风一样跑了过来。她的眼睛瞪得像铃铛,死死地盯着秦怡。

几秒钟后，她转而一把抱住了穆晓晓，感情饱满地叫着："厉害！"

张巧整个人都兴奋得要爆炸了。

天哪！她的姐妹好厉害啊，竟然真的把秦怡带来了！

此时被抱住的穆晓晓一脸无奈，真的是太丢人了。

穆晓晓抗拒地用手去扒拉张巧的头，喊道："张巧，你当着偶像的面就这样吗？赶紧站好。"

张巧站了起来，看着秦怡。她的心跳剧烈，手握成了拳头，眼睛泛红。她死死地咬着唇。

谁能明白粉丝的一颗赤诚之心啊。

秦怡看着张巧。刚才一听声音，她就认出了张巧是和穆晓晓经常打电话的那个女孩，应该是穆晓晓最好的朋友了。

她看着张巧，居然主动地点了点头，算是打招呼。

张巧一看，眼泪都差点儿流下来了。

"呜呜呜，秦怡姐姐，我追你好多年了，我真的好喜欢你！"她这话说得诚恳，她看着秦怡的那双眼睛都在冒着灼灼的光。

她的秦姐姐啊！

天知道张巧崇拜了秦怡多少年，从秦怡刚出道开始，她就是秦怡的铁粉了。她见证了秦怡出道以来的一切。

穆晓晓身子挡在前面，想要张巧注意保持距离，大小姐不喜欢别人离她这么近。

"你的东西准备好了吗？大小姐有洁癖。"

张巧根本就顾不得穆晓晓了，她一进屋就给秦怡沏茶倒水，嘴里还不停地念叨："我知道，我知道你有洁癖，我消毒，我消毒……"

她的手都在哆嗦，眼睛也激动得发红。

秦怡也曾经见过一些粉丝，但是像是张巧这样激动的，还是少数。

秦怡虽然离开娱乐圈有一段时间了，但是透过之前的资料，穆晓晓也知道秦怡属于那种"宠粉"的艺人。

穆晓晓跷着二郎腿坐在藤椅上，挑眉道："你是鹦鹉还是八哥？话都说不利落了？"

张巧恶狠狠地剜了穆晓晓一眼，这个浑蛋是哪根筋不对了，居然耽误她在自己的偶像面前表现。

秦怡虽然没有说话，但是她嘴角微微上扬，看似心情不错。

张巧把杯子反复消毒后才沏了茶小心翼翼地递到秦怡身边，她不敢靠秦怡太近，甚至连目光都不敢与秦怡接触。

她想看着秦怡，又忍不住心怦怦狂跳。

她捂着自己的胸口，看着穆晓晓，道："我心跳得好快啊。"

张巧是一个情商很高的人，她是在转移话题，这也是她缓解紧张的一种方式。

穆晓晓瞥了她一眼，说道："哟，您是不是最近熬夜玩游戏，玩得心跳加速了？去医院看看吧。"

张巧无语地看了她一眼。

大小姐看了看穆晓晓，瞅着穆晓晓那疯狂抖动的腿，她眉眼间也浮现一抹笑容。然后她看着张巧，从轮椅一侧拿出了一个东西。

张巧一看，眼睛都直了。她捂住了嘴，惊讶道："不会吧，不会吧？"

那是大小姐限量出售、现在已经绝版了的黑胶唱片，上面还龙飞凤舞地签着她的名字。

这张黑胶唱片在粉丝圈是稀有的，是张巧一直想拥有的。

张巧接过去的时候手一直在颤抖。穆晓晓在旁边看着，忍不住问："你怎么没有给我？"

秦怡瞥了她一眼。

——你是我的粉丝吗？

穆晓晓无语了。

是粉丝就有这样的待遇吗？她怎么没见到大小姐对其他粉丝这么好？

张巧拿着唱片，看了又看，欣喜若狂，她简直激动得要落泪了。穆晓晓在旁边踢了她一脚，不耐烦地说："到底还吃不吃东西？你的偶像还饿着肚子呢。"

张巧立马点头回应："吃吃吃。"

她亲自动手，去屋里拿已经准备好的烤串。穆晓晓冷哼一声后，瞥了一眼大小姐，说："你对她挺好啊。"

秦怡一双漆黑的眸子看着穆晓晓，她的眼睫毛微微地翘起，月色之下，像是蒙了一层薄纱，美得有些虚幻。

穆晓晓酸溜溜地说道："我也是你的粉丝，回头你也给我弄一张黑胶唱

235

片去。"

秦怡还没回应,张巧就在屋里扯着嗓子喊着:"穆晓晓,滚进来拿串儿!"

穆晓晓无语了,这人跟人的待遇真是不同,自己和张巧这么多年朋友了,她就不能对自己客气点儿吗?

穆晓晓进去之前,先把大小姐推到了亭子下,然后从包里拿出了一瓶驱蚊液。

大小姐的皮肤娇嫩,不能喷这些刺激性的东西,也不喜欢这些东西的味道,但是这边蚊子比较多,怕大小姐被蚊子咬,穆晓晓便在轮椅上喷了一点儿驱蚊液。

秦怡低头看着她,穆晓晓嫉妒地说:"粉丝怎么了?粉丝有你妹妹细心吗?哼,还给她礼物,我都没有收过你的礼物,你还给秋秋送吃的,我都没有吃过你送的食物。"

要是让曾经的顾客们看见穆老师这样幼稚,肯定要怀疑穆晓晓的专业性了。

把大小姐伺候好了,穆晓晓这才进屋去帮着张巧拿烤串。一进屋,她就被张巧一下子勒住了脖子:"快告诉我,你是怎么认识我秦姐姐的?她的腿怎么了?她怎么还不能说话了?"

张巧简直要疯了。

她做梦都没有想到这辈子能见到偶像在自己的面前,还对着自己点头。

张巧虽然不像穆晓晓一样在学校名气那么大,但她也是心理专业的优秀学生。她刚才观察过穆晓晓和秦怡的相处模式,她们用的是手语。

综合推断,秦怡在娱乐圈销声匿迹这么久,八成是因为身体不好。

可她身体到底出现了什么严重的问题,让公司至今都秘而不宣?

张巧忍不住想,难道被他们粉丝奉为神明的秦姐姐遭到了什么非人的待遇?可是看秦姐姐的状态又不像。

穆晓晓一个反手将张巧按在了旁边的沙发上,说:"这不就是你之前说的那个没见面就要签保密协议的人吗?"

那人居然是秦姐姐?张巧简直要打自己的脸了,她有点儿激动,问:"那你怎么现在还没有把她治好?"

她这是典型的关心则乱,说话也没有经过大脑思考。穆晓晓无语了,治疗一个病人有那么快吗?

张巧看着坐在院子里望着月色的秦怡，心疼极了："你知道我秦姐姐站在舞台上有多耀眼吗？"

穆晓晓皱眉道："你别一口你秦姐姐，你秦姐姐的，大小姐不喜欢别人与她太亲近。"

"是吗？"张巧从来没有露出过这样渴望的眼神，她一眨不眨地看着穆晓晓，说，"你们关系很好吗？我看她似乎很依赖你。"

大小姐很依赖她？穆晓晓皱了皱眉，她感觉张巧是头脑不清晰了，大小姐那样独立的一个人，会依赖谁？

张巧热泪盈眶道："想不到我也有美梦成真的那一天。"

穆晓晓说："你至于那么激动吗？你都多大了，追星还那么狂热？"

张巧简直是激动得不能自己："你不知道，我喜欢秦姐姐好多年了，看她这样，我心里真是难受。哎，要不回头你跟她商量商量，咱俩一块儿治疗她？"

"巧儿，不是我泼你凉水，偶像之所以为偶像，就是要跟粉丝保持足够的距离，才能永远在神坛之上，立于不败之地。"穆晓晓一本正经地给张巧分析着。

张巧瞪着她，道："你不是吧，这会儿跟我谈专业？难道你不想她快点儿好？"

穆晓晓涨红了脸，道："你瞎说，我俩拜把子了，她就是我亲姐姐一样的存在，我比谁都希望她赶紧好！"

两人永远这么幼稚，说着说着就扭打到了一起。

大小姐沉默地看着屋里扭打成一团的两个人，第一次感觉到了年龄上的代沟。

她们真的好幼稚。

就这样，在大小姐赏月二十分钟后，烤得喷香的肉串终于出来了。

张巧献宝似的先把肉串递给了秦怡，道："姐姐，你尝尝，我祖籍是新疆的，手艺应该还不错。"

穆晓晓在旁边都要把隔夜饭呕出来了，她挑衅地说道："之前咱们吃火锅的时候，你不是还说你祖籍内蒙古自治区吗？你怎么变得这么快，你有几个爸爸？"

张巧瞪大了眼睛，穆晓晓也跟着瞪眼睛，她一把抢过张巧手里的烤串。

张巧正想争论，被穆晓晓一个眼神给瞪了回去。

不是穆晓晓不给大小姐吃，而是她知道大小姐有洁癖，她用纸巾仔细地擦掉了烤串最前面的黑色物质，然后再递给秦怡："有点儿烫，如果你不喜欢吃肥的就给我。"

穆晓晓的话说得很随意，她伺候秦怡习惯了，一切都很自然。

秦怡接过来，她吃了一口，点了点头，然后把肉串放到了一边。

张巧感到疑惑，是她烤得不好吃吗？

穆晓晓走了过去，她用屁股拱了张巧一下，道："让开。"

张巧少加东西了，大小姐喜欢吃甜的。

张巧被推到了一边，她眼巴巴地看着穆晓晓在烤串上刷了一层蜂蜜，直到肉串被烤得金灿灿的，油脂都冒了出来后，穆晓晓才把肉串递给了秦怡。

这下子，大小姐开始吃了起来，她虽然吃得很慢，但是表情明显是喜欢的。

穆晓晓在旁边开心地看着秦怡，她还去给秦怡打开了一瓶饮料："喝点儿这个。"

秦怡皱了皱眉。

穆晓晓笑眯眯地说："我看了，没有什么热量，喝一点儿吧，放松一下。"

张巧眼巴巴地看着秦怡接过饮料。然后秦怡迟疑了一下，又去看穆晓晓。

穆晓晓就很自觉地拿出一个小杯子，把饮料倒在了杯子里，再递给秦怡，说："这样就好了，我消毒了。"

张巧表面上不动声色，暗地里一直在观察这两人的举动。

在张巧偷偷地打量她们两人许久之后，大小姐的目光终于望了过来。目光相对的那一刻，张巧看着秦怡那深邃的眼神，又开始狂喜了。

秦姐姐真的太美了！

原本以为镜头前的她已经够美了，没想到现实里的她比镜头里的她还要美上十倍！

穆晓晓还在给秦怡烤热量低一些的蔬菜，她根本不知道自家大小姐和闺密已经有眼神交流了。

张巧眼里的疑惑很明显，秦怡也看得清清楚楚。月色之下，秦怡的下巴轻轻地抬了抬。

张巧身子绷紧，她的头发都要竖起来了。

真的是她猜的那样吗？她的偶像这么信任穆晓晓吗？她要流泪了！

就在张巧即将疯狂之际，大小姐抬起手，纤细的手指放在朱红的唇间轻轻一点,做了个"嘘声"的手势。

张巧看见后捂着嘴,连忙点头。

刚擦了一头汗的穆晓晓笑着抬起头,便看到了这一幕,她的表情一僵,不可思议地看看秦怡,大小姐的表情已经恢复了淡然和冷漠。穆晓晓又扭头去看张巧,张巧哼着小曲看着月亮,一脸"你别看我,看就是有秘密"的嘚瑟样子。

从治疗第一天开始,穆晓晓便是跟大小姐最亲近的那个。可如今,大小姐俨然有向粉丝抛出橄榄枝的节奏啊。

穆晓晓不开心了,说:"要不咱们喝点儿酒?"

张巧立马配合:"好啊,喝点儿啤酒吧,劲儿不大,还能凉快一些。"

秦怡看了看穆晓晓,睫毛轻轻地眨动。

穆晓晓正要说话,张巧一摆手,道:"秦姐姐她不能喝酒。"

这她都知道?

穆晓晓盯着张巧看,张巧解释着:"以前我在综艺节目里看到过,秦姐姐从来不喝酒。"

穆晓晓又去看大小姐。月色模糊,大小姐盯着她看了片刻,轻轻地点了点头。

是的,秦怡不能喝酒,一喝酒就会失态。别说是在镜头面前了,就是私下,这也是秦怡不允许自己发生的事儿。

在和张巧"默契"的配合下,穆晓晓去倒了两杯扎啤,她好久没有喝酒了,如今,一口啤酒灌了下去,清冽的味道刺激得她皱了皱眉。

这样美好的夜晚,有好朋友在身边,有大小姐在身边,妹妹的手术也被安排好了,穆晓晓紧张的心被晚风一吹,很快地就舒展开了。她把自己的外套脱了下来,盖在秦怡的腿上,然后靠在轮椅一侧,席地而坐跟张巧聊天。

穆晓晓许久没有这样放松了。

有时候,她也会觉得疲惫,可是平时忙的时候她不觉得,唯有停下来时,这种疲惫感才无比清晰。

张巧喝了点儿酒,也收起了玩笑的样子。她看了看穆晓晓,问:"秋秋怎么样了?没问题吗?"

穆晓晓抬头看向秦怡,道:"多亏大小姐了。"

秦怡看着她的眼睛,穆晓晓的眼里有光,嘴角有笑容,让人目不转睛。

"这次等妹妹的事情都处理完了,你也该放松放松了。"张巧关心道。

两人虽然嘴上斗得厉害,但是实际感情非常好。

这么多年了,张巧一路跟着穆晓晓,她知道穆晓晓背负了多少压力:"你看,好不容易放暑假,大家要么回家陪父母,要么就到处旅游,眼看着马上就要大四了,再不玩以后就没有时间了。"

穆晓晓乐呵呵地说:"我在大小姐那儿也挺放松的。"

"那能一样吗?"张巧踢了她一下,"人生是用来享受的,如果都用来忙碌了,还有什么乐趣?"

穆晓晓喝了一口酒,她的脸颊泛起了粉红色。看着远处的明月,她道:"奶奶和院长妈妈的身体还不是很好,我总想着多赚一些钱,就能多分担一些她们身上的重量。"

"我感觉她们更希望你能照顾好自己。"张巧跟穆晓晓回过孤儿院,奶奶和院长妈妈的乐观精神让她很有感触,她看到她们,才知道穆晓晓这样的性格是随了谁。

穆晓晓道:"除了她们,还有那些小崽子。"

想到弟弟妹妹们,穆晓晓的眼神就变得柔和了几分,她嘴角挂着笑,道:"等以后院长妈妈和奶奶真的老得干不动了,谁来接她们的班呢?"

张巧听后吃惊道:"不是吧大姐,你真有这个想法?"

她忍不住去看秦怡,如果穆晓晓真的有这个想法,必须提早给她扼杀在摇篮之中。

那可不是一天半天的奉献与付出,也许她一辈子就这么搭进去了。

张巧觉得秦怡一定会不同意的,可是当她看见秦怡一直盯着穆晓晓,眼神里满是宠溺与赞许时,她有一种感觉,穆晓晓别说是去接管孤儿院了,就是想要把天捅破了,秦怡都会义无反顾地给予支持。

"而且,你一路走一路看,原本以为这世上的东西不会再左右你的心了,可是真正遇到了,又身不由己,成了牵挂。"穆晓晓这话说得就非常有艺术气息了,张巧或许听不懂,可大小姐听得明白。

这是穆晓晓最内心的话。她虽然表现得阳光开朗,但是她有着一颗被亲人反复伤害的、坑坑洼洼的心。

她曾经无数次告诉自己,就这些了,她要凭全身力气,去对身边这些人好,其他的人,再也无法进入她的心。

可事实真是这样吗？

穆晓晓没有想到，在她二十岁这年，她遇到了大小姐。

也不知道从什么时候开始，大小姐成了她的牵挂，让她放不下。

甚至只是出去一天，她也会不停地想念大小姐。

想到这儿，穆晓晓抬头看向秦怡，秦怡也正注视着她。秦怡目光柔和，眉眼舒展，已经不再是最初的凌厉和冷漠。

不知不觉间，穆晓晓的心里有了大小姐的位置，她认为无论何时，大小姐都会等着她，守着她。

穆晓晓笑了，她撒娇似的把脸放到了大小姐的腿上，轻轻地蹭："好开心，遇到你。"

秦怡纤细修长的指尖摸了摸她的头发。

——喝多了？

穆晓晓看着秦怡的手，把它抓了过来，她摇了摇头，轻声说："我才没有，你不知道我的酒量有多好。"

她的声音软绵，带着一股撒娇的味道。

在旁边的张巧鸡皮疙瘩都要起来了，她感觉她刚才吃下去的肉都要吐出来了。妈呀，穆老师还有这样的一面？在学校里，穆晓晓也算是小有名气，在外人面前她可有"偶像包袱"了，尤其是面对那些追求她的小男生时，她总是大手一挥，干净利落地说："什么年龄考虑什么年龄该做的事儿，同学，请你好好学习。"她拒绝人可是一点儿情面都不留的，如果再纠缠，那就是连朋友都不能做的，何时见过她如此撒娇？

穆晓晓把脸贴在秦怡的腿上，感觉秦怡微凉的指尖轻轻地拂过自己的眉眼，她咧着嘴笑了，道："大小姐，今天好开心，你也喝一点儿吧。"

穆晓晓还有半个月不到就该开学了。

这世间万物，一直都是在不停地改变，未来的事儿没有人可以预料。

这件事最好的发展方向是大小姐的腿恢复了，也慢慢地能说话了。到那时，她或许会重回南阳，或许会重回娱乐圈，但是无论哪一条路，对她来说都不好走。

而穆晓晓自己呢？

她还是要重拾初心，先忙碌学业，再忙碌工作……总之她的人生一眼望不到尽头。那原本是她一直想要的、充实的生活，可如今不知为何，她又觉得有些空虚与寂寞。

秦怡跟她，一个天上，一个地下，不是吗？

她现在之所以能陪在秦怡身边，就是因为秦怡的病。

一旦秦怡恢复了，她们就是两个世界的人了。

这些道理不需要别人说，穆晓晓最明白现实的那份残忍与无奈。

她情绪突然低落。她蹭着秦怡的腿，然后仰头看着秦怡，道："真喜欢现在啊。"

如果时光能就此停留也不错。此时此刻，她的眼里有明月，有星辰，还有她放在心尖上的大小姐。

秦怡读懂了穆晓晓眼里的纠结与复杂，也读懂了穆晓晓心里的矛盾。她的手抚过穆晓晓紧蹙的眉，目光静静地看着穆晓晓。

——不要怕。

她永远都会在。

也许她已经满身是血，伤痕累累，可是这一次，她依旧选择相信穆晓晓。

她曾经怨恨世界，怨恨她经历的一切。可是因为穆晓晓，她跟这个世界和解了。

她明白，也许，之前她经历的种种欺骗，种种背叛与痛苦，都是为了遇到穆晓晓。

秦怡现在明白了姐姐秦海瑶走的时候对她说的那句话的意思了。

"人这一辈子都在走一条路，或是快乐或是痛苦，路的尽头是什么，自有定数。"

晓晓这个妹妹就是她人生的定数。

秦怡一直都很纵容穆晓晓，所以，当穆晓晓拿了酒杯过来，笑嘻嘻地跟她干杯的时候，她也没有拒绝。她知道穆晓晓的心情，穆晓晓一直想要她放松。

秦怡沉默了片刻，她一双眼睛盯着穆晓晓。

——不后悔？

穆晓晓笑了，道："这有啥后悔的，没事儿啊，我在呢，你放轻松。"

有她在呢，大小姐干吗还紧绷着？适当地饮酒是可以放松人的神经的。

穆晓晓希望在接下来的时间里，自己可以带着大小姐放松，带着她开心，带着她笑，让她感受到这是一个有血有肉的世界，而不是回到秦家，再次被圈禁在那冷冰冰的牢笼之中。这样一来，也不枉自己来秦家这么一遭了。

在穆晓晓的注视下，大小姐仰头，一点一点地将酒喝了下去，她的唇被沁得红润。

大小姐是真的不会喝酒。一杯下肚，她如玉的脸颊瞬间就泛起了红色，紧接着，她的眼神开始迷离。

穆晓晓坐在她身边，问："怎么样？有没有感觉轻松了很多？"

张巧也目不转睛地看着秦怡，她没想到有生之年还能看见偶像这样妩媚的一面。

大小姐在娱乐圈走的都是高冷禁欲的风格，粉丝称其为"冰山美人"。

可是如今，喝了酒的她五官都变得柔和，她的眼里带光，荡着点点涟漪。她盯着穆晓晓看了一会儿后，抬起了酸软无力的手。

——你站起来。

穆晓晓立即把手里的酒杯放下，然后拍拍屁股站了起来，道："怎么，大小姐才喝一杯就上头了吗？你……"

她话还没说完，肩膀突然就被人靠着了，紧接着，随着淡淡的檀木香扑入鼻中，大小姐的头像猫咪一样蹭了蹭，眼睛眯成一条缝，软绵绵的身子就那么靠着她。

感觉出穆晓晓的僵硬，大小姐不满地撇了撇嘴，委屈似的仰头看着她。

——为什么不背我？

穆晓晓有些惊讶，这就是大小姐喝酒后的反常举动吗？

如果知道是这样，她就早点儿带大小姐喝酒了！

大小姐的眉眼皱了起来，那委屈的小模样像是一块软糖，融化了穆晓晓的心。

穆晓晓见过很多种模样的大小姐，冰冷的，暴躁的，阴晴不定的，温柔的，隐忍的……唯独没有这种，软软的，甜甜的，好像是一块糖。

穆晓晓的心被萌化了，她伸出双臂，扶住了秦怡。

秦怡靠在她的怀里，闭上了眼睛，可就是眼睛闭上了，她的嘴角还像是得到了主人安抚的、心满意足的小猫咪一样，微微扬起。

张巧的手放在嘴上，内心已经有无数只尖叫鸡在尖叫了。

月色下大小姐美丽动人，而酒意为她平添了温柔的一笔。她的瞳孔盯着穆晓晓看了一会儿，像是只可爱的猫咪一样，又缩了缩。

穆晓晓哄着大小姐："喝点儿水好吗？"

她冲张巧使了个眼色：眼睛看什么呢，还不赶紧去拿水？看大小姐都醉成什么样了？

张巧舔着唇，她舍不得离开，但是两人也不知道现在秦怡到底醉到什么程度。张巧走到了穆晓晓和秦怡面前，道："让我试试。"

如果秦怡能对她这么撒娇，她真的是做梦也会笑出来。

穆晓晓皱眉道："你是不是闲的？"

秦怡偏头，撇着嘴看着张巧，然后抬了抬手。那基本没有什么手语可言了，大小姐简单的一个动作里满是抗拒。

——你走。

张巧心痛了：呜呜呜。真的是不一样啊，秦怡就算是喝成这样了，也能认出穆晓晓是不是？

穆晓晓推开大小姐后，赶紧去调了一杯蜂蜜水。

而大小姐坐在轮椅上，皱着眉，一脸不乐意。

张巧在旁边瞅着，忍不住说："秦姐姐，我会唱你的《心瘾》，我曾经有个愿望，如果有一天见到你，我要在你面前唱给你听。"

这首歌张巧听过无数遍了，也练过无数遍了，她的声音虽然不是专业的，但因为练的次数多，所以她每次在KTV里唱这首歌时，都能赢得满堂喝彩。

她还在学校组织的歌唱比赛中，凭借这首歌拿过名次。

秦怡的脸颊泛红，她扭头看着张巧，手都没有抬。

她不想听。她有些不舒服，她想要靠着穆晓晓。

张巧看大小姐没有反应，就以为大小姐是同意了。她心跳加速，清了清嗓子，开始了：

"你说你不需要人爱，你说你早已将心存放于禁区之中；你说你已看透人生，你说你没有想到会遇见……"

这是《心瘾》的前面部分，每一次都被穆晓晓跳过，穆晓晓是直接唱副歌部分的。

大小姐今天喝了点儿酒，本来整个人就脆弱，张巧唱的又是她的歌，她心里难免动容。

穆晓晓回来的时候，吃了一惊，她看到她家大小姐眼圈居然红了。她几步上前，把杯子放到一边后，恶狠狠地盯着张巧问："怎么了？这是怎么了？"

秦怡缩在穆晓晓的怀里，偷偷地用穆晓晓的衣襟蹭了蹭自己泛红的眼圈。

张巧愣住了,她的歌声这么优美吗?都把秦姐姐都唱哭了?

穆晓晓咬牙切齿地看着张巧,道:"快闭嘴。"

张巧无语。

"没事了,她唱得难听,把我们吓哭了是不是?"穆晓晓低头看着秦怡,大小姐的小下巴点了点,然后她抬了抬手。

——她唱得不如你好听。

穆晓晓一听心都软了。她搂着秦怡,笑得眼睛都眯了起来:"你在哄我是不是?"

她下巴轻轻地放在了秦怡的头上,秦怡缩在她的怀里,扶着她纤细的腰,明明才刚红了眼圈,这下子,秦怡对着穆晓晓又是一脸甜甜的笑。

张巧在旁边看得忍不住抱紧了自己。

她第一次看见秦姐姐笑得这么开心,以前,无论是演唱会还是综艺,她都看过,秦怡就算笑也是那种端庄礼貌的笑,她何时笑得这样开怀过?

穆晓晓也开心,她感觉今天的大小姐才应该是那个本来的大小姐,没有经历过欺骗、背叛、算计的大小姐。

她忍不住在心里暗暗发誓,以后,她一定要让大小姐不喝酒也能展现这样纯真的自己。

月光柔和,星光璀璨。

小院子里起风了,一阵阵凉风吹得人很舒服。

"我不是一个好脾气的人,却一次次地对你包容,是心瘾呀。"

穆晓晓抱着秦怡坐在藤椅上摇啊摇,她在秦怡的耳边哼唱着歌,眼神温柔。大小姐听得开心,两只小手还拍了起来,时不时地鼓掌。

缩在一旁、眯着眼不停地搓鸡皮疙瘩的张巧一脸难受,太可怕了,这是什么噪音炸弹?秦姐姐是不是耳朵也受伤了?

秦怡的眼睛亮晶晶的,整个人美得熠熠生辉。

这跟平时那个坐在轮椅上隐忍封闭的秦怡完全不同。

穆晓晓的心都要化了,她靠着秦怡,忍不住在秦怡耳边说:"大小姐,明天醒来,你会记得多少?"

秦怡抬起手指,在脑袋上可爱地比画了一个圈圈,然后两只手无辜地一摊。

——一点儿都不记得了。

为了避免大小姐真的会忘记今晚这样美好的时刻,穆晓晓拿出了手机。

她把手抬得高高的，朗声说："尊敬的秦怡大小姐，此时此刻，你看到的是来自穆老师的现场直播。"

张巧从角落里窜了出来，她护着偶像，道："穆晓晓，你做个人吧。"

穆晓晓笑得嘴都咧上了天，她的头发被风吹起，眼眸里都是幸福的光。她笑道："大家现在看到的呢，是我们的秦怡大小姐，她喝多了的样子就像是一只小猫咪。"

她把镜头向下，对着秦怡："大小姐，你有什么要说的吗？"

秦怡眨着眼看了看镜头，她的手抬起，像招财猫一样摆了摆。

穆晓晓惊讶了，张巧被吓到了。

下一秒，穆晓晓笑得眉目都舒展开了。她忍不住胆大包天地去戳秦怡的脸颊，笑道："太可爱了，太可爱了。"可爱到要冒泡泡了。

本来还想护着秦怡的张巧看到这一幕，停住了脚步。她怔怔地看着面前的两个人。

月色之下，她们两人依偎在一起，一个去戳脸，一个撇着嘴躲开。

两人的脸上都是开心的笑容，像是童真的孩子。

那一刻，张巧的眼睛湿润了，不是因为秦怡，而是因为这个跟她在一起这么多年的好友。

穆晓晓背负得太多了，她的笑容何时这么明媚开怀过？

说什么给秦姐姐治疗，张巧认为，穆晓晓更应该给秦姐姐治疗费。

相互救赎，说的或许就是她们吧。

穆晓晓今天真的是开怀了，最后，她还让张巧把压箱底的烟花拿出来。

那是一种手持的烟花，穆晓晓小时候经常玩。

秦怡缩在藤椅上，她看着穆晓晓两只手甩来甩去，像个小傻子。

穆晓晓边甩还边跟秦怡说："在我小时候，这种烟花算奢侈品了，那时候我们放的不是这种，而且院里的孩子比较多，每个人就只能分到一个，我们就跑到村里，挨家挨户地去别人放过的鞭炮堆里找零星的、没有被点燃的收集起来，大家一起放。"

那是藏在穆晓晓心底最深处的儿时回忆。那时候她的愿望不大，她就想长大后赚了钱，可以痛痛快快地放一次烟花。

可是等她真的赚钱了之后，她发现她已经失去了那颗童真的心，她已经不再想放烟花了。

如今,在大小姐面前,她又重拾了童真的心。

她的两只手拼命地挥舞,她的笑容璀璨,她眼里的光只对着大小姐一人。

同样在旁边放烟花的张巧一脸无语,怎么着,她手里的烟花是假的,是隐形的吗?这两人就这么直接无视她了?

秦怡的目光追随着穆晓晓,她看着穆晓晓被烟花的光芒包围,笑得像个孩子。她看了一会儿后,嘴角含笑,低头拿手机发了条信息。

穆晓晓放完烟花后跑了过来,她摸了摸秦怡的脸,问:"冷不冷?是不是该回去了?"

她看见了秦怡在发信息,她以为对方是刘万年。

大小姐摇了摇头,她指了指怀里的衣服后,抬手。

——是我的,不要抢。

行,都是她的。

不过,这酒也喝了,肉串也吃了,烟花也放了,是时候该回去了。

大小姐却不知道怎么了,像一只小懒猫一样缩在轮椅上不动了,任穆晓晓怎么哄都没有用。

"走吧,我怕你感冒。你喜欢的话,以后我还带你来,好吗?"

穆晓晓声音柔和,张巧在旁边忍不住控诉:"以前我喝多了,你去宿舍外接我,让我起来,不都是倒计时三秒,要是不起来就踢我的吗?"

穆晓晓扭头看向张巧,道:"那能一样吗?"

张巧问:"怎么不一样了?"

穆晓晓不理她,蹲在藤椅边哄秦怡,她又絮絮叨叨地说了一会儿,大小姐都没有理她,直到怀里的手机轻轻一震,大小姐才嘴角上扬,笑得像个孩子。

穆晓晓有些疑惑:怎么了?大小姐收到谁的信息了,这么开心?

就在穆晓晓疑惑之际,秦怡的手指向天边,这一次,她没有用手语,而是用唇无声地说:"你看。"

穆晓晓跟着她的手指抬起了头,旁边,张巧像放爆竹一样惊呼:"我的天哪!"

随着一声巨响,一缕红色的烟花冲上了天空,在最高点绽放,染红了整个天空。

秦怡要一次性补上穆晓晓童缺失的美好,这只是个开场。

很快,像花朵一样的烟花纷纷在空中绽放,它们将黑色的夜空编织成了五彩斑斓的颜色，一束束，一簇簇，绚丽多彩。

张巧在旁边兴奋地叫着。

而穆晓晓则看着秦怡，眼圈泛红。她没想到大小姐喝多了还记得她说的话。这些以前她只能在电视上看到。

绚丽多彩的盛大烟火之下，穆晓晓童年的缺憾被大小姐一点一点地弥补上了。

有人在她心里放了烟花，她这一辈子也不会忘记。

这场烟花盛大而浪漫，穆晓晓认真地看着，她的眼睛里倒映着闪动的烟火，她的心里充满了感动。

这或许会是她这辈子见到的最美好的烟花。

想不到，有一天，她也会遇到一个像孩子一样呵护她的人。

她看着烟花，而大小姐一直在看着她。穆晓晓的侧脸精致，她仰头看着天空，眼里都是兴奋的笑容。秦怡发现这是穆晓晓第一次当着自己的面，褪去了重重的负担，露出了青春的热情。

大小姐目不转睛地看着，最后醉倒了。

这下子，不回去是真的不行了。

穆晓晓已经可以很轻松地把大小姐背起来了，她哄着秦怡道："回家了。"

秦怡靠在她的后背上，蹭了蹭，嗅着熟悉的荔枝香气，秦怡乖巧地伸手搂住了她的脖子。

被遗忘的张巧表示，她不应该在这里。

好在穆晓晓还有点儿良心，她扭头看了一眼张巧，道："愣着做什么？"

张巧快哭了，终于想起她了吗？她不愣着做什么？

现在知道内疚了？知道还有个她了？

穆晓晓用下巴往大小姐轮椅的方向扬了扬，道："把我的衣服拿过来，披在你偶像身上。"

张巧无语了，原来穆晓晓是把她当成工具人了！

衣服披好了后，穆晓晓对着张巧嫣然一笑，张巧这时候已经不对她抱有幻想了，只是抱着胳膊冷冷地看着她。

穆晓晓道："还得麻烦张老师推一下大小姐的轮椅，小心点儿哦，很贵的。"

张巧更气了，要不是看在大小姐的黑胶唱片的分上，她真的要和穆晓晓绝交了!

穆晓晓背着大小姐一路往外走,张巧郁闷地检查了一下房间四周,确认没有落下东西后,才在后面跟着。

背着秦怡的穆晓晓一点儿都不老实,她嘴里哼着难听的曲子,故意招惹秦怡。

秦怡的脑袋虽然昏沉沉的,但是她对于音乐的敏感是刻在骨子里的,她软绵绵地抬起手,去掐穆晓晓的腰,可是她一点儿力气都没有。

穆晓晓笑着躲开,还威胁着说道:"别碰我啊,我有痒痒肉,回头再把你摔下来。"

大小姐半眯着眼睛,眼里一片迷离,她抬手。

——你讨厌。

这也不怪穆晓晓,她太了解大小姐的性格了,明早大小姐醒来肯定要恢复之前那高冷的样子,然后把今晚发生的一切撇得干干净净。穆晓晓好不容易见到这么萌的秦怡,能不多欺负一下她吗?

一路到了院子门口,刘万年抽着烟靠在车边,早就等在那儿。看见几个人出来,他赶紧迎了过去。

"大小姐喝酒了?"刘万年一脸惊讶。穆晓晓点了点头,道:"嗯,小心点儿,别磕着头。"

刘万年很震惊,大小姐居然喝酒了,他果然没有看错穆晓晓,她果然厉害!

上次见到大小姐喝酒还是什么时候?他记得自己当时还是一个青涩的大男孩。

可能是因为之前被娱记跟过,刘万年换了一辆穆晓晓没有见过的白色保姆车。车后面的空间足够大,他先上去把座椅调好,才转身准备去接大小姐。

穆晓晓不愧是锻炼过的,她的身子一侧,手往下一滑,稳稳地托着秦怡,道:"躺下了哦。"

伸着手的刘万年发现是自己想多了。

总算是把人弄好了。车子稳稳地行驶在路上,前排刘万年专注地开着车,而穆晓晓则是专注地照顾着秦怡。

回到家里,穆晓晓扶着秦怡进了屋里,她知道大小姐有洁癖,于是哄着她道:"洗澡吗?"

秦怡还迷迷糊糊的,她这会儿哪儿还能打手语。

穆晓晓把秦怡扶到了床上，她把秦怡的外套脱了，想要让大小姐睡得舒服一点儿。

秦怡躺在床上，蹙了蹙眉，去抓穆晓晓的手。

防范意识不错，都成醉猫了，还知道保护自己。

穆晓晓舔了舔唇，看着她，道："是我，大小姐。"

听到熟悉的声音，秦怡偏了偏身子，然后撇着嘴不吭声了。

穆晓晓去浴室里拿了盆和毛巾出来，一点一点细心地给秦怡擦拭脸颊，大小姐的皮肤可真好，真是没有浪费她那一桌瓶瓶罐罐的护肤品，摸起来像是果冻一样。

大小姐这会儿老实了，她眼睛眯着，身子蜷缩着，脸颊枕着交叠在一起的双手，嘟着唇，乖得就像是个宝宝。

寂静的房间里，只有一盏幽暗的床头灯亮着。

穆晓晓伺候完大小姐后，自己去洗了个凉水澡。她连头发都没有吹干，就席地而坐，抱着双膝看着外面的明月出神。

大小姐喝得有点儿断片了，她都不知道自己是怎么回的家，经历了什么，她只是迷迷糊糊地感觉自己被那股淡淡的荔枝香包围着，这让她很安心。

当天晚上，连觉都很难睡着的她难得地做了个好梦。

她和穆晓晓依偎在一起，看着烟花。

梦里，都是五颜六色、绚丽多彩的烟花，那一束束，一簇簇的，仿佛绽放在她的心里。

"大小姐。"就在烟花尽头，穆晓晓突然叫了秦怡，她笑着看着她，"以后每年，我都会陪着你看烟花好不好？"

这下子，不仅仅是眼前的烟花了，秦怡感觉自己的脑海里也在放烟花。

第二天早上醒来，大小姐的头还有点儿晕，她靠着床，表情阴郁地看着眼前的一切。

就只是在做梦吗？

她又低头看了看自己，努力回想。

昨天，穆晓晓说带她去见朋友，见了朋友，又让她喝酒，喝了酒之后……

起床气陡然升起，秦怡愤怒地拍了一下床垫。

穆晓晓就把她这么扔在这里了吗？连衣服都不给她换？

正在楼下做饭的穆晓晓可不知道自己已经触碰了大小姐的逆鳞，她还哼着小曲在煎荷包蛋。

小翠看着她笑了,道:"心情不错嘛。"

穆晓晓点了点头,道:"一日之计在于晨,我爱清晨。"

小翠有些无语,她发现,有的时候穆晓晓看着很容易接触,可是有的时候,穆晓晓的防备心又很强。

在秦家,每一个人都过得如履薄冰。秦怡和秦霜的矛盾大家都心知肚明,为了工作,保姆阿姨们都或主动或被动地选择了站队。也不知道从什么时候开始,小翠觉得穆晓晓摸清了这个套路,开始对自己有了防备之心。

比如今天早上,她明明只是想和穆晓晓聊聊是不是昨天去了哪儿才这么高兴,可是穆晓晓根本不给她这个机会,直接用简单的一句话结束了聊天。

做好饭,小翠先走了,家里的保姆们现在已经习惯了这种干完活就离开的工作模式,反正大小姐也不喜欢她们在旁边看着。

偏偏穆晓晓是个意外,她把菜都端到了餐厅里,然后想要上楼去叫大小姐。

楼上冷不丁传来砰的一声,门被打开了。

坐在轮椅上的大小姐阴沉着脸,穆晓晓觉得大小姐昨天睡得一定很好,她的皮肤要比平日里透亮许多。她耳垂上戴着菱形的耳坠,头发披散着,她换了一身桃红色长裙,却没有换脖颈上穆晓晓送给她的项链。她这一身打扮要是能站起来,肯定迷倒一群人。

穆晓晓忙问道:"你醒了?"

秦怡一双眼眸冰冷地盯着她。

穆晓晓被她看得有点儿迷茫,大小姐这又是在为啥发脾气?

——看什么看。

大小姐标志性的恶言恶语拉开了一天的序幕,穆晓晓上去想要把她推下来,却被她皱着眉拒绝了。

坐在餐桌前,秦怡同样阴沉着脸看着卷着大饼吃得开心的穆晓晓。

穆晓晓必须多吃一点儿,昨天她基本一宿没有睡,今天还得伺候大小姐。在睡眠不足的情况下,必须靠食物来补充体力。

秦怡抬了抬手。

——你昨天干什么了?

"咳——"

一句话,惊得穆晓晓饼都卡在了嗓子里。她一阵咳嗽,然后面红耳赤地看着秦怡。

秦怡冷冷地看着她。

——我怎么一身酒味地躺在床上？

穆晓晓还没反应过来。

大小姐又发问。

——你为什么不给我清理身子？

她就那么带着酒气地睡了一宿，还是在自己的床上，她无法接受，床垫今天必须都换掉。

穆晓晓一看大小姐用那种眼神看她，立马转移话题："我哪儿敢动你啊，你都不记得昨晚发生什么了吧？"

大小姐一双眼睛冰冷地看着她，眼里带着"欺我者杀无赦"的寒气。

穆晓晓心里小鹿乱撞，可是她脸上保持着淡定。她清了清嗓子，微笑道："让我用一首歌帮大小姐回忆一下吧。"

秦怡的眉头瞬间打成死结。

这样美好的清晨，穆老师已经这么无耻了吗？

穆晓晓说来就来，她摇摆着身子，闭着眼睛，手还摆动着，开始了："让我们一起学猫叫，一起喵喵喵喵喵……"

大小姐皱着眉。

穆老师真的不是吹的，她以后真的可以另辟蹊径，自创一下另类音乐疗法。

在她的歌声中，大小姐的记忆就那么一点点地鲜活了起来，她看着脑海里的自己对着穆晓晓摆了摆手，嘴上还无声地学着"喵"，她的脑海里还有自己的声音。

穆晓晓如愿地看着大小姐的脸红了个透彻，像是一块红色的璞玉。这还不够，趁着大小姐还处于震惊的状态之中，穆晓晓拿出了自己的手机。

"来，大小姐，看，我还制作了一个动图。"穆晓晓凑到了秦怡身边，当着大小姐的面，点开了动图。

这张动图可是真的可爱啊，是大小姐对着镜头挥手，无声地"喵"了一声的样子。

一系列操作下来，穆晓晓如愿地看着大小姐卷轮椅走人了，还带着砰的关门声。

因为成功地欺负了大小姐，穆老师开心了一早上。一直到她端着咖啡上去的时候，大小姐还在给她白眼。

穆晓晓笑眯眯地推着大小姐进去洗澡，安慰道："好啦好啦，别生气了，现在带你去洗香香。"

穆老师这明显是哄孩子的语气，大小姐伸手拧了她一把，给她疼得龇牙咧嘴的。

穆老师有伺候人的经验，所以，把大小姐伺候舒服对她来说简直是小菜一碟。

穆晓晓的手很轻，她一点一点地给大小姐洗着身体，涂沐浴乳的时候，她还有点儿不好意思，好在周围雾气蒙蒙的，一切都看不清楚。

大小姐真的跟别人不同，花容玉肌，皮肤滑到溜手不说，身上还自带着香气。

秦怡看着她娴熟的动作，疑惑地看着穆晓晓。

穆晓晓一抬头，正对上大小姐的眼睛，她善意地解释："之前，我和奶奶经常去敬老院帮忙，那里有很多孤寡的老人。敬老院人手不够的时候，我和奶奶都会帮忙照顾那些老人家。"

秦怡一眨不眨地看着穆晓晓。

——不累吗？为什么不休息？

她知道，穆晓晓在孤儿院里生活得并不轻松。

大小姐就不一样了，她从小就是饭来张口，衣来伸手的，虽然对保姆、园丁们，她可以做到尊重，但是她也没有耐心过多地去询问他们的不易。

她生来就拥有这一切，身边人大多也非富即贵，所以她并不能跟他们普通的打工族感同身受。

她想象不到穆晓晓当时的生活是怎样的。

可是她知道，凭穆晓晓现在的条件，如果穆晓晓想要放弃这份辛苦，不知道会有多少人蜂拥而上，抢着将她当公主一样呵护。

可穆晓晓就是那样固执，无论如何，她也不会为了任何事弯腰低头。

穆晓晓道："累啊，但是很小的时候，我曾经问过院长妈妈，为什么我会被抛弃？"

秦怡的心一紧，她直勾勾地看着穆晓晓。

这是穆晓晓藏在最心底的话，她甚至都没有跟张巧说过。也是奇怪，也许是大小姐身上的檀香被这热水一沁，让她被一种莫名的温暖感包围，所以她才会这么淡然地就说出来了。

那时候，穆晓晓已经上学了，开家长会的时候，别的家长都会去，只有她的座位上是空的。有时候小朋友们也会闹着说她是没有人要的野孩子，是个被抛弃的孤儿。她把这份委屈藏在心里，过了很久才敢问一问院长妈妈和奶奶。

她的语气特别小心，生怕惹院长妈妈和奶奶不开心。

穆晓晓一直都非常感激奶奶和院长妈妈，她知道她们不容易，两个女人撑起了这么大一个家，她一般都是能自己解决的就自己解决，从来不给她们添麻烦。

也正是因为这样，院长妈妈和奶奶格外心疼她。

听到穆晓晓这么问，苏秋云和楚奶奶对视一眼，两人心里都难受。

苏秋云一下子抱住了穆晓晓，她亲了亲穆晓晓的额头，道："我们晓晓不比其他小朋友差什么呀，看看我们晓晓，长得这么漂亮，谁见到不说是个洋娃娃啊？"

穆晓晓眨着眼睛看着妈妈，她感觉自己被欺骗了。

苏秋云揉着她的头发，轻声细语道："就是因为我们晓晓太漂亮太优秀了，所以老天爷才会安排一点儿小小的坎坷让你来面对呀。"

楚奶奶在旁边附和，她嗓门大："对，人生来都是要吃苦的，你就是长得太漂亮了，又聪明，所以才经历多了一点儿。那些小屁孩懂什么？别听他们的！再说了，谁说你是被抛弃的？我和你妈谁舍得抛弃你？"

苏秋云又去亲穆晓晓："我们晓晓现在呢，可能会吃一点儿苦，但是把苦都吃完了以后，一定会很幸福很幸福的。"

所以，穆晓晓一直觉得苦难没有什么，那只是未来的垫脚石。她也一直相信奶奶和院长妈妈的话。

直到她听到奶奶和院长妈妈用几乎同样的说辞来哄秋秋妹妹，她们把"好看""漂亮"换成了"可爱"，秋秋也就信以为真了，笑得像是一个小傻子。

穆晓晓那时候才明白，这世上，不只是好看的孩子会遭受老天爷的锻炼，丑孩子也会的。

可这么一对比，她似乎要比妹妹幸福很多，她身体健康，心脏没有问题，还长得貌美如花，她不更应该多吃一点儿苦，再迎接未来更好的人生吗？

穆晓晓说得轻巧诙谐，大小姐却听得睫毛轻轻地眨动，她眼眸垂了下去。

她心疼穆晓晓了。

这样的情绪，对她来说是陌生的、无法按压住的，它一丝一缕地往上涌。

一看见大小姐这样，穆晓晓便很想要告诉大小姐其实自己很开心，直到现在她才知道，她们说的是真的。

她吃了很多苦，如今，终于开始享受幸福人生了。

这不，她遇到了大小姐。

换衣服的时候，穆晓晓看着大小姐的紫色睡衣，这和她的简直不是一个级别的。

刚洗完澡的大小姐裹着浴巾靠在床头，脸上的粉红未褪，她慵懒地看着穆晓晓。

——喜欢吗？

穆晓晓一个激灵，赶紧摇头："不要，不喜欢，不适合我，太成熟。"

秦怡无语。

穆晓晓分明是因为做贼心虚才会说出这一连串的"不"字，可大小姐听来就好像穆晓晓在说她老了一样。

大小姐眯了眯眼睛，在穆晓晓把上衣递给她时，她别扭地转过了头。

一般上衣都是大小姐自己换的。

等大小姐换好衣服，穆晓晓才给大小姐换裤子。她已经可以很熟练地把大小姐背到床上了。

被伺候舒服的大小姐心满意足地赶人，按照老习惯，她要开始敷面膜护肤了。

从大小姐的房间出来，可能是因为洗澡期间聊了太多过往，穆晓晓心里难免有些纠结。

尤其是跟大小姐在一起时间越久，晓晓就愈发自惭形秽。曾经，她也是自信满满的，可大小姐真的太过优秀，用"天之骄子"四个字来形容她也不为过。

穆晓晓盯着镜子里的自己看，她自言自语似的呢喃："我什么都没有。"

她又看了看镜子里的自己，补充道："就只有这貌美的皮囊了。"

说完，穆晓晓又细细地盯着自己看。

其实她长得还真的挺好看的吧？这不只是她的自我欣赏吧？

就不和大小姐那种天之骄子对比了，和薛模特比起来，她也毫不逊色啊。

穆晓晓挺了挺身子，看着自己优秀的身材曲线；她又摸了摸自己的脸，看着无需护肤品的年轻肌肤；她又一甩长发，看看自己这漆黑如瀑，可以拍洗发水广告的秀发。

用一个字来形容：美。

两个字形容：完美。

三个字来形容：非常美。

少女的心思，猜来猜去也猜不透。

穆晓晓完全沉浸在了自己貌美的世界之中，一时间，什么自卑心都被她抛之脑后。

等欣赏得差不多了，她用力地揉着自己的脸，恢复了理智。她一转身，正看到坐在轮椅上的大小姐。

她吓得一个激灵，往后退了一步，腿都软了："大……大小姐？你怎么在这儿！"

大小姐一双通透的眼睛看着穆晓晓，表情淡然。

她不仅在这儿，还在这儿很久了。她还把晓晓的"我好难受""我很自卑"到"我好像有点儿美""不，我非常美"以及"我是天下第一美女"的一系列精彩表情尽收眼底。

看着大小姐似笑非笑的眼神，穆晓晓也知道，她刚才的精彩表演肯定被人家看见了。一时间，她尴尬得不行。

似乎自见到大小姐开始，她的形象就一跌再跌。

大小姐一直盯着她，乍一看，大小姐的眼眸里满是寒霜，可细细地看，可以看到碎冰之下那一股盈盈的笑意。

大小姐很开心？看她演戏很开心？

穆晓晓愣了一下，可是当她再要去看时，秦怡已经换了一副面孔，她冷冷地凝视着穆晓晓。

——看什么看？

大小姐刚比画了一下，穆晓晓就已经猜出她的下一句了——赶紧走开。

大小姐无语，穆晓晓真的是越来越无法无天了。

穆晓晓和大小姐越来越熟悉了，她已经没有来的时候那种随时会被炒鱿鱼的顾虑了，从道理上讲，她该是不怕大小姐了，可她又比之前更害怕大小姐了。

只是此"害怕"已非彼"害怕"。

就连大小姐一双眼眸安安静静地盯着她,她心里的小鹿都会不安地跑到角落里哆嗦。看她做什么?为什么要用那种眼神看她啊?

秦怡嘴角微微上扬。

——愣着做什么?给我吹头发。

穆晓晓无语,大小姐是封建地主婆吗,说吹头发就吹头发?大小姐是不是真的忘记自己是来做什么的了?

她是受人尊敬的、年轻有为的穆老师,而不是穆洗头师,她今天不给大小姐树一下威,她穆晓晓三个字就倒过来写!

大小姐看穆晓晓不动,她也不着急。

两人静静地对视,能看到的是一片安静祥和,看不到的是一片刀光剑影。

几分钟之后,名字倒过来写的穆晓晓用手试着吹风机的温度,郁闷地捧起大小姐的一缕头发,轻轻地吹着。她的鼻尖都是大小姐身上淡淡的檀木香,那味道真是好闻。

大小姐看了她一眼。

——你没吃饭?服务这么不到位?

穆晓晓深吸一口气,她探出指尖,轻轻地揉搓着大小姐的头皮。大小姐总算满意了一些,她慵懒地闭上了眼睛,嘴角微微上扬。

穆晓晓以前明明是没有什么感觉的,可是现在她浑身不自在。她想了想,忍不住建议:"大小姐,中午我给你做海鲜吃怎么样?"

秦怡睁开了眼睛,她眼睛一眨不眨地看着穆晓晓。

大小姐的眼神那样深邃,就好像是一面万能的照妖镜,能看透她的所有小心思。

白皙的手臂抬了起来,大小姐淡定地挥了挥手。

——但是我不喝酒。

青天白日的,穆晓晓想要干什么?

被看穿的穆晓晓一脸惊讶。

为了服务更到位,穆老师开始随便闲聊:"大小姐,今天天气挺好。"

大小姐用那种"你脑袋是否进水了"的眼神看着她。

话音才落,窗外,一道划破天空的闪电刺眼而过。

穆晓晓无语了。她张着嘴愣了半天,才委委屈屈地说了一句:"你怎么那么凶啊？人家姐姐都很温柔的。"

秦怡看着她。

——人家姐姐？

穆晓晓撇嘴道："我说不过你，我的心受伤了。"她抚着胸口，把吹风机扔下，几步跑到沙发前，一下子扑了上去，然后委屈地蹬腿，"完了，我也抑郁了，难受了，需要治疗了。"

她一边闹着，一边用余光看着大小姐。

秦怡安安静静地看她闹腾了一会儿，然后摆了摆手。

——叫大厨过来给你做烤肉。

几乎是一秒钟，穆晓晓就一个鲤鱼打挺从沙发上跳了起来。她狂奔到大小姐身边，一把抱住大小姐："真的吗？大小姐，啊啊啊，你太好了！"

那一刻，大小姐算是看透了。或许在穆晓晓的心里，她不如牛排。

下雨天，还有什么比吃一顿烤肉更舒服的吗？

大厨接到电话，说是大小姐钦点他去家里烤肉。他激动得叫上小徒弟收拾了最新鲜的食材，迅速驱车赶到了秦家。

穆晓晓去开门的时候看见了大厨，她愣了愣。

好帅！

这个大厨长得真的是玉树临风，酷酷的。

大厨不知道穆晓晓是谁，反正大小姐身边的人，他必须好好对待。他释放了自己最阳光、最帅气的笑容。

她身后的大小姐驱使着轮椅向前，一不小心"撞到"了穆晓晓。

一个踉跄差点儿摔个大马趴的穆老师委屈地看着秦怡。

碰瓷成功的大小姐看着她。

——抱歉。

大小姐转身，又到餐厅里去了。

穆晓晓无语了，大小姐的脾气真的是阴晴不定。或许，女人的更年期会提前到三十岁？

很快，烤架被支了起来，空气中都是诱惑的肉香。

穆晓晓两眼冒光，她盯着看得直咽口水："王师傅，这个牛肉很贵吧。"

她没有吃过，却听身边的吃货张巧说过。

大厨微笑道："您叫我小王就行，这个肉还好。"他看了看身边的小徒弟，小徒弟对着穆晓晓微笑道:"这是按克计算的,它……"

手握刀叉的大小姐抬起了头,淡淡地扫了他们一眼。

大厨和徒弟立即闭嘴。

穆老师似乎已经得到了自己想要的答案,她扭头震惊地看着大小姐,问:"真的这么贵吗?"

大小姐刀叉并用,吃得非常优雅。她不想听到穆晓晓说什么感激的话,她不需要。

就像是能看透她的心,穆晓晓体贴地抬手帮她把头发掖到了后面,劝道:"少吃点儿,这个很油腻的。"

秦怡看了看她,觉得她总算有点儿良心开始体贴自己了。

穆晓晓笑道:"嘿嘿,你的那份我帮你吃,我不怕油腻。"

大厨师徒闻言一脸震惊。

穆晓晓和大小姐的相处模式已经固定了,不管有没有人,她都习惯性地逗一逗大小姐。

到最后,她还特意央求着王师傅教她做甜品。最后她亲自弄了一杯红豆奶茶递给了大小姐,期待道:"尝一尝。"

秦怡看着她,摆了摆手。

——不喝。

她不是一个放纵自己的人,最近甜食吃得太多了,她该克制一下了。

穆晓晓捧着奶茶,眯着眼睛说:"喝红豆奶茶是有说法的,大小姐,你没听过吧?"

秦怡看着她。

穆晓晓晃着头,道:"红豆奶茶中融着人与人之间浓浓的牵挂,无论走到哪儿,无论身处何方,共同喝这奶茶的人,心中都会有对方。"

会是这样吗?

大小姐从来都不信这些。可这一刻,她还是接过奶茶,认真地喝了起来。

一杯奶茶喝尽,大小姐看着穆晓晓,用眼神问她——你为什么不喝?

穆晓晓摸了摸肚子,道:"我得留肚子吃肉肉的。"

秦怡无语。

"那个说法是我编的,大小姐,你怎么这么单纯好骗?"

一顿午饭,大小姐气得简直要把刀叉扔穆晓晓脸上了。

王大厨和徒弟在大小姐面前虽然不敢说话,可是他们一直笑呵呵的,整个餐厅气氛非常融洽。

　　不知从何时起,那个总是一个人孤零零在三楼吃饭的大小姐身边变得温暖了,有一个嘴念叨个不停的人总是缠着她,让她没有办法安静,让她时刻想要站起来将对方踢出去。

　　王大厨很惊讶,他感觉穆晓晓不是一般的人,能跟大小姐相处得这么和谐融洽,那得需要多么大的勇气啊?以前他在节假日上门为秦家服务时,那尴尬的氛围,到现在他还有些头皮发麻。

　　而他的徒弟是第一次见到大小姐,他感觉大小姐跟传说中的冷漠无情的形象不大一样,大小姐明明是人美又可爱。

第十章
她能说话了

一顿饭仿佛一眨眼就过去了。

穆晓晓微笑着送大厨师徒出了门,回来的时候她有些犯难。她接到了导师的信息,导师非要她回去,说是给她介绍一个病患。

可是她每个月一天的假期已经用完了。她不知道该怎么跟大小姐说,就趁着大小姐吃完烤肉去洗澡的工夫,在屋里绕圈子思考。

她想来想去,给张巧打了个电话,问:"你在哪儿呢?"

张巧这两天回学校处理事儿,她正在玩手机,闻言道:"打游戏啊。"

"哎,先别打游戏了,过个十分钟,你给我打个电话,说是学校里有事儿,要下午回去一趟。"穆晓晓压低声音,眼睛瞄着三楼。张巧一听就不干了,质问道:"你啥意思?你是想要欺骗我秦姐姐,准备旷工吗?"

穆晓晓服了张巧了:"你到底有没有良心,你才见过秦怡一面,就把她排在我前面吗?"

"哎哟,我一直没有心啊,你还想着我有良心?我是只见过秦姐姐一面,可是我迷恋了她那么多年了!那么多……"张巧捂着胸口,说,"你想要让我背叛我的偶像?不可能的,就算是黄河之水倒流,宇宙不存在我也不会……"

"一顿蓝海韵华的海鲜自助。"穆晓晓冷着脸打断了张巧的话。

张巧愣了愣,道:"你以为一顿自助餐就能收买我?不可能的,我就那么便宜吗?"

穆晓晓非常果断地说:"两顿,你就值这个价,要不要?不要我找别人!"

十几分钟后,三楼的门被缓缓地打开,大小姐坐着轮椅出来了。

穆晓晓立即握紧了手机,她皱着眉,一边说话一边在客厅里踱着步子。

"什么？你说什么？导师突然让回去？怎么这么着急？他怎么都没有提前在班里群说一声？我没看见？大概是吧，我一心扑在工作上，哪儿还顾得上看什么群。"

穆晓晓眉头紧锁，看样子是遇到难题了。大小姐一只手扶着毛巾轻轻地搓着头发，分析着穆老师的演技。

虽然她是一个歌手，不算是专业的演员，但是她拍过MV，也客串过几部电影，所以，演技这种东西她还是有的。

甚至有不少导演向大小姐抛出过橄榄枝，只不过都被大小姐拒绝了。

从演员的角度分析，大小姐觉得穆晓晓应该是天赋型的，而且她演戏的时候非常投入，撒谎撒得很溜，一不小心，或许她自己都以为是真的了。

为了两顿自助餐的张巧也是拼了，她大声道："你扯什么？赶紧回来吧，再不回来，导师回头给你扣学分。"

"他敢！"穆晓晓瞪圆眼睛，"没有王法了吗？说让我回去就回去，我不得问问大小姐吗？"

她一抬头看到秦怡，吓了一跳。她往后退两步，道："大小姐，你今天怎么总吓唬人？"

秦怡一双眼睛幽幽地看着她。

沐浴过后的大小姐就好像是娇滴滴的花朵，白里透粉。

两人对视片刻，大小姐淡定地抬手。

——你手机拿倒了。

穆晓晓心一惊，她连忙去看手里的手机。看清之后，她心一凉。

完蛋了。她才没有拿倒，她中了大小姐的圈套。

电话挂断，穆晓晓贴着墙根，眼巴巴地看着大小姐。

秦怡随手盘起了头发，气质出众，她眼眸里带着王之蔑视，就好像是抓到逃课学生的教导主任。

穆晓晓这时候除了装死，也没有别的办法了。

她就不知道为什么大小姐总能看穿她。

大小姐漆黑的眼眸盯着穆晓晓，目光沉沉。

穆晓晓两只手绞在一起。她知道，她现在不能再说谎了，如果这个时候还对大小姐说谎，那就真的是踩雷了。

大小姐盯着她看了半天，抬了抬手。

——去吧。

穆晓晓不可思议地看着秦怡，激动得都要流泪了，大小姐……这么善良的吗？

秦怡看着她的眼睛，莞尔一笑，手比画着。

——按照旷工算，每个小时双倍扣工资。

从秦家出来后，穆晓晓趴在门上，两只手无力地垂着。这一刻，她好想让大小姐开门，开开门！她不回去了，只要不要扣她的工资就行。

杀人诛心。

她了解大小姐，大小姐又何尝不了解她？

说太多的话有什么用，好刀就该往心窝子里扎。

时间宝贵，每一分钟都是金钱啊。

穆晓晓不敢耽搁，她飞快地跑出了门，气喘吁吁地看见了站在不远处的刘万年。

天又闷又热，暴风雨即将来临，穆晓晓喘息着看着刘万年，眼中充满了惊喜。

大小姐还是心地善良，是不是她让万年哥来送她的？

刘万年礼貌地说道："晓晓，大小姐让我提醒你。"

穆晓晓一眨不眨地看着他。什么？他不是来送她的吗？

刘万年继续道："如果你晚上十点之前不回来，就永远别回来了。"

他不是来送她的，而是来警告她的。

穆晓晓难得奢侈一次，她打了辆车赶回了学校。一路上，她的心一直不平静。

她脑海里时而是大小姐温婉的笑，时而又是飘走的红票子。

最残忍的是，在半路上她突然接到导师的信息，说因为要下雨，病患那边先不过来了。

穆晓晓忍不住仰天长叹。

啊啊啊！说不过来就不过来，她从大小姐那儿请个假容易吗？她都坐上车了才说不来，对方太没有信用了。

到了宿舍门口，穆晓晓看见张巧打着伞，早早地守在那里。

下车的那一刻，穆晓晓被好友的举动感动了，她想得没错，在这个世界上，亲情和友情是最可贵的。看看，她的挚友知道要下雨了，扔下一切就这么来接她了。

看见穆晓晓，张巧也非常激动。她迈着长腿，快步走过来，然后一把抓住穆晓晓的手，激动地说："现在去吃自助餐吗？"

穆晓晓无语了。

真正的勇士，敢于面对残酷的人生。

回到宿舍，穆老师迅速进入了冥想的状态。好在这个时间段宿舍里没什么人，她盘起双腿，双手放在膝盖上，陷入沉思。

她要让自己冷静下来，不那么暴躁。

这时，张巧一脸困惑地看着穆晓晓。

穆晓晓怎么了？脑袋被驴踢了吗？怎么变得这么古怪？

这样的氛围让张巧有点儿害怕，为了辟邪，她拉开抽屉，拿出了自己之前买的檀香，点燃了它。

细雨飘入宿舍，伴随着袅袅的檀香，张巧也坐在自己的床上。她盘起双腿，双手合十，希望与好朋友一起进入禅意世界。

嗅到了檀香，穆老师一下子睁开了眼睛，她看着盘着腿坐在床上的张巧，激动地说道："你是神经病吗？点什么檀香？"

她以为自己又回到了大小姐的身边！

张巧无语了，穆晓晓回来到底是为了什么？是来折磨她的吗？

还没等张巧平静下来，穆晓晓又拉着她去澡堂洗澡。

张巧迟疑了一下，问道："现在去？那么着急干什么，回来都回来了，先休息半天啊。再说外面下着雨呢！去澡堂有一段路，回来被淋湿不是白洗了吗？"

穆晓晓深吸一口气，眼里含泪，她看着张巧，问到："你是不是我的好朋友？"

穆晓晓的话音带着一丝哽咽，张巧听了沉默了许久。她摸着胸口，小声说道："你这样下去，马上就不是了……或许，你和我的身份终究注定在这一天从朋友改变成医生与患者……哦，晓晓，看到这样的你，我好心痛啊。"

穆晓晓无语了。

到最后，穆晓晓还是拉着张巧去了澡堂。

澡堂里的确人不多，但还是有无聊的姐姐们来洗澡，穆晓晓进去后四处看了看，摇头感慨。

穆晓晓观察了半天，心如止水。她一转头，就看见了张巧一言难尽的表情。

洗澡的时候，张巧摸了摸穆晓晓的额头，真诚地说道："晓晓，我们是好姐妹，你要是有什么事儿，千万别憋着，跟姐说啊。你看你这眼神，明显是很难受啊，怎么了，大小姐真的扣你工资了？多少，你别怕，姐给你补上。"

穆晓晓听了感动极了，她抓住张巧的手，问："真的吗？张姐姐？"

张巧点头道："真的，你尽管说。"

穆晓晓脱口而出："损失得不多，也就几千吧。"

张巧一下子收回了手，她冷漠地转身，咬牙切齿地喊道："那你滚回来干什么！"

穆晓晓愣住了。

此时的秦家，窗外翻卷着黑云，雷电在咆哮。大小姐把刘万年叫了过来。

刘万年站在秦怡面前，心里满是忐忑，大小姐现在不轻易叫他，一叫他肯定是有什么事。

秦怡不说话，一双眼睛盯着他看。

刘万年满脸疑惑，这是怎么了？大小姐心情不好吗？可是谁能让她心情不好？

刘万年小心翼翼地问："大小姐，这雨下得很大，要不然我去接一下晓晓？"

他知道大小姐对穆晓晓宠得很厉害。

秦怡皱了皱眉，摆了摆手。

——她配吗？

刘万年一个哆嗦，后背的冷汗都要流下来了，完了，他的回答不准确，不是大小姐想要的答案！

又是一番思索，强大的求生欲让他继续道："已经暴雨预警了，虽然晓晓总是顽皮惹人生气，但是这个时候，我们还是大人不计小人过地去接她一下吧？"

注意刘万年同志的用词，此时，他前一句的"我"去接一下晓晓已经巧妙地改成了"我们"。

大小姐沉默了片刻，她抬起头，望着刘万年。

——你想要去接她？

刘万年内心默默地流泪，谁能明白一个打工仔的不容易。他对着大小姐坚定地点头:"是的,我很想去接她。"

秦怡的眉头终究是舒展开了,她摆了摆手。

——那就去吧。

是刘万年想要去接穆晓晓的,并不是她。

刘万年有些无语。

这雨下得很大,就好像是有人在天上用簸箕往下泼水。

车子能顺利开到学校门口都实属不容易,刘万年拿着伞下车想要去接穆晓晓,可大小姐不咸不淡地看了他一眼。

沉默了片刻,刘万年把伞递给大小姐,道:"外面空气不错,大小姐下去看看吧。"

秦怡点了点头,她瞅着外面的瓢泼大雨:是呢,空气新鲜,可以呼吸一下。

于是乎,在摇摆的狂风暴雨之中,大小姐一个人撑着伞在那儿呼吸新鲜空气。刘万年实在是担心大小姐的身体,他第一次违背工作底线,给穆晓晓偷偷地发了条信息:"晓晓,快出来!"

长久的默契,让本来双手叉腰盯着这雨犯难的穆晓晓一个激灵,她不可思议地看着信息,心里狂喜,难道是大小姐来了?她来接自己了?

根本来不及思考,穆晓晓抓起伞就往外走。正在看电影的张巧连忙叫住她:"干吗去啊?你疯了?这么大的雨。"

穆晓晓扭头,喊了一声:"她来了!"

她兴奋得手直哆嗦,别说是下大雨了,就是下刀子,她也要义无反顾地跑出去。

穆晓晓在雨中狂奔,到最后,伞都被她扔到了一边。她跑到门口,一眼就看到停在那里的黑色车子,她叫了一声:"大小姐!"然后飞奔而去。

秦怡也看见了她,几乎是下意识地,她驱动着轮椅上前几步。

她从来都是矜贵地等着别人去靠近的人,而这一刻,她也只能随自己的心了。

刘万年举着一把伞,靠在车边抽烟,微笑地看着这一幕。

可是就在穆晓晓冲向大小姐,准备抱住她那一刻,一辆黑色的摩托车不知道从哪个角落飞驰而来,穆晓晓只听见急促的鸣笛声,只看见明晃晃的车灯,还有刘万年飞奔而来的侧影。

如果是平时，穆晓晓一定能灵敏地躲开，可今天雨太大，视线不好，她又一心想着大小姐，根本就没有注意周围。

就在摩托车即将擦身而过的那一刻，穆晓晓唯一的反应就是推开身边的秦怡，可是随着一声凄厉的"晓晓"，她的胳膊被人死死地抓住，她被用力地拉到了一侧。穆晓晓感觉摩托车几乎是与她擦面而过，冰冷的气息割得她的脸生疼，而拉她的人用尽了全力，冲劲太大，两人立足不稳，一起向后倒在了地上。

那骑着摩托车的人回头看了两人一眼，并未停留，加速行驶扬长而去，溅起大片水花。

雨还在下，穆晓晓被压在地上，她摔得有些疼，突发情况让她有点儿蒙。

她甚至感觉这场景就像是梦境。

这是真的吗？她听到了……听到了……

直到一滴滴的雨水砸在脸上，穆晓晓看着黑云滚动的天空，逐渐回了神。她的心跳加速，眼睛湿润滚烫，有什么东西几乎要冲出胸口。而一直趴在她身上的人焦虑地撑起身子，一双眼睛紧紧地盯着她。

——受伤了吗？

穆晓晓眼眸中的黑云不见，取而代之的都是大小姐那急切的样子。穆晓晓抬起手哆哆嗦嗦地拍了拍身旁的人，颤着声不敢相信地问："大小姐，你能发出声了？"

穆晓晓在说这话的时候声音都是哆嗦的，雨那么大，她又这么躺在水里，她身体本该是冰凉的，可因为激动，她感觉浑身都在发热，心脏都要从胸口跳出来了。

明明大小姐在问她有没有受伤，她不仅没有回答，反而问她。

秦怡的眼睛从上到下将穆晓晓检查了一个遍，确定穆晓晓没有受伤后，她舒了一口气，紧绷的身体也在一瞬间缓和了下来。

直到这一刻，她的心才落回了原处。

穆晓晓能清晰地感觉身上的人从紧绷如石变成如花瓣一样柔软，她用手臂使劲扶着秦怡的腰，又问："大小姐，你能说话了？！"

她曾经无数次幻想秦怡说话的画面。她有过无数种假设，也想象过很多次，如果大小姐能开口了，会说什么。

她曾经在脑海里上演了无数种情节，却唯独没有现实的这一种。

大小姐叫的是"晓晓"。

大小姐刚刚开口说话，叫的就是"晓晓"，是她的名字。

大小姐是为了救她才开的口，穆晓晓感觉自己的心也像是下了一场大雨，一片潮湿。

这种狂喜与幸福是给她再多钱也换不回来的。

这让她不禁想起那时为了激大小姐站起来，她假装摔倒，躺在冰凉的地板上，感受等待的滋味。

不到半个月，如今，大小姐不仅开了口，还为她站了起来，甚至将她护在身侧，宁愿用自己的身躯来保护她。

穆晓晓的眼睛都红了，她的手使劲地勒着秦怡。大小姐本来想撑着身子起来的，可因为腿使不出力气，她猝不及防地跌到了穆晓晓的身上。

被砸了一下，穆晓晓不仅没有生气，反而急切地看着大小姐的眼睛问："你告诉我啊，大小姐，你是不是说话了？"

她真的生怕自己刚才是幻听。

在旁边默默围观的刘万年一脸不解，她们就不能站起来说话吗？

虽然这么大的雨，周边没什么人，可是这里毕竟是校园门口啊。

还有……跟着秦怡这么久了，刘万年从来不知道她手脚这么利索。刚才的她哪里像是一个长期坐轮椅的人，她的速度要比他都快。

雨冰冰冷地砸在穆晓晓的脸颊上，秦怡看着她泛红的眼睛，看着她的眸子里都是自己的影子，感觉她胸口急速起伏，便知道她迫切地想要一个答案。

大小姐轻轻地叹了一口气，她点了点头："是……"

刚才的突发情况下，大小姐一声"晓晓"叫得凄厉。如今，骤然让她说话，她的声音有些粗哑，甚至有些含糊。这样的音质对于曾经靠声音横扫娱乐圈的秦怡来说简直是一种耻辱。她不仅是脸红了，连耳朵都跟着红了。但对于穆晓晓来说，这是她听过的最好听的声音。这声音透过层层大雨，是真正的天籁。

穆晓晓内心翻滚起滔天的浪，她根本不想放开大小姐，她就想要这样听大小姐说话。

好好听……好好听！

大小姐缓缓地起身，她的腿依旧用不上力气，好不容易抬起来了一些，就被穆晓晓一胳膊给拽了回去。

"你能说话了……"穆晓晓眼睛泛红,唇也哆哆嗦嗦的,就像是个小疯子,她使劲搂着秦怡,说,"大小姐,你能说话了!"

大雨倾盆。

穆晓晓的大嗓门把大小姐的耳朵喊得嗡嗡的,她很想要问穆晓晓一声,是不是她才能说话,穆晓晓就想要把她弄成聋子。

可这个时候,看着穆晓晓那红红的,像是小兔子一样的眼神,秦怡轻轻地叹了一口气。她摸了摸穆晓晓的脸颊,点了点头。

是,她能说话了。

这让她自己也觉得不可思议。

刚才的一切太过突然,不容思考,所有的一切都是她的本能反应。

无数个深夜里,大小姐一个人在房间里无数次地练习张口,可无论怎么努力,她都说不出话,一点儿声音都发不出。

秦怡也曾惶恐过不安。

大小姐的前半生都是算计、欺骗和背叛,如今遇到穆晓晓了。穆晓晓不说,却忍不住想去温暖她。

穆晓晓前半辈子那么难,那么苦,后半辈子,大小姐还想要给她呵护与温暖,给她一个家,让她知道这世上总有一个人会守护着她,她永远不会再被抛弃。

两个人总算是肯起来了。一身的泥水对于大小姐来说过于狼狈,穆晓晓顾不上自己,先把大小姐扶上了轮椅。刘万年赶紧把车让了出来,让两人换衣服。

他靠在车的一边,看着依旧是阴云密布的天空,皱起了眉。

刚才突然出现的摩托车,真的只是一个巧合吗?

雨太大了,几乎迷了人的视线,让他这样经验丰富的专业保镖都来不及反应。

如果真的是意外,对方看到两个人都倒地了,按照常理来说,不该停留下来查看伤情吗?为什么那人只是回头看了一眼就绝尘而去?

好在大小姐被这么一激能够说话了,刘万年的心里也开心。他虽然不像穆晓晓那样疯狂,但是他内心的喜悦几乎要涌出来了。要不是雨太大不方便,他真的要立即给宋嫂发信息,告诉她这个好消息。

多久了?大小姐有多久不能开口了?

就在刘万年还在深思的时候，车里的穆晓晓跟个猴子似的，兴奋得恨不得上蹿下跳。她眨着眼看着大小姐，高兴地说道："大小姐，你再说一句话让我听听。"

大小姐的嗓子刚恢复，她的声音很柔软，提不起力气，跟穆晓晓以前听的她在歌曲里的声音不大一样，就好像大病过后的人，没有恢复元气，声音很虚弱。

可是……真的好好听啊。

大小姐就好像是在用鼻音说话，虽然虚弱，但是带着一股娇柔之意，如果能配上她那个小猫一样的表情，那该多可爱啊。

穆晓晓思维都发散开了，她的内心开始上演那一幕了。秦怡冷冷地看了她半天，皱着眉，如她所愿。

"滚。"

多么清晰的"滚"字啊，穆晓晓一把抓住大小姐的胳膊，开心地说道："好好好，我滚，再说一遍！"

秦怡觉得还没等自己完全好，穆晓晓就要被送到精神病院了。

穆晓晓的心情不知道多好，她把刚才的危险都抛之脑后了。她拿着毛巾给大小姐清理着身上的雨水和泥垢，忍不住问："你是特意来接我的吗？"

秦怡皱了皱眉，看着她，抬手。

——在做什么梦？

她会特意来接她？

虽然能说话了，但是人的习惯一时半会儿是改不了的，大小姐已经在无声的世界里待了这么久，她已经不习惯用语言去表达自己了。

可只是简单的几句话，就足以让穆晓晓开心到发疯。她这下子有心情低头看向自己的手臂了，大小姐是不是练过功夫啊？

穆晓晓凑近秦怡，笑眯眯地指责道："你看。"

她摔那一下没怎么着，可是雪白的手臂上赫然多了几个指印，显然是大小姐刚才情急之下留下的。

晓晓人白，胳膊上的乌青更是明显。她笑着去逗弄秦怡："大小姐，这算不算工伤啊？"

大小姐冷冷地看着她。这人有没有心？命都差点儿没了，还有心情跟自己开玩笑？

穆晓晓抿着唇,低头盯着自己的胳膊看了半天,然后从兜里掏出手机拍照。

"多么威武的九阴白骨爪,我要永远留下来。"

秦怡无语。

留下证据后,穆老师因为心情太美好,嘴里又开始唱起了:"我不是一个好脾气的人,却一次次地对你包容,是心瘾呀!"

秦怡这会儿也不知道该说她是有心好还是没有心好了。

"唉,对了,大小姐,你刚才是不是自己站起来了?"穆晓晓光顾着高兴于大小姐能发声了,忘记了这事儿,她立即转身,蹲下身子,用手摸着秦怡的腿。

被雨水打湿的手本该是凉的,可因为穆晓晓实在是太兴奋了,她的手对于大小姐来说居然有些烫人。秦怡哆嗦了一下,抓住穆晓晓的手就扒拉到了一边。

穆晓晓被扒拉了不仅没有生气,反而开心极了:"这么敏感吗?"

以前,穆晓晓给大小姐按摩腿的时候,大小姐虽然会有反应,但是并没有这么敏感。

如今,她的手才刚放上,大小姐立即就有了反应。

今天到底是怎样的一个大好日子!

可能是太开心了。穆晓晓的嘴几乎没有停,她叨叨个没完,边说边笑,激动之处还会像个小孩一样直跺脚。

"啊啊啊,大小姐,我是不是快要听到你唱歌了?我可以跟你合唱《心瘾》了!天哪,这是不是来自艺术家与艺术家灵魂的撞击!我估计你也快要能自主行走了,天哪,大小姐,我要看你穿裙子,一定特别美!"

……

她说到兴奋的地方,一把拉住了秦怡,秦怡低头看了看她,抬起了手,摸了摸她的头发。

穆晓晓喃喃地说:"好像是在做梦啊,大小姐,我是不是在做梦?"

秦怡掐着穆晓晓胳膊上的软肉转了一个圈,穆晓晓疼得倒吸一口凉气。

大小姐看着她。

——是在做梦吗?

穆晓晓疼得龇牙咧嘴,大小姐要不要这么残忍?她还沉浸在喜悦之中,就不能让她多开心一点儿吗?

271

大小姐也想开心，可是刚才突然出现的摩托车触碰了她的逆鳞。
　　她不是一个好脾气的人。曾经有许多事儿她都懒得去管，也不想去管，可现如今不同了。有人敢碰穆晓晓，她绝对不能姑息。
　　回到家里，穆晓晓还是开开心心的。她抬起一只手，微微弯腰，做了一个非常绅士的邀请动作："大小姐，可以邀请你雨中漫步吗？"
　　做人不能大喜大悲，穆晓晓今天经历了与死神擦身而过的劫后余生，又经历了大小姐突然说话的狂喜，她已经不太正常了。
　　好在大小姐比较淡定，她如常地给了穆晓晓一个冰冷的刀子眼。
　　——滚。
　　穆晓晓笑容不减，她不仅没有被骂后的怒火，反而鼓励着说道："你说出来，说出来我就滚。"
　　大小姐真的是想揍人。
　　为了避免把大小姐的血压气得骤然升高，穆晓晓也知道很多事情虽然她心急，但还是要慢慢来。
　　她扶着大小姐上了轮椅，又推着她回了房间。
　　回过头，穆晓晓本来想要招待一下刘万年的，毕竟今天刘万年也很不容易，淋了一身雨不说，还一直很不安。
　　刘万年根本就不敢进门，今天没有保护好大小姐和穆晓晓，是他的严重失职。
　　秦怡瞥了他一眼，淡定地摆了摆手。
　　——先回去。
　　他这一身湿漉漉的衣服也该换掉。
　　看大小姐没有发脾气，刘万年舒了一口气，他转身赶紧离开了。
　　这个点了，又是这么大的雨，家里没有人，穆晓晓开心地把门关上了。她先去屋里拿了一条毯子，给大小姐盖上。
　　没了外人，穆晓晓不用顾虑什么，便一屁股坐到了大小姐的轮椅前，仰头看着她。
　　大小姐的心情也缓和了许多，她低下头看着穆晓晓。
　　四目相对。
　　穆晓晓湿润的头发还贴在额头上，她的唇被衬得鲜红，眼眸里有泪光闪烁，她在极力克制。

这一路走来，外人不知道，可是她比谁都明白，大小姐有多难，有多痛苦。

她一个人孤孤单单的，从高处跌落，一次次受到来自身边最亲的人的伤害、背叛，乃至迫害。

尔虞我诈，利益至上……谁会跟她讲真正的感情？

她想起刘万年说过的，大小姐曾经在最虚弱的时候被小姨素岚迫害，一个人在医院，受到了非人的对待。

她还记得，在刚相遇的时候，大小姐一个人孤零零地坐在三楼，不与人交谈，甚至从不与他人一起吃饭。无论别人说什么，议论什么，她都是那样挺直着身子，用寂寥的背影面对一切。哪怕是亲手推宋嫂离开，难受至极，她也从不与人说。

她一个人日复一日地看着落叶落尽，却等不来想等的人。

如今，大小姐一点点走了出来。

穆晓晓如何不感动？如何不激动？

穆晓晓忍不住咬住了唇，滚烫的泪水顺着脸颊滑落，一滴一滴地落在秦怡的手背上，烫得秦怡也跟着红了眼。秦怡的手缓缓抬起，轻轻地摸了摸穆晓晓的头发，她艰难地开口了："晓晓……不，不要……"

她说得很慢，声音软糯得像是蜜糖，沁入了穆晓晓的心里。

穆晓晓耐心地看着大小姐，一直到大小姐说完最后一个"哭"字，她终究是忍不住心中的激动。

"晓晓，不要哭。"

穆晓晓听见了，听得清清楚楚。

狂风在呼啸，暴雨砸在屋顶，砰砰的响声扰人心绪。

可就是这样一个雨天，就是这样一个午后，穆晓晓的心感受到了许久未有过的宁静。

没有那些烦恼的琐事儿，没有未来的重担，更没有过往的纠缠，穆晓晓像是一个孩子一样坐在地上，把头轻轻地靠在大小姐的膝盖上，而大小姐会温柔地抚着她的发，听她唱跑调的歌曲。

"你说你早已将心封闭。你说你已看透人生，你说你没有想到会遇见……"

在大小姐的面前，穆晓晓一直是不用隐藏的。

她不是穆老师，不是谁的姐姐。

她就只是她。

人人都怕秦怡，只有她不怕，她甚至一直放肆地踩在大小姐的雷点上，一次又一次地招惹大小姐，却都能全身而退。

秦怡一直低头看着穆晓晓，灯光落下，秦怡的眉眼之中一片温柔。

只有她们的房间，将屋外的狂风暴雨阻挡，也将一切恶意隔离。

曾经的秦怡厌倦了世间的种种，而如今，她恍若重生。

随着歌声，穆晓晓自我平复了许多。她仰头看着大小姐，浅浅一笑。

秦怡也看着她，一向厚脸皮的穆老师居然被看得有点儿不好意思了。

秦怡感受到穆晓晓剧烈的心跳，每一声都在诉说着她怀里的女孩有多开心，多么兴奋。

在那一刻，她是庆幸的。

她庆幸她虽然对世界失望，却没有放弃生命。

"要洗澡吗？"

穆晓晓把下巴搁在了大小姐的腿上。秦怡身子一僵，盯着她看。

到最后，穆老师还是被赶走了，只是走之前，她依依不舍地抓着大小姐的手轻轻地摆动，撒娇一样道："你再说一声'滚'，再说一声嘛。"

秦怡无语了，这世上还有这样找骂的人吗？

大小姐冰冰冷冷地抽回了手，身子坐得挺直，端起了架子。

"你……你想……想死吗？"

那软绵绵的、含糊的、提不上力气的声音，把穆晓晓感动得两眼泪汪汪，穆晓晓不停地点头。

行行行，只要大小姐同意，她没有意见。

最后穆晓晓是被大小姐推出去的。

穆晓晓真的很开心，她快速地跑到自己的房间里冲洗，准备做一桌好吃的来和大小姐庆祝一下。

洗澡的时候，水流在身上，从亢奋的情绪中稍稍缓过来的穆晓晓忍不住倒吸一口凉气，她低下了头看了看疼痛的来源——被大小姐抓伤的手臂。

天哪……大小姐到底用了多大的力气？她的力气怎么这么大？

那指印就好像嵌入了肌肤，深深的，估计一个星期都下不去。穆晓晓回忆着当时的片段，大小姐平时看起来冷冷清清，可是当时那反应速度，那手速……

她甚至心里自动把大小姐的脑袋和擎天柱的身子拼在了一起。

秦怡洗了很久的澡。

等她出来的时候，穆晓晓正哼着小曲在厨房做饭。

穆晓晓穿的依旧是那件白色的睡衣，她的头发都散开了。厨房的窗户被推开，窗外的风吹进来时，她会开心地眯起眼睛。她白皙的肌肤吹弹可破，而手臂上那乌青的痕迹非常显眼。

秦怡盯着那伤痕看，穆晓晓余光看见了她，挥手道："嗨，大小姐，你来了吗？饿了吗？"

秦怡无语，穆晓晓为什么要用那种跟小孩说话的语气对她？

穆晓晓看到大小姐的眼神不善。她笑着走了过去，熟练地推着秦怡的轮椅，把秦怡推到了厨房门口的一侧。

这个角度刚刚好，没有油烟，她还能看到秦怡。

穆晓晓道："我知道，你想看我做饭。"

秦怡冷笑，胡说八道，她只是下来后刚好看见她，才不是特意来看她的。

穆晓晓削起了土豆皮："以前，院长妈妈和我说，一个家，最有烟火气息的地方就是厨房。她每次做饭的时候，奶奶或者我和秋秋都会陪着，那种感觉特别幸福。"

小时候，孤儿院里吃的东西不算太好，但是穆晓晓的心里是无比幸福的。她和秋秋总是会偷吃，奶奶和院长妈妈说了她们好几次，她们就只是撒娇卖萌地吐舌头。

秦怡听了，长长的睫毛眨动，她没有回应。

她穿了一条素白的长裙，大小姐很少穿得这样简洁。同样的白色，被穆晓晓穿着就是青春性感，被大小姐穿着就是矜持高冷。棉质的布料勾勒着大小姐窈窕的腰身，大小姐还把头发绾了一下，用一个白色的发簪固定。她刚洗完的肌肤像是在发光，穆晓晓琢磨着，如果再给大小姐一本古书在手里捏着，跟别人说她是从古代穿越过来的都会有人信。

秦怡瞥着穆晓晓，抬了抬手。

——看什么看？

穆晓晓笑呵呵地瞅着她，道："没事的，大小姐，就算是你以前没有过这样的经历，以后也会有啊，我以后做饭都带着你看好不好？"

她已经像是秦怡肚里的蛔虫，秦怡的一点儿变化她都能敏感地察觉。

刚才，秦怡的确情绪有些失落了。

有些时候，她听到穆晓晓说着她曾经在孤儿院的过往，她虽然贫寒，虽然忙碌奔波，但是从来不缺爱。相反地，自己什么都有，又好像什么都没有。

这种被人看透的感觉对秦怡来说是不好的，她皱了皱眉，盯着穆晓晓。

穆晓晓满心的期待，她两个小手甚至已经举到了胸口，看样子是要在大小姐骂她"滚"之后立即鼓掌欢呼了。

这世上，能对付大小姐的，也就是穆老师了。

论专业，哪家强？穆老师当仁不让。

说到大小姐的情况……

穆晓晓拿着削土豆皮的刀冲洗了一下。她小心翼翼地打量着秦怡的脸色，心里在想该怎么开口。

其实以大小姐的实际情况，这个时候，心理治疗是可以往下缓一缓的，康复师该开始介入了。她在心理方面虽然专业，但是在康复方面，她给不了大小姐专业的帮助。

可是大小姐的性格……穆晓晓是最知道的，她有多排斥陌生人。

秦怡看着穆晓晓，抬了抬手。

——你在憋什么鬼主意？

从大小姐的手势里就能感觉到，自己想的事情她也许不会接受。

穆晓晓犹豫纠结了一下，小心翼翼地说："大小姐，我感觉你现在心理上的问题好了很多，你应该……"

啪的一声，她还没有说完，秦怡就把手里的手机扔了出去，摔到了穆晓晓的脚边。穆晓晓吓了一跳，她跟只兔子似的跳了起来。

她的心被吓得加速跳了起来。她低头捡起大小姐的手机，还好手机质量好，没有被摔坏。

大小姐干什么啊，她的手机多贵啊！

秦怡瞥着她，抬了抬手。

——不好意思，手滑了，你刚才说什么？

得，看来这个话题暂时不适合说了。

穆晓晓把话咽进了肚子里。她手上麻利地切着土豆丝，嘴上说道："没事儿。"

她不说，大小姐也不会继续问。

秦怡沉默地看着穆晓晓做饭，穆晓晓的手真的很灵活，或许比起歌唱家，她更适合当个厨子。

这可不是穆老师故意炫技,她很小的时候就踩着小板凳帮着院长妈妈和奶奶干活了,手艺能不好吗?

她看到大小姐的眼睛里居然生出了崇拜之色。

穆晓晓的嘴角上扬,这下子开始故意秀起来,她颠勺溜极了,小腰都用上了力气,菜一下锅,红色的火焰喷了出来。

看大小姐看得认真,穆晓晓实在是憋不住了,她忍不住问道:"怎么样,是不是没有看过像我这么美又这么厉害的厨师?去你们南阳当个大厨绰绰有余吧?"

秦怡看了看她,简单地评价。

——还可以,手比较好看。

穆晓晓看了看自己的手,她的手的确好看,以前秋秋就抓着她的手说过:"哎呀,姐姐,你的手真好看,手指那么长,又纤细又漂亮。"

不过,她这么厉害的技术在这儿,大小姐不夸奖,反而只夸奖外在的?

穆晓晓盯着大小姐,追问道:"那你觉得手这么好看的大厨去你们那儿当个私厨怎么样?值多少钱?"

大小姐眯了眯眼睛,身上开始卷起滚滚杀气。

这个煞风景的浑蛋!

关了火后,穆晓晓刚擦了擦额头的汗,张巧的电话就打来了,她不愧是晓晓最好的"塑料姐妹",都过去一个小时了,她才大着嗓门担心地问:"那么大的雨,你怎么回去的?"

如果穆晓晓没有猜错,她的挚友张巧应该是在玩了几把游戏之后才想起她的。

穆晓晓压低声音,道:"有人接我。"

也不知道张巧是玩游戏玩得脑袋晕了,还是被雨淋到头了,她咋咋呼呼地说:"谁接你的?怎么,你又在外面遇到哪个追求者了吗?"

穆晓晓听了想笑,她骂道:"你有病啊。"

闲聊了几句后,穆晓晓就把电话挂断了。

穆晓晓忙了半天,一大桌饭菜终于出锅了。一向赞赏穆晓晓的厨艺的大小姐也不知道怎么了,对菜品十分苛刻,什么盐放多了,汤太少了,米饭太硬了,玉米蒸得像是块石头。

到最后，大小姐把筷子一扔，不吃了。

沉默了一会儿，穆晓晓悄悄地看着秦怡，小声地问道："大小姐，你更年期啊？"

穆——晓——晓！

也就穆老师有这个本事把大小姐气得面红耳赤。穆晓晓笑了，她走到秦怡身边，一屁股坐下，道："不吃就不吃，要不咱们去散散步？"

她想要哄着大小姐站起来走一走，可是大小姐现在正心烦意乱，恨不得打她一顿，怎么可能如她的意？

穆老师是一个非常会调节心情的人，今天大小姐能开口说话了，对于她来说是人生一大喜事，就算是不吃饭，光是看着外面的雨心情也不错，她忍不住又哼起了歌曲。

平日里，大小姐被磨炼得已经可以接受穆晓晓的另类歌喉了，可如今，她皱着眉抬手。

——好难听。

也不知道她唱得这么难听，她的那些追求者能容忍吗？

穆晓晓一挑眉，不服输的精神上来了，道："大小姐，你可别瞧不起人，这个世界是很有包容性的，有的人呢，就喜欢听你们这种唱歌中规中矩的，可有的人呢，就喜欢听我们这种另类唱将的歌。"

秦怡无语，她的美妙声音在穆晓晓听来是中规中矩？

穆晓晓瞅着大小姐那阴郁的脸，笑着拉了拉她的胳膊，道："闹什么脾气呀，我知道你想吃火锅是不是？"

不知不觉间，她爱吃的，都变成了大小姐爱吃的。

秦怡盯着她的眼睛看了一会儿，轻轻地叹了一口气。

这一顿饭吃得可真够丰盛，又是炒菜又是火锅的。

穆晓晓甚至开了一瓶香槟，喝了点儿酒，她今天情绪大喜大悲，身体有些疲惫。刚收完桌子，她上下眼皮就开始打架。然后她就被一脸不耐烦的大小姐给赶走了。

离开前，穆晓晓偷偷地瞧着秦怡，满眼的期待。

秦怡轻轻地叹了一口气："滚。"

心满意足的穆老师洗漱完毕，躺在了床上，她眼睛都睁不开了，只是在睡过去之前，她给妹妹打了个电话，简短地问候了妹妹一下，她又迅速地打开购物网站,挑了几本与康复有关的技能书加入了购物车。

做完这一切后,不过几分钟,她就抱着被子睡着了。

而客厅里,开着一盏微弱的灯。

刘万年站在大小姐的身边,压低声音汇报着:"大小姐,我去查了,学校周边按照要求的确安装了探头,但是雨实在太大了,影像特别不清晰。"

他调出了手机,递给秦怡。

"对方来得快,去得快,车牌也摘了,该是有所准备。他离开后的路线我找人跟着探头追了许久,但是他全程没有停留,没有摘头盔,最后在河畔边的盲区消失了。"

秦怡坐在轮椅上,面无表情地看着视频。

一切都毁在大雨上了,或许对方就是依仗这样恶劣的天气才敢如此横行。

视频里的人别说是长相了,就是连男女都看不清,就只能看见一团黑。加上在学校周边骑摩托车的人不在少数,这样查,没有指向性,无异于大海捞针。

看大小姐不说话,刘万年有些忐忑。

秦怡沉默了片刻,她抬了抬手。

——拿纸和笔过来。

拿纸和笔?刘万年心里存着疑惑,却在第一时间按照大小姐的要求找来了笔和纸。

摊开纸,秦怡沉默了片刻。她拿出自己的手机,盯着屏幕看得认真。

刘万年吃了一惊,难不成大小姐录了下来?不可能啊!他目光不自觉地往大小姐屏幕上一瞥,随后他整个人僵住了。

他还以为大小姐看的是对这事儿有帮助的信息或者线索,可是没想到,手机上是一张穆晓晓做饭颠锅的照片,她那个小腰扭得很妖娆,眼神也特别嘚瑟。

秦怡看了一会儿,嘴角不自觉地上扬。她随手把这张照片设成了手机封面。

刘万年有些蒙,他是谁?他在哪儿?发生了什么?大小姐在做什么?气氛不是很沉重的吗?

大小姐盯着照片看了一会儿,感觉心静了不少。

她拿起了笔,闭上了眼睛,然后她开始下笔了……

因为刚才的举动,刘万年一度以为大小姐可能是在画穆晓晓的画像,可是随着她笔尖的移动,画面被线条勾勒得逐渐丰富起来。

雨天,泥泞的地面,飞奔的摩托车,溅起的水花。

黑色的摩托车在大小姐的手上跃然于纸上。大小姐的眼睛一直闭着,就好像是在将脑海中的一幕粘贴复制于纸上。

渐渐地,她手上的速度越来越快。她鼻尖有汗渗出。

刘万年的视线跟着她的笔移动,他屏住了呼吸。

天哪,真的好还原,就好像是照片。

甚至连学校门口的花坛上掉漆的一块地方大小姐都画了出来,细节之处神了。

最后一笔收尾,秦怡睁开了眼睛,她低头看着纸上的画面。

正是一个骑着摩托车的人远远驶来的画面,那人身子很高,穿着黑色的夹克衫,乍一看分辨不出什么,可是这么仔细一看,她的腰部有着明显的女性特征;她的车虽然没有挂牌子,但是车身右侧有一个红色的铃铛,像是某种地方驱邪用的信物。而那摩托车,应该是哈雷X48老款。

画面上其他的东西不过是背景板,没有实际意义。

有了这些线索,以她手下的资源,她是可以查到肇事者的。

秦怡看着刘万年,然后将手里的画递给他。

——去办。

刘万年的心里已经全被震惊与崇拜占据了,他知道大小姐记忆力惊人,却从未见她展露过。

眼看着画纸被刘万年卷起来要收走,大小姐蹙了蹙眉,思考了一下后再次抬手。

——等一下。

刘万年停下步伐看着大小姐。

大小姐抬了抬手,刘万年又把画纸递给了她。

这张画纸上,大小姐不仅画了骑摩托车的人的细节,还简单地画了一张穆晓晓受到了惊吓的脸。

大小姐对于穆晓晓的关心,那是肉眼可见的。

即使是交给最忠心的人,她也不放心。她不能让穆晓晓再受到任何伤害。

秦怡想了想,拿起笔,在穆晓晓那满是惊恐的脸上勾勒了几笔后,又把纸还给了刘万年。

刘万年沉默了许久。一直到从秦家出来，他都在低头看着画纸，满脸的一言难尽。

原本纸上穆晓晓的一张惊恐的脸，在大小姐神来之笔下，已经变成了一个竖着耳朵、吐着舌头的小狗头。

大小姐屋里的灯许久才熄灭。

她不再像以前一样沉默地看着星空，如今，她有许多的事情要忙碌，千丝万缕，都是为了她的这个妹妹。

到了后半夜，秦怡驱使着轮椅进了穆晓晓的房间。

穆晓晓睡得像是只小猪，她两条腿夹着被子，唇嘟着。

看着这纯真的睡容，秦怡的心逐渐平静下来。

曾经，她厌倦人间。

如今，穆晓晓就是她在人间最为亲近的人。

第二天，穆晓晓刚一醒来，就收到了导师的信息。

她离回学校还有一个多星期，马上就要大四了，大家都在为实习焦虑。

她也曾经和张巧商量过，毕业后是先去公司实习，还是找志同道合的人一起成立工作室创业。以她在学校的名气，在大部分学生还在为就业奔波、投简历的时候，她就已经成了各大公司争抢的香饽饽。

穆晓晓是一个规划性很强的人，她曾经设计好了自己的未来，大多是与孤儿院的家人们有关。

她曾经有一个愿望。她希望能在大四这一年参与学校与贫困山区的定点帮教爱心活动，去那边当三个月的老师，为山区的教育做一些贡献。

只是这个名额，向来竞争激烈。

之前穆晓晓一直认为自己没什么戏，如今当导师把信息发给她的时候，她有点儿愣住了。

这惊喜是不是来得太突然了……

还有，三个月，大小姐那边……

穆晓晓跑完步回来的时候，秦怡已经醒了过来，她坐在轮椅上，换了一条黑色的长裙，唇上涂着大红的口红，整个人看着精神了许多。

穆晓晓看着大小姐，她真的有一种大小姐会逐渐恢复，走回神坛的感觉。

如果大小姐回到那个万众瞩目的位置上，不知道有多少人想要巴结她。

秦怡转过头，看着穆晓晓，抬了抬手。

——看什么看。

　　穆晓晓那小心思，大小姐一眼就看透了。穆晓晓撇了撇嘴，道："我先去洗澡。"

　　她跑了一身汗，洗澡的时候，思绪万千。

　　其实以穆晓晓的心智，她多少也能分析到昨天的一切不是意外，很有可能是人为。只是她一个普通的大学生，谁能跟她有这么大的恩怨？

　　有些东西没有被戳破，却在穆晓晓的心头轻轻地飘着。

　　她不怕自己如何。只是随着大小姐的恢复，有很多不容忽略的问题就这么浮上了水面。

　　她们两个，一个天上一个地下。

　　穆晓晓是无所谓，她是穷学生一个，可大小姐不是，大小姐身上的包袱和要承担的重量太多了。

　　穆晓晓最不想看到的就是有一天，自己会成为别人拿来要挟大小姐的筹码。

　　吃饭的时候，秦怡看出穆晓晓心事重重。她吩咐了刘万年过来。

　　——去医院看看秋秋。

　　穆晓晓惊讶地看着她，这可是大小姐第一次主动让她出去。

　　秦怡狭长的眸子看着她，然后抬手。

　　——就当是带薪休假。

　　穆晓晓忍不住想，她在大小姐心里是不是就是个财迷？

　　只是，她也该去看看妹妹了，妹妹马上就要手术了，可不能出差错。

　　为了节省时间，穆晓晓没有拒绝大小姐让刘万年送她的安排。只是上了车后，她还在犯嘀咕："万年哥，你觉没觉得大小姐有点儿不对劲？"

　　刘万年认真地开着车，没有回应。

　　穆晓晓抿了抿唇。她一只手摸着下巴，继续分析："以前我每次想要请假，她都百般不情愿，今天怎么这么主动？"

　　刘万年透过反光镜看了看穆晓晓，怎么回事，她终于有危机感了吗？

　　穆晓晓思索了一番，道："我感觉她是要自己去做什么事儿，特意把我赶走的。"

　　刘万年愣住，这就是传说中的心有灵犀吗？

　　穆晓晓抬头瞥了刘万年一眼，刘万年立即转头，心中默念：别看我，我什么都不知道。

这世上,可能真的存在心有灵犀这一说。

穆晓晓前脚刚走,秦怡后脚就去了三楼。她坐在轮椅上,居高临下地望着楼下,像是在等待着什么。

家里的一干阿姨时不时地看看大小姐,都不敢主动去搭讪。她们只能互相对视一眼,然后匆匆离开。

十分钟之后,院子里响起了汽车的声音,随即是关车门、高跟鞋急促地敲击地面的声音。

秦怡目光淡淡地望着门口。

很快,门被推开,秦霜穿着一身黑色的西装,耳边戴着珍珠耳环,她一边急促地往房间里走,一边盯着开门的小翠,问:"她呢?"

小翠非常惧怕秦霜,她不敢回应,只是扭头往三楼看了看。

秦霜一抬头,立即看见了坐在三楼的秦怡。

这是自从秦怡出事之后,她第一次在门口迎接秦霜。

秦霜本该开心的,可是当看到秦怡那冰凉凉的目光时,她心里莫名打了个寒战。

秦霜一步步往楼上走,她屏住呼吸,一直盯着秦怡看。她是今天早上才接到秦怡现在可以出声了的消息的,那时候她正在开会,接到信息后,她推开椅子,一下子站了起来,然后不顾别人异样的目光急匆匆地出了门。

这一路上,秦霜的心情很激动,这么久了,她想尽办法要让秦怡恢复都没有作用,如今,秦怡真的被穆晓晓治愈了?

秦霜不敢相信,她要亲自来看一看。

秦霜走到了秦怡的轮椅旁,她蹲下来,仰着头看着秦怡,道:"怡怡,他们说……他们说你……"

秦怡一双眼盯着她,眼里没有任何温情,依旧是一片冷漠。

只是,同样的冷漠,秦霜却感觉到了不同的气场。以前秦怡看她的时候,或是厌恶,或是淡漠,那感情都沉寂得犹如一潭死水。而如今,在秦怡这冷漠的眼神的背后,秦霜居然看到了隐隐的怒火。

"你……我先推你下去。"

秦霜被看得狼狈,她长得高,起身有些费力,秦怡却转了一下身子,不让她触碰轮椅，就这么走在了她的前面。看着秦怡的背影，秦霜抿了抿唇，跟在她身后。

今天，阿织被安排了工作，没有陪着秦霜，刘万年也跟着穆晓晓去了医院，所以整个屋子里就只有她们二人。

秦霜坐在沙发上，这些日子，繁重的工作压力让她整个人疲惫了许多，她眼里满是血丝。她本来就不擅长处理企业的事，现如今她强力接了下来，虽然有母亲的帮忙，但她还是觉得吃力。最近董事会已经多次有人在会上质疑她，不满意她的表现。

秦霜一方面应对着这些头疼的问题，另一方面，她又时刻关注着秦怡这边的动静。

她也想不到，一个不起眼的学生，竟能在几年来都平静无波的水面上荡起这么大的涟漪。

沉默了许久，秦霜开口道："既然能开口了，后续就让康复师介入吧。"

她的话很简单，指向性也强，既然有康复师介入，那穆晓晓就从哪儿来回哪儿去吧。

秦怡一直很平静，她坐在轮椅之上，望着窗外。

这个时间了，穆晓晓该是见到秋秋了，她又在呵斥秋秋，让秋秋做作业了吧？

秦霜蹙了蹙眉，问："你在想什么？"

来了之后，她就感觉妹妹的心根本不在她的身上。

秦怡抬起头，对上她的眼睛。

之前的很多次相见，无论秦霜说什么，秦怡都是一种冷漠的态度，如今，她竟主动抬了抬手。

——我的事儿，需要你做决定？

她一上来就往秦霜心尖上扎刺。

秦霜的心被扎得猛地一跳，她不可思议地看着秦怡。

是了，这才是秦怡，这才是那个高高在上的大小姐，有多久了？旁人有多久没有看到她这样的眼神了？

秦怡很冷漠，她手上的动作比画得慢，却很清晰。

——你来做什么？

秦霜抿了抿唇，道："我想知道你是不是能说话了，你……"

秦怡皱着眉,很不耐烦地打断了她的话。

——你想知道的,小翠不是都会告诉你吗?

一句话让秦霜的身子一下子僵住了。她不可思议地看着秦怡,秦怡已经知道了?什么时候知道的?

小翠可是从小服侍在秦怡身边的,是跟宋嫂一样与秦怡亲近的人。

面对秦霜那错愕的目光,秦怡根本就没有闲心废话,她抬手。

——我曾经对你说过,以前的种种,我都不想再去管,恩怨情仇,对我来说就这么过去了。

秦霜死死地盯着她,问:"你什么意思?"

秦怡的目光冷得像是秋风。

——你做了什么?

"你居然为了一个外人质问我!"秦霜有点儿激动,她可以忍受秦怡埋怨她,怨恨她,却受不了秦怡站在别人的立场来指责她,"你为什么那么在意穆晓晓,你了解她吗?你知道她的过去是什么样的吗?"

秦霜一直是这样的,在别人面前,她总是高高在上,脾气暴躁,企图压制着所有人,可是面对秦怡,她一直处于被动状态。

秦怡不想再理会秦霜,她反手从轮椅一侧拿出一个牛皮纸袋,扔在了秦霜的身上。

秦霜的眼睛还直勾勾地盯着她。秦霜深吸一口气,努力克制着心底的情绪。

她今天是来为妹妹庆祝的,她不想要现在这样的气氛。

她弯腰,捡起掉落在地上的牛皮纸袋,没有迟疑地打开了它。

只是看了一眼,秦霜就变了脸色,她想到秦怡终究会查到这一切,可她没有想到秦怡的动作会这么快。

她当初安排阿织去做这件事的时候,特意说了一定不要伤害到秦怡。可是事发突然,一切都没有如她所预期。

当晚秦霜震怒,狠狠地责备了阿织:"我只是让你去试探,你做了什么!"

秦霜是了解秦怡的,秦怡十八岁时,她就被安排在秦怡的身边,她知道秦怡的雷区。

如果秦怡真的在意穆晓晓,那么自己伤了穆晓晓,秦怡就一定会记恨。

在秦霜知道秦怡用身体去保护穆晓晓时,她那一晚上都没有睡,嫉妒让她痛苦不堪。

她想到了那个黑暗的夜晚,她将秦怡护在身后。她手臂上的伤口往外汩汩地冒着血。

秦怡吓得眼泪含在眼里,手颤颤巍巍地不敢碰她,秦怡喊着:"阿霜,阿霜……"

秦霜一只手死死地捂着右臂,她虚弱一笑,道:"没事儿的,大小姐,我会保护你。"

曾经那个被她用生命去呵护、捧在心尖上的人,如今居然为了别人奋不顾身。

她痛苦,她煎熬,这几天她都不知道自己是怎么过来的。

事已至此,秦霜知道无论她怎么说,妹妹都不会相信她。她缓和了一下语气,道:"是阿织办事不力,我并没有真心想要伤害她,只是不小心。"

秦怡的目光如刀,不小心?难道一句"不小心"就能抹去一切吗?

秦霜烦躁地摆了摆手,说道:"先不说这个了,我安排了许医生检查你的身体,后续我还有许多安排。"

秦怡盯着秦霜看,她突然觉得有些可笑。秦霜自以为是地在掌控什么?

"别用这种眼神看我!"秦霜一下子站起身来,她眼睛赤红,冷笑着说,"你以为这些年,如果不是我一力护着你,你……"

秦怡抬起手,替她说完。

——早就被你妈害死了,对吗?

秦霜不想这样,可是心里的火让她忘了分寸,口不择言。她坐在沙发上,稳了稳情绪。她喝了一口茶,淡淡地说:"我查过穆晓晓。"

秦怡看都不看她。

秦霜说:"你以为她会有所不同,以为她接近你无所企图,秦怡,你太天真了,现在是什么社会,嗯?我跟你打个赌,他们学校马上就会给她去山区支教的机会,这是她一直挤破头也想要的,你以为,她在你和前途之间会选择什么?"

面对无所回应的秦怡,秦霜凉凉地说:"如果爸爸知道……"

"够了。"秦怡开口打断她的话,这一声虽然不如以前有力度,但是让秦霜一下子怔住了。

秦霜看着她,眼里都是惊喜,是真的,秦怡真的能说话了。

秦怡把轮椅转了过来,正对着秦霜,她一眨不眨地盯着秦霜的眼睛,然后抬起了手。

——你让我恶心。

那些下三烂的手段,她们母女曾经用在秦怡的身上。秦怡可以不屑于理会,可是对于晓晓,秦怡不能,也不许。

秦霜的手握成了拳头,她红着眼看着秦怡。

秦怡静静地看着她。

——你不就是想知道我对穆晓晓有多在意吗?

好,她可以告诉她。秦怡抬着手,眼里都是坦然。

——如你所想。

所以,不要去碰穆晓晓。别挑战她最后的底线。

秦霜的脸已经扭曲了,她眼里几乎要喷火,就在这个时候,她的手机响了。她看了看来电提示后,咬了咬牙,接了起来。

"喂!"

她开口就很暴躁。电话那边的人似乎也很慌乱,语速很快地说了很多话,还有嘈杂的背景声。

秦霜的脸色一变再变,到最后,她不敢相信地转头看着秦怡。

大小姐悠闲地拿起茶几上的咖啡喝了一口,她冷冷地望着秦霜,就好像知道秦霜会接到这个电话一样。

电话是秦霜身边的人打来的。

秦家的人表面上对秦霜臣服,其实背地里,他们对秦老爷子做的事情都不认可,尤其是南阳,组织结构比较复杂,秦海瑶曾经在里面占了很大的比重,她走的时候可是钦点了要让秦怡接她的位置。众愿所背,以至于这么久了,秦霜身边可用的人还是屈指可数。

阿织是从小与秦霜一起训练的,是秦霜似亲似友的玩伴,也是这些年,在秦霜身边唯一敢说话的人。

她今天本来是按照秦霜的吩咐出去办事的,跟她接头的人约的地点是一个公园的咖啡厅,她把车停好,上台阶后没走几步,就遇到了一堆健步如飞的年轻人。

她皱着眉想要躲开,意外就在这个时候发生了。

人太多,大家擦身而过,以阿织的反应能力,一般人别说是伤害她了,连靠近她都难,可是今天这样的场合,她放松了警惕,迎面走来的人又太多。

她直到从台阶上摔下去后,都不知道是谁推的她。

她伤得很重,右脚踝骨折,已经被送到医院了。

秦霜挂了电话后,死死地盯着秦怡。秦怡一只手摩挲着杯子,另一只手淡淡地比画。

——只是不小心。

秦霜还是一脸错愕。秦怡已经放下了手里的杯子,驱动着轮椅上前了一步。

秦霜跟着后退一步。

秦怡一双眼睛盯着她,然后抬手。

——秦霜,以前你问我,为什么别人都说秦家的女人是疯子。

那时候,两人的感情还很好,在护着秦怡参加完一个晚会回去的路上,在车里,秦霜看着一身晚礼服、高贵优雅的大小姐,忍不住问:"大小姐,我曾经听别人说,秦家的女人都是……"

她没有敢直接说出"疯子"二字,秦怡却明白了,她的眼里含着笑意,道:"我也不知道外界为什么会那么说。"

如今,秦怡盯着秦霜的眼睛,清晰地告诉了她答案。

——你想知道,就尽管去伤害她。

秦霜从未见过这样的秦怡,哪怕是当初素岚设计秦怡,在秦怡生日前夕,将她与秦海龙苟且的事情故意让秦怡听见时,秦怡都没有如此。

如今的秦怡虽然还坐在轮椅之上,眼神也是平淡的,但她的语气里有着让人不敢忤逆的狠劲儿。

这么多年了,秦霜从未这样,她几乎是狼狈而逃,连上了车之后,她都没有回头看一眼。

车子启动的声音将喧嚣与聒噪一起带离了秦家。

秦怡坐在轮椅上,看着窗外的云朵。

以前,如果不是她想要放弃,没人能伤了她。

如今,她的心活了,人却也变了。她有了软肋。

秦怡今天之所以如此决绝,为的就是让秦霜不敢再去动穆晓晓。秦怡可以在秦霜面前拿出十足的气势,就算与她们母女甚至是父亲撕破脸皮她也无所谓。

他们说再多的话也无法伤害到她,做再过分的事儿,她也都麻木了,只是那一句"你以为,她在你和前途之间会选择什么",却像是刀痕一样,深深地刻在了她的心里。

她沉默地看着窗外,一朵朵白云无忧无虑地飘荡在天空,像极了穆晓晓微笑的样子。

行棋无悔,秦怡已经赌上了自己的一切。

第十一章
晓晓，谢谢你

穆晓晓在去看秋秋的路上，特意去水果摊前挑了一些秋秋爱吃的樱桃和西梅。

刘万年在车上抽着烟，看着穆晓晓跟老板娘讲价时熟稔的样子，觉得有些好笑。

穆晓晓可是秦怡面前的红人，还需要讲价吗？

再说了，这个老板娘刘万年是认识的，他在这儿买了那么多年水果，老板娘口口声声说他长得英俊帅气，恨不得把女儿嫁给他，这都没给他便宜过，穆晓晓这不过是浪费时间。

穆晓晓上车后擦了一把头上的汗，美滋滋地说："老板娘给我便宜了好多，还给了我一张会员卡，让我以后来了直接亮卡。"

刘万年服气了，穆晓晓的过人之处，真的不是他们这些人能比的。

穆晓晓到医院时，秋秋本来缩在被窝里玩游戏，她明天就要手术了，一般人，别说是孩子了，就是大人都会紧张得不行，可是秋秋该吃吃，该睡睡，她甚至有些期盼手术早点儿进行，这让院长都惊叹，称这孩子以后肯定是个大人物。

秋秋能不期盼吗？她都在这儿混吃这么久了，她要赶紧好起来，以后才能报答姐姐和一姐姐。

她虽然表面顽皮，但是心里什么都清楚。

穆晓晓走到病房门口的时候，特意跟刘万年说："你先进去。"

刘万年迟疑地看着穆晓晓。晓晓一副特工的模样，道："我随后就来。"

刘万年有些无语，这姐妹俩在闹什么？

但刘万年还是上前敲了敲门。秋秋喊了一嗓子："等一下。"

她赶紧把手机藏在枕头后面，接着把头发撩在耳后，从右侧的小桌子上拿起一本诗集。她清了清嗓子，道："请进。"

刘万年这才走了进去，他手里拎着水果，乐呵呵地看着秋秋。

按照大小姐吩咐，他几乎每天都会过来看秋秋，这孩子真不愧是穆晓晓的妹妹，一般人住院都会憔悴，她的气色却一天比一天好。

秋秋一看见他，立即舒了一口气，道："是你啊，万年哥哥。"

她把书扔到了一边，然后从枕头后面把手机拿了出来："吓了我一跳，还以为是我姐姐呢。"

话音刚落，穆晓晓就黑着脸进来了。她盯着秋秋道："意外不意外，惊喜不惊喜？"

下一秒钟，秋秋的耳朵就被揪住了。

"你都要手术了，还一天天给我玩游戏？"

"呜呜呜。"

这姐妹俩的相处模式对于刘万年来说太新奇了，他虽然想多看看，但是也知道姐妹俩许久不见，肯定有话要说，他赶紧退了出去。

穆晓晓跟个领导似的把妹妹的作业一页一页地检查了一遍，之后她又盯着妹妹的脸看。

秋秋的身子坐得直直的，目光坚定地看着姐姐。她一点儿都不心虚。

穆晓晓冷笑道："没少玩游戏吧？你真是心大啊，一点儿都不担心手术？"

秋秋道："放心吧，姐姐，我不会死的，我还得给你养老送终。"

穆晓晓气道："哎哟，我谢谢您了，就你这样下去，不好好学习，长得又不行，你以后想干啥？"

"你怎么能侮辱人呢？你知道什么叫女大十八变吗？"秋秋很愤怒，"我感觉我最近皮肤细腻了很多，以后，我就是一线美女了。"

穆晓晓懒得理她，她伸手扒拉她的头发，道："今晚不许玩了，知道吗？"

秋秋立马乖巧地点了点头。她伸出双臂，撒娇道："姐姐，我好想你啊。"

穆晓晓狐疑地看着她，警觉道："你要说啥？直接说。"

秋秋欢快地问："我一姐姐呢？她怎么没来？"

说到一姐姐，穆晓晓的脸立马有了温度，她乐呵呵地说："你一姐姐已经能说话了，哎，你是不是特想她？咱们跟她视频吧。"

秋秋无语，她才没有说自己想念一姐姐，也没有想要打视频电话。是姐姐自己想的。

穆晓晓现在千方百计地想逗大小姐多说话，她给秦怡打了个视频电话。

此时的秦家，大小姐正对着门口发呆，她脑海里都是穆晓晓。突然听到手机铃声，她愣了一下。

她看着手机屏幕上跳出来的穆晓晓的头像，深吸了口气，平稳了一下心跳，才准备接听。她的手指有点儿颤抖。

大小姐摸了摸自己的胸口，不怕不怕，只是一个电话，她才不紧张。

平复心跳后，大小姐终于鼓起勇气伸手去接电话。

另一边，穆老师摸着下巴，挂断了电话，道："她可能在睡觉呢。"

看着电话被挂断，秦怡愣住了。

秋秋却说："你再试试，也许一姐姐没有带手机。"

"好吧。"

穆晓晓又拨通了视频电话。

此时的大小姐真的很想要掐住穆晓晓的头，使劲晃悠一下。

她是什么意思？在玩弄自己吗？这么快就挂电话，到底有什么诚意？而且，挂了为什么又打过来？

秦怡看着手机冷笑，她不会接的。

"还是没人接。"穆晓晓有点儿着急了，"不会是有什么事儿吧？"她一想到家里那么多人，就不急了，"也许在练琴，或者创作？她不喜欢被人打扰。"

她好像已经透过镜头看到了大小姐凶狠的眼神。

秋秋道："再等十秒钟。"

穆晓晓默默地数着数。

秦怡看着响个不停的手机，嘴角微微上扬，既然穆晓晓这么想跟她视频，她就勉为其难地接通吧。

再数三个数。

大小姐把手机抬高，选择一个能凸显她精致脸颊的角度，抬起手，准备以最完美的姿态接通视频电话。

"算了吧，回头我回去得挨骂。"十秒过后，穆晓晓再一次挂断了电话。

秋秋苦着脸说："你胆子真小。"

手指已经碰到手机,却发现电话又被挂断的大小姐更生气了。

对于秋秋来说,这样胆小的姐姐很少见,穆晓晓在他们那些小崽子面前一直都是说一不二的模样,别说是他们了,就连奶奶和妈妈在大事上都得听她的。

"姐,妈今早给我发信息,说要来看我。"

秋秋吃着穆晓晓喂给她的樱桃,随口说着,穆晓晓的手一滞。她不可思议地看着秋秋,道:"你怎么才告诉我?你是小孩吗?她都多大岁数了,什么身体,你让她过来?我照顾你还不够吗?"

秋秋撇了撇嘴,她就知道姐姐会发脾气,于是道:"我告诉妈了,让她别过来,可是她不放心,说你工作忙,我做完手术后,肯定身体虚弱,她不过来也不放心。"

穆晓晓瞅着她,没个好脸色地问道:"大概几点到?"

秋秋乖乖地回道:"晚上到吧,不过我问过医生叔叔,他说现在规定手术前外人不能在病房里留夜的,要不你把她带到家里休息一下?"

穆晓晓听了点了点头,正要说话,秋秋便笑眯眯地说:"叫上一姐姐一起啊。"

穆晓晓一听,脸有点儿热,叫大小姐做什么?人家肯定不同意。

秋秋看着姐姐的脸色。她不愧是穆晓晓的妹妹,非常巧妙地给穆晓晓找着了借口:"我记得张巧姐姐曾经说过,心理治疗里有一种非常神奇的方法,就是让对方感受到家的温暖。"

穆晓晓盯着秋秋,笑道:"你还挺了解。"

秋秋忙不迭地点头,她当然了解了,她现编的,她能不了解吗?

穆晓晓道:"等下午我想想再问吧。"

她是了解大小姐的,大小姐那孤傲冷僻的性格,不会去轻易见谁。

秋秋一听就有点儿揶揄:"姐,你现在胆子怎么这么小?"

穆晓晓皱着眉,看着秋秋道:"你懂什么?哎,不说我的事儿了,你这几天除了吃吃喝喝,有没有搞创作啊?"

秋秋点头道:"当然。"

一提起自己的创作,她滔滔不绝,这一顿侃大山就是一个多小时。

穆晓晓的心思都不在妹妹身上,她忍不住琢磨,大小姐在做什么?又在家练习吗?自己心里的想法,如果跟她说了,她会答应呢,还是会直接让自

293

己滚呢？

唉……真是让人费心。

中午，秋秋自己在医院吃的营养套餐。她往外撵姐姐，说道："我看你心不在焉，人在我这儿，心都不知道跑到谁那儿去了。你回去吧，我要午睡了，请不要打扰我，谢谢。"

穆晓晓无语了，自己有那么明显吗？

刘万年很早就回去了，他虽然没有说，但是穆晓晓感觉他最近忙了起来，不知道是不是跟大小姐有关。

一个人吃中午饭，穆晓晓还觉得怪孤单的，她忍不住去想大小姐。

唉，她也不知道怎么了，最近她无论走到哪儿都会想秦怡。哪怕是吃个饭，上个厕所。

穆晓晓觉得自己大概是生病了。

医院周边有很多餐馆，穆晓晓找了一家特色自助拌饭店，她这种干饭人是最适合吃自助餐。她拿了一堆菜自创了一份拌饭，又加了酱料进去。实在忍不住，她给大小姐发了一张照片。

秦怡正在家里坐着，听着刘万年汇报近期的情况。她还被穆晓晓今天两次挂断电话搞得心烦意乱，一直板着脸。

刘万年的声音很轻，生怕惹大小姐不开心。

"基本上是这样的，表小姐那边的人不用说，一直在等您恢复，董事会对秦霜的表现也很不满意，老爷的态度还是暧昧摇摆。如果您回去，是众望所归，只是大小姐，您的身体……"

秦怡现在虽然能开口了，但是她这样的形象还是不适合出现在公众面前。

如今，她需要做的就是尽快让自己恢复。

大小姐没有什么反应，她冷着一张脸坐在轮椅上。她已经在心里开始揍人了。她发誓，如果穆晓晓在下午一点三十五分之前还是不给她发一条信息，她今晚就让穆晓晓滚出去。

刘万年看秦怡不说话，也不敢多问。

"忆扬的齐乐最近一直在跟我联系，说想见见您，如果今天下午可以的话，我去安排。"

他心里想着，今天穆晓晓也不在，大小姐应该有时间，抽空见一见重要的人是个不错的选择。

要不然,每一次穆晓晓不在,难过的都是他们底下的人。

忆扬和南阳一直有着紧密的合作,齐乐又是忆扬的副总,地位显贵。

秦怡抬起头,看着刘万年,摆了摆手。

——我没有心情,今天谁都不见。还有,总公司那边不要动作太大,不要打草惊蛇。

素岚和秦霜虽然没有什么实干的能力,但是毕竟已经扎根南阳这么久了,她需要一点点削弱她们的势力。

——现在的风声够了,你去观察一下大家的站队,一点一点清理。

刘万年点了点头,他试探性地问:"那小翠……"

小翠毕竟是大小姐身边的人,她跟随秦怡已经有一段时间了。虽然她曾经有过背叛的行为,但自从穆晓晓来了之后,大小姐的行事风格有了些许改变,刘万年不敢轻易做决定。

秦怡盯着刘万年,然后抬了抬手。

——让她滚。

她不去追究,已经是最大的仁慈。

刘万年点头,看来大小姐还是之前的大小姐。

他不知道,秦怡之所以这样不留情面,完全是因为她发现小翠在暗中给穆晓晓使过绊子,那简直就是踩了她的雷区。

就在大小姐刚说完这句话时,她的手机一振动,她立即低头去看。

穆小狗:"大小姐,你看看我吃得香不香?"

穆晓晓发了一张自己跟拌饭的合影,她的脸上满是笑容,那装饭的盆子快赶上脸盆大了。

秦怡冷冰冰地回复:"猪食。"

刘万年看大小姐在处理信息,他也不敢动,只能听候吩咐。

秦怡抬起头,将穆晓晓的照片放大后,面无表情看着刘万年。

——你看。

刘万年不敢看。

秦怡摆了摆手。

——我要吃这个。

刘万年表示,当大小姐的助理加贴身保镖可真不是个容易的活儿啊。

大中午的,刘万年板着脸带着底下的小弟们去了南阳的后厨,找御用大师亲自给大小姐做了一份跟穆晓晓的一模一样的拌饭,然后用精致的、描着金边的餐具装了回来。

大小姐已经等得很不耐烦了,刘万年一头的汗,他把饭赶紧放下,说道:"基本上一样。"

秦怡看了看,又抬手。

——你走吧。

刘万年呼了一口气,赶紧退了出去。

眼看着人离开了,家里就她一个,秦怡立即辘轳着轮椅去厨房,拿出筷子,她找了许久,才找了一个跟穆晓晓用的一样大的干饭盆。她把拌饭一股脑地倒了进去,描金边的餐具都被她扔到了一边。

用纤细的手指飞快地拌好饭后,大小姐迫不及待地尝了一口,嗯,很好吃。

她勾了勾嘴角,抬起手臂随手将头发挽了一下,露出修长雪白的脖颈,她专心吃了起来。

的确很好吃,怪不得穆晓晓喜欢。

就在大小姐吃得开心之际,手机铃声陡然响了起来。

"我不是一个好脾气的人,却一次次地对你包容……"

秦怡听了这熟悉的声音,猛地咳了一下,差点儿噎着,她不可思议地拿起了自己的手机。

"是心瘾呀!"

明明就是穆晓晓的像脚被人踩住一样的嘶吼声。

这是什么东西?

秦怡想起了昨天她发脾气把手机扔到地上时,穆晓晓捡起来之后特意看了一眼。晚上睡觉前,穆晓晓还笑眯眯地建议秦怡:"大小姐,你的铃声都好老土啊,我给你换一个最新款的吧。"

秦怡当时就给了她一个"滚"的眼神。

穆晓晓搓着手道:"你还这么年轻,得有点儿年轻人的样子。"

秦怡眯了眯眼睛,什么意思,她在嫌弃自己老吗?难道换手机铃声就会变年轻吗?

大小姐对穆晓晓从不防备,她随手刷了一下脸后,把手机递给了穆晓晓,她都没看见穆晓晓是怎么捣鼓的,也没有放在心上。几分钟后,穆晓晓就把

296

手机还给了她，还坏笑着说："绝对好听，提神。"

没想到，这个浑蛋居然把她的声音设置成了手机铃声。她真的是无法无天。

大小姐很愤怒，可是愤怒了几秒钟后，她又忍不住笑了起来，是那种开怀的笑。她一个人在家里，笑得肩膀轻轻地抖动。

此时的穆晓晓忐忑地挂了电话，大小姐今天是怎么了？怎么总不接她的电话？

穆老师永远猜不到大小姐的心思。

此时此刻，大小姐拿出了一个对外的手机，又给自己的私人号码打电话。

她就像是一个贪玩的小孩，给自己打电话打了十分钟才玩够。这时候视频电话又打了进来，是穆晓晓的。

秦怡不小心点得太快，接听了。

穆晓晓笑得那叫一个阳光灿烂："听见了吗？听见歌唱家优美的声音了吗？"

她走着，似乎要去哪儿。

秦怡冷冷冰冰地说："滚。"

哎哟，大小姐一定是听见了。穆晓晓被骂得舒坦，她往秦怡那边看了看，然后惊讶地捂着嘴问："大小姐，你在吃什么？"

她的话音刚落，电话就被挂断了。

穆晓晓愣住，她没有看错吧？大小姐在吃她自己说的"猪食"？

穆晓晓简直是笑疯了，她身边的人看着她，然后摸了摸她的脸，问："怎么笑得像是个傻子？"

十几分钟后，穆晓晓等大小姐调整好崩溃的心，她又打了个电话过去。

电话那边，秦怡已经从厨房转移到客厅，她冷着一张脸看着屏幕，那眼神仿佛就在说——你要是敢说刚才的事儿就杀了你。

穆老师非常善解人意，她对刚才的一切只字不提，只道："大小姐，下午我想约你见一个重要的人。"

重要的人？秦怡冷笑了一声，穆晓晓会有什么重要的人，不就是张巧吗？或者是……

穆晓晓看着大小姐眯起眼睛，便咽了口口水，道："见见嘛，求你了，我都跟她说了。"

她？秦怡的脸色更不好了，她抬了抬手。

297

——你想死吗?

穆晓晓看她这样,叹了一口气。她对着身边的人说:"妈,她不见你,她心情不大好,要不改天?"

她的目光一扫,正好落在了苏秋云的身上。苏秋云背着个背包,脸上带着微笑,遗憾地说:"那好吧。"

苏秋云刚到没多久,穆晓晓接到她之后就一直在说秦怡,她家大小姐,她家姐姐,她家这个,她家那个的,苏秋云听得好奇,就想要见见秦怡。

可是穆晓晓也说了,秦怡的身份不一般,她可能见不到。

在看到苏秋云那一刻,秦怡的心一下子跳到了嗓子眼,她知道这是谁,穆晓晓给她看过她们的视频。

穆晓晓把手机拿了过来,说道:"那就这样吧,大小姐,我今天可能晚一点儿回去,我……"

她话还没说完,大小姐突然抬起了手。

——等一下。

穆晓晓看着她,心想,大小姐不会是想要扣她工资吧?

秦怡挺直了身子,她一抬手,把头发散了下来,然后用另一只手轻轻地整理了一下。她抿了抿唇,既矜持又温柔。

穆晓晓一脸疑惑。

大小姐对着镜头前凑过来的苏秋云,露出这么久了穆晓晓都没有见过的温婉微笑。

——我这就派车去接你和阿姨。

大小姐这如沐春风的微笑把穆晓晓晃得一愣,要不是因为苏秋云在,她真的要揉眼睛了,大小姐怎么了,怎么这么反常?她这是在笑吗?她为什么突然笑?

临挂电话前,秦怡深深地看了穆晓晓一眼,给了她一个意味深长的眼神,让她自己揣摩。

穆晓晓被吓得心里一哆嗦,她收起手机的时候,听见苏秋云笑着说:"我看这孩子温柔又有礼貌,不像你说的那么高冷不合群啊。"

如果没有大小姐挂电话时的那一眼,穆晓晓肯定要揭穿大小姐的,可如今,她只能皮笑肉不笑地说:"是……是吗?"

苏秋云奇怪地看了她一眼,问:"你怎么了?"她感觉穆晓晓有点儿不对劲儿。

穆晓晓捂了一下胸口,道:"可能吃多了,好了,妈,我先带你去看秋秋吧。"

大小姐说到做到。

她们才刚到医院,刘万年就开车过来了,而且他还特意低调地开了一辆别克。穆晓晓盯着这车看了半天,忍不住问:"大小姐呢?"

刘万年微笑地看着二人,道:"她在选购食材,说要亲自做饭。"

穆晓晓无语。

这位老大哥,你的谎话还能再假一点儿吗?大小姐选购食材、亲自做饭?太阳打西边出来了?

苏秋云有点儿意外,她笑容温和地说道:"不用那么客气,随便吃一点儿就行,回家让晓晓做也可以。"

刘万年对于这个面相温润的长者非常有好感,他笑了笑,道:"阿姨,没事的,大小姐吩咐了,说您刚来,该休息一下。您这边先跟秋秋聊,一会儿我带着晓晓回去打下手。"

穆晓晓拒绝。她才不要去打下手。她是客人!明明是要大小姐请她们吃饭!

苏秋云的确想要多看一看秋秋,秋秋一见到她就像是被踩了爪子的小狗崽,哼哼唧唧的不会好好说话,还搂着她的腰,撒娇道:"呜,妈,我好想你啊,每一天都在想你,你不知道,我姐有多可怕。"

苏秋云摸着她的头发,打量着她的脸色,问:"怎么有点儿黑眼圈?不会是熬夜写作业了吧?"

穆晓晓笑了,她最喜欢听她妈这"软刀子"了。秋秋抓着苏秋云的手,又是往苏秋云怀里拱,又是搂着苏秋云的腰腻歪。

"妈,等我手术好了,我想吃你做的红烧肉。"

苏秋云捏了捏她的鼻子道:"那可不行,我听晓晓说,你应该吃得清淡一些。"

秋秋撇嘴道:"你干吗总听我姐的,你看她把自己养得细皮嫩肉的。"

穆晓晓对着秋秋挑眉,秋秋冲她挥拳头。苏秋云笑了笑,她摸着秋秋的头发,道:"你姐姐说,这一次多亏了你秦怡姐姐的帮忙,以后要好好报答人家,知道吗?"

秋秋认真地点了点头,她信誓旦旦地说:"我会的。"

穆晓晓看着这么母慈子孝的一幕,正欣慰着,刘万年在旁边说:"我们先回去帮忙吧。"

苏秋云扭头看穆晓晓,也道:"快去呀。"

穆晓晓真的是不知道大小姐在弄什么幺蛾子。

上了车后,她忍不住问:"她在做什么呀?为什么不去外面吃?"

刘万年一本正经地说道:"不知道。"

他的确不知道。

在挂了电话之后,大小姐就陷入了疯狂的搜索时刻,她纤细嫩白的指尖快速移动,她有许多问题急于知道。

"第一次见好朋友的长辈怎么表现对方才会喜欢?"

"第一次见好朋友的长辈该准备什么礼物?"

"第一次见好朋友的长辈该如何穿着打扮?"

大小姐迅速地查阅了之后,开始安排工作了。

穆晓晓回到家时,秦怡已经穿好了长裙,坐在轮椅上等着她了。穆晓晓一看,眼睛都亮了。

哇,大小姐今天穿得好淑女啊。

大小姐穿着纯白的长裙,衣摆随着风微微地摆动,她的头发也披散着,脸上化了淡淡的妆,看着年轻了好几岁,她没有涂大红色的口红,而是改成了比较内敛的豆沙红色的口红。穆晓晓注意过,大小姐的配饰很多,每一次,她都会随着衣服的特点搭配不同的耳环,而这一次她居然什么都没有戴,只是脖颈上戴着从自己送给她之后,她就一直戴着的铂金项链。

穆晓晓正要夸奖,大小姐就伸手了。

——闭嘴。

秦怡严肃地看着她,抬手问。

——我这一身朴素吗?

她查过的,第一次见面,一定要让对方觉得朴素,这是赢得对方美好印象的关键。

穆晓晓被问得有点儿蒙。她迟疑了一下,道:"就……非常好看。"

秦怡皱了皱眉。

——只是好看吗,不觉得朴素吗?

穆晓晓无语,"朴素"两个字能跟大小姐沾边吗?

她这气质,就是穿上带补丁的衣服,人家也会觉得她是刚从舞台上走下来的。

这条白裙是秦怡最为素雅的了,大小姐心思转得很快,有些东西,是要靠同行陪衬的。

她忍不住去打量穆晓晓,穆晓晓还是老样子,为了方便穿了一条牛仔裤,一件白色T恤,一点儿都不花哨,无比朴素。

穆晓晓的腿本能地缩了缩。干什么?大小姐为什么这么看着她?

秦怡抬了抬手。

——你换。

天底下还有这种好事儿?穆晓晓跟大小姐这么久了,她从来没有被允许过去大小姐的衣帽间里挑衣服……她妈一来,她还有这待遇呢?

穆晓晓对于时尚的追求一直都是被大小姐鄙视的。时间紧急,秦怡跟着她进去,看到穆晓晓拿起一条粉色长裙时,秦怡从后面撞了她一下。

穆晓晓一个趔趄,转头发现大小姐在看着她。

——放下。

太俗气了。

在大小姐的挑选下,穆晓晓"被迫"选了一条火红色的长裙,同样是红色,这条裙子比她在大小姐生日晚宴上穿的那条要高贵得多。

裙子刚好及膝,衬得穆晓晓的小腿笔直,腰部的设计让她平时锻炼的线条都展现出来了。简单地把头发绾好后,穆晓晓看着镜子里的自己,忍不住捂住了嘴:"天哪,大小姐,这个美女是谁?"

秦怡早就习惯了她这一套,她没有多说废话,直接把穆晓晓拉到了梳妆台前。

坐在梳妆台前,穆晓晓有点儿震惊:"不是吧,大小姐,我们去见的是我妈,又不是其他人,至于这样吗?"

怎么不至于?

如果是别人,大小姐才不屑于刻意打扮,就是因为见的是苏秋云,是穆晓晓的妈妈。秦怡虽然没有母亲,但是从穆晓晓的语气中她也知道,穆晓晓对这个母亲有多么在意。

秦怡想要好好表现。

接下来,是大小姐给穆晓晓的化妆时间。

让大小姐亲手给自己化妆，穆晓晓感觉心花怒放，这是什么？农民翻身做主吗？

秦怡很专注，一双漆黑的眸子专注地看着穆晓晓的眉毛，长长的睫毛眨动，像是带了风。她手上的动作又很轻，一股淡淡的檀香扑入穆晓晓的鼻子。

穆晓晓的脸往旁边偏了偏。

——躲什么？

秦怡警告地看了她一眼，顺手拧了下她的大腿，自己则转了个方向。

穆晓晓无奈，专注时的大小姐是不能打扰的。

至于唇色，秦怡给穆晓晓选了偏橘一点儿的暖色系。她拧开口红，顺着唇的纹路，轻柔地将橘色涂在穆晓晓的嘴唇上。秦怡看着穆晓晓，很是满意。

穆晓晓哼唧一声，说："差不多了。"

她甚至可以感觉到口红顺着她唇的纹理推开的细腻触感。

大小姐看着她，道："闭嘴。"

这凶巴巴的话让穆晓晓立即闭嘴了。

穆晓晓终于被大小姐放开了。当她站起身一甩长发，挺了挺胸口，臭屁地看着秦怡时，

秦怡被晃了眼。

打扮后的穆晓晓真的很美。

有时候，年龄的优势是无法阻挡的。

穆晓晓正适合这种大红的颜色。以前，穆晓晓偶尔也化妆，但她都是自己随便涂两下，哪儿有大小姐这样专业的化妆师来为她服务。她就这么站在秦怡面前，修长如玉的腿，纤细的腰肢，整个人像是一团火，夺走了秦怡的所有视线。

秦怡盯着穆晓晓看了一会儿，真好看。

穆晓晓美滋滋地说："大小姐，你那支口红能给我吗？"

她知道大小姐有洁癖，给她用过的口红肯定会被扔掉，还不如她自己收藏了。

秦怡皱着眉头，把口红收到了自己的包里。穆晓晓现在已经变得这么胆大包天了吗？连她的口红，穆晓晓都敢开口要。

穆晓晓看着大小姐麻利地把口红收好而陷入了深深的沉默之中。

一切准备得差不多了，大小姐吩咐刘万年把买来的食材带好，准备往穆

晓晓家里出发。

穆晓晓震惊了，问："不是在你这儿吃吗？"

大小姐不耐烦地看着她。想什么呢？怎么可能在这里。

大小姐是知道苏秋云的，抛去穆晓晓母亲的身份，她也是一个值得敬佩与尊敬的女性，她为了孩子们付出了一辈子，奋斗了一辈子，是那种表面温柔，实则坚强的女人。

秦怡想得很清楚，如果在外面吃，苏秋云或许会觉得浪费，而且人在长途奔波后，肯定喜欢回家，如果来这里，她一定会拘束的，不如去穆晓晓那里，吃完饭可以直接休息。

穆晓晓还在怀疑人生，她问道："那干吗不把我直接带回家，还让我跑回来？"

这样多麻烦啊。

秦怡盯着她看。

——你的话怎么那么多？

刘万年在旁边忍不住笑，他忍不住去看化了妆的穆晓晓。

男人对于女人的欣赏总是那么直接，刘万年的眼里满是赞许。他以前看穆晓晓时还总觉得像是在看和秋秋一样的孩子，这一旦上了妆，人果然会成熟很多。他一边看，一边笑着弯腰去拎食材，一抬头，他看见了大小姐冷冰冰的眼神。

这一路折腾，总算是到了穆晓晓家里。一进屋，刘万年就跟着穆晓晓先把家里打扫了一下。秋秋在医院住了也有一段时间了，家里没人打扫，都有些落灰了。

穆晓晓打扫的时候心情格外好，说实话，此时此刻，她的心地有点儿不善良，带着邪恶和看笑话的心态。

她知道大小姐的做饭水平，今天这么大动干戈地把人请过来，她真的想看看大小姐能做出什么。

快打扫完时，穆晓晓擦了一把汗就想要往厨房走。什么情况？她忙了这么久，都没有听到厨房里有声音，大小姐还没开始吗？

可不是没有开始？

秦怡正坐在客厅里，她的耳朵上戴了个白色的耳麦，小巧地扣在耳朵里，白色金属的表面泛着光，看着挺高大上的，就是不知道她在听着什么。

穆晓晓立即放缓了脚步，她以为是大佬们在开电话会议，可别打扰了。结果她才迈了一步，大小姐的目光就投了过来，她愣了一下，连忙立定站好。

秦怡盯着她，屈起手指敲了敲耳麦，耳麦那边立即传来人的声音。

秦怡点了点头。她看着穆晓晓，抬了抬手。

——阿姨还在和秋秋聊天，还有半个小时才会从医院出来。

穆晓晓愣住：什么？大小姐不是在开会吗？

秦怡看着盯着她耳麦出神的穆晓晓，皱了皱眉，然后伸手去掏兜里的手机。

穆晓晓赶紧摆手道："别扔手机。"她发现大小姐一忙起来就非常暴躁，这样可不好。

看着大小姐安稳地坐在轮椅上，没有想动的意思，穆晓晓琢磨着，大小姐这是什么意思，是不是想要她帮忙？想要帮忙就说啊，态度诚恳一点儿，她会帮的。

穆晓晓微笑地看着大小姐，秦怡也盯着她。

两个人对视了足足半分钟后，大小姐抬起了手。

——看我做什么？去做饭。

啥？不是大小姐做吗？穆晓晓震惊。

秦怡一双漆黑的眸子盯着穆晓晓，她也不说话，就那么看着，沉沉的目光里满是凌厉与恐吓。

穆晓晓往后退了两步，道："我做就我做。"

大小姐的视线没有离开，轮椅跟着上前一步。她抬手。

——这顿饭是谁做的？

穆晓晓不明白大小姐这是要做什么。

大小姐也不说话，目光就这么淡淡地、似乎不经意地落在穆晓晓的脚上。她想起上一次去医院看望秋秋时不小心从穆晓晓的脚上压过去的场景，那时候她太紧张，都没有注意那是什么感受。

穆晓晓浑身绷紧，她一点点地收起自己的脚，然后咽了口口水，道："是你做的，大小姐，晚饭是你做的。"

秦怡满意地点了点头，孺子可教，这孩子总算是开窍了。她又问。

——我是不是对你很凶？

穆晓晓摇头，她咬着唇，眼泪都要流下来了，道："不是的，你对我特别好，你都是轻声细语地和我说话的。"

秦怡点了点头,她来到穆晓晓身边,把手放在了穆晓晓的胳膊上,捏起一小撮肉,又打起手势:

——你这些话是真心的吗?一会儿阿姨来了,你也会这么说吗?

穆晓晓看着自己被捏起的肉,声嘶力竭地保证:"绝对是真心的,别说我妈了,不管是谁在这儿,我都会这么说的!"

秦怡眯了眯眼睛,她怎么感觉穆晓晓有点儿不真诚?

感受到大小姐怀疑的目光,穆晓晓一扯脖子,声音铿锵嘹亮地回答:"大小姐对我特别好,天下第一温柔!大小姐从来不乱发脾气,厨艺还非常好,一会儿还会辛苦地给我们做晚饭!我真的是三生有幸,才能遇到她!"

苏秋云赶到穆晓晓家里时,就看到了有爱的一幕。

她家穆晓晓坐在沙发上跷着二郎腿看电视,还穿了一条红色长裙,而穆晓晓口中那个"冰冷矜贵"的大小姐呢?人家都坐轮椅了,身上还戴着围裙,正微笑着把做好的饭菜从厨房里端出来。

苏秋云一进去就赶紧放下包洗手,她道:"晓晓,你怎么回事儿?怎么这么不懂事儿,让人家在这儿忙?"

穆晓晓往嘴里扔着荷兰豆,笑眯眯地说:"大小姐说你这么远来一趟非常不容易,一定要亲自给你做饭。"

呜呜,她内心在咆哮,亲妈啊,请您睁开眼睛看一看女儿鬓角还未干的汗水吧。

苏秋云洗了手赶紧过去帮忙,这是她第一次正式见秦怡,她眼里满是惊艳之色。

这真的是对得起穆晓晓说的倾国倾城了。

她以前曾经无意在孩子们看电视时,在屏幕上瞅见过秦怡,那时候她感觉秦怡是个神仙一样的人物,和他们有着很远的距离。

说实话,如果不是穆晓晓一直把秦怡挂在嘴上,话里话外都透着不一样的味道,苏秋云还真的不敢奢望两个人能见面。

大小姐是一个曾经叱咤各大舞台的人,万千聚光灯对着她,她都没有像现在这样紧张,她手心都出汗了。

她微笑地看着苏秋云,灯光下,她肤若凝脂,眉如春黛,眼似秋波,端端的是个美人。

"怎么不好意思了?叫人呀,你们不是期盼着见面吗?"

穆晓晓冲大小姐叫唤，她知道，今天她妈在这儿，大小姐就算愤怒也会忍住的，她不靠这个时候打个翻身仗，还靠什么？

她话音刚落，耳朵被苏秋云给扯住了。苏秋云抱歉地看着秦怡，道："这孩子没大没小的，让我惯坏了，你多见谅。"

穆晓晓无语，她不要面子吗？

秦怡摇了摇头，她如玉的脸颊上那一点点粉红如梅映雪。她红唇轻启，叫了一声："阿姨。"

穆晓晓本来被拽耳朵还龇牙咧嘴的，听到这一声软绵绵的"阿姨"，忍不住扭头对着她妈说道："妈，看我说得对吧，她软萌软萌的。"

秦怡生气，这个浑蛋，到底跟阿姨怎么说的她？

苏秋云含笑地看着秦怡，点了点头，道："是个好孩子。"

孩子……这一称呼让秦怡有点儿愣，从小到大，除了宋嫂，没人这么叫她，而且宋嫂这么叫她的时候，她还小。这久违的称呼居然让她有点儿措手不及。

穆晓晓看她这样，笑了。穆晓晓扒拉开妈妈的手，跑到秦怡面前蹲下，然后抬起手细心地给她解着围裙。穆晓晓摸了摸秦怡的头发，道："好孩子，辛苦你了。"

秦怡低头看着穆晓晓。穆晓晓望着秦怡的眼里半是心疼，半是怜惜，她看透了秦怡那一刻的心思。

穆晓晓虽然没有说，但是对于今天大小姐的付出，她很感动。

秦怡是什么人，穆晓晓要比所有人都清楚。

秦怡孤高冷傲，她曾经把自己封闭起来，不让任何人靠近。可是为了秋秋，为了妈，她做了多少？

她这样好，却从不对穆晓晓说，可是穆晓晓都知道。

秦怡的手偷偷地伸出，想要掐一掐穆晓晓的脸颊，却在半路硬生生地停住了。

她看见了苏秋云含笑望过来的目光。她立即收回了手，就像是犯了错误的孩子。

苏秋云微微地点头笑着，穆晓晓则是心都要融化了，哎呀，这样在妈妈面前局促不安的大小姐好可爱啊。

这一桌菜，穆晓晓费了不少力气，都是家常菜，也都是苏秋云爱吃的清淡口味。

苏秋云一路奔波也真的有点儿饿了,她拿起筷子尝了一口西芹藕荷,然后惊讶地点了点头:"真好吃啊。"

秦怡微笑着,让穆晓晓看得眼睛发直,今晚大小姐的笑容,她数了数,比认识她这么久加起来都要多。

可真好看啊,以后就该天天逗着大小姐多笑一笑才好。

她有了想法,便起身去拿酒,道:"妈,难得你来,咱们开心,喝点儿酒吧。"

她真的好想看喝酒后的大小姐啊。

苏秋云瞅着穆晓晓,有点儿惊讶:"你什么时候开始喝酒了?"

穆晓晓拿了一瓶从网上买的红酒。她勾了勾唇,道:"你总把我当小孩子看,喏,这是我特意给你买的红酒,就等着你来喝的,人家不是说适当喝一点儿红酒对女人很好,美容养颜嘛。"

苏秋云把杯子递给她,又慈祥地看着秦怡,问:"喝一点儿吗?"

大小姐身子坐得很直,她一只手将了将头发,矜持又缓慢地说:"我……我从不喝酒。"

穆晓晓无语,大小姐,您是在那儿睁着眼睛说瞎话吗?

眼看穆晓晓的脸色都变了,大小姐脸上得体的微笑也还是不变。她非常友善地把手从桌子下伸过去,拧住了穆晓晓的大腿,转了一个圈。

穆晓晓倒吸一口凉气,她转头看着苏秋云,道:"是呢,大小姐不会喝酒,抽烟喝酒什么的,她都不会,非常乖。"

苏秋云听了,点头道:"是比你自控力要好。"

穆晓晓真是没地方说理去了。

吃饭时,苏秋云跟穆晓晓说着家里的事儿,哪个孩子成绩好了,哪个孩子身体又好了,哪个孩子有人想要领养了……她和穆晓晓说话的时候也不会冷落秦怡,会时不时温和地看一看秦怡。

秦怡很喜欢这种感觉,这样温和的、来自长辈的注视,是她从未感受过的。

她看着苏秋云,甚至在想如果妈妈活着,会不会就是这样。

穆晓晓察觉到她的情绪,她从旁边拿了一只油焖大虾,把虾皮细心地剥了、虾线挑了,然后把虾肉放到了大小姐的盘子里,道:"你吃,别光看着。"

苏秋云很惊讶于两人的亲密,她的目光时不时地掠过穆晓晓和秦怡。

穆晓晓给自己和妈妈各人倒了一杯酒,她也说了说学校的事儿,说了说对未来的构想。

秦怡听得很认真，虽然以前穆老师在她面前表现得很成熟，但是毕竟有年龄差，她一直认为，对于人生理想的看法，穆晓晓还是稍显幼稚。

可是当穆晓晓说到政府对孤儿院的未来可能的支持，说到如何改造宿舍，如何跟教育局那边沟通，给弟弟妹妹们更好的学习环境，以及社会爱心人士的捐款怎么样做到资金透明化时……秦怡盯着穆晓晓，视线都离不开了。

穆晓晓似乎在闪闪发光。她用瘦弱的身躯扛起了许多人唯恐避之不及的责任。

人或许有老去的一天，但是有穆晓晓在，苏秋云和楚奶奶都是放心的，她们知道，当她们的生命走到尽头时，那些孩子不会因为没有人管而流离失所，她们的肉体或许会死去，但是精神会一代一代地传承。

苏秋云不时地点头，她的内心在感慨，孩子长大了，对于未来，不会再停留在给弟弟妹妹们买糖、买课本这样的格局上，她看得更远、更广了。

穆晓晓从来没有跟任何人解释过，每当大家说起这个话题时，她都会想起小时候奶奶给她讲的故事："狂风过后海滩上，一名小男孩忙着把被海浪冲上沙坑的小鱼扔回海里，因为这些小水坑很快就会被太阳晒干。有游客看到后问这男孩：'这么多的小鱼，你能救得了几条？谁在乎呢？'小男孩抓起一条小鱼说：'这条在乎！'他又抓起一条说，'这条也在乎，还有这一条，这一条……'"

她就是那些小鱼中，被奶奶和院长妈妈救了的那一条。

她知道自己有多么幸运。乌鸦尚且反哺，更何况她是活生生的人。

她会坚持下去，人生在世，她何其有幸，拥有院长妈妈和奶奶，还有那些可爱的弟弟妹妹。她心中有信仰，她所过的每一天都是无比坚定的。

身边都是最亲的人，于是穆晓晓多喝了一杯酒，她脸颊微微泛着红。她看着手里的酒杯，道："妈，你年龄大了，也不要太操劳了，该知道累了，别再这么奔波了。"

苏秋云慈祥地笑了笑，她看着穆晓晓，眼里都是骄傲。

这是她的孩子啊。从当初被捡到时的那么小，连呼吸都困难，到现在可以坐在这儿与她谈理想，谈人生，嘱咐她要注意身体。

她累吗？

不，每当看到一个个孩子健康开心地长大，她就觉得往日所有的辛苦都不算什么。"

穆晓晓忍不住伸出胳膊,勾住了妈妈的脖颈。她将头枕在妈妈的肩膀上,撒娇道:"也得给年轻人机会啊,等今年过年,我一定回去和你们团聚,好好教育那些不听话的小崽子。"

苏秋云对于孩子的教育一直比较温和,像春风一样,不会让人有压迫感,又沁人心脾。

她曾经对所有的孩子说:"妈妈希望啊,咱们家的孩子以后都能开开心心的。"

这是她的心里话,这些苦难的孩子生来就感受着这个世上的不平等,他们需要的不是逼迫,而是温柔。

关键时刻,秋秋的视频电话打过来了,她就知道姐姐们和妈妈肯定在吃饭。她拿着手机道:"给我看看都做了什么?"

苏秋云转动着手机,笑眯眯地说:"都是你一姐姐做的。"

一姐姐做的?秋秋才不信。

上一次,秦怡来看她的时候,给她削了个苹果。

当时一姐姐突然要给她削苹果,她还挺开心,她期待地看着一姐姐。

然后,秋秋就看见一个馒头那么大的苹果,在一姐姐的手中发生了神奇的变化。

以前,削苹果这种事儿都是妈妈或者姐姐干的,妈妈削的苹果还好。而她的抠门姐姐削苹果皮简直是一绝,不夸张地说,穆晓晓能把苹果皮削得像纸那么薄,最重要的是还不断,拿在手里能连成一条。

可是到一姐姐这儿呢?

秋秋目瞪口呆地看着她把一个苹果削成了一个杏儿。

问题是以前一向非常鄙视浪费食物的姐姐看到一姐姐把苹果削成这个样子,不仅没有责怪她,反而笑个不停,把一姐姐笑得脸都红了。最后姐姐把苹果连皮带肉都给吃了,一口没给秋秋留。

这样的一姐姐能做饭?肯定是姐姐代替的吧?

秋秋忍不住去看姐姐。穆晓晓微笑地点头,道:"你看看你一姐姐贤惠不?"

秋秋盯着姐姐看,姐妹俩开始使眼色了。

"姐姐,你被威胁了就眨眨眼啊!"

穆晓晓疯狂地眨眼。

秦怡淡淡地瞥了穆晓晓一眼，穆晓晓立即不敢动了。

穆晓晓有点儿喝多了，上头了。她心情不错，就拉着秋秋给妈妈保证，以后一定要好好学习，天天向上。等回头身体恢复了，再好好地报答大小姐这个恩人，回报社会。

秋秋被姐姐折磨得恨不得把手机吞下去，她后悔打这个电话了。

最后，穆老师还在呐喊："秋秋，说出妈妈对我们的教导！"

秋秋两只手比画成拳头，大声喊着："能成才则成才，如果不能成才，那就做一个好人！"

穆晓晓附和道："做个好人！"

秋秋那边传来小护士的斥责声："在干什么？明天就手术了，不要这么激动。"

电话被挂断了。

苏秋云无奈地和秦怡对视了一眼，道："这孩子有点儿喝多了。"

穆晓晓撇了撇嘴，她还没有聊够，还没有给妹妹打气让她明天手术加油。穆晓晓继续点击手机屏幕，想要把电话拨回去，但是因为她把大小姐置顶了，喝多了又有点儿眼花，她不小心拨通了大小姐的电话。

"我不是一个好脾气的人，却一次次地对你包容，是心瘾呀！"

穆晓晓那撕破时间与空间的叫声响了起来，大小姐和苏秋云都吓了一跳。

穆晓晓疑惑道："大小姐，你手机怎么响了？"

秦怡拿出手机，屏幕上赫然是来自"穆小狗"的视频请求。

穆晓晓以为自己眼花了，她嘟囔着："穆小狗的来电，谁啊？"

她再看看那头像，然后有点儿不可思议地揉了揉眼睛，用手指着自己，问："是我吗？"

在旁边默默围观的苏秋云看着自己的女儿喝了两杯酒就抓着人家孩子的手，欣喜若狂地问自己是不是狗，苏秋云感觉人生被颠覆了，她整个人都傻了。

秦怡的脸颊都涨红了。她克制着呼吸，伸手去推穆晓晓："放……开。"没有看见苏秋云脸色都变了吗？

苏秋云也不愧是经历了大风大浪的人，她什么时候见过自己最成熟的女儿这样过？

穆晓晓用手晃着秦怡的胳膊，声音都跟平时不一样了："我好开心啊。"

说完,她直接靠在秦怡的肩膀上了。

大小姐身子僵硬。

这两人闹习惯了,穆晓晓都不顾及一下院长妈妈还在。

苏秋云微笑着看着秦怡,她之前对秦怡还有一点儿拘束,一个是不熟悉,另外一个,人家身份地位毕竟在那儿,还是秋秋的恩人,相处起来她是要注意一下态度的。

可现如今……

苏秋云笑了。她用一种家人的眼神看着秦怡,笑道:"她喝多了就是这样子,你习惯就好了。"

以前在孤儿院,过年的时候,大家会聚在一起吃饭聊天,穆晓晓也喝多过。只是那时候她喝多了也就是人来疯一样地搂着秋秋跳《两只老虎》,但是或多或少还是有姐姐的偶像包袱在,她很少像现在这样完全放松。

穆晓晓不知道多开心,有妈妈和大小姐陪着,她真的想要好好休息一下。

苏秋云举起酒杯自己喝了一口,她微笑道:"谢谢你,孩子。"

她还真为穆晓晓担心过,这孩子看起来外向,因为职业技能,她总能很快地赢得陌生人的青睐。

可要是真的相处下来,大家都知道,她内心对外人有多么防备,她根本不会让别人靠近。

秦怡听了苏秋云的话,感动得眼圈微微发热。她忍不住低头看了看穆晓晓,穆晓晓眯着眼睛哼唧道:"本美女困了,扶本美女去睡觉。"

秦怡有些无奈。她想起了那一次,她喝多时,穆晓晓在她耳边说的话。

"明天醒来,你会记得多少?"

苏秋云起身,道:"先把她弄进屋里吧,阿姨有话要和你说。"

穆晓晓像个黏豆包一样赖着秦怡。苏秋云去扶穆晓晓,她抓着穆晓晓的手,道:"晓晓,你喝多了,妈送你去屋里睡觉。"

穆晓晓嘟囔着,她口齿不清地说:"睡不着别怕,我陪你看星星,给你唱歌好吗?"

她清了清嗓子,喊着:"是心瘾啊!包容是心瘾啊!"

秦怡的人生真的没有遭遇过这样的挫折。

苏秋云皱了皱眉,她看着秦怡,道:"你不能这么惯着她。"

瞧瞧,这都成什么样子了。

311

秦怡抿了抿唇。她抬起手摸了摸穆晓晓的脸,她的手冰凉,自带降温效果,穆晓晓眼睛都睁不开了,还嘴角上扬,过去蹭着。

她今天喝多真的是情有可原。妈在身边,大小姐在身边,妹妹的手术也敲定了,她许久都没有这样开心了。

苏秋云知道秦怡的腿不方便,她用了力气,把穆晓晓拽了过来,这要是别人,穆晓晓喝成这样,可能会跳起来把这人给踹飞,可是嗅到了妈妈的味道后,她老实极了,她靠着苏秋云,道:"妈,我开心。"

苏秋云又是欣慰又是心酸。她搂着穆晓晓的腰,道:"妈知道。"

穆晓晓这孩子,从小就心事重。她是苏秋云和楚奶奶的骄傲,也是她们最放心不下的那个孩子。

小时候,苏秋云能把穆晓晓直接抱回屋里睡觉,可如今,她连扶着穆晓晓都有些吃力。

岁月不饶人。

这时候秦怡看了看自己的腿,她有些恨自己恢复得太慢了。

她虽然帮不上忙,但是她一路跟着苏秋云和晓晓。好在苏秋云对家里非常熟悉,她直接把穆晓晓扶到了卧室里,然后她给穆晓晓脱了鞋,盖上了被子。

她折腾了一下后,毕竟上了岁数了,有些出汗。她回头正要招呼秦怡,却看见秦怡端着盆进来了。

苏秋云有些惊讶地看着她。

她可是听过穆晓晓形容秦怡的家境,夸张地说,大小姐在家时连穿鞋都有保姆帮忙,是真正的十指不沾阳春水。

虽然今天的晚饭,她吃出来了是穆晓晓做的,但是现在……

秦怡没有什么伺候人的经验,她把盆放在了床头柜上,然后把毛巾放进水里,拧干,最后她拿着毛巾,一点一点地擦着穆晓晓的脸。

穆晓晓偏过头,抓住了秦怡的手不让秦怡动。

秦怡轻声说:"嗯嗯嗯。"

穆晓晓奇迹般地老实了。她松开了手,甚至还把脸对着秦怡,方便她帮自己清理。

苏秋云记得这个"嗯嗯嗯",是她以前在老家喂猪时会发出的呼唤。

她才多久没有见到穆晓晓,怎么一切都不一样了?

秦怡的动作有些笨拙,她洗个毛巾要反复很多遍,可是她的动作很温柔。

她一点一点地为穆晓晓把脸擦干净后,又为穆晓晓擦了擦脖子。她的脚用不上力气,身子向前够着的时候显得很吃力。

一番折腾下来,秦怡低头看着床铺上的穆晓晓,香汗淋漓。

大小姐要走的时候,穆晓晓还哼哼唧唧的不乐意。

苏秋云在旁边看到秦怡塞了个枕头给穆晓晓抱着,穆晓晓立马老实了。她抱着枕头,睡得香甜。

这么一顿忙碌下来,大小姐需要整理一下自己,她去了洗手间,苏秋云瞅着穆晓晓总算老实了的睡容,便点了点她的额头,轻声说:"你到底是真醉还是装醉?"

等秦怡回到客厅的时候,苏秋云已经从冰箱里拿出了荔枝,她坐在沙发上微笑地看着秦怡,道:"辛苦了。"

秦怡几乎不敢与苏秋云对视。

她现在就像是一个做错了事的小孩子。

苏秋云却看着她,道:"吃点儿东西,凉快一些。"

那一夜,伴随着淡淡的灯光,两人聊了很多。苏秋云的目光温柔,声音柔和,就像是一个慈祥的长者,安抚了秦怡的心。

那个时候,看着苏秋云柔和的眼眸,瞅着她提起穆晓晓时那自豪又宠溺的语气,大小姐有些明白了,为什么穆晓晓那么死心塌地地叫她妈妈,还一直把她当作信仰,当作偶像。

到最后,还是秦怡催着苏秋云去休息的。她的司机就在楼下,她还要赶回去。

明天是秋秋的手术,苏秋云肯定挂念着,一大早就会过去。

她要早点儿离开,让老人好好休息一下,而且刘万年还一直在外面等着。

苏秋云也没有跟秦怡客气,她笑着点头。她的确有些累了,岁月不饶人,她的身体跟前几年没法比了。

离开前,秦怡驱使着轮椅进了穆晓晓的房间。

房间里只开了一盏床头灯,大小姐坐在床边,安安静静地看着穆晓晓。这时候穆晓晓总算是睡着了,不折腾了,她长长的睫毛卷而翘,唇形非常好看,她五官都显得比平时安静了许多,像是躺在城堡中的公主。

秦怡的唇动了动，张开又闭上。她似乎想说什么，又不敢说。

过了许久，终于，大小姐鼓起勇气，一双漆黑的眸深深地看着穆晓晓。她将这段时间放在心里练习了无数遍的话说出了口："晓晓，谢谢你。"

——晓晓，我谢谢你。

谢谢你，带着阳光走入我的世界。

（未完待续）